DANIEL SILVA DER ENGLÄNDER

Daniel Silva

Der Engländer

Roman

Aus dem Amerikanischen
von Wulf Bergner

Piper
München Zürich

Die Originalausgabe erschien 2002
unter dem Titel »The English Assassin«
bei G. P. Putnam's Sons, New York.

Von Daniel Silva liegen außerdem bei Piper vor:
Double Cross – Falsches Spiel (Serie Piper 2816)
Der Maler (Serie Piper 3084)
Der Botschafter (Serie Piper 3434)
Der Auftraggeber (Serie Piper 3927)

ISBN 3-492-04469-7

Satz: Dr. Ulrich Mihr GmbH, Tübingen
Druck und Bindung: Friedrich Pustet, Regensburg
Printed in Germany

www.piper.de

Für Phyllis Grann, endlich einmal,
und wie immer für meine Frau Jamie
und meine Kinder Lily und Nicholas.

Gnomen [Herkunft ungeklärt], dämonische Gestalten, die in Volksglaube und Volksmärchen Wald, Berg und Wasser bevölkern, insbesondere die zwerghaften Erdgeister.

DER BROCKHAUS MULTIMEDIAL

»Die Vergangenheit zu verdrängen, hat in der Schweiz Tradition.«

JEAN ZIEGLER,
Die Schweizer, das Gold und der Tod

Prolog

Schweiz, 1975

Marguerite Rolfe grub in ihrem Garten wegen der Geheimnisse, die sie im Arbeitszimmer ihres Mannes entdeckt hatte. Für Gartenarbeit war es schon spät, unterdessen weit nach Mitternacht. Das Frühlingstauwetter hatte den Boden feucht und weich gemacht, und ihr Spaten drang ohne große Mühe in das Erdreich ein, so daß die Arbeit fast geräuschlos vonstatten ging. Dafür war sie dankbar. Ihr Mann und ihre Tochter schliefen in der Villa, und sie wollte die beiden nicht wecken.

Warum konnte es nicht etwas so Simples wie Liebesbriefe von einer anderen Frau gewesen sein? Dann hätte es einen tüchtigen Krach gegeben, bei dem Marguerite ihre eigene Affäre gestanden hätte. Die jeweiligen Partner wären in die Wüste geschickt worden, und in ihrem Haus wäre bald wieder Normalität eingekehrt. Aber sie hatte keine Liebesbriefe gefunden – sie hatte etwas viel Schlimmeres entdeckt.

Einen Augenblick lang gab sie sich selbst die Schuld. Hätte sie nicht in seinem Arbeitszimmer herumgeschnüffelt, hätte sie die Photos niemals gefunden. Sie hätte den Rest ihres Lebens in seliger Unwissenheit verbringen und weiterhin glauben können, ihr Gatte sei der Mann, der er zu sein schien. Aber jetzt wußte sie Bescheid. Ihr Ehemann war ein Ungeheuer, sein Leben eine Lüge, eine komplette und sorgfältig aufrechterhaltene Lüge. Deshalb war auch ihr eigenes Leben eine Lüge.

Marguerite Rolfe konzentrierte sich auf ihre Arbeit, mit der sie langsam und gleichmäßig vorankam. Nach einer Stunde war sie fertig. Ein gutes Loch, fand sie: fast zwei Meter lang und sechzig Zentimeter breit. Zwanzig Zentimeter unter der Grasnarbe war sie auf eine steinharte Tonschicht gestoßen. Deshalb war die Grube etwas flacher, als sie es sich gewünscht hätte. Aber das spielte keine Rolle. Sie wußte, daß das hier nur ein Provisorium war.

Sie hob die Flinte auf. Dies war die Lieblingswaffe ihres Ehemanns: eine fein ziselierte Schrotflinte, die ein Mailänder Büchsenmacher für ihn angefertigt hatte. Jetzt würde er sie nie mehr benützen können. Das gefiel ihr. Sie dachte an Anna. Bitte wach nicht auf, Anna. Schlaf, mein Herz.

Dann trat sie in die Grube, streckte sich auf dem Rücken liegend darin aus, nahm die Flintenmündung zwischen die Zähne und betätigte den Abzug.

Das Mädchen wurde von Musik geweckt. Sie kannte das Stück nicht und fragte sich, wie es seinen Weg in ihren Kopf gefunden hatte. Die Musik hallte noch einen Augenblick nach, eine Folge von absteigenden Noten, ein heiteres Diminuendo. Ohne die Augen zu öffnen, streckte sie eine Hand aus und tastete das Bett neben sich ab, bis ihre Handfläche den Körper fand, der ganz in ihrer Nähe lag. Ihre Finger glitten über die schmale Taille, den schlanken, grazilen Hals hinauf bis zu den elegant geschnitzten Kurven der Schnecke. Gestern abend hatten sie sich gestritten. Jetzt wurde es Zeit, ihre Meinungsverschiedenheiten beizulegen und Frieden zu schließen.

Sie stand langsam auf, schlüpfte in ihren Morgenrock. Vor ihr lagen fünf Stunden, in denen sie üben würde. Sie war dreizehn Jahre alt, es war ein strahlend schöner Junimorgen, und so würde sie diesen Tag verbringen – und alle weiteren Tage dieses Sommers.

Sie streckte ihre Nackenmuskeln und warf einen Blick aus dem Fenster in den blühenden Garten – eine Symphonie aus Frühlingsfarben. Hinter dem Garten stieg das Gelände auf dieser Talseite steil an. Hoch über allem ragten schneebedeckte Berggipfel auf, die in der gleißend hellen Sommersonne glänz-

ten. Sie drückte die Violine unter ihr Kinn und bereitete sich darauf vor, die erste Etüde zu spielen.

Dann fiel ihr etwas im Garten auf: ein Erdhaufen, eine längliche, schmale Grube. Von ihrem Aussichtspunkt am Fenster konnte sie den bauschigen weißen Stoff sehen, der das untere Ende verdeckte, und bleiche Hände, die den Lauf einer Waffe umklammert hielten.

»Mama!« kreischte sie, und die Violine krachte zu Boden.

Sie stieß die Tür des Arbeitszimmers ihres Vaters auf, ohne anzuklopfen. Sie hatte erwartet, ihn an seinem Schreibtisch sitzend, über sein Hauptbuch gebeugt vorzufinden, aber statt dessen hockte er auf der Vorderkante eines hochlehnigen Ohrensessels am Kamin. Er war ein kleiner, elfenhaft zierlicher Mann, der zu seinem blauen Blazer wie immer eine gestreifte Krawatte trug. Er war nicht allein. Trotz des maskulinen Halbdunkels, das hier im Arbeitszimmer herrschte, trug der zweite Mann eine Sonnenbrille.

»Kind, was fällt dir ein?« fuhr ihr Vater sie an. »Wie oft habe ich dich schon gebeten, meine geschlossene Tür zu respektieren? Siehst du nicht, daß ich mitten in einem wichtigen Gespräch bin?«

»Aber, Papa ...«

»Und zieh dich gefälligst anständig an! Zehn Uhr morgens, und du läufst noch immer im Morgenrock herum.«

»Papa, ich muß ...«

»Das kann warten, bis ich fertig bin.«

»Nein, das kann es nicht, Papa!«

Sie kreischte so laut, daß der Mann mit der Sonnenbrille zusammenzuckte.

»Tut mir leid, Otto, aber ich fürchte, die Manieren meiner Tochter haben unter zu vielen einsamen Übungsstunden mit ihrem Instrument gelitten. Entschuldigst du mich bitte? Ich bin gleich wieder da.«

Anna Rolfes Vater behandelte wichtige Schriftstücke sorgfältig, und der Abschiedsbrief, den er aus dem Grab aufhob, bildete keine Ausnahme. Sobald er ihn gelesen hatte, hob er ruckartig den Kopf und sah sich mit flackerndem Blick um, als fürchte er, jemand habe über seine Schulter hinweg mitgelesen. Das beobachtete Anna vom Fenster ihres Zimmers aus.

Als er sich abwandte, um in die Villa zurückzugehen, sah er zu ihrem Fenster auf und begegnete Annas Blick. Er blieb stehen, erwiderte ihn einige Sekunden lang. Aus ihren Augen sprach kein Mitgefühl. Oder Erbarmen. Ihr Blick war mißtrauisch.

Sie wandte sich vom Fenster ab. Die Stradivari lag noch dort, wo sie ihr aus der Hand gefallen war. Sie hob die Violine auf. Von unten war zu hören, wie ihr Vater seinem Gast ruhig mitteilte, seine Frau habe Selbstmord verübt. Sie hob die Violine unter ihr Kinn, legte den Bogen auf die Saiten, schloß die Augen. G-moll. Verschiedene auf- und absteigende Läufe. Arpeggios. Gebrochene Triolen.

»Wie kann sie unter diesen Umständen nur spielen?«

»Sie kann nicht viel anderes, fürchte ich.«

Später Nachmittag. Die beiden Männer waren wieder im Arbeitszimmer allein. Die Polizei hatte ihre vorläufigen Ermittlungen abgeschlossen, und die Leiche war abtransportiert worden. Der Abschiedsbrief lag auf dem Klapptisch zwischen den beiden.

»Ein Arzt könnte ihr ein Beruhigungsmittel geben.«

»Sie will keinen Arzt. Ich fürchte, sie hat das Naturell ihrer Mutter geerbt – und den Starrsinn ihrer Mutter.«

»Hat die Polizei gefragt, ob ein Abschiedsbrief gefunden wurde?«

»Ich sehe keinen Grund, die Polizei mit den persönlichen Dingen dieser Familie zu befassen, vor allem nicht, wenn es um den Selbstmord meiner Frau geht.«

»Und deine Tochter?«

»Was ist mit meiner Tochter?«

»Sie hat alles vom Fenster aus beobachtet.«

»Meine Tochter ist meine Sache. Mit ihr gehe ich um, wie ich es für richtig halte.«

»Das will ich hoffen. Aber tu mir einen kleinen Gefallen, ja?«

»Welchen denn, Otto?«

Die blasse Hand des Gasts schlug mehrmals leicht auf den Tisch, bis sie zuletzt auf dem Abschiedsbrief ruhte.

»Verbrenn dieses verdammte Ding gemeinsam mit allem anderen. Sorg dafür, daß niemand mehr über irgendwelche unangenehmen Erinnerungen an die Vergangenheit stolpern kann. Wir sind hier in der Schweiz. Es gibt keine Vergangenheit.«

TEIL I

Gegenwart

I

London – Zürich

Die zeitweise zahlungsfähige Galerie Isherwood Fine Arts hatte einst in bester Lage in der eleganten New Bond Street in Mayfair residiert. Dann wurde London zu einer beliebten Einkaufsstadt, und die New Bond Street – oder New Bondstraße, wie die Branche sie verächtlich nannte – wurde von Tiffany und Gucci und Versace und Mikimoto und ihresgleichen okkupiert. Julian Isherwood und andere Kunsthändler, die auf Alte Meister in Museumsqualität spezialisiert waren, mußten nach St. James ins Exil gehen – in die Bond-Street-Diaspora, wie Isherwood sie gern bezeichnete. Er ließ sich schließlich in einem leicht baufälligen viktorianischen Lagerhaus an einem als Mason's Yard bekannten stillen Innenhof nieder. Dort waren seine Nachbarn die Londoner Niederlassung einer unbedeutenden griechischen Reederei und ein Pub, in dem hübsche Büroangestellte verkehrten, die Motorroller fuhren.

Unter den inzestuösen, verleumderischen Bewohnern von St. James galt Isherwood Fine Arts als ein Etablissement, das immer gutes Theater bot. Isherwood Fine Arts garantierte Drama und Spannung, Komödien und Tragödien, erstaunliche Höhenflüge und scheinbar bodenlose Tiefstände. Alles das war zum größten Teil auf die Persönlichkeit des Inhabers zurückzuführen. Er litt unter einem für einen Kunsthändler fast tödlichen Makel: Er besaß Kunst viel lieber, als daß er sie verkaufte. Bei jedem

Gemälde, das die Wand seines exquisiten Ausstellungsraums verließ, versank Isherwood in tiefe Depressionen. Eine Folge dieser Veranlagung war, daß er jetzt auf einem Lager mit toter Ware, wie die Branche sie euphemistisch nannte, von apokalyptischen Ausmaßen saß – Gemälde, für die kein Käufer jemals einen fairen Preis zahlen würde. Unverkäufliche Bilder. Verbrannt, wie man in der Duke Street sagte. Wäre Isherwood gedrängt worden, diesen scheinbar unerklärlichen Mangel an Geschäftstüchtigkeit zu erklären, hätte er seinen Vater erwähnen können, obwohl er es sich zum Prinzip gemacht hatte, nie – *und ich meine* nie, *Schätzchen* – über seinen Vater zu sprechen.

Momentan war er obenauf. Flüssig. Sehr gut bei Kasse. Genauer gesagt lagen auf seinem Konto bei der Barclays Bank eine Million Pfund, die er einem venezianischen Maler namens Francesco Vecellio und dem mürrisch dreinblickenden Restaurator verdankte, der jetzt übers nasse Ziegelpflaster des Mason's Yards kam.

Isherwood zog seinen Regenmantel an. Seine englischen Umgangsformen und seine ausschließlich englische Garderobe tarnten die Tatsache, daß er eigentlich – zumindest formaljuristisch – gar kein Engländer war. Nach Nationalität und Reisepaß Engländer, ja, aber von Geburt Deutscher, in Frankreich aufgewachsen und dem Glauben nach Jude. Nur wenige Leute wußten, daß sein Nachname lediglich eine phonetische Version des Originals war. Noch weniger Leute wußten, daß er einem bestimmten rundschädeligen Gentleman von einer bestimmten Geheimorganisation aus Tel Aviv im Lauf der Jahre immer wieder Gefälligkeiten erwiesen hatte. Rudolf Heller war der Name, den dieser Gentleman benützte, wenn er Isherwood in seiner Galerie aufsuchte. Das war ein geborgter Name, ebenso ausgeliehen wie der blaue Anzug und die guten Manieren des Gentlemans. Sein richtiger Name war Ari Schamron.

»Im Leben hat man Entscheidungen zu treffen, nicht wahr?« hatte Schamron gesagt, als er Isherwood anwarb. »Man verrät weder das Land, das einen adoptiert hat, noch sein College oder sein Regiment, aber man sorgt für sein eigen Fleisch und Blut, für sein Volk, damit kein weiterer österreichischer Verrückter oder der Schlächter von Bagdad versuchen kann, aus uns allen Seife zu machen, nicht wahr, Julian?«

»Hört, hört, Herr Heller.«

»Wir zahlen Ihnen nicht ein Pfund. Ihr Name taucht nie in unseren Akten auf. Sie erweisen mir gelegentlich Gefälligkeiten. Sehr spezifische Gefälligkeiten für einen sehr speziellen Agenten.«

»Super. Wundervoll. Wo kann ich mich dafür einschreiben? Was für Gefälligkeiten? Nichts Anrüchiges, hoffe ich.«

»Sagen wir mal, ich müßte ihn nach Prag schicken. Oder nach Oslo. Oder nach Berlin, Gott bewahre. Dann möchte ich, daß Sie legitime Arbeit für ihn finden. Eine Restaurierung. Ein Gutachten. Eine Beratung. Irgendwas, das seiner Aufenthaltsdauer entspricht.«

»Kein Problem, Herr Heller. Hat Ihr Agent übrigens auch einen Namen?«

Dieser Agent hat viele Namen, dachte Isherwood, während er beobachtete, wie der Mann den Innenhof überquerte. Sein richtiger Name war Gabriel Allon, und welche Geheimaufträge er für Schamron durchführte, verriet seine vorsichtige Art der Annäherung. Wie er über seine Schulter sah, als er den Durchgang von der Duke Street her benützte. Wie er trotz des starken Regens nicht nur eine, sondern zwei Runden durch den alten Innenhof drehte, bevor er sich der Sicherheitstür der Galerie näherte und auf Isherwoods Klingelknopf drückte. *Armer Gabriel. Weltweit einer der drei oder vier besten Leute seines Fachs, aber er kann nicht einmal geradeaus gehen.* Und weshalb nicht? Nach dem, was seiner Frau und seinem Sohn in Wien zugestoßen war ... Kein Mann wäre danach wieder derselbe gewesen.

Er war wider Erwarten nur durchschnittlich groß, und sein geschmeidiger Gang schien ihn mühelos über die Duke Street in das Restaurant Green's zu tragen, in dem Isherwood einen Tisch zum Lunch hatte reservieren lassen. Als sie Platz nahmen, glitt sein Blick wie ein Suchscheinwerfer durch den Raum. Seine Augen waren mandelförmig, unnatürlich grün und sehr beweglich. Die Wangenknochen waren hoch und breit, die Lippen waren dunkel, und die spitzkantige Nase sah wie aus Holz geschnitzt aus. Ein zeitloses Gesicht, dachte Isherwood. Es hätte ein Gesicht vom Umschlag eines Hochglanzmagazins für Männermode oder ein Gesicht auf einem düsteren Rembrandtporträt sein können. Es war auch ein Gesicht mit vielen möglichen Ursprüngen, was sich beruflich als großer Vorteil erwiesen hatte.

Isherwood bestellte gefüllte Seezunge und einen leichten Sancerre, Gabriel schwarzen Tee und eine Schale Consommé. Er erinnerte Isherwood an einen orthodoxen Eremiten, der sich von ranzigem Feta und steinhartem Fladenbrot ernährte, aber statt in einem Kloster lebte Gabriel in einem hübschen Landhaus an der Mündung eines Tideflusses in Cornwall. Isherwood hatte noch nie erlebt, daß er ein üppiges Mahl zu sich nahm, hatte ihn noch nie lächeln oder einer attraktiven Frau nachstarren sehen. Ihn gelüstete nie nach materiellen Besitztümern. Er hatte nur zwei Spielzeuge: einen MG-Oldtimer und eine hölzerne Ketsch, die er beide eigenhändig restauriert hatte. Er hörte sich Opern auf seinem erbärmlichen kleinen portablen CD-Player an, der voller Farb- und Firnisflecken war. Geld gab er nur für Künstlermaterial aus. In seinem kleinen Atelier in Cornwall hatte er mehr High-Tech-Spielsachen, als die Restaurationsabteilung der Tate Gallery besaß.

Wie wenig Gabriel sich in den fünfundzwanzig Jahren seit ihrer ersten Begegnung verändert hatte! Ein paar Falten mehr um seine wachsamen Augen; ein paar Pfund mehr an seinem hageren Körper. An jenem Tag war er kaum älter als ein Junge gewesen, still wie eine Kirchenmaus. Schon damals hatte sein Haar graue Strähnen aufgewiesen – das Mal eines Jungen, der Männerarbeit verrichtet hatte. »Julian Isherwood, das hier ist Gabriel«, hatte Schamron gesagt. »Gabriel ist ein Mann von gewaltigem Talent, das können Sie mir glauben.«

Von gewaltigem Talent, gewiß, aber in der Biographie des jungen Mannes klafften Lücken – zum Beispiel die fehlenden drei Jahre zwischen dem Abschluß der angesehenen Jerusalemer Kunstakademie Betsal'el und seiner Lehrzeit bei dem berühmten venezianischen Restaurator Umberto Conti. »Gabriel hat einige Zeit Europa bereist«, hatte Schamron nur gesagt. Das war das letzte Mal gewesen, daß Gabriels Abenteuer in Europa angesprochen worden waren. Isherwood sprach nicht über seinen Vater, und Gabriel sprach nicht über die Aufträge, die er ungefähr von 1972 bis 1975 für Ari Schamron, alias Rudolf Heller, ausgeführt hatte. Im stillen bezeichnete Isherwood sie als die »verlorenen Jahre«.

Isherwood griff in die Innentasche seines Sakkos und zog einen Scheck heraus. »Dein Anteil am Verkauf des Vecellio. Hunderttausend Pfund.«

Gabriel schnappte sich den Scheck und ließ ihn mit einer geschickten Handbewegung verschwinden. Er hatte die Hände eines Zauberkünstlers und verstand es, sein

Publikum wie ein Magier zu täuschen. Der Scheck lag da, der Scheck war verschwunden.

»Wieviel hast du dafür bekommen?«

»Das erzähle ich dir gleich, aber erst mußt du mir versprechen, daß du die Zahl keinem dieser Aasgeier verrätst«, sagte Isherwood mit einer Handbewegung, die das gesamte Restaurant umfaßte.

Gabriel sagte nichts, was Isherwood als unverbrüchlichen Eid, auf ewig zu schweigen, interpretierte.

»Eine Million.«

»Dollar?«

»Pfund, Schätzchen. Pfund.«

»Wer hat ihn gekauft?«

»Eine sehr nette Galerie im amerikanischen Mittleren Westen. Er ist geschmackvoll ausgestellt, kann ich dir versichern. Kannst du dir das vorstellen? Ich habe ihn für sechzehntausend in einem staubigen Auktionsraum in Hull ersteigert, weil ich eine Ahnung hatte – eine absurde, durch fast nichts gerechtfertigte Ahnung –, er sei das verschollen geglaubte Altarbild aus der Kirche San Salvatore in Venedig. Und ich hatte recht! Einen solchen Coup landet man in seinem Leben nur einmal, mit viel Glück auch zweimal. Prost.«

Sie stießen miteinander an: hochstieliges Weinglas mit Teetasse aus Knochenporzellan. Im nächsten Augenblick trat ein dicklicher Mann in einem rosa Hemd, das zu seinen rosa Bäckchen paßte, atemlos an ihren Tisch.

»Julie!« rief er aus.

»Hallo, Oliver.«

»In der Duke Street heißt's, daß du für deinen Vecellio eine kühle Million kassiert hast.«

»Woher zum Teufel hast du das erfahren?«

»Hier bei uns gibt's keine Geheimnisse, mein Lieber. Erzähl mir einfach, ob das die Wahrheit oder eine infame

Lüge ist.« Er wandte sich Gabriel zu, als bemerke er ihn erst jetzt, und streckte ihm seine fleischige Hand und eine Geschäftskarte mit Goldprägedruck hin. »Oliver Dimbleby. Dimbleby Fine Arts.«

Gabriel schüttelte ihm stumm die Hand.

»Willst du uns nicht bei einem Drink Gesellschaft leisten, Oliver?« fragte Isherwood.

Unter dem Tisch stellte Gabriel seinen Fuß auf Isherwoods Zeh und trat fest darauf.

»Kann gerade nicht, mein Lieber. Das langbeinige Wesen in der Nische dort drüben hat versprochen, mir Schmuddelkram ins Ohr zu flüstern, wenn ich ein weiteres Glas Champagner springen lasse.«

»Gott sei Dank!« stieß Isherwood mit zusammengebissenen Zähnen hervor.

Oliver Dimbleby watschelte davon. Gabriel nahm seinen Fuß von Isherwoods Zeh.

»Soviel zu deinen Geheimnissen.«

»Aasgeier«, wiederholte Isherwood. »Im Augenblick bin ich obenauf, aber sobald ich ins Stolpern gerate, kreisen sie wieder über mir und warten auf mein Ende, um meine Knochen abpicken zu können.«

»Vielleicht solltest du dein Geld dieses Mal etwas besser zusammenhalten.«

»Ich bin ein hoffnungsloser Fall, fürchte ich. Tatsächlich …«

»O Gott!«

»… reise ich nächste Woche nach Amsterdam, um mir ein Gemälde anzusehen. Es ist das Mittelstück eines Triptychons, Künstler unbekannt, aber ich habe wieder mal eine meiner Ahnungen. Ich vermute, daß es aus dem Atelier von Rogier van der Weyden stammt. Vielleicht bin ich sogar bereit, darauf viel Geld zu setzen.«

»Van der Weydens sind berüchtigt schwer zu verifizieren. Es gibt nur eine Handvoll Werke, die ihm zugeschrieben werden, und er hat nie eines datiert oder signiert.«

»Stammt das Bild aus seinem Atelier, trägt es seine Handschrift. Und wenn irgend jemand sie entdecken kann, bist du dieser Mann.«

»Wenn du willst, sehe ich mir das Gemälde gern an.«

»Woran arbeitest du im Augenblick?«

»Ich bin gerade mit einem Modigliani fertig.«

»Ich habe einen Job für dich.«

»Was für eine Art Job?«

»Vor ein paar Tagen hat mich ein Anwalt angerufen. Er hat gesagt, einer seiner Mandanten besitze ein Gemälde, das gereinigt werden müsse. Er hat gesagt, sein Mandant wünsche ausdrücklich *dich* und werde deine Arbeit großzügig honorieren.«

»Wie heißt der Mandant?«

»Hat er nicht gesagt.«

»Um welches Gemälde handelt es sich?«

»Hat er nicht gesagt.«

»Wie soll die Sache also ablaufen?«

»Du findest dich in der Villa ein, du arbeitest an dem Gemälde. Der Besitzer zahlt dir ein gutes Honorar und übernimmt außerdem deine Hotel- und Reisekosten.«

»Wo?« – »Zürich.«

Hinter Gabriels grünen Augen blitzte irgend etwas auf: eine Vision, eine Erinnerung. Isherwood durchsuchte angestrengt die Ablagefächer seines weit weniger zuverlässigen Gedächtnisses. *Habe ich ihn jemals in Herrn Hellers Auftrag nach Zürich geschickt?*

»Ist Zürich ein Problem?«

»Nein, Zürich ist in Ordnung. Wieviel bekäme ich?«

»Das Doppelte von dem, was ich dir gerade gegeben habe – wenn du sofort anfängst.«

»Gib mir die Adresse.«

Gabriel blieb keine Zeit, nach Cornwall zurückzufahren, um seine Sachen zu holen, deshalb ging er nach dem Lunch einkaufen. In der Oxford Street erstand er reichlich Kleidung zum Wechseln und einen kleinen Lederkoffer. Dann ging er zur Great Russell Street hinüber und besuchte das altehrwürdige Geschäft für Künstlerbedarf der Firma L. Cornelissen & Son. Dort half ihm ein flachsblonder Engel namens Penelope, seinen Grundbedarf an Farben, Pinseln und Lösungsmitteln zusammenzustellen. Sie kannte ihn unter seinem angenommenen Namen, und er flirtete mit dem verblassenden Akzent eines italienischen Zuwanderers schamlos mit ihr. Sie packte seine Einkäufe in braunes Packpapier, das sie mit Bindfaden verschnürte. Er küßte sie auf die Wange. Ihr Haar duftete nach Kakao und Räucherstäbchen.

Gabriel wußte zuviel über Terrorismus und lückenhafte Sicherheitsmaßnahmen, um sich in Flugzeugen wohl zu fühlen, deshalb fuhr er mit der U-Bahn zum Bahnhof Waterloo und erreichte den am Spätnachmittag verkehrenden Eurostar nach Paris. Auf dem Gare de l'Est stieg er in den Nachtzug nach Zürich um, und am nächsten Morgen schlenderte er dort gegen halb neun die in sanfter Biegung verlaufende Bahnhofstraße entlang.

Wie elegant Zürich seinen Reichtum verbirgt, dachte er. Ein großer Teil der Gold- und Silberschätze der Welt lagerten in Banktresoren unter seinen Füßen, aber hier gab es keine gräßlichen Bürotürme, die das Bankenviertel kennzeichneten, und keine Ehrenmale des Kapitalismus. Nur Understatement, Diskretion und Irreführung. Eine verschmähte Frau, die schamvoll ihren Blick senkt. Die Schweiz.

Er erreichte den Paradeplatz. Auf einer Seite des Platzes stand die Hauptverwaltung der Credit Suisse, auf der anderen die der Union Bank of Switzerland. Ein auffliegender Taubenschwarm durchbrach die Stille. Gabriel überquerte die Fahrbahn.

Vor dem Hotel Savoy befand sich ein Taxistand. Nachdem er sich zuvor mit einem kurzen Blick das Kennzeichen eingeprägt hatte, stieg er in den ersten Wagen. Er nannte dem Fahrer die Adresse der Villa und bemühte sich dabei, den von seiner Mutter geerbten Berliner Akzent so gut wie möglich zu unterdrücken.

Als sie über den Fluß fuhren, stellte der Fahrer das Autoradio an. Ein Sprecher verlas Nachrichten aus aller Welt. Gabriel hatte große Mühe, sein *Züridütsch* zu verstehen. Er blendete das Radio aus und konzentrierte sich auf die vor ihm liegende Aufgabe. In der Kunstwelt gab es Leute, die Restaurierungen für stupide, langweilige Arbeit hielten, aber Gabriel sah jeden Auftrag als neues Abenteuer, als Chance, durch einen Spiegel in eine andere Zeit, an einen anderen Ort zu gelangen. An einen Ort, an dem Erfolg oder Mißlingen nur von seinen eigenen Fähigkeiten, seiner eigenen Kaltblütigkeit und sonst nichts abhingen.

Er fragte sich, was ihn erwarten mochte. Allein die Tatsache, daß der Besitzer des Gemäldes ausdrücklich ihn angefordert hatte, legte den Schluß nahe, daß es sich nur um einen Alten Meister handeln konnte. Der Besitzer hätte sich nicht die Mühe gemacht und die Kosten auf sich genommen, ihn nach Zürich kommen zu lassen, wenn sein Bild nur frisch gefirnißt werden mußte.

Wie lange würde er also hier sein? Sechs Wochen? Sechs Monate? Schwer zu sagen. Jede Restaurierung war anders; viel würde vom Zustand des Gemäldes abhängen. An Isherwoods Vecellio hatte er fast ein Jahr lang gearbeitet – allerdings mit einer kurzen Unterbrechung mitten während der Restaurierung, zu der Ari Schamron ihn überredet hatte.

Der Rosenbühlweg war eine schmale Straße, die steil den Zürichberg hinaufführte, gerade breit genug für zwei Autos. Die behäbigen alten Villen standen dicht beieinander. Rauhputz, Ziegeldächer, kleine, dicht bewachsene Gärten. Bis auf die Villa, vor der sein Taxi jetzt hielt.

Im Gegensatz zu den benachbarten Villen stand sie auf einem Geländevorsprung mehrere Meter von der Straße entfernt. Ein hoher Metallzaun, dessen Stäbe an Gefängnisgitter erinnerten, umgab das gesamte Grundstück. In diesen Zaun war zum Rosenbühlweg hin ein Sicherheitstor mit der dazugehörigen Überwachungskamera eingelassen. Hinter dem Tor stieg eine Natursteintreppe an. Dann kam die Villa: ein deprimierender Sandsteinbau mit Türmchen und einem hoch aufragenden Säulenvorbau über dem Eingang.

Das Taxi fuhr davon. Unter ihm lagen die Züricher Innenstadt und der Zürichsee. Wolken verhüllten das gegenüberliegende Ufer. Gabriel erinnerte sich daran, daß an klaren Tagen von hier aus die Alpen zu sehen waren, aber heute waren sie ebenfalls in Wolken gehüllt.

In die linke Torsäule war eine Sprechanlage eingelassen. Er drückte auf den Klingelknopf, hörte hinter der Haustür einen Gong anschlagen, wartete. Nichts. Er drückte nochmals auf den Knopf. Wieder nichts.

Er zog das Fax des Anwalts, das Julian Isherwood ihm gegeben hatte, aus der Tasche. *Sie finden sich morgens um Punkt neun Uhr vor dem Haus ein. Klingeln Sie am Tor, dann werden Sie hineinbegleitet.* Gabriel sah auf seine Uhr. Drei Minuten nach neun.

Als er das Fax wieder einsteckte, begann es zu regnen. Er sah sich um: nirgends ein Café, in dem er behaglich hätte sitzen können, nirgends ein Park oder Platz, der ihm Schutz vor dem Regen hätte bieten können. Nur eine Wüste aus ererbtem bodenständigem Reichtum.

Blieb er zu lange vor dem Villentor stehen, würde er wahrscheinlich als verdächtiger Herumtreiber verhaftet werden.

Gabriel zog sein Handy aus der Tasche und gab Isherwoods Nummer ein. Um diese Zeit war er vermutlich noch auf der Fahrt in seine Galerie. Während Gabriel darauf wartete, daß die Verbindung zustande kam, stellte er sich vor, wie Isherwood am Lenkrad seines glänzenden neuen Jaguars hockte und über den Piccadilly kroch, als steuere er einen Tanker durch gefährliche Untiefen.

»Tut mir leid, aber es hat eine kleine Änderung gegeben. Der Mann, der dich einlassen sollte, mußte offenbar unerwartet verreisen. Wegen irgendeines Notfalls. Er hat nur vage Andeutungen gemacht. Du weißt, wie die Schweizer sein können, Schätzchen.«

»Was soll ich jetzt tun?«

»Er hat mir die Sicherheitscodes für Tor und Haustür geschickt. Du sollst sie benützen und einfach hineingehen. Auf dem Tisch in der Eingangshalle liegt angeblich ein Brief für dich, aus dem du erfährst, wo das Gemälde zu finden ist und wo du untergebracht sein wirst.«

»Ziemlich unorthodox, findest du nicht auch?«

»Du solltest dich glücklich schätzen. Anscheinend bist du für ein paar Tage in der Villa allein und kannst arbeiten, ohne daß dir jemand über die Schulter sieht.«

»Wahrscheinlich hast du recht.«

»Soll ich dir die Sicherheitscodes diktieren? Hast du zufällig Papier und Bleistift? Sie sind ziemlich lang.«

»Sag mir einfach die Zahlen, Julian. Hier schüttet es, und ich bin schon klatschnaß.«

»Ach ja, du und deine kleinen Salontricks. In der Galerie hatte ich mal ein Mädchen mit demselben phantastischen Zahlengedächtnis.«

Isherwood ratterte zwei achtstellige Zahlen herunter

und legte auf. Gabriel trat wieder ans Tor und tippte die erste Zahl auf dem Zahlenfeld neben der Sprechanlage ein. Als der elektrische Öffner summte, stieß er den Torflügel auf und trat ein. An der Haustür wiederholte er diesen Vorgang und stand wenige Augenblicke später in der düsteren Eingangshalle und tastete nach dem Lichtschalter.

Der Briefumschlag lag in einer großen Glasschale auf einem reichgeschnitzten antiken Tisch am Fuß der Treppe. Er war an Signor Delvecchio adressiert – unter diesem Namen arbeitete Gabriel als Restaurator. Er griff nach dem Umschlag und riß ihn mit dem Zeigefinger auf. Glattes Papier, schwere Qualität, kein Briefkopf, taubengrau. Handgeschrieben, sorgfältige, präzise Schrift, keine Unterschrift. Er hob den Bogen an die Nase. Kein Duft.

Gabriel begann zu lesen. Das Gemälde hing im Salon, ein Raffael, das *Porträt eines jungen Mannes*. Für ihn war ein Zimmer im Grandhotel Dolder reserviert, das ungefähr eineinhalb Kilometer von hier auf der anderen Seite des Zürichbergs lag. Essen und Getränke waren im Kühlschrank. Der Besitzer würde morgen nach Zürich zurückkehren und es wirklich sehr begrüßen, wenn Signor Delvecchio sich gleich an die Arbeit machte.

Gabriel steckte den Brief ein. Also ein Raffael. Der würde sein zweiter sein. Vor fünf Jahren hatte er ein kleines Altarbild, eine Madonna mit Kind nach Leonardo da Vincis berühmter Komposition, restauriert. Jetzt spürte er ein Kribbeln, das sich durch seine Fingerspitzen ausbreitete. Dieser Auftrag war eine wundervolle Chance. Er war froh, daß er ihn trotz der unorthodoxen Vereinbarungen übernommen hatte.

Durch einen kurzen Korridor gelangte er in einen großen Salon. Der Raum war dunkel, unbeleuchtet, die schweren Vorhänge waren zugezogen. Trotz des Dunkels hatte er den Eindruck, die Einrichtung sei mitteleuropäisch-aristokratisch überladen.

Er trat einige Schritte in den Raum hinein. Der Teppich unter seinen Füßen war feucht. In der Luft lag ein Geruch von Salz und Rost. Diesen Geruch kannte Gabriel. Er bückte sich, berührte den Teppich und hob den Finger an die Augen.

Er stand in Blut.

Der Orientteppich war verblaßt und sehr alt – genau wie der Tote, der in seiner Mitte ausgestreckt lag. Er lag auf dem Bauch und schien mit seiner rechten Hand noch im Tod nach etwas greifen zu wollen. Er trug einen an den Ellbogen abgewetzten blauen Blazer mit Seitenschlitzen und eine graue Flanellhose. Dazu braune Wildlederschuhe. Absatz und Sohle eines Schuhs, des rechten, waren zwei Zentimeter dicker. Ein Hosenbein war etwas hochgerutscht. Die Haut war erschreckend weiß wie ein freiliegender Knochen. Die Socken paßten nicht zusammen.

Gabriel ging mit der Gelassenheit eines Mannes, für den der Tod nichts Erschreckendes an sich hat, in die Hocke. Der Tote war ein winzig kleiner Mann, nur wenig über eins fünfzig groß, nicht größer. Sein Kopf lag so zur Seite gedreht auf dem Teppich, daß die linke Gesichtshälfte zu sehen war. Unter dem vielen Blut ahnte Gabriel ein energisches Kinn und markante Wangenknochen. Das Haar war dicht und schneeweiß. Er war offenbar mit einem einzigen Schuß getötet worden; das Geschoß war durchs linke Auge eingedrungen und am Hinterkopf ausgetreten. Die Austrittswunde ließ auf eine ziemlich großkalibrige Handfeuerwaffe schließen. Gabriel blickte auf und stellte fest, daß die Kugel den Spiegel über dem großen offenen Marmorkamin zertrümmert hatte. Er vermutete, daß der Alte seit einigen Stunden tot war.

Eigentlich hätte er die Polizei anrufen müssen, aber er versuchte, sich die Situation aus ihrem Blickwinkel vorzustellen. Ein Ausländer in einer Luxusvilla, ein durch einen Schuß ins Auge ermordeter Mann. Zumindest wäre er festgenommen und ausführlich verhört worden. Das durfte Gabriel nicht zulassen.

Er richtete sich wieder auf und sah von dem Toten zu dem Raffael hinüber. Ein bemerkenswertes Bild, ein schöner Jüngling im Halbprofil, sinnlich beleuchtet. Gabriel vermutete, daß es entstanden war, als Raffael in Florenz gelebt und gearbeitet hatte, vermutlich zwischen 1504 und 1508. Schade, daß das mit dem Alten passiert war; es wäre ein Vergnügen gewesen, ein solches Meisterwerk zu restaurieren.

Er ging in die Eingangshalle zurück, blieb stehen und sah zu Boden. Er hatte auf dem weißen Marmor blutige Fußabdrücke hinterlassen. Das ließ sich nicht ändern. Er hatte gelernt, unter solchen Umständen so rasch wie möglich zu verschwinden, ohne sich viel darum zu kümmern, ob er Unordnung hinterließ oder etwa Lärm machte.

Gabriel nahm seinen Koffer mit, öffnete die Haustür und trat ins Freie. Der Regen war stärker geworden, und als er das Tor erreichte, sah er, daß auf den Natursteinplatten keine blutigen Spuren mehr zurückgeblieben waren.

Er ging rasch davon, bis er eine größere Verkehrsader erreichte: die Krähbühlstraße. Eine Bahn der Tramlinie sechs glitt den Hügel herab auf ihn zu. Gabriel lieferte ihr ein Wettrennen zur nächsten Haltestelle, indem er schnell ging, ohne zu laufen, und sprang ohne Fahrkarte hinein.

Die Straßenbahn fuhr ruckelnd an. Gabriel ließ sich auf einen Sitz fallen und sah nach rechts. An die Wagenwand zwischen zwei Fenstern war mit wasserfestem Filzstift ein Hakenkreuz über einen Davidsstern geschmiert. Darunter standen zwei Wörter: SCHEISS JUDEN.

Die Straßenbahn brachte ihn direkt zum Hauptbahnhof. In der Einkaufspassage im Bahnhofsuntergeschoß kaufte er sich ein exorbitant teures Paar Bally-Stiefel. Oben in der Schalterhalle sah er auf die Anzeigetafel mit den Abfahrtszeiten. In einer Viertelstunde fuhr ein Zug nach München. In München konnte er einen Abendflug nach London erreichen, wo er direkt zu Isherwoods Haus in South Kensington fahren und ihn erwürgen würde.

Er kaufte eine Fahrkarte erster Klasse und ging auf die Bahnhofstoilette. In einer WC-Kabine tauschte er seine Slipper gegen die neuen Stiefel. Beim Hinausgehen steckte er die alten Schuhe in einen Abfallkorb und bedeckte sie mit Papierhandtüchern.

Als er den Bahnsteig erreichte, stand der Zug längst zum Einsteigen bereit. Er stieg in den zweiten Wagen und folgte dem Seitengang, bis er sein Abteil erreichte. Es war leer. Als der Zug kurze Zeit später langsam anfuhr, schloß Gabriel die Augen, aber er glaubte noch immer, den vor dem *Porträt eines jungen Mannes* liegenden Toten und die an die Wand der Straßenbahn gekritzelten Wörter zu sehen: SCHEISS JUDEN.

Der Zug hielt wieder. Sie hatten den Bahnhof noch nicht verlassen. Draußen auf dem Gang kamen schwere Schritte näher. Dann flog Gabriels Abteiltür wie von einer Bombe aufgesprengt auf, und zwei Polizeibeamten stürmten herein.

2

Vitoria, Spanien

Tausend Kilometer weiter westlich, in der baskischen Stadt Vitoria, saß ein Engländer im kühlen Schatten der Plaza de España und trank in einem Café unter den eleganten Arkaden mit kleinen Schlucken einen Milchkaffee. Obwohl er von den Ereignissen in Zürich nichts wußte, würden sie den Gang seines wohlgeordneten Lebens bald verändern. Vorerst war seine Aufmerksamkeit auf das Bankportal auf der gegenüberliegenden Seite des Platzes konzentriert.

Er bestellte einen weiteren *café con leche* und zündete sich eine Zigarette an. Er trug einen Panamahut und eine Sonnenbrille. Sein Haar wies den vitalen Silberglanz eines Mannes auf, der nur vorzeitig ergraut ist. Der Farbton seines sandsteinfarbenen Popelineanzugs entsprach dem der Mehrzahl aller Gebäude in Vitoria, so daß er chamäleonartig mit seiner Umgebung verschmelzen konnte. Er schien in die Lektüre der neuesten Ausgaben von *El País* und *El Mundo* vertieft zu sein. Aber das war er nicht.

Auf den blaßgelben Naturstein der Bankfassade hatte ein Graffitikünstler eine Warnung geschrieben: TOURISTEN, VORSICHT! IHR SEID NICHT MEHR IN SPANIEN! DIES IST BASKISCHES LAND! Den Engländer beunruhigte das nicht im geringsten. Sollten die Separatisten es aus irgendeinem Grund auf ihn abgesehen haben, war er sich ganz sicher, daß er sich wirkungsvoll würde verteidigen können.

Sein Blick kehrte zum Bankportal zurück. In wenigen Minuten würde ein Kassierer namens Felipe Navarra das Gebäude zur Mittagspause verlassen. Seine Kollegen glaubten, er gehe zum Essen und zur Siesta mit seiner Frau nach Hause. Seine Frau glaubte, er treffe sich heimlich mit anderen baskischen Untergrundkämpfern. In Wirklichkeit würde Felipe Navarra zu einem Apartmenthaus in der Altstadt gehen, das unweit der Plaza de la Virgen Blanca lag, um dort den Nachmittag mit seiner Geliebten, einer schwarzhaarigen jungen Schönheit namens Amaia, zu verbringen. Das wußte der Engländer, weil er Navarra fast eine Woche lang beschattet hatte.

Um 13 Uhr 15 verließ Navarra die Bank und ging in Richtung Altstadt davon. Der Engländer ließ eine Handvoll Geldstücke auf dem Tisch liegen – genug für seine Zeche und ein großzügiges Trinkgeld für den Kellner – und folgte ihm unauffällig. Als ihr Weg über einen belebten Straßenmarkt führte, achtete er darauf, sicheren Abstand zu halten. Er brauchte Navarra nicht auf den Fersen zu bleiben; er wußte, wohin sein Opfer unterwegs war.

Felipe Navarra war kein gewöhnlicher Bankkassierer. Er war ein aktiver Geheimagent der Euzkadi Ta Azkatasuna – Baskenland und Freiheit –, der besser als ETA bekannten Terrororganisation. Im Lexikon der ETA war Navarra ein »schlafender« Kommandosoldat. Er führte ein normales Leben, hatte einen normalen Job und erhielt seine Befehle von einem anonymen Kommandeur. Vor einem Jahr hatte er den Auftrag erhalten, einen jungen Beamten der Guardia Civil zu ermorden. Zu Navarras Pech war der Vater dieses Beamten ein erfolgreicher Winzer, der genügend Geld hatte, um eine großangelegte Suche nach dem Mörder seines Sohns zu finanzieren. Ein Teil dieses Geldes lag jetzt auf dem Schweizer Nummernkonto des Engländers.

In Kreisen europäischer Terrorismusexperten stand die ETA in dem Ruf, in bezug auf Ausbildung und operative Disziplin mit der Irish Republican Army, kurz IRA, mithalten zu können, mit der der Engländer in der Vergangenheit zu tun gehabt hatte. Nach den bisherigen Beobachtungen des Engländers schien Felipe Navarra jedoch ein ziemlich leichtsinniger Geheimagent zu sein. Er ging auf dem kürzesten Weg zur Wohnung seiner Geliebten, ergriff keine Sicherheitsmaßnahmen und kontrollierte nicht einmal, ob er beschattet wurde. So war es ein Wunder, daß er's geschafft hatte, den Beamten der Guardia Civil zu ermorden und unerkannt zu entkommen. Der Engländer tat der ETA wahrscheinlich einen Gefallen, wenn er einen so unfähigen Agenten liquidierte.

Navarra verschwand in einem Apartmenthaus. Der Engländer ging über die Straße in eine Bäckerei, in der er noch einen *café con leche* trank und zwei Stücke Feingebäck aß. Er arbeitete nicht gern mit leerem Magen. Er sah auf seine Uhr. Navarra war seit zwanzig Minuten drinnen – reichlich Zeit, um zur Sache zu kommen.

Als er die stille Straße überquerte, hatte er eine amüsante Idee. Hätte er jetzt Navarras Frau angerufen, eine Rothaarige mit feurigem baskischem Temperament, hätte sie ihm wahrscheinlich die Arbeit abgenommen. Aber strenggenommen wäre das ein Vertragsbruch gewesen. Außerdem wollte er diesen Job selbst erledigen. Der Engländer tat seine Arbeit gern.

Er betrat die kühle, dunkle Eingangshalle. Direkt vor ihm lag der Durchgang zu einem schattigen Innenhof. Rechts neben dem Eingang waren Briefkästen angebracht. Er ging zur Treppe und stieg rasch zur Wohnung der jungen Frau im dritten Stock hinauf.

In der Wohnung lief ein Fernseher: irgendeine der schwachsinnigen Gameshows auf Antena 3. Sie half, die minimalen Geräusche zu übertönen, die sich nicht völlig vermeiden ließen, als der Engländer die Wohnungstür mit einem Dietrich öffnete. Er trat über die Schwelle, schloß die Tür hinter sich und sperrte sie von innen ab. Dann ging er auf leisen Sohlen ins Schlafzimmer.

Navarra saß am Fußende des Betts. Die junge Frau kniete vor ihm auf dem Fußboden, ihr Kopf bewegte sich rhythmisch zwischen seinen Beinen. Navarras Finger waren in ihr Haar gekrallt, und er hielt die Augen geschlossen, so daß er die Anwesenheit eines Fremden im Schlafzimmer nicht bemerkte. Der Engländer fragte sich, warum sie sich zu einer Gameshow liebten. *Jedem das seine,* dachte er.

Der Engländer durchquerte den Raum mit drei energischen Schritten, wobei der Fernseher das Geräusch seiner Schritte übertönte. Aus einer Scheide an seinem rechten Unterarm glitt ein Messer und fiel in seine Handfläche. Es war die Waffe eines Soldaten: ein schweres Kampfmesser mit Wellenschliff und dickem Rohledergriff. Er hielt sein Messer so, wie er es in der Ausbildung am Standort seines alten Regiments auf einem windgepeitschten Moor in den englischen Midlands gelernt hatte.

Wer jemanden ersticht, hat den natürlichen Drang, es von hinten zu tun, damit Täter und Opfer sich nie von Angesicht zu Angesicht begegnen, aber der Engländer war dafür ausgebildet, mit einem Messer von vorn zu töten. In diesem Fall bedeutete das den Verlust des Überraschungsmoments, aber der Engländer war ein Gewohnheitsmensch und handelte am liebsten streng nach Vorschrift.

Er trat noch einen Meter vor, so daß er hinter der jungen Frau stand. Ihr schwarzes Haar fiel über ihren langen V-förmigen Rücken. Sein Blick folgte der Linie ihres

Rückgrats bis zu der schlanken Taille, den sanft gerundeten Hüften und den straffen Gesäßbacken hinunter.

Navarra öffnete die Augen. Er bemühte sich verzweifelt, die junge Frau wegzustoßen. Der Mörder nahm ihm diese Arbeit ab, indem er sie am Haar packte und durch den Raum schleuderte, so daß sie auf dem Hintern über den Holzboden rutschte und eine Stehlampe umwarf.

Ohne den Eindringling aus den Augen zu lassen, griff Navarra über die zerwühlten Bettlaken hinter sich und tastete mit einer Hand seine dort in einem wüsten Haufen liegende Kleidung ab. Also hatte er eine Schußwaffe. Der Engländer trat vor, packte den Basken mit der linken Hand an der Kehle und drückte seinen Kehlkopf fast bis zur Grenze der Belastbarkeit zusammen. Dann stieß er den Mann aufs Bett zurück, wälzte sich auf ihn und stemmte ihm ein Knie in den Unterleib. Der Baske drehte und wand sich, während er nach Luft rang; aus seinem Gesichtsausdruck sprach eine Mischung aus panischer Angst und völliger Resignation.

Der Engländer holte weit aus, stieß sein Messer in das weiche Gewebe unter Navarras Brustkorb und zielte bei diesem Stoß nach oben aufs Herz. Die Augen des Mannes drohten aus ihren Höhlen zu quellen, und sein Körper wurde starr. Blut pulsierte über die Messerklinge.

Der Engländer zog sein Messer aus der Brust des Toten und stand auf. Die junge Frau hatte sich inzwischen wieder aufgerappelt. Jetzt trat sie vor und schlug ihm mit aller Kraft ins Gesicht.

»Für wen hältst du dich, verdammt noch mal?«

Der Engländer wußte nicht recht, wie er ihr eigenartiges Verhalten deuten sollte. Sie hatte eben mit ansehen müssen, wie er ihren Geliebten erstach, aber sie benahm sich, als sei er mit schmutzigen Stiefeln über ihren sauberen Fußboden getrampelt.

Sie schlug ihm wieder ins Gesicht. »Ich arbeite für Aragón, du Idiot! Ich spiele seit einem Monat Navarras Geliebte. Wir wollten ihn demnächst verhaften und seine ganze Zelle auffliegen lassen. Wer hat dich hergeschickt? Jedenfalls nicht Aragón. Der hätte mich vorher gewarnt.«

Sie stand da, wartete auf seine Antwort, schien sich ihrer Nacktheit nicht zu schämen.

»Ich arbeite für Castillo«, sagte er ruhig und in akzentfreiem Spanisch. In Wirklichkeit kannte er niemanden, der Castillo hieß – das war nur der erste Name, der ihm eingefallen war. Wo hatte er ihn gesehen? In der Bäckerei? Richtig! So hieß der Bäcker auf der anderen Straßenseite.

»Wer ist Castillo?« fragte sie.

»Der Mann, für den ich arbeite.«

»Arbeitet Castillo für Aragón?«

»Woher soll ich das wissen? Warum rufst du nicht einfach Aragón an? Er soll Castillo anrufen, damit wir diesen Scheiß aufklären können.«

»Wird gemacht.«

»Ruf ihn vom Telefon dort drüben an.«

»Worauf du dich verlassen kannst, Arschloch!«

»Beherrsch dich gefälligst, bevor alle Parteien im Haus mitbekommen, daß wir gerade einen Mann ermordet haben.«

Sie verschränkte ihre Arme vor der Brust, als nehme sie ihre Nacktheit erstmals wahr. »Wie heißt du?«

»Meinen Namen sage ich dir nicht.«

»Warum nicht?«

»Woher soll ich wissen, daß du wirklich für Aragón arbeitest? Vielleicht hast du mit deinem Lover hier zusammengearbeitet. Vielleicht gehörst du seiner Zelle an. Vielleicht rufst du ein paar seiner Freunde an, damit sie kommen und mich liquidieren.«

Er hob sein blutiges Kampfmesser und fuhr mit einem Daumen über die Klinge. Die junge Frau machte ein finsteres Gesicht. »Denk nicht mal daran, das zu versuchen. Scheißkerl!«

»Sieh zu, daß du Aragón an den Apparat bekommst. Dann sage ich dir meinen Namen.«

»Du sitzt echt in der Scheiße.«

»Ruf einfach Aragón an, dann erkläre ich ihm alles.«

Sie setzte sich auf die Bettkante, riß den Hörer von der Gabel und tippte wütend die Nummer ein. Der Engländer trat einen Schritt näher, legte seinen Zeigefinger auf die Gabel und unterbrach so die Verbindung.

»Verdammt, was soll das schon wieder? Wie heißt du also?«

Der Mörder hob sein Messer und zog die scharfe Klinge mit einem kurzen Ruck über ihre Kehle. Er trat zurück, um nicht von der ersten Blutfontäne getroffen zu werden; dann kniete er vor ihr nieder und beobachtete, wie das Leben aus ihrem Blick schwand. Kurz bevor sie die Augen schloß, beugte er sich nach vorn und flüsterte seinen Namen.

Der Engländer verbrachte den Rest des Tages am Steuer: auf der Schnellstraße von Vitoria nach San Sebastián, dann über die französische Grenze und über Toulouse nach Marseille. Spät an diesem Abend ging er an Bord einer Nachtfähre nach Korsika.

Er war wie ein typischer Korse gekleidet: weitgeschnittene Baumwollhose, staubige Ledersandalen, schwerer Pullover gegen die einsetzende Herbstkälte. Sein dunkelbraunes Haar trug er ziemlich kurz. Der Popelineanzug, den er in Vitoria getragen hatte, lag mit dem Panamahut in einem Abfallbehälter einer Raststätte bei Pau. Das silbergraue Toupet war aus dem Fahrerfenster in eine Gebirgsschlucht geflogen. Der Wagen, den er unter dem Namen David Mandelson – eine seiner vielen falschen Identitäten – gemietet hatte, stand wieder bei der Autovermietung in Marseille.

Er ging in seine Kabine hinunter: eine Einbettkabine mit Dusche und Toilette. Er ließ seinen kleinen Lederkoffer auf dem Bett zurück und stieg wieder aufs Oberdeck hinauf. Die Fähre war halbleer; an der Bar saßen nur wenige Leute, um noch etwas zu trinken und eine Kleinigkeit zu essen. Nach der langen Fahrt war er müde, aber seine ausgeprägte Selbstdisziplin ließ nicht zu, daß er sich schlafen legte, bevor er sich die Gesichter seiner Mitreisenden angesehen hatte.

Er machte einen Rundgang übers Deck, sah nichts Beunruhigendes und ging dann in die Bar, wo er sich einen halben Liter Rotwein bestellte und mit einem Korsen namens Matteo eine Unterhaltung begann. Wie der Engländer lebte Matteo im Nordwesten der Insel, aber zwei Täler weiter südlich im Schatten des Monte d'Oro. Im Tal des Engländers war er letztmals vor zwanzig Jahren gewesen. Das war charakteristisch für den Lebensrhythmus auf der Insel.

Das Gespräch kam auf die von Brandstiftern gelegten Brände, die das Tal des Engländers im Sommer des Vorjahres verwüstet hatten. »Sind die Täter je geschnappt worden?« fragte der Korse, während er sich aus der Weinkaraffe des Engländers bediente. Als der Engländer antwortete, die Behörden verdächtigten die Separatisten der FLNC, der Nationalen Korsischen Befreiungsfront, zündete der Korse sich eine Zigarette an und blies eine lange Rauchfahne in Richtung Decke. »Junge Hitzköpfe!« knurrte er, und der Engländer nickte langsam seine Zustimmung.

Nach einer halben Stunde wünschte er dem Korsen

eine gute Nacht und kehrte in seine Kabine zurück. In seinem Koffer hatte er ein kleines Radio. Er hörte sich die Mitternachtsnachrichten von Radio Marseille an. Nach einigen Minuten Lokalnachrichten folgten wichtige Meldungen aus aller Welt. Auf der West Bank hatte es wieder Kämpfe zwischen Israelis und Palästinensern gegeben. In der spanischen Stadt Vitoria waren zwei Mitglieder der Terrororganisation ETA ermordet worden. Und in der Schweiz war der prominente Bankier Augustus Rolfe in seiner Züricher Luxusvilla ermordet aufgefunden worden. Ein Tatverdächtiger befand sich in Haft. Der Engländer stellte das Radio ab, schloß die Augen und schlief sofort ein.

3

Zürich

Das Präsidium der Stadtpolizei Zürich lag nur wenige hundert Meter vom Hauptbahnhof entfernt in der Zeughausstraße, zwischen dem rauchfarbenen Fluß Sihl und einem weitläufigen Güterbahnhof eingeklemmt. Gabriel war über einen gepflasterten Innenhof in den Anbau aus Glas und Aluminium geführt worden, in dem das Morddezernat untergebracht war. Dort saß er jetzt in einem fensterlosen Vernehmungsraum, dessen Einrichtung aus einem hellen Kiefernholztisch und drei nicht zusammenpassenden Stühlen bestand. Sein Gepäck war ebenso beschlagnahmt worden wie seine Farben, Pinsel und Chemikalien. Auch seine Geldbörse, seinen Reisepaß und sein Handy hatte man ihm abgenommen. Sogar seine Armbanduhr hatte er abgeben müssen. Wahrscheinlich hofften sie, ihn dadurch desorientieren und verwirren zu können. Aber er war zuversichtlich, mehr über raffinierte Vernehmungsmethoden zu wissen als die Züricher Polizei.

Er war dreimal von verschiedenen Polizeibeamten vernommen worden: einmal kurz auf dem Bahnhof, bevor ihm seine Festnahme eröffnet worden war, und zweimal in diesem Raum. Nach Kleidung und Alter zu urteilen, wurde die Dienststellung der ihn verhörenden Beamten zunehmend höher.

Die Tür öffnete sich, und ein einzelner Beamter betrat den Vernehmungsraum. Er trug ein Tweedsakko ohne

Krawatte und stellte sich als Kommissar Baer vor. Er setzte sich Gabriel gegenüber, legte eine Akte auf den Tisch und starrte sie an, als habe er ein Schachbrett vor sich und grüble über seinen nächsten Zug nach.

»Sagen Sie mir Ihren Namen«, stieß er auf englisch hervor.

»Der hat sich nicht geändert, seit ich letztes Mal danach gefragt worden bin.«

»Sagen Sie mir Ihren Namen.«

»Mein Name ist Mario Delvecchio.«

»Wo wohnen Sie?«

»Port Narvas, Cornwall.«

»England?«

»Ja.«

»Sie sind Italiener, aber Sie leben in England?«

»Das ist meines Wissens nicht strafbar.«

»Das habe ich nicht behauptet, aber es ist interessant. Was machen Sie in Port Narvas, England?«

»Das habe ich den drei ersten Beamten, die mich vernommen haben, bereits gesagt.«

»Ja, ich weiß.«

»Ich bin Restaurator. Ich restauriere Gemälde.«

»Was führt Sie nach Zürich?«

»Ich bin engagiert worden, ein Gemälde zu reinigen.«

»In der Villa am Zürichberg?«

»Ja.«

»Wer hat Sie dafür engagiert, dieses Gemälde zu reinigen? *Reinigen?* Ist das der Ausdruck, den Sie benützt haben? Ein merkwürdiges Wort: reinigen. Man denkt dabei an Gebäude- oder Polsterreinigung, an eine Kleiderreinigung. Aber nicht an Gemälde. Ist das ein in Ihrer Branche üblicher Fachausdruck?«

»Ja«, sagte Gabriel. Der Kommissar schien enttäuscht zu sein, äußerte sich aber nicht weiter dazu.

»Wer hat Sie engagiert?«

»Das weiß ich nicht.«

»Wie meinen Sie das?«

»Damit meine ich, daß ich den Namen des Auftraggebers nie erfahren habe. Die Einzelheiten haben ein Anwalt in Zürich und ein Kunsthändler in London vereinbart.«

»Ah, richtig – Julius Isherwood.«

»Julian.«

Mit bürokratischer Ehrfurcht vor Ermittlungsakten strich der Kriminalbeamte demonstrativ den falschen Vornamen durch und trug sorgfältig den richtigen ein. Als er damit fertig war, sah er triumphierend auf, als erwarte er Beifall. »Bitte weiter.«

»Ich sollte einfach nur zu der Villa hinausfahren. Dort würde ich erwartet und eingelassen werden.«

»Von wem erwartet?«

»Das habe ich nie erfahren.«

Isherwoods Fax war in der Akte abgeheftet. Der Kriminalbeamte setzte eine Halbbrille auf und studierte das Fax. Beim Lesen bewegten sich seine Lippen mit. »Wann sind Sie in Zürich angekommen?«

»Sie haben meine entwertete Fahrkarte. Also wissen Sie, daß ich heute morgen angekommen bin.«

Das unwillige Stirnrunzeln des Kommissars zeigte, daß er es nicht mochte, wenn Verdächtige ihm sagten, was er wußte und was nicht.

»Was haben Sie nach Ihrer Ankunft getan?«

»Ich bin sofort zu der Villa hinausgefahren.«

»Sie haben nicht erst Ihr Hotel aufgesucht?«

»Nein, ich wußte noch nicht, in welchem Hotel ich wohnen würde.«

»In welchem Hotel *wollten* Sie absteigen?«

»Wie Sie aus dem Brief, der für mich in der Villa gelegen hat, ersehen können, war für mich ein Zimmer im Grandhotel Dolder reserviert.«

Baer ignorierte seinen Fauxpas und fragte weiter. »Wie sind Sie vom Hauptbahnhof zu der Villa gekommen?«

»Mit einem Taxi.«

»Wie hoch war der Fahrpreis?«

»Mit Trinkgeld zwanzig Franken.«

»Wann sind Sie vor der Villa angekommen?«

»Drei Minuten nach neun.«

»Wie können Sie das so genau wissen?«

»Lesen Sie in Julian Isherwoods Fax nach. Ich sollte um Punkt neun in der Villa eintreffen. Ich mache es mir nicht zur Gewohnheit, verspätet zu Terminen zu kommen, Kommissar Baer.«

Der Kriminalbeamte lächelte anerkennend. Er war ein sehr korrekter Mann und respektierte Pünktlichkeit und Gewissenhaftigkeit bei anderen, selbst wenn er sie wegen Mordes verdächtigte.

»Und nachdem Sie dort angekommen waren?«

»Ich habe geklingelt, aber die Sprechanlage blieb stumm. Also habe ich Mr. Isherwood in London angerufen. Er hat mir mitgeteilt, der Mann, der mich hätte einlassen sollen, habe unerwartet verreisen müssen.«

»Hat er das so gesagt? Er habe ›unerwartet verreisen müssen‹?«

»Irgendwas in dieser Art.«

»Und dieser Mr. Isherwood hat Ihnen die Codes gegeben?«

»Ja.«

»Wer hat Mr. Isherwood die Codes gegeben?«

»Das weiß ich nicht. Der Anwalt des Auftraggebers, vermute ich.«

»Haben Sie sich die Codes notiert?«

»Nein.«

»Weshalb nicht?«

»Das war nicht nötig.«

»Weshalb nicht?«

»Weil ich sie mir gemerkt habe.«

»Tatsächlich? Sie müssen ein sehr gutes Gedächtnis haben, Signor Delvecchio.«

Der Kommissar verließ den Raum und blieb eine Viertelstunde lang fort. Als er zurückkam, brachte er eine Tasse Kaffee für sich selbst und nichts für Gabriel mit. Er nahm wieder Platz und machte weiter, wo er aufgehört hatte.

»Diese Vereinbarungen kommen mir eigenartig vor, Signor Delvecchio. Ist es üblich, daß Sie nicht erfahren, um welchen Künstler es sich handelt, bevor Sie eintreffen, um mit der Restaurierung zu beginnen?«

»Nein, das ist nicht üblich. Tatsächlich ist es sehr ungewöhnlich.«

»Ganz recht.« Baer lehnte sich zurück und verschränkte die Arme, als komme dieses Eingeständnis einem unterschriebenen Geständnis gleich. »Ist es auch üblich, daß Sie den Namen des Besitzers eines Bildes, das Sie restaurieren sollen, nicht erfahren?«

»Das kommt gelegentlich vor.«

»Rolfe.« Er beobachtete Gabriel, um zu sehen, ob dieser Name irgendeine Reaktion hervorrief, was nicht der Fall war. »Der Besitzer des Gemäldes heißt Augustus Rolfe. Er ist auch der Mann, den Sie in der Villa ermordet haben.«

»Ich habe niemanden ermordet, das wissen Sie genau. Er ist lange vor meiner Ankunft in Zürich ermordet worden. Zum Tatzeitpunkt habe ich noch im Zug gesessen. Das können Dutzende von Zeugen bestätigen.«

Gabriels Argumentation schien den Kriminalbeamten

unbeeindruckt zu lassen. Er trank einen Schluck Kaffee, dann sagte er ruhig: »Erzählen Sie mir, was passiert ist, als Sie die Villa betreten haben.«

Gabriel schilderte den Ablauf der Ereignisse mit monotoner Stimme: die dunkle Eingangshalle, sein Tasten nach dem Lichtschalter, der nicht unterschriebene Brief in der Glasschale auf dem Tisch, der seltsame Geruch beim Betreten des Salons, die Entdeckung der Leiche.

»Haben Sie das Gemälde gesehen?«

»Ja.«

»Vor der Entdeckung der Leiche oder danach?«

»Danach.«

»Und wie lange haben Sie es sich angesehen?«

»Schwer zu sagen. Ungefähr eine Minute lang.«

»Sie haben gerade eine Leiche aufgefunden, und trotzdem nehmen Sie sich die Zeit, ein Bild zu betrachten.« Der Kriminalbeamte schien nicht recht zu wissen, was er mit dieser Information anfangen sollte. »Erzählen Sie mir von diesem Maler…« Er warf einen Blick in seine Notizen. »… von diesem Raffael. Ich bin leider kein großer Kunstkenner.«

Gabriel merkte, daß er log, beschloß aber, sein Spielchen mitzuspielen. In der folgenden Viertelstunde hielt er Baer einen detaillierten Vortrag über Leben und Werk Raffaels: seine Ausbildung, seine Vorbilder, seine maltechnischen Innovationen, die bleibende Bedeutung seiner Hauptwerke. Als er damit fertig war, starrte der Kriminalbeamte den Kaffeerest in seiner Tasse an – ein geschlagener Mann.

»Möchten Sie noch mehr hören?«

»Nein, vielen Dank. Das war sehr nützlich. Wenn Sie Augustus Rolfe nicht ermordet haben, weshalb haben Sie die Villa dann verlassen, ohne die Polizei zu verständigen? Warum haben Sie versucht, aus Zürich zu flüchten?«

»Ich wußte, daß die Umstände verdächtig erscheinen würden, deshalb bin ich in Panik geraten.«

Der Kommissar musterte ihn skeptisch, als könne er nicht glauben, daß Mario Delvecchio ein Mann war, der dazu neigte, in Panik zu geraten. »Wie sind Sie vom Zürichberg zum Hauptbahnhof gekommen?«

»Mit der Straßenbahn.«

Baer inspizierte Gabriels beschlagnahmtes Eigentum sorgfältig. »Ich sehe hier kein Billett für diese Fahrt. Sie haben doch bestimmt eines gelöst, bevor Sie in die Tram eingestiegen sind?«

Gabriel schüttelte den Kopf: schuldig im Sinne der Anklage. Kommissar Baer zog ruckartig die Augenbrauen hoch. Die Vorstellung, Gabriel sei schwarzgefahren, schien ihn mehr zu erschrecken als die Möglichkeit, er könnte einen alten Mann durch einen Kopfschuß getötet haben.

»Das ist ein ernstes Vergehen, Signor Delvecchio! Das wird Sie sechzig Franken Geldbuße kosten, fürchte ich.«

»Tut mir sehr leid.«

»Sind Sie schon früher in Zürich gewesen?«

»Nein, niemals.«

»Woher haben Sie dann gewußt, welche Tram Sie zum Hauptbahnhof bringen würde?«

»Das war nur ein glücklicher Zufall. Sie war in die richtige Richtung unterwegs, darum bin ich eingestiegen.«

»Noch etwas anderes, Signor Delvecchio. Haben Sie hier in Zürich irgendwelche Einkäufe gemacht?«

»Einkäufe?«

»Haben Sie irgendwas gekauft? Etwas eingekauft?«

»Ich habe mir neue Stiefel gekauft.«

»Weshalb?«

»Weil meine Schuhe im Regen durchgeweicht waren, als ich vor der Villa gewartet habe.«

»Sie waren in Panik. Sie hatten Angst davor, zur Polizei zu gehen, Sie wollten eiligst aus Zürich verschwinden – und trotzdem haben Sie sich die Zeit genommen, sich neue Stiefel zu kaufen, nur weil Sie nasse Füße hatten?«

»Ja.«

Baer kippte seinen Stuhl nach hinten und klopfte an die Tür. Sie wurde geöffnet, und eine Hand erschien, die einen durchsichtigen Asservatenbeutel mit Gabriels Schuhen hereinreichte.

»Die haben wir auf einer Toilette im Hauptbahnhof gefunden. Sorgfältig in Papierhandtücher gewickelt und in einem Abfallkorb vergraben. Ich vermute, daß das Ihre Schuhe sind. Und ich vermute, daß sie zu den blutigen Spuren passen werden, die wir in der Eingangshalle der Villa und auf dem Weg zum Tor entdeckt haben.«

»Ich habe Ihnen schon gesagt, daß ich dort war. Sollten diese Schuhe zu den Spuren passen, beweist das nichts.«

»Ziemlich teure Schuhe, um sie einfach in einen Abfallbehälter zu stopfen. Und sie sehen gar nicht so durchnäßt aus, finde ich.« Baer sah zu Gabriel auf und lächelte flüchtig. »Andererseits habe ich mal gehört, daß Leute, die leicht in Panik geraten, oft sehr empfindliche Füße haben.«

Es dauerte drei Stunden, bis Baer in den Vernehmungsraum zurückkam. Diesmal brachte er einen Mann mit. Gabriel erkannte auf den ersten Blick, daß der Neuankömmling eine höhere Autorität verkörperte. Ebenso offensichtlich war, daß er kein gewöhnlicher Kriminalbeamter der Züricher Stadtpolizei war. Das merkte Gabriel an den vielen kleinen Dingen, mit denen Baer ihm seine Reverenz erwies, indem er fast die Hacken zusammenschlug, als er ihm wie ein Oberkellner einen Stuhl an den Tisch rückte, bevor er selbst unauffällig in den Hintergrund trat.

Er stellte sich als Peterson vor. Vorname und Dienststellung behielt er für sich. Er trug einen tadellos gebügelten anthrazitgrauen Anzug und eine Bankierskrawatte. Sein Haar war fast weiß und modisch geschnitten. Seine Hände, die er vor sich auf der Tischplatte faltete, waren die eines Pianisten. Am linken Handgelenk trug er eine massive silberne Uhr, natürlich made in Switzerland, mit dunkelblauem Zifferblatt – eine Taucheruhr für große Wassertiefen. Er studierte Gabriel sekundenlang mit trägem, humorlosem Blick. Er besaß die natürliche Arroganz eines Mannes, der Geheimnisse weiß und Geheimakten führt.

»Die Sicherheitscodes.« Wie Baer sprach er Englisch mit Gabriel, allerdings fast ohne Akzent. »Wo haben Sie sich die notiert?«

»Ich habe sie mir nicht notiert. Wie ich Kommissar Baer gesagt habe …«

»Ich weiß, was Sie Kommissar Baer gesagt haben.« Petersons Blick wirkte plötzlich lebendig. »Ich frage Sie selbst. Wo haben Sie sich die Codes notiert?«

»Ich habe mir die Codes telefonisch von Mr. Isherwood in London durchgeben lassen und sie dann benützt, um das Tor und die Haustür der Villa zu öffnen.«

»Sie haben sich die Zahlen einfach gemerkt?«

»Ja.«

»Dann möchte ich sie jetzt hören.«

Gabriel wiederholte sie mit ruhiger Stimme. Peterson sah zu Baer hinüber, der knapp nickte.

»Sie haben ein bewundernswert gutes Gedächtnis, Signor Delvecchio.«

Er hatte überraschend von Englisch zu Deutsch gewechselt. Gabriel starrte ihn ausdruckslos an, als verstehe er kein Wort. Peterson sprach Englisch weiter.

»Sie sprechen kein Deutsch, Signor Delvecchio?«

»Nein.«

»Nach Aussage des Taxifahrers, der Sie vom Hotel Savoy zu der Villa am Zürichberg gebracht hat, sprechen Sie recht gut Deutsch.«

»Ein paar Worte Deutsch können und wirklich Deutsch *sprechen,* sind zwei grundverschiedene Dinge.«

»Von dem Fahrer wissen wir, daß Sie ihm die Adresse ohne Stocken in flüssigem Deutsch genannt haben – in unverkennbarem Berliner Tonfall. Das interessiert mich, Signor Delvecchio. Wie kommt es, daß Sie Deutsch mit Berliner Tonfall sprechen?«

»Nein, ich spreche kein richtiges Deutsch. Ich kann nur ein paar Worte. Ich bin ein paar Wochen in Berlin gewesen, um dort ein Gemälde zu restaurieren. Dabei muß ich den Tonfall aufgeschnappt haben.«

»Wann war das?«

»Vor ungefähr vier Jahren.«

»Vor *ungefähr* vier Jahren?«

»Ja.«

»Welches Gemälde?«

»Wie bitte?«

»Dieses Gemälde, das Sie in Berlin restauriert haben. Von wem war es? Welchen Titel hatte es?«

»Tut mir leid, das ist vertraulich.«

»Jetzt ist nichts mehr vertraulich, Signor Delvecchio. Ich will den Titel des Gemäldes und den Namen seines Besitzers.«

»Das Gemälde war ein Caravaggio in Privatbesitz. Bedaure, den Namen des Besitzers darf ich nicht preisgeben.«

Peterson streckte dem Kommissar eine Hand hin, ohne ihn anzusehen. Baer übergab ihm ein einzelnes Blatt Papier aus seinem Ordner. Peterson betrachtete es mit betrübter Miene, als habe der Patient nicht mehr lange zu leben.

»Wir haben Ihren Namen in unseren Fahndungscomputer eingegeben, um zu sehen, ob Sie zufällig mit Schweizer Haftbefehl gesucht werden. Ich freue mich, Ihnen mitteilen zu können, daß nichts gegen Sie vorliegt – nicht mal ein Strafmandat wegen eines Verkehrsvergehens. Wir haben unsere Freunde jenseits der Grenze in Italien gebeten, das gleiche zu tun. Auch dort liegt nichts gegen Sie vor. Aber unsere italienischen Freunde haben uns etwas Interessanteres mitgeteilt. Offenbar ist ein Mario Delvecchio, geboren am 23. September 1951, vor dreiundzwanzig Jahren in Turin an Lymphdrüsenkrebs gestorben.« Er sah von seinen Unterlagen auf und fixierte Gabriel mit durchdringendem Blick. »Für wie groß halten Sie die Wahrscheinlichkeit, daß zwei Männer den exakt gleichen Namen und dasselbe Geburtsdatum haben?«

»Woher soll ich das wissen?«

»Ich halte das für äußerst unwahrscheinlich. Ich glaube, daß es nur einen Mario Delvecchio gegeben hat, dessen Identität Sie sich angeeignet haben, um einen italienischen Paß zu bekommen. Ich glaube nicht, daß Sie Mario Delvecchio heißen. Ich bin mir meiner Sache sogar ziemlich sicher. Ich glaube, daß Sie in Wirklichkeit Gabriel Allon heißen und für den israelischen Geheimdienst arbeiten.«

Peterson lächelte erstmals, aber das war kein angenehmes Lächeln, sondern eine schmallippige Grimasse.

»Vor fünfundzwanzig Jahren haben Sie den in Zürich lebenden palästinensischen Bühnenautor Ali Abdel Hamidi ermordet. Eine Stunde nach der Tat waren sie bereits außer Landes und vermutlich am nächsten Morgen schon in Tel Aviv. Aber diesmal sitzen Sie hier fest, fürchte ich.«

4

Zürich

Irgendwann nach Mitternacht wurde Gabriel aus dem Vernehmungsraum in eine Arrestzelle in einem Seitenflügel des Gebäudes verlegt. Sie war klein und in Anstaltsgrau gehalten; die gesamte Einrichtung bestand aus einer nackten Matratze auf einem eisernen Bettgestell und einem rostfleckigen Klosett, das unaufhörlich lief. An der Decke summte eine einzelne Glühbirne in einem Drahtkäfig. Das Tablett mit seinem unberührten Abendessen – fette Schweinswürstchen, zerkochtes Gemüse, Rösti mit Zwiebeln – stand neben der Tür auf dem Boden, als warte es darauf, vom Zimmerservice abgeholt zu werden. Vermutlich entsprachen die Schweinswürstchen Petersons Vorstellung von einem gelungenen Scherz.

Er versuchte, sich die Ereignisse vorzustellen, von denen er wußte, daß sie sich außerhalb dieser Mauern abspielten. Peterson hatte seinen Vorgesetzten informiert, sein Vorgesetzter hatte sich ans Außenministerium gewandt. Unterdessen war die Nachricht von seiner Verhaftung vermutlich auch in Tel Aviv bekannt. Der Premierminister würde fuchsteufelswild sein. Er hatte schon genügend andere Probleme: die West Bank in Flammen, der Friedensprozeß am Boden zerstört, seine brüchige Koalition am Rand des Zerfalls. Was er am allerwenigsten brauchen konnte, war ein *kidon,* selbst ein ehemaliger *kidon,* der in der Schweiz hinter Gittern saß – ein weiterer israelischer Geheimdienstskandal, der nur darauf wartete, in aller Welt Schlagzeilen zu machen.

Und deshalb würden in dem anonymen Verwaltungsgebäude am King Saul Boulevard in Tel Aviv heute nacht viele dringende Konferenzen stattfinden. Und Schamron? War Schamron in seiner Festung an einem See in Tiberias verständigt worden? War er heutzutage drin oder draußen? Bei Schamron ließ sich das immer schwer beurteilen. Er war schon drei- oder viermal aus seinem unsicheren Ruhestand geholt und nach Tel Aviv zurückgerufen worden, um diese oder jene Krise zu bewältigen, oder man hatte ihn für irgendein zweifelhaftes Beratergremium angefordert, beziehungsweise gewünscht, daß er seine Erfahrung einem angeblich unabhängigen Untersuchungsausschuß zur Verfügung stellte. Erst vor kurzem war er für eine Übergangszeit zum Chef des Dienstes ernannt worden – eine Position, die er innegehabt hatte, als er erstmals zwangspensioniert und in die Wildnis von Judäa geschickt worden war. Gabriel fragte sich, ob er noch immer im Amt war. Bei Schamron konnte eine *Übergangszeit* hundert Tage oder hundert Jahre dauern. Obwohl er aus Polen stammte, hatte er den dehnbaren Zeitbegriff eines Beduinen. Gabriel war Schamrons *kidon*. Schamron würde diesen Fall übernehmen, ob er nun pensioniert war oder nicht.

Der Alte... Er war immer »der Alte« gewesen, selbst während seines kurzen Versuchs, als Mann in mittleren Jahren aufzutreten. *Wo ist der Alte? Hat jemand den Alten gesehen? Haut schleunigst ab! Der Alte ist hierher unterwegs!* Jetzt war Schamron wirklich alt, aber vor Gabriels innerem Auge stand noch immer die bedrohliche kleine Gestalt, die ihn an einem Nachmittag im September 1972 in einer Vorlesungspause in der Kunstakademie Betsal'el aufgesucht hatte. Ein stahlharter Mann. Man konnte ihn fast klirren hören, wenn er sich bewegte. Er hatte alles über Gabriel gewußt. Hatte gewußt, daß er in einem Kibbuz im Jezreeltal aufgewachsen war und das Landleben leidenschaftlich haßte. Hatte gewußt, daß er seinem Wesen nach ein Einzelgänger war, obwohl er schon damals mit seiner Kommilitonin Leah Savir verheiratet war. Hatte gewußt, daß seine Mutter die Kraft aufgebracht hatte, Auschwitz zu überleben, aber keine Chance gegen den Krebs hatte, der ihren Körper zerstörte; daß auch Gabriels Vater Auschwitz überlebt hatte, aber keine Chance gegen die ägyptische Granate gehabt hatte, die ihn auf dem Sinai zerfetzt hatte. Hatte aus seiner Stammakte beim Militär gewußt, daß er mit Waffen fast so geschickt umgehen konnte wie mit seinen Pinseln.

»Sie verfolgen die Fernsehnachrichten?«

»Ich male.«

»Sie haben von München gehört? Sie wissen, was unseren Jungs dort zugestoßen ist?«

»Ja, das habe ich gehört.«

»Das regt Sie nicht auf?«

»Natürlich tut es das – aber auch nicht mehr, weil sie Sportler oder Olympiateilnehmer waren.«

»Sie könnten trotzdem zornig sein.«

»Auf wen?«

»Auf die Palästinenser. Auf die Terroristen des Schwarzen September, die mit dem Blut Ihres Volkes an den Händen herumlaufen.«

»Ich bin niemals zornig.«

Und obwohl Gabriel das damals nicht ahnte, besiegelten diese Worte Schamrons Engagement für ihn, und er begann, ihn zu umgarnen.

»Sie beherrschen Fremdsprachen, ja?«

»Ein paar.«

»Ein paar?«

»Meine Eltern mochten Hebräisch nicht, deshalb haben sie europäische Sprachen gesprochen.«

»Welche?«

»Das wissen Sie bereits. Sie wissen alles über mich. Diese Spielchen können Sie sich sparen.«

Und so beschloß Schamron, ihm reinen Wein einzuschenken. Golda Meir hatte ihn angewiesen, »die Jungs loszuschicken«, um sie die Verbrecher des Schwarzen September, die dieses Blutbad angerichtet hatten, liquidieren zu lassen. Das Unternehmen sollte den Decknamen »Zorn Gottes« tragen. Dabei gehe es nicht um Gerechtigkeit, sagte Schamron. Hier gehe es um Auge für Auge – schlicht und einfach um Rache.

»Tut mir leid, Ari. Danke, daß Sie mich gefragt haben. Nicht interessiert.«

»Nicht interessiert? Wissen Sie, wie viele Jungs in diesem Land alles dafür geben würden, diesem Team angehören zu dürfen?«

»Gehen Sie los und fragen Sie sie.«

»Die anderen will ich nicht. Ich will Sie.«

»Warum mich?«

»Weil Sie begabt sind. Weil Sie Sprachkenntnisse haben. Sie haben einen klaren Kopf. Sie trinken nicht, Sie rauchen kein Hasch. Sie sind kein Verrückter, der unüberlegt handelt und sich und andere gefährdet.«

Und weil Sie die emotionale Kälte eines Killers besitzen, dachte Schamron, ohne es jedoch auszusprechen. Stattdessen erzählte er ihm eine Geschichte, die Geschichte eines jungen Geheimdienstagenten, der für einen Spezialauftrag ausgewählt worden war, weil er eine spezielle Gabe besaß: außergewöhnliche Körperkräfte für einen so kleinen Mann. Die Geschichte von einer Nacht in einem Vorort von Buenos Aires, in der dieser junge Geheimdienstagent einen Mann an einer Bushaltestelle hatte warten sehen. *Er hat dort wie ein gewöhnlicher Mann gewartet, Gabriel. Wie ein gewöhnlicher, erbärmlicher kleiner Mann.* Und wie dieser junge Geheimdienstagent aus einem Wagen gesprungen war und den Mann an der Kehle gepackt hatte, wie er auf ihm gesessen hatte, als der Wagen davongerast war, und wie er seinen Angstschweiß gerochen hatte. Den gleichen Angstschweiß, den die Juden vergossen hatten, als dieser erbärmliche kleine Mann sie in die Gaskammern geschickt hatte. Und das hatte gewirkt, wie Schamron es erwartet hatte. Denn Gabriel war der einzige Sohn zweier Auschwitzüberlebender, und ihre Narben waren auch seine.

Er war plötzlich sehr müde. Das mußte man sich vorstellen: All diese Jahre, all diese Morde, und nun saß er erstmals hinter Gittern – wegen eines Mordes, den er nicht verübt hatte. *Du sollst dich nicht erwischen lassen!* Lautete Schamrons elftes Gebot. *Du sollst alles tun, um einer Verhaftung zu entgehen. Du sollst notfalls das Blut Unschuldiger vergießen.* Nein, dachte Gabriel. Du sollst kein unschuldiges Blut vergießen.

Gabriel kniff seine Augen fest zusammen und versuchte zu schlafen, aber das war zwecklos: Petersons ständig brennendes Licht hielt ihn wach. Auch am King Saul Boulevard brannten bestimmt noch viele Lichter. Und irgend jemand würde telefonieren. Weckt ihn nicht, dachte Gabriel, denn ich will sein Lügengesicht nie wieder sehen. Laßt ihn schlafen. Laßt den alten Mann schlafen.

Wenige Minuten nach acht Uhr betrat Peterson Gabriels Zelle. Wie spät es war, wußte Gabriel, doch nicht etwa, weil Peterson sich die Mühe machte, es ihm zu sagen, sondern weil er einen Blick auf dessen große Taucheruhr werfen konnte, als der andere aus seinem mitgebrachten Kaffeebecher trank.

»Ich habe mit Ihrem Chef gesprochen.«

Er machte eine Pause, um zu sehen, ob seine Worte irgendeine Reaktion auslösten, aber Gabriel schwieg weiter. Seine Position war, er sei von Beruf Restaurator, sonst nichts, und Herr Peterson sei das bedauerliche Opfer einer vorübergehenden geistigen Verwirrung.

»Er hat mir die kollegiale Höflichkeit erwiesen, nicht zu versuchen, sich durch Lügen aus dieser Situation herauszuwinden. Ich erkenne an, daß er sich professionell verhalten hat. Auch Bern scheint kein Interesse daran zu haben, diese Sache weiterzuverfolgen.«

»Welche Sache meinen Sie?«

»Ihre Verwicklung in die Ermordung Ali Hamidis«, sagte Peterson kalt. Gabriel hatte den Eindruck, er bemühe sich, gewalttätige Gedanken zu unterdrücken. »Da eine Anklage in der Mordsache Rolfe unweigerlich Ihre schmutzige Vergangenheit zutage fördern würde, bleibt uns nichts anderes übrig, als auch diese Ermittlungen gegen Sie einzustellen.«

Peterson war mit der Entscheidung seiner Vorgesetzten in Bern offensichtlich nicht einverstanden.

»Ihre Regierung hat uns versichert, daß sie keinem der israelischen Geheimdienste mehr angehören und in keiner *offiziellen* Funktion nach Zürich gekommen sind. Meine Regierung hat es vorgezogen, diese Zusicherungen für bare Münze zu nehmen. Sie will nicht zulassen, daß die Schweiz zu einer Bühne wird, auf der Israelis und Palästinenser die Schrecken der Vergangenheit wiederaufleben lassen.«

»Wann kann ich gehen?«

»Ein Vertreter Ihrer Regierung kommt Sie abholen.«

»Ich würde mich gern umziehen. Kann ich meinen Koffer haben?«

»Nein.«

Peterson richtete sich auf, rückte seine Krawatte zurecht und fuhr sich mit einer Hand übers Haar. Gabriel hielt das für eine merkwürdig intime Geste eines Mannes in Gegenwart eines anderen. Dann trat er an die Zellentür, klopfte und wartete, bis aufgesperrt wurde.

»Ich mag keine Mörder, Mr. Allon. Besonders nicht, wenn sie in staatlichem Auftrag morden. Zu den Bedingungen für Ihre Freilassung gehört, daß Sie nie wieder einen Fuß auf Schweizer Boden setzen. Kommen Sie jemals zurück, sorge ich dafür, daß Sie unser Land nie mehr verlassen.«

Die Tür öffnete sich. Peterson wollte hinausgehen, aber dann drehte er sich noch einmal nach Gabriel um.

»Wirklich eine Schande, was Ihrer Frau und Ihrem Sohn in Wien zugestoßen ist. Es muß schrecklich sein, mit dieser Erinnerung leben zu müssen. Bestimmt wünschen Sie sich manchmal, *Sie* hätten an ihrer Stelle in dem Wagen gesessen. Guten Tag, Mr. Allon.«

Es wurde Spätnachmittag, bis Peterson sich endlich dazu herbeiließ, Gabriel zu entlassen. Kommissar Baer holte ihn aus der Arrestzelle ab; er unterzog sich dieser Pflicht schweigend, als sei Gabriel statt in die Freiheit zum Galgen unterwegs. Baer übergab ihm seinen Lederkoffer, sein Künstlermaterial und einen dicken honiggelben Umschlag mit seinen persönlichen Dingen. Gabriel ließ sich Zeit, während er kontrollierte, ob seine Sachen wirklich alle da waren. Baer sah angelegentlich auf seine Armbanduhr, als stehe er unter Zeitdruck. Gabriels Sachen waren ausgekippt, durchsucht und in wildem Durcheinander in den Koffer zurückgestopft worden. Irgend jemand hatte in seinem Koffer eine Flasche Lösungsmittel verschüttet. Baer zuckte mit den Schultern – *Bedaure, guter Mann, solche Dinge passieren eben, wenn man sich mit der Polizei anlegt.*

Draußen auf dem nebelverhangenen Innenhof stand eine von einem halben Dutzend Uniformierter bewachte schwarze Mercedes-Limousine. An den Fenstern der umgebenden Gebäude drängten sich Polizisten und Sekretärinnen, um zu sehen, wie der israelische Berufskiller seinen Landsleuten übergeben wurde. Als Gabriel sich dem Wagen näherte, wurde die hintere rechte Tür aufgestoßen, und Schwaden von Zigarettenrauch quollen heraus. Ein Blick auf den wegen der getönten Scheiben düsteren Rücksitz bestätigte, von wem sie stammten.

Er machte abrupt halt, eine Reaktion, die Baer völlig zu überraschen schien. Dann setzte er sich widerstrebend erneut in Bewegung und stieg hinten ein. Baer schloß die Tür, und die Limousine fuhr sofort mit auf dem nassen Kopfsteinpflaster durchdrehenden Rädern davon. Schamron sah ihn nicht an. Schamron blickte aus dem Fenster; die Augen auf das nächste Schlachtfeld gerichtet, die Gedanken schon beim nächsten Feldzug.

5

Zürich

Um den Flughafen Zürich-Kloten zu erreichen, mußten sie nach Norden und wieder über den Zürichberg fahren. Auf der Höhe des Bergrückens blieben die eleganten Villen hinter ihnen zurück, und vor ihnen lag eine von häßlichen Einkaufszentren in Modulbauweise entstellte flache Flußebene. Während die Nachmittagssonne sich bemühte, die Wolkendecke zu durchdringen, kamen sie auf der verkehrsreichen zweispurigen Verbindungsstraße zur Autobahn nur langsam voran. Ein Wagen blieb die ganze Zeit hinter ihnen. Der Mann auf dem Beifahrersitz hätte Peterson sein können.

Ari Schamron war in offizieller Funktion nach Zürich gekommen, aber nach Kleidung und Auftreten hatte er die Identität eines gewissen Herrn Heller angenommen, unter dessen Namen er oft in Europa unterwegs war. Rudolf Heller von Heller Enterprises, Ltd., einer international tätigen Risikokapitalfirma mit Niederlassungen in London, Paris, Berlin, Bern und auf den Bahamas. Seine zahlreichen Kritiker hätten sagen können, Heller Enterprises sei auf Mord und Entführung, Erpressung und Verrat spezialisiert. Heller Enterprises sei eine Old-Economy-Firma, sagten die Kritiker. Was der Dienst am King Saul Boulevard brauche, um seinen langen Winter der Verzweiflung hinter sich zu lassen, sei ein New-Economy-Chef für die New-Economy-Welt. Aber Herr Heller hielt die Schlüssel zur Chefsuite mit seinem patentierten Schraubstockgriff umklammert, und in Israel brachten nur wenige, zu denen auch der Premierminister gehörte, den Mut auf, wenigstens zu versuchen, sie ihm zu entwinden.

Für seine Bruderschaft ergebener Gefolgsleute war Schamron eine lebende Legende. Auch Gabriel hatte einst zu seinen Jüngern gehört. Aber Schamron war außerdem ein Lügner, ein dreister Lügner, der keine Reue kannte. Er log ganz selbstverständlich, er log, weil Ehrlichkeit und Aufrichtigkeit ihm fremd waren, und er hatte Gabriel immer wieder belogen. Eine Zeitlang hatte ein Vater-Sohn-Verhältnis sie miteinander verbunden. Aber der Vater war wie ein Mann geworden, der spielt oder trinkt oder mit vielen Frauen schläft und deshalb seine Kinder belügen muß, und jetzt haßte Gabriel ihn, wie nur ein Sohn seinen Vater hassen kann.

»Was machen Sie hier? Warum haben Sie nicht einfach jemanden von unserer Station in Bern vorbeigeschickt, um mich abholen zu lassen?«

»Weil Sie zu wichtig sind, um Sie jemandem von denen anzuvertrauen.« Schamron zündete sich die nächste seiner übelriechenden türkischen Zigaretten an und ließ das Feuerzeug laut zuschnappen. »Außerdem haben Herr Peterson und seine Freunde im Außenministerium auf meinem Kommen als Voraussetzung für Ihre Entlassung bestanden. Den Schweizern macht es Spaß, mich anzubrüllen, wenn einer unserer Agenten in der Bredouille ist. Ich weiß nicht recht, warum. Vermutlich gibt es ihrem Überlegenheitskomplex Nahrung – läßt sie ihre vergangenen Sünden vergessen.«

»Wer ist Peterson?«

»*Gerhardt* Peterson arbeitet in der Abteilung Auswertung/Abwehr.«

»Was zum Teufel ist das?«

»Der interne Schweizer Sicherheitsdienst. Zu seinen Aufgaben gehören nationale Sicherheitsfragen, Spionageabwehr und Ermittlungen gegen Schweizer, die des Landesverrats verdächtigt werden. Peterson ist die Nummer zwei der Sektion. Er koordiniert ihre gesamte Arbeit.«

»Wie haben Sie ihn dazu gebracht, mich laufenzulassen?«

»Ich habe den unterwürfigen Juden gespielt. Ich habe ihnen wie üblich versprochen, daß wir nicht auf Schweizer Boden operieren werden, ohne uns zuvor mit Herrn Peterson und seinen Vorgesetzten im Schweizer Geheimdienst abgestimmt zu haben. Und ich habe ihnen von einem bestimmten Schweizer Waffenfabrikanten erzählt, der Bombenzünder meistbietend an Terroristen verkauft. Ich habe ihnen vorgeschlagen, die Situation zu bereinigen, bevor irgend jemand die Sache selbst in die Hand nimmt.«

»Sie haben immer einen Trumpf im Ärmel.«

»Aus Erfahrung weiß ich, daß man nie zu gut vorbereitet sein kann.«

»Ich dachte, Ihre Amtszeit sei zu Ende.«

»Sie sollte vor einem halben Jahr enden, aber der Premierminister hat mich gebeten, vorläufig im Amt zu bleiben. Angesichts der Lage in den besetzten Gebieten waren wir beide der Ansicht, ein Führungswechsel am King Saul Boulevard sei jetzt nicht opportun.«

Die Aufstände hat Schamron wahrscheinlich selbst organisiert, dachte Gabriel. Wie hätte er sich besser unentbehrlich machen können? Nein, dazu war nicht einmal Schamron imstande.

»Mein Angebot gilt weiter.«

»Welches Angebot meinen Sie?«

»Stellvertretender Direktor der Operationsabteilung.«

»Nein, danke.«

Schamron zuckte mit den Schultern. »Erzählen Sie mir, was passiert ist. Ich will alles genau hören, vom Anfang bis zum Ende.«

Gabriel mißtraute Schamron so sehr, daß er überlegte, ob er ihn seiner Theorie folgend, je weniger Schamron über etwas wisse, desto besser, mit einem kurzen Bericht abspeisen sollte. Aber zumindest hatten sie so unterwegs ein neues Thema, statt alte Kriege neu austragen zu müssen, deshalb erzählte Gabriel ihm alles von seiner Ankunft mit dem Nachtzug aus Paris bis zu seiner Festnahme und den Verhören. Während Gabriel sprach, sah Schamron aus dem Fenster und drehte dabei sein Feuerzeug zwischen den Fingern: im Uhrzeigersinn, gegen den Uhrzeigersinn, im Uhrzeigersinn, gegen den Uhrzeigersinn …

»Haben Sie die Leiche gesehen?«

»Sehr professionell, ein Schuß durchs Auge. Bestimmt war er tot, bevor sein Körper den Boden berührt hat. Ein Gnadenschuß war nicht nötig.«

»Sind Sie bei den Vernehmungen geschlagen worden?«

»Nein.«

Das schien Schamron zu enttäuschen.

»Peterson hat gesagt, die Ermittlungen seien unter Druck aus Bern eingestellt worden.«

»Schon möglich, aber andererseits hätte Peterson Ihnen den Mord an Ali Hamidi nie anhängen können. Jemanden wegen eines fünfundzwanzig Jahre zurückliegenden Mordes den Prozeß zu machen, ist schwierig genug. Aber einen Profi zur Rechenschaft ziehen zu wollen …« Er zuckte mit den Schultern, als sei das aussichtslos. »Die Liquidierung Ali Hamidis war ein Kunstwerk. Keine Zeugen, keine Beweise.«

Vor Gabriels innerem Auge erschien wieder das Filmstargesicht Ali Hamidis. Auf den Korridoren am King

Saul Boulevard war der vielgeliebte Palästinenser als »Schwertfechter Allahs« bekannt gewesen. Verfasser von Bühnenstücken, die nie aufgeführt wurden, Verführer und Manipulator törichter junger Frauen. *Tust du mir den Gefallen, dieses Päckchen an dieser Adresse abzuliefern? Du fliegst nach Tel Aviv? Bist du so nett, ein Päckchen für einen Freund mitzunehmen?* Die Päckchen enthielten unweigerlich Sprengstoff, und seine Geliebten wurden mit allen, die zufällig in der Nähe waren, in tausend Stücke zerrissen. Eines Abends lernte Hamidi in einer Bar in Zürich-Niederdorf eine angebliche Studentin namens Trude kennen. Als sie vorschlug, zu ihr zu gehen, war Hamidi gern einverstanden. Wenige Minuten später führte sie ihn durch eine schmale Gasse, in der Gabriel mit einer Beretta Kaliber 22 lauerte. Noch jetzt glaubte er zu hören, wie die Geschosse in Hamidis Körper einschlugen.

»Vermutlich sollte ich mich bei Ihnen dafür bedanken, daß Sie mich rausgeholt haben.«

»Nein, Dankbezeugungen sind nicht nötig. Tatsächlich müßte ich mich bei Ihnen entschuldigen, fürchte ich.«

»Entschuldigen? Wofür?«

»Wäre ich nicht gewesen, hätten Sie Augustus Rolfes Villa nie betreten.«

Rami, Schamrons allgegenwärtiger persönlicher Leibwächter, saß am Steuer des Mercedes. Schamron wies ihn an, in Kloten einen Rundkurs zu fahren. Gabriel beobachtete zwanzig Minuten lang, wie dieselbe Parade von Logos von Fluggesellschaften und Flugsteigen wieder und wieder an seinem Fenster vorbeizog. Vor seinem inneren Auge standen andere Bilder: aufzuckende Erinnerungen an vergangene Unternehmungen, alte Kollegen und alte Feinde. Seine Handflächen waren feucht, sein Puls ging schneller. *Schamron.* Er hatte es wieder mal geschafft.

»Rolfe hat uns über unsere Botschaft eine Nachricht zukommen lassen«, begann Schamron. »Er wollte sich mit jemandem vom Dienst treffen. Einen Grund dafür hat er nicht genannt, aber wenn ein Mann wie Augustus Rolfe mit uns reden will, bemühen wir uns im allgemeinen, seinem Wunsch zu entsprechen. Er wollte, daß das Treffen streng diskret stattfindet. Ich habe mich etwas näher mit Rolfe befaßt und festgestellt, daß er Kunstsammler war. Natürlich sind Sie mir als Idealbesetzung für diesen Job vorgekommen, und ich habe dafür gesorgt, daß Sie dafür engagiert wurden, eines seiner Gemälde zu reinigen. Ein Rubens, wenn ich mich nicht irre.«

»Es war ein Raffael.«

Schamron verzog das Gesicht, als seien ihm solche kleinen Unterschiede gleichgültig. Malerei, Musik, Literatur, das Theater – diese Dinge langweilten ihn. Er war ein Mann der realen Welt.

»Hat Isherwood gewußt, daß der Auftrag nur eine Tarnung war?«

»Julian? Nein, den habe ich auch getäuscht, fürchte ich.«

»Warum arbeiten Sie immer mit Tricks? Warum haben Sie mir nicht einfach die Wahrheit gesagt?«

»Hätten Sie das an meiner Stelle getan?«

»Nein.«

Ein Neigen des kahlen Schädels, ein weiterer langer Zug an der türkischen Zigarette – *Ich schließe mein Plädoyer.* »Ich fürchte, die Wahrheit und ich sind einander etwas entfremdet. Ich bin ein alter Mann, Gabriel. Ich habe mein Leben lang Lügen erzählt. Ich fühle mich mit Lügen wohler als mit der Wahrheit.«

»Ich will aussteigen! Ich will nichts mehr hören!«

»Lassen Sie mich ausreden.«

»Halten Sie die Klappe! Ich will Ihre Stimme nicht mehr hören.«

»Hören Sie mir gefälligst zu, Gabriel!« Schamron schlug mit der Faust auf die Sitzfläche zwischen ihnen. »Augustus Rolfe, ein Schweizer Bankier, wollte mit uns reden und ist dafür ermordet worden. Ich will wissen, was Rolfe uns mitteilen wollte, und ich will wissen, wer ihn deswegen umgebracht hat!«

»Suchen Sie sich einen anderen, Ari. Ermittlungen in Mordfällen waren nie meine Spezialität. Tatsächlich habe ich mich dank Ihrer Ausbildung eher auf dem gegenteiligen Gebiet hervorgetan.«

»Bitte, Gabriel, wir wollen diesen alten Streit nicht aufwärmen.«

»Sie scheinen sich recht gut mit Peterson zu verstehen. Spielen Sie wieder den servilen Juden, ist er bestimmt bereit, Sie über den Fortgang seiner Ermittlungen auf dem laufenden zu halten.«

»Augustus Rolfe wurde ermordet, weil jemand wußte, daß Sie nach Zürich kommen würden – irgend jemand, der nicht wollte, daß Sie hören, was Rolfe zu sagen hatte. Jemand, der es darauf angelegt hat, *Sie* als den Mörder hinzustellen.«

»Sollte das seine Absicht gewesen sein, hat er verdammt schlechte Arbeit geleistet. Als Rolfe ermordet wurde, war ich noch im Nachtzug aus Paris.« Gabriel hatte sich wieder etwas beruhigt. Er war wütend, weil Schamron ihn getäuscht hatte, aber zugleich auch interessiert. »Was wissen Sie über Augustus Rolfe?«

»Die Familie Rolfe hortet seit Hunderten von Jahren Kundengelder in ihren Züricher Tresoren. Sie gehört zu den prominentesten Bankiersfamilien der Schweiz.«

»Wer hätte Grund gehabt, ihn zu ermorden?«

»Über die Nummernkonten bei Rolfes Bank ist viel schmutziges Geld geflossen. Also können wir annehmen, daß er sich im Lauf der Jahre nicht wenige Feinde gemacht hat.«

»Was wissen Sie noch über ihn?«

»Auf der Familie Rolfe scheint ein Fluch zu liegen. Vor fünfundzwanzig Jahren hat Rolfes Frau Selbstmord verübt. Sie hat im Garten seines Landhauses ihr eigenes Grab ausgehoben, sich hineingelegt und sich erschossen. Ein paar Jahre später ist Rolfes einziger Sohn Maximilian als Radrennfahrer tödlich verunglückt.«

»Gibt's in der Familie jemanden, der noch *lebt?«*

»Seine Tochter. Zumindest hat man nichts Gegenteiliges gehört. Sie heißt Anna.«

»Anna *Rolfe* ist seine Tochter?«

»Sie kennen sie also? Ich bin beeindruckt.«

»Natürlich kenne ich sie. Sie ist eine der berühmtesten Geigerinnen der Welt.«

»Wollen Sie noch immer aussteigen?«

Gabriel besaß zwei Eigenschaften, die ihn zu einem überragend guten Restaurator machten: pedantische Detailbesessenheit und den nie ermüdenden Ehrgeiz, selbst scheinbar banale Arbeiten zum Abschluß zu bringen. Er verließ sein Atelier nie, bevor sein Tisch und seine Malutensilien tadellos aufgeräumt waren; er ging nie zu Bett, solange noch schmutziges Geschirr im Ausguß stand. Und er ließ nie ein Gemälde halb fertig zurück, selbst wenn er einen Auftrag nur zur Tarnung für andere Aktivitäten übernommen hatte. Für Gabriel war ein zur Hälfte restauriertes Bild kein Kunstwerk mehr, sondern nur eine auf Holz oder Leinwand geschmierte Ansammlung von Ölen und Pigmenten. Augustus Rolfes Leiche, die vor dem Raffael gelegen hatte, glich einem nur halb restaurierten Gemälde. Es würde nicht wieder ganz werden, bevor Gabriel wußte, von wem und warum er ermordet worden war.

»Was soll ich also tun?«

»Mit ihr reden.«

»Warum ich?«

»Sie scheint ein ziemliches Künstlertemperament zu haben.«

»Soviel ich gehört habe, ist das eine Untertreibung.«

»Sie sind auch Künstler, Gabriel. Sie sprechen ihre Sprache. Vielleicht vertraut sie Ihnen genug, um Ihnen zu erzählen, was sie über die Angelegenheiten ihres Vaters weiß. Schlägt Ihr Versuch fehl, können Sie in Ihr Atelier zurückkehren, und ich belästige Sie nie wieder.«

»Versprechungen, Versprechungen.«

»Sie brauchen nicht beleidigend zu werden, Gabriel.«

»Als Sie letztes Mal bei mir aufgekreuzt sind, hätte mich das fast das Leben gekostet.«

»Das stimmt, aber zumindest haben Sie sich nicht gelangweilt.«

»Peterson sagt, daß ich nicht in die Schweiz zurückkommen darf. Wie soll ich dann mit Anna Rolfe reden?«

»Sie weigert sich anscheinend, in der Schweiz zu leben.« Schamron gab ihm einen Zettel. »Das hier ist ihre Künstleragentur in London. Lassen Sie ihr ein paar Tage Zeit, ihren Vater zu begraben. Sie machen's also?«

»Nicht für Sie. Ich will wissen, wer versucht hat, mir den Mord an Rolfe anzuhängen. Wer soll ich sein, wenn ich mit Anne Rolfe spreche?«

»Sie wissen, daß ich immer für die subtile Methode bin, aber das überlasse ich diesmal Ihnen. Tun Sie, was Sie für richtig halten.«

Gabriel steckte die Adresse ein. Über Schamrons Gesicht zog ein flüchtiges Lächeln. Er wußte aus langer Erfahrung, daß berufliche Siege, selbst wenn es kleine waren, genossen werden mußten. Die Limousine hielt vor dem Abfertigungsgebäude unter der Leuchtreklame von British Airways. Gabriel stieg aus, holte sein Gepäck aus dem Kofferraum und blieb damit vor Schamrons offenem Fenster stehen.

»Wir haben noch nicht über Ihr Honorar gesprochen«, sagte Schamron.

»Keine Sorge, es wird ansehnlich hoch sein.«

»Sie können ab sofort Spesen abrechnen, aber denken Sie daran, daß durch Geldverschwendung noch nie ein Fall gelöst worden ist.«

»Ich werde über diese Perle der Weisheit nachdenken, wenn ich heute abend erster Klasse nach London zurückfliege.«

Schamron verzog säuerlich das Gesicht. »Halten Sie mich auf dem laufenden. Die üblichen Kanäle und Methoden. Sie erinnern sich daran?«

»Wie könnte ich die je vergessen?«

»Das war eine sehr beachtliche Leistung, finden Sie nicht auch?«

»Was denn?«

»Einen Mann binnen einer Dreiviertelstunde aufzuspüren, nachdem er den Tatort eines Mordes verlassen hat. Ich frage mich, wie Herr Peterson das geschafft hat. Er muß wirklich gut sein.«

6

Nidwalden, Schweiz

Innerhalb der Sektion Aufklärung/Abwehr galt Gerhardt Peterson als der kommende Mann. Vorgesetzte behandelten ihn behutsam. Untergebene welkten unter seinem kalten Blick. Seine Kollegen betrachteten ihn mit Neid und Bewunderung. Wie hatte der Sohn eines kleinen Lehrers aus Erstfeld in solche Höhen aufsteigen können? *Seht ihn euch bloß an! Nie ein Haar in Unordnung! Nie eine gelockerte Krawatte! Er trägt Macht und Erfolg wie sein teures Rasierwasser.* Peterson unternahm nie etwas, das nicht darauf angelegt war, seine Karriere zu fördern. Sein Familienleben war so adrett und ordentlich wie sein Büro. Seine Liebesaffären waren diskret und standesgemäß. Wer töricht genug war, sich ihm in den Weg zu stellen, entdeckte sehr schnell, daß Gerhardt Peterson ein Mann mit mächtigen Freunden war. Freunden in Bern. Freunden bei den Banken. Er würde bald zum Sektionschef aufsteigen – darüber waren sich alle einig. Dann eine Führungsposition im Bundespolizeiamt. Und eines Tages vielleicht die Leitung des gesamten Justiz- und Polizeidepartements.

Peterson *hatte* Freunde in Bankenkreisen. Und sie *erwiesen* ihm Gefälligkeiten. Die Finanzoligarchie der Schweiz hatte stets einer unsichtbaren Hand auf seinem Rücken geglichen, die ihm Schritt für Schritt die Karriereleiter hinaufhalf. Aber dies war keine Einbahnstraße. Auch Peterson erwies seinen Gönnern Gefälligkeiten, deshalb saß er jetzt am Steuer seines Mercedes und fuhr in raschem Tempo durch den düsteren Kernwald.

Am Fuß der Berge erreichte er eine Straße mit dem Hinweis PRIVAT. Er folgte ihr bis zu einem imposanten Tor aus schwarzem Schmiedeeisen. Peterson kannte sich hier aus. Als er den Wahlhebel des Automatikgetriebes in Stellung P brachte und sein Fenster herunterließ, trat ein Wachposten aus einer kleinen Hütte. Er bewegte sich mit dem geschmeidigen, präzisen Schritt eines Mannes mit langer Militärausbildung. Peterson konnte sehen, daß er unter seinem blauen Anorak ein Schulterhalfter mit einer Waffe trug.

Peterson steckte seinen Kopf ins Freie. »Ich heiße Köhler.«

»Kommen Sie zur Konferenz, Herr Köhler?«

»Tatsächlich soll ich dabei für Unterhaltung sorgen.«

»Bitte folgen Sie der Straße zum Haus. Dort wartet mein Kollege auf Sie.«

Obwohl das Gebäude im Stil eines traditionellen Schweizer Chalets gehalten war, wirkte es durch seine riesige Baumasse fast grotesk. Es war auf einer Seite tief im Berghang verankert und schien voller Zufriedenheit über das zu seinen Füßen liegende Tal hinauszustarren. Peterson traf als letzter Konferenzteilnehmer ein. Die anderen waren längst da. Sie waren aus Zürich und Bern, aus Zug und Luzern, aus Genf und Basel zusammengekommen. Um keine Aufmerksamkeit zu erregen, waren sie wie immer einzeln angereist und in unregelmäßigen Abständen eingetroffen. Alle waren Schweizer. Ausländer hatten keinen Zutritt. Ausländer waren der Grund dafür, daß ihre Vereinigung überhaupt existierte.

Die Konferenz würde wie gewöhnlich in dem weitläufigen, von Panoramafenstern geprägten Wohnbereich im ersten Stock des Hauses stattfinden. Hätte einer der Männer sich die Mühe gemacht, an die Fenster zu treten, hätte er eine wirklich einzigartige Aussicht auf einen Teppich aus glitzernden Lichtern auf dem Talboden, der zeitweise durch vom Wind aufgewirbelte Schneeschleier verdeckt wurde, genießen können. Statt dessen bildeten sie kleine Gruppen, rauchten, unterhielten sich halblaut und tranken Tee oder Kaffee. In diesem Haus gab es keine alkoholischen Getränke. Herr Gessler, ihr Gastgeber, trank nur Tee oder Mineralwasser und war Vegetarier. Auf diese strikte Diät führte er seine bemerkenswerte Langlebigkeit zurück.

Trotz des privaten Ambientes bestand Herr Gessler darauf, ihre Besprechungen wie Vorstandssitzungen abzuhalten. Seine Gäste saßen nicht auf den bequemen Sitzgarnituren, sondern an einem langen Konferenztisch. Pünktlich um achtzehn Uhr ging jeder Mann zu dem ihm zugewiesenen Stuhl und blieb dahinter stehen.

Im nächsten Augenblick öffnete sich eine Tür, dann erschien ein weiterer Mann. Er war schmächtig und gebrechlich, hatte schütteres weißes Haar, trug eine dunkle Brille und stützte sich auf den Arm seines jungen Leibwächters. Erst nachdem er oben am Tisch Platz genommen hatte, setzten sich auch die anderen.

Am Tisch stand ein Stuhl zuviel, ein bedauerliches Versehen. Nach kurzem, betroffenem Schweigen ergriff ein Sicherheitsmann die Initiative, hob ihn an der Lehne hoch und trug ihn hinaus.

Im Zimmer nebenan starrte Gerhardt Peterson ins Objektiv einer Videokamera wie ein Talkshowgast, der darauf wartet, von einem anderen Ort aus zugeschaltet zu werden. So war es bei jedem seiner Besuche. Hatte Peterson vor dem Rat zu erscheinen, wurden sein Bild und seine Stimme elektronisch nach nebenan übertragen. Er hatte Herrn Gessler oder die anderen Männer noch nie gesehen – zumindest nicht in Verbindung mit dem Rat. Herr Gessler sagte, dieses eigenartige Arrangement diene ihrem und – was vielleicht noch wichtiger war – auch seinem Schutz.

»Gerhardt, sind Sie bereit?«

Das war die brüchige Stimme von Herrn Gessler, die aus dem kleinen Ohrhörer noch dünner klang.

»Ja, ich bin bereit.«

»Wir haben Sie hoffentlich von keiner wichtigen dienstlichen Tätigkeit weggeholt, Gerhardt.«

»Keineswegs, Herr Gessler. Nur von einer Behördenbesprechung über Drogenhandel.«

»Reine Zeitverschwendung, dieser unsinnige Kampf gegen den Drogenhandel.«

Gessler war für seine plötzlichen Abschweifungen berüchtigt. Peterson faltete seine Hände und wappnete sich mit Geduld.

»Ich persönlich habe nie etwas an Drogen gefunden, aber andererseits sehe ich auch nicht, was sie schaden könnten. Was andere Leute ihrem Körper zuführen, geht mich nichts an. Was kümmert's mich, wenn sie ihr Leben und ihre Gesundheit mit diesen Chemikalien ruinieren wollen? Was geht das den Staat an? Weshalb sollten Staaten Unsummen dafür ausgeben, ein Problem zu bekämpfen, das so alt ist wie die Menschheit? Schließlich könnte man behaupten, Adam sei der erste Drogenkonsument gewesen. Gott hat ihm die Frucht vom Baum der Erkenntnis verboten, und der junge Adam hat sie bei erster Gelegenheit zu sich genommen.«

»Ein sehr interessantes Argument, Herr Gessler.«

»Unsere Kritiker sagen, die Schweiz habe am Drogenhandel schon immer sehr gut verdient. Dem müßte ich zustimmen, fürchte ich. Ich bin sicher, daß auch meine eigene Bank Konten von sogenannten Drogenbaronen führt. Aber was schadet das? Immerhin wird das in der Schweiz angelegte Geld zweckmäßig verwendet. Es wird an legale Unternehmen ausgeliehen, die es in Güter und Dienstleistungen und Arbeitsplätze für Millionen von Menschen umsetzen.«

»Damit sie Geld haben, um Drogen kaufen zu können?«

»Wenn sie das wollen, gewiß. Sehen Sie, das Leben auf der Erde verläuft in Zyklen. Die Natur befindet sich in harmonischem Gleichgewicht – und das globale Finanzsystem ebenfalls. Aber genau wie die Natur durch eine scheinbar kleine Beeinträchtigung aus dem Gleichgewicht gebracht werden kann, ist das Finanzsystem für Störungen anfällig. Stellen Sie sich die nachteiligen Folgen vor, wenn die Gewinne aus dem Drogenhandel nicht wieder in den Wirtschaftskreislauf eingespeist würden. Somit erweisen wir Schweizer Bankiers der Weltwirtschaft einen wichtigen Dienst.«

Gessler trank einen kleinen Schluck Tee. Das sah Peterson nicht, aber er hörte es durch das empfindliche Mikrofon, das die brüchige Stimme des Alten verstärkte.

»Aber ich schweife ab«, sagte Gessler, während er seine Teetasse klappernd auf die Untertasse zurückstellte. »Zurück zu unserem eigentlichen Thema. Im Fall Rolfe scheint es weitere Komplikationen zu geben.«

»Haben Sie den Eindruck, daß dieser Mann die Sache auf sich beruhen lassen wird?« fragte Gessler, nachdem Peterson seinen Bericht erstattet hatte.

»Nein, Herr Gessler.«

»Was schlagen Sie also vor?«

»Daß wir schnellstens wieder Ordnung schaffen und sicherstellen, daß es für ihn nichts zu finden gibt.«

Gessler seufzte. »Diese Vereinigung hatte nie den Zweck, Gewalt auszuüben – sie sollte nur verhindern, daß uns Gewalt angetan wird.«

»Im Krieg sind Verluste unvermeidlich.«

»Überwachung und Einschüchterung sind eine Sache – Mord und Totschlag eine ganz andere. Wir müssen jemanden beauftragen, der in keiner Weise mit dem Rat in Verbindung gebracht werden kann. Im Rahmen Ihrer dienstlichen Tätigkeit haben Sie bestimmt solche Leute kennengelernt.«

»Das habe ich.«

Der Alte seufzte.

Gerhardt Peterson nahm den Ohrstöpsel heraus und machte sich auf die Rückfahrt nach Zürich.

7

Korsika

Auf Korsika heißt es seit jeher im Scherz, die berüchtigten kurvenreichen Holperstraßen der Insel seien von Machiavelli und dem Marquis de Sade gemeinsam entworfen worden. Trotzdem hatte es dem Engländer nie etwas ausgemacht, hier zu fahren. Tatsächlich flitzte er mit einer gewissen fatalistischen Unbekümmertheit, die ihm den Ruf eingebracht hatte, leicht verrückt zu sein, auf der Insel herum. Im Augenblick raste er auf der vom Wind umtosten Küstenstraße im Westen der Insel durch dichten Seenebel. Als er in die Hügel hinauffuhr, wich der Nebel einem klaren blauen Nachmittagshimmel. Die Herbstsonne ließ die unterschiedlichen Grüntöne von Lariciokiefern und Olivenbäumen hervortreten. Im Schatten der Bäume wucherten Stechginster und Dornsträucher und Zistrosen: der als *macchia* bekannte immergrüne Buschwald Korsikas, in dem Banditen und Mörder jahrhundertelang Zuflucht gefunden hatten. Der Engländer ließ sein Fenster herab. Ein Schwall warmer Luft, die nach Rosmarin duftete, flutete über ihn hinweg.

Vor ihm auf einem Hügel lag das Dorf: eine Ansammlung von sandfarbenen Häusern um einen Kirchturm, halb im Schatten, halb in hellem Sonnenschein. In der Ferne dahinter ragten Berge auf, auf deren höchsten Gipfeln Firnschnee leuchtete. Als der Engländer vor zehn Jahren hier seßhaft geworden war, hatten die Kinder ihm Zeigefinger und kleinen Finger einer Hand entgegengestreckt, um so nach korsischer Art den bösen Blick des Fremden abzuwehren. Jetzt winkten die Kinder ihm lachend zu, als er durchs Dorf raste und die Sackgasse hinauffuhr, an deren Ende seine Villa lag.

Unterwegs kam er an einem alten *paesanu* vorbei, der ein kleines Gemüsebeet am Straßenrand bestellte. Er erwiderte den Blick des Engländers aus unter seinem breitkrempigen Hut hervorblitzenden schwarzen Augen und machte als Gruß eine kaum wahrnehmbare Bewegung mit Zeige- und Mittelfinger der rechten Hand. Der alte *paesanu* gehörte zu der Familie, die den Engländer sozusagen adoptiert hatte. Weiter oben an der Straße trat ein Junge namens Giancomo auf die Fahrbahn und schwenkte seine Arme, um dem Engländer zu signalisieren, er solle anhalten.

»Willkommen daheim. Haben Sie eine gute Reise gehabt?«

»Eine sehr gute.«

»Was haben Sie mir mitgebracht?«

»Kommt darauf an.«

»Worauf?«

»Ob du meine Villa während meiner Abwesenheit bewacht hast.«

»Natürlich habe ich das getan, genau wie ich's Ihnen versprochen hatte.«

»War jemand hier?«

»Nein, ich habe niemand gesehen.«

»Ganz bestimmt nicht?«

Als Giancomo nickte, nahm der Engländer eine aus feinstem spanischen Leder handgenähte Mappe vom Rücksitz und reichte sie ihm hinaus. »Für deine Schulbücher – damit du sie nicht mehr auf dem Heimweg verlierst.«

Der Junge hob die Mappe ans Gesicht und atmete den

Ledergeruch ein. Dann fragte er: »Haben Sie Zigaretten für mich?«

»Du sagst deiner Mutter nichts?«

»Natürlich nicht!«

Die Männer gaben vor, Korsika zu beherrschen, aber die wahre Macht lag in den Händen der Mütter. Der Engländer gab dem Jungen eine halbvolle Schachtel.

Giancomo steckte sie in die Ledermappe. »Noch was ...«

»Was denn?«

»Don Orsati möchte Sie sprechen.«

»Wann hast du ihn gesehen?«

»Heute morgen.«

»Wo?«

»Im Café im Dorf.«

»Wo ist er jetzt?«

»Im Café im Dorf.«

Orsati führt ein streßreiches Leben, dachte der Engländer.

»Sag ihm, er möchte zum Mittagessen zu mir kommen. Aber richte ihm aus, daß es nur das zu essen gibt, was er selbst mitbringt.«

Der Junge lächelte, dann flitzte er davon, wobei er seine neue Mappe in einer Hand schwang. Der Engländer gab wieder Gas und fuhr mit seinem Jeep weiter den Hügel hinauf. Wenige hundert Meter vor seiner Villa bremste er scharf und brachte den Geländewagen in einer Wolke aus rotem Staub zum Stehen.

Mitten auf dem schmalen Weg stand ein großer Ziegenbock. Er war isabellfarben und hatte einen rötlichen Bart. Wie der Engländer trug er die Narben früherer Kämpfe. Der Bock verabscheute den Engländer und blockierte die Zufahrt zu seiner Villa, wann immer es ihm paßte. Der Engländer hatte schon oft davon geträumt, diesen Konflikt endgültig mit der Glock-Pistole aus seinem Handschuhfach zu lösen. Aber der Ziegenbock gehörte Don Casabianca, und wer ihm etwas antat, mußte damit rechnen, eine Fehde auszulösen.

Der Engländer hupte laut. Don Casabiancas elender Ziegenbock warf seinen Kopf in den Nacken und funkelte ihn trotzig an. Dem Engländer standen zwei Möglichkeiten offen, beide gleich unangenehm: Er konnte warten, bis das Tier sich von selbst trollte, oder versuchen, es zu verjagen.

Er vergewisserte sich mit einem Blick über die Schulter, daß niemand ihn beobachtete. Dann sprang er aus dem Wagen, stürmte auf den Ziegenbock zu, schwenkte dabei die Arme und kreischte wie ein Wahnsinniger, bis das Tier erschrocken zurückwich und in den Schutz der *macchia* flüchtete. Ein passender Zufluchtsort für die Bestie, dachte der Engländer – die *macchia,* der Ort, an dem alle Diebe und Banditen letztlich seßhaft werden.

Dann setzte er sich wieder ans Steuer des Jeeps, fuhr zu seiner Villa hinauf und dachte unterwegs über diese beschämende Szene nach. War es nicht absolut lächerlich, daß ein erfahrener Berufskiller nicht einmal sein eigenes Haus erreichen konnte, ohne zuvor von Don Casabiancas elendem Ziegenbock gedemütigt zu werden?

Auf Korsika hatte es nie viel bedurft, um eine Fehde auszulösen. Eine persönliche Beleidigung. Der Vorwurf, auf dem Markt betrogen zu haben. Die Auflösung eines Verlöbnisses. Die Schwangerschaft einer ledigen Frau. Im Dorf des Engländers hatte es einmal eine vierzig Jahre andauernde Fehde wegen der Kirchenschlüssel gegeben. Nach dem ersten Funken eskalierte der Konflikt rasch. Beginnen konnte er damit, daß ein Ochse tot aufgefunden wurde. Der Besitzer des Ochsen rächte sich dafür, indem er ein fremdes Maultier oder ein Dutzend Schafe schlachtete. Ein prächtiger Olivenbaum wurde umgehauen. Ein mühsam errichteter Weidezaun umgeworfen. Oder ein Haus brannte ab. Dann passierten die ersten Morde. So konnte es weitergehen, manchmal über Jahrzehnte hinweg, bis die beteiligten Parteien ihren alten Streit beilegten oder den Kampf erschöpft aufgaben.

Auf Korsika waren die meisten Männer nur allzugern bereit, selbst zu töten. Aber es gab immer Leute, die für diese blutige Arbeit Handlanger brauchten: Notabeln, die sich nicht selbst die Hände schmutzig machen oder Gefahr laufen wollten, verhaftet zu werden oder ins Exil gehen zu müssen; Frauen, die nicht selbst zur Waffe greifen konnten und keine männlichen Verwandten hatten, die für sie einsprangen. Solche Leute engagierten Berufskiller: die *taddunaghiu.* Wer professionelle Hilfe brauchte, wandte sich im allgemeinen an die Familie Orsati.

Die Orsatis besaßen fruchtbares Land mit vielen Olivenbäumen, die das beste Öl ganz Korsikas lieferten. Aber sie stellten nicht nur ausgezeichnetes Olivenöl her. Niemand – am wenigsten die Familie selbst – konnte genau sagen, wie viele Korsen die Orsatis im Lauf der Jahrhunderte ermordet hatten, aber nach hiesiger Überlieferung ging ihre Zahl in die Tausende. Sie hätte erheblich höher sein können, hätte die Familie nicht auf einem rigorosen Prüfverfahren bestanden. In alten Zeiten hatten die Orsatis sich an einem strikten Verhaltenskodex orientiert. Sie weigerten sich, einen Mordauftrag zu übernehmen, wenn nicht überzeugend dargelegt wurde, daß dem Auftraggeber tatsächlich ein Unrecht zugefügt worden war, das blutig gerächt werden mußte.

Antonio Orsati hatte das Steuer des Familienunternehmens in schwierigen Zeiten übernommen. Den französischen Behörden war es gelungen, Fehden und die Vendetta außer in den entlegensten Winkeln der Insel auszurotten. Nur sehr wenige Korsen nahmen noch die Dienste der *taddunaghiu* in Anspruch. Aber Antonio Orsati war ein gerissener Geschäftsmann. Er wußte, daß er die Familientradition aufgeben und sich darauf konzentrieren konnte, nur noch hervorragendes Olivenöl zu produzieren – oder daß er seinen Tätigkeitsbereich ausweiten und sich anderswo neue Geschäftsfelder erschließen mußte. Er entschied sich für den zweiten Weg und weitete sein Einsatzgebiet aufs Festland aus. Gegenwärtig galten seine Leute als die professionellsten und zuverlässigsten Berufskiller ganz Europas. Sie durchstreiften den Kontinent und mordeten im Auftrag von Reichen, Kriminellen, Versicherungsbetrügern und manchmal sogar Regierungen. Die meisten ihrer Opfer hatten den Tod verdient, aber der Wettbewerb und die Zwänge der Moderne hatten Antonio Orsati keine andere Wahl gelassen, als auf den Verhaltenskodex seiner Familie zu verzichten. Jeder Auftrag, der auf seinen Schreibtisch flatterte, wurde jetzt angenommen – auch wenn er noch so widerwärtig war –, solange er das Leben des dafür eingesetzten Killers nicht unvernünftig gefährdete.

Orsati fand es immer etwas belustigend, daß sein bester Angestellter kein Korse, sondern ein Engländer aus Highgate in North London war. Nur Orsati kannte seine wahre Biographie. Daß er beim berühmten Special Air Service gedient hatte. Daß er in Nordirland und im Irak Männer getötet hatte. Daß seine ehemaligen Vorgesetzten ihn für tot hielten. Der Engländer hatte Orsati einmal einen Ausschnitt aus einer Londoner Zeitung gezeigt. Seinen Nachruf. Speziell in seinem Beruf sehr nützlich, dachte Orsati. Nach Toten wurde nicht oft gefahndet.

Auch wenn er von Geburt Engländer war, fand Orsati immer, er besitze die ruhelose Seele eines Korsen. Er beherrschte den hiesigen Dialekt so gut wie Orsati, mißtraute Fremden und verabscheute jegliche staatliche Autorität. Abends saß er mit den alten Männern auf dem Dorfplatz, beobachtete verdrießlich die lärmenden Jungen auf ihren Skateboards und murrte darüber, daß die Jugend keinen Respekt vor den alten Traditionen besitze. Er war ein Ehrenmann – für Orsatis Geschmack manchmal zu ehrenhaft. Trotzdem war er ein ausgezeichneter Killer, der beste Mann seines Fachs, den Orsati je gekannt hatte. Er war von den effizientesten Killern der Welt ausgebildet worden, und Orsati hatte viel von ihm gelernt. Außerdem war er für bestimmte Aufträge auf dem Festland besser geeignet als jeder andere, deshalb erschien Antonio Orsati an diesem Nachmittag mit einer großen Tüte Lebensmittel in der Villa des Engländers.

Orsati stammte aus einer vornehmen Familie, aber in Kleidung und Geschmack unterschied er sich nicht wesentlich von dem *paesanu,* der sein Gemüsebeet am Straßenrand bestellt hatte. Er trug ein Hemd aus gebleichtem Leinen, das bis zur Mitte seines mächtigen Brustkastens aufgeknöpft war, eine schwarze Cordsamthose und staubige Ledersandalen. Das »Mittagessen«, das er mitbrachte, bestand aus einem Laib Landbrot, einer Flasche Olivenöl, einem halben korsischen Schinken und einem Klumpen würzigen Käse. Der Engländer lieferte den Wein dazu. Der Nachmittag war warm, deshalb aßen sie auf seiner Terrasse mit Blick übers Tal im sonnenfleckigen Schatten zweier weit ausladender Kiefern.

Orsati gab dem Engländer einen Scheck seiner Exportfirma Orsati Olive Oil. Alle seine Killer waren offiziell bei seiner Firma angestellt. Der Engländer leitete als Vizepräsident die Marketingabteilung, was immer darunter zu verstehen war. »Dein Anteil am Honorar für die Spaniensache.« Orsati tunkte ein Stück Brot in Olivenöl und schob es sich in den Mund. »Irgendwelche Probleme?«

»Das Mädchen hat für den spanischen Sicherheitsdienst gearbeitet.«

»Welches Mädchen?«

»Navarras Geliebte.«

»Scheiße! Was hast du gemacht?«

»Sie hat mein Gesicht gesehen.«

Orsati dachte über diese Mitteilung nach, während er ein Stück Schinken absäbelte und auf den Teller des Engländers legte. Keiner der beiden Männer mochte unbeteiligte Opfer. Sie waren meistens schlecht fürs Geschäft.

»Wie fühlst du dich?«

»Ich bin müde.«

»Du schläfst noch immer nicht gut?«

»Nicht, wenn ich im Ausland unterwegs bin, um einen Mann zu liquidieren.«

»Und hier?«

»Besser.«

»Du solltest versuchen, heute früh zu schlafen, statt bis spätnachts mit den Alten aus dem Dorf zusammenzuhocken.«

»Warum?«

»Weil ich einen neuen Auftrag für dich habe.«

»Ich komme gerade von einem Job zurück. Gib ihn einem der anderen.«

»Er ist zu diffizil.«

»Hast du ein Dossier?«

Nach dem Mittagessen schwamm Orsati träge ein paar Runden im Swimmingpool, während der Engländer das Dossier las. Als er fertig war, hob er den Kopf. »Was hat dieser Mann getan, um den Tod zu verdienen?«

»Er hat offenbar etwas sehr Wertvolles gestohlen.«

Der Engländer klappte das Dossier zu. Er machte sich

kein Gewissen daraus, jemanden zu töten, der seinen Lebensunterhalt mit Diebstählen bestritt. Seiner Ansicht nach gehörten Diebe zu den niedrigsten Lebensformen der Erde.

»Warum werde ich für diesen Job gebraucht?«

»Weil die Auftraggeber wollen, daß die Zielperson liquidiert und ihr Geschäft zerstört wird. Deine Ausbilder in Hereford haben dich im Gebrauch von Sprengmitteln unterwiesen. Meine Männer fühlen sich wohler, wenn sie nur mit konventionellen Waffen umzugehen brauchen.«

»Woher bekomme ich einen Sprengsatz?«

Orsati kletterte aus dem Pool und frottierte sich energisch sein dichtes silbergraues Haar. »Kennst du Pascal Debré?«

Pascal Debré kannte der Engländer bedauerlicherweise nur allzu gut. Er war ein professioneller Brandstifter, der für eine von Marseille aus in Südfrankreich operierende Verbrecherbande arbeitete. Mit Debré würde er vorsichtig umgehen müssen.

»Du bist bereits bei Debré angemeldet. Von ihm bekommst du, was du für den Job brauchst.«

»Wann muß ich los?«

8

Costa de Prata, Portugal

Allem Anschein nach hatte die junge Frau, die jetzt das renovierte ehemalige Kloster auf dem steilen Hügel mit Meeresblick bewohnte, einen Eid geleistet, das abgeschiedene Leben einer Asketin zu führen. Lange Zeit kannte niemand im Dorf auch nur ihren Namen. Senhora Rosa, das Klatschmaul an der Kasse im Lebensmittelgeschäft, gelangte zu der Überzeugung, sie sei von einem Liebhaber verschmäht worden, und belästigte mit ihrer zweifelhaften Theorie jeden, der das Pech hatte, an ihrer Kasse anzustehen. Rosa war es auch, die der Unbekannten den Namen Unsere Liebe Frau vom Hügel gab. Dieser Spitzname blieb ihr sogar dann noch, als ihr richtiger Name längst bekannt war.

Sie kam jeden Morgen ins Dorf, um ihre Einkäufe zu machen, und raste dazu auf ihrem leuchtendroten Motorroller den Hügel hinunter, so daß ihr blonder Pferdeschwanz wie ein Banner hinter ihr herwehte. Bei schlechtem Wetter trug sie einen schlammfarbenen Anorak mit Kapuze. Viele Spekulationen befaßten sich damit, aus welchem Land sie kam. Sie sprach sehr wenig Portugiesisch – und das mit starkem Akzent. Carlos, der den Garten ihres Landhauses und den dazugehörigen kleinen Weinberg in Ordnung hielt, dachte, sie habe den Akzent einer Deutschen und die dunkle Seele einer Wiener Jüdin. María, die fromme Frau, die ihr den Haushalt führte, hielt sie für eine Holländerin. José vom Fischmarkt vermutete, sie sei Dänin. Aber Manuel, Besitzer des Cafés am Dorfplatz und inoffizieller Bürgermeister des Dorfs, entschied auch diese Frage, wie er es meistens tat. »Unsere Liebe Frau ist keine Deutsche, Österreicherin, Holländerin oder Dänin«, verkündete er. Dann rieb er Daumen und Zeige- und Mittelfinger seiner Linken aneinander – das internationale Symbol für Geld. »Unsere Liebe Frau ist Schweizerin.«

Ihre Tage verliefen nach einem voraussagbaren Rhythmus. Nach ihrem morgendlichen Besuch im Dorf war sie zu sehen, wie sie in ihrem dunkelblauen Swimmingpool ein paar Bahnen schwamm, wobei sie ihr Haar unter einer schwarzen Badekappe versteckte. Danach machte sie eine lange Wanderung, meistens zwischen den zerklüfteten Granitfelsen auf dem Hügelrücken oder den staubigen Pfad zu den maurischen Ruinen hinauf. Am Spätnachmittag begann sie dann in einem kahlen Raum im ersten Stock der Villa Geige zu spielen – nach Berichten von Leuten, die sie gehört hatten, außergewöhnlich gut. Als María einmal einen heimlichen Blick ins Musikzimmer warf, sah sie Unsere Liebe Frau in einem Zustand fieberhafter Erregung: Ihr zuckender Leib wiegte sich im Takt der Musik, ihr Haar war feucht, ihre Augen geschlossen. »Unsere Liebe Frau spielt wie besessen«, erzählte María Carlos. »Und nicht etwa vom Blatt. Sie spielt auswendig.«

Nur einmal, zum Fest des Santo António, nahm sie am geselligen Leben des Dorfes teil. Als die Männer die Holzkohlengrills anheizten und die Weinflaschen entkorkten, kam sie in einem ärmellosen weißen Kleid und Sandalen den Hügel herabgeschlendert. Zum ersten Mal war sie nicht allein. Ihre Begleitung bestand aus insgesamt vierzehn Personen: einem italienischen Opernsänger, einem französischen Model, einem englischen Filmschauspieler und einem deutschen Maler, die ihre Ehefrauen, Freundinnen und Geliebten mitbrachten. Der Opernsänger und der Filmschauspieler wetteiferten darin, wer die meisten gegrillten Sardinen, das traditionelle Festgericht, essen konnte. Der Opernsänger blieb mühelos Sieger, und der enttäuschte Filmschauspieler versuchte sich damit zu trösten, daß er das Model unbeholfen anmachte. Die Reaktion seiner Frau bestand daraus, ihn mitten auf dem Platz kräftig zu ohrfeigen. Die portugiesischen Dörfler, die noch nie gesehen hatten, wie eine Frau einen Mann schlug, klatschten johlend Beifall, und der Tanz ging weiter. Später waren sich alle einig, die Zigeunerbande aus der Villa auf dem Hügel habe das diesjährige Fest zur amüsantesten Veranstaltung seit Menschengedenken gemacht.

Einzig Unserer Lieben Frau schien das alles keinen Spaß zu machen. Carlos erschien sie wie eine Insel der Melancholie inmitten eines Meeres aus wilden Ausschweifungen. Sie aß eine Kleinigkeit; sie trank etwas Wein, als sei das etwas, das von ihr erwartet wurde. Als der gutaussehende Deutsche sich neben sie setzte und sie mit Aufmerksamkeiten überhäufte, reagierte Unsere Liebe Frau höflich, aber sichtlich desinteressiert. Der Maler gab schließlich auf und machte sich auf die Suche nach anderer Beute.

Um Mitternacht, als der Trubel eben seinen Höhepunkt erreichte, verließ Unsere Liebe Frau unauffällig das Fest und wanderte allein den Weg zu ihrer Villa auf dem Hügel hinauf. Zwanzig Minuten später sah Carlos in einem Zimmer im ersten Stock kurz das Licht aufblitzen. Das war der Raum, in dem Unsere Liebe Frau ihre Violine spielte.

Da es in jenem Sommer sonst nicht viel zu tun gab, machten die Dörfler sich daran, endlich Namen und Beruf der geheimnisvollen Fremden auf dem Hügel auszukundschaften. Carlos und María, die ihr am nächsten waren, wurden eingehend befragt, konnten aber nicht viel Erhellendes berichten. Jeweils zum Monatsanfang erhielten sie ihren Lohn in Form eines Schecks von der Londoner Firma European Artistic Management. Wegen der Sprach- und Klassenbarrieren beschränkten ihre Gespräche mit der Unbekannten sich auf die einfachsten Grußfloskeln. Immerhin konnten sie *eine* wichtige Information liefern: Unsere Liebe Frau war manchmal überraschend für einige Tage abwesend, wofür es keine rechte Erklärung gab. In diese Tatsache geheimnißte Rosa aus dem Lebensmittelgeschäft viel hinein. Sie gelangte zu dem Schluß, Unsere Liebe Frau sei eine Spionin und die Firma European Artistic Management lediglich ein Tarnunternehmen. Wie hätte ihre Heimlichtuerei sich sonst erklären lassen? Ihre plötzlichen Abwesenheiten und ihre Gewohnheit, dann ebenso überraschend zurückzukehren? Aber auch diese Frage wurde schließlich von Manuel beantwortet. Eines Abends, als in seinem Café wieder einmal die Debatte tobte, griff er unter die Theke und holte eine CD mit Violinkonzerten von Brahms hervor. Auf dem Cover war Unsere Liebe Frau abgebildet. »Sie heißt Anna Rolfe«, sagte Manuel triumphierend. »Unsere Liebe Frau vom Hügel ist eine weltberühmte Geigerin.«

Sie war jedoch auch eine Frau, der immer wieder Unfälle zustießen. An einem Nachmittag stürzte sie mit ihrem Motorroller, und Carlos fand sie mit zwei gebrochenen Rippen am Straßenrand auf. Einen Monat später rutschte sie am Rand des Pools aus, fiel hin und hatte eine leichte Gehirnerschütterung. Nur zwei Wochen danach verlor sie oben an der Treppe das Gleichgewicht, polterte die Stufen hinunter und landete auf Marías Kehrblech.

Carlos gelangte zu dem Schluß, Unsere Liebe Frau sei

aus irgendeinem Grund einfach außerstande, auf sich selbst aufzupassen. Sie war kein leichtsinniges Wesen, nur unvorsichtig, und schien nichts aus früheren Fehlern zu lernen. »Für den Ruf unseres Dorfes wäre es schlimm, wenn eine so berühmte Frau zu Schaden käme«, stellte Manuel ernst fest. »Sie muß vor sich selbst geschützt werden.«

Und so begann Carlos, sie diskret, aber trotzdem aufmerksam im Auge zu behalten. Schwamm sie morgens ihre Bahnen im Pool, fand er irgendwo in der Nähe Arbeit, um sie unauffällig beobachten zu können. Er inspizierte ihren Motorroller regelmäßig ohne ihr Wissen, um sich zu vergewissern, daß er sich in technisch einwandfreiem Zustand befand. In den einsamen Weilern auf den Hügeln organisierte er ein Netzwerk aus Beobachtern, damit sichergestellt war, daß Unsere Liebe Frau sich bei ihren nachmittäglichen Wanderungen ständig unter Aufsicht befand.

Sein Pflichteifer machte sich bezahlt. So war es Carlos, der entdeckte, daß Unsere Liebe Frau an einem Nachmittag, an dem ein schrecklicher Sturm von See übers Land hereinbrach, auf den Hügeln unterwegs war. Er fand sie unter einer Lawine aus Geröll auf, in der ihre linke Hand unter einem schweren Felsblock eingeklemmt war, und schleppte die Bewußtlose ins Dorf hinunter.

Wäre Carlos nicht gewesen, sagten die Ärzte in Lissabon, hätte Anna Rolfe bestimmt ihre berühmte linke Hand verloren.

Ihre Rehabilitation war ein langer, schmerzlicher Prozeß – für alle Beteiligten. Ihr linker Arm war mehrere Wochen lang in einer leichten Glasfaserschale fixiert. Da sie ihren Motorroller so nicht fahren konnte, mußte Carlos auch die Rolle des Chauffeurs übernehmen. Jeden Morgen kletterten sie in ihren weißen Landrover und rumpelten den Hügel hinunter ins Dorf. Bei diesen Fahrten saß Unsere Liebe Frau schweigend auf dem Beifahrersitz, starrte aus dem Fenster und hatte ihre verbundene Hand auf dem Schoß liegen. Einmal versuchte Carlos, sie mit Mozart aufzuheitern. Sie nahm die CD aus dem Radio und schleuderte sie aus dem Fenster zwischen die Bäume, an denen sie gerade vorbeifuhren. Carlos machte nie mehr den Fehler, Musik für sie spielen zu wollen.

Die Verbände wurden von Mal zu Mal kleiner, bis schließlich gar keiner mehr nötig war. Die starke Schwellung ging zurück, und ihre Hand sah äußerlich wieder ganz normal aus. Nur die häßlichen Narben bis übers Handgelenk hinauf blieben. Unsere Liebe Frau tat ihr Bestes, um sie zu verbergen. Sie trug langärmelige Blusen mit Spitzenmanschetten. Ging sie durchs Dorf, um Einkäufe zu machen, steckte sie die Hand unter ihren rechten Arm.

Ihre Stimmung verfinsterte sich weiter, als sie wieder Geige zu spielen versuchte. Fünf Tage hintereinander ging sie jeden Nachmittag in ihren Übungsraum im ersten Stock der Villa hinauf. Jeden Tag versuchte sie, etwas Elementares zu spielen – eine kleine Tonleiter über zwei Oktaven hinweg, ein Arpeggio –, aber selbst das war für ihre schwergeschädigte Hand zuviel. Schon nach kurzem erklang ein schmerzlicher Aufschrei, dem laut gekreischte deutsche Verwünschungen folgten. Am fünften Tag beobachtete Carlos vom Weinberg aus, wie Unsere Liebe Frau ihre unbezahlbare Meistergeige von Guarneri über den Kopf hob, um sie auf dem Fußboden zu zertrümmern. Aber statt dessen drückte sie das Instrument an ihre Brust und hielt es schluchzend umarmt. Abends im Café erzählte er dann Manuel von dieser Szene, deren

Augenzeuge er geworden war. Manuel griff nach dem Telefonhörer, rief die Auskunft an und ließ sich die Nummer der Firma European Artistic Management in London geben.

Achtundvierzig Stunden später traf eine kleine Delegation ein. Sie bestand aus einer Engländerin namens Fiona, einem Amerikaner, der Gregory hieß, und Herrn Lang, einem mürrischen Deutschen. Jeden Vormittag machte Gregory mit Unserer Lieben Frau mehrere Stunden lang anstrengende Übungen, um die Kraft und Beweglichkeit ihrer linken Hand wiederherzustellen. Nachmittags wartete Herr Lang im Übungsraum auf sie und unterrichtete sie darin, wieder ihr Instrument zu spielen. Ihre Fähigkeiten kehrten allmählich zurück, aber sogar der Gärtner Carlos hörte, daß sie nicht mehr dieselbe Musikerin war wie vor ihrem Unfall.

Im Oktober reiste die Delegation wieder ab, und Unsere Liebe Frau blieb allein zurück. Ihre Tage verliefen nach demselben Rhythmus wie früher, aber sie war jetzt vorsichtiger, wenn sie mit ihrem roten Motorroller fuhr, und brach zu keiner Wanderung über die Hügel auf, ohne sich zuvor den Wetterbericht anzuhören.

An Allerseelen verschwand sie wieder einmal. Als sie in ihren Range Rover stieg und in Richtung Lissabon davonfuhr, beobachtete Carlos, daß sie nur einen schwarzen Lederkoffer, aber keinen Geigenkasten mitnahm. Als er am nächsten Tag im Café Manuel erzählte, was er gesehen hatte, zeigte der Besitzer ihm eine Meldung in der *International Herald-Tribune*. Da der Gärtner natürlich kein Englisch konnte, übernahm Manuel die Übersetzung.

»Der Tod des Vaters ist eine schreckliche Sache«, sagte Carlos. »Aber ein Mord ... das ist viel schlimmer.«

»Ganz recht«, sagte Manuel, indem er die Zeitung zusammenfaltete. »Aber du solltest hören, was ihrer armen Mutter zugestoßen ist.«

Carlos arbeitete im unteren Weinberg, wo er die Rebstöcke für den kommenden Winter vorbereitete, als Unsere Liebe Frau aus der Schweiz zurückkehrte. Sie blieb kurz in der Einfahrt stehen, um die Haarspangen herauszunehmen und ihr Haar im Seewind auszuschütteln, dann verschwand sie in der Villa. Im nächsten Augenblick sah er sie am Fenster ihres Übungsraums vorbeihuschen. Obwohl es allmählich dunkel wurde, machte sie kein Licht. Unsere Liebe Frau übte immer bei Dunkelheit.

Als sie zu spielen begann, senkte Carlos seinen Kopf und arbeitete weiter; seine Gartenschere schnippte rhythmisch, beinahe im Takt zum Donnern der Brandung unten am Strand. Dies war ein Stück, das sie früher oft gespielt hatte – eine geheimnisvolle, sehnsüchtige Sonate, die angeblich der Teufel selbst geschrieben hatte –, aber seit ihrem Unfall war sie dazu nicht mehr imstande gewesen. Er machte sich auf die unvermeidliche Explosion gefaßt, aber nach fünf Minuten verstummte das Schnippen seiner Schere, und Carlos hörte mit wachsendem Erstaunen zu.

Die Luft war kühler geworden, leichte Nebelschleier krochen vom Meer her den Hügel herauf. Carlos zündete den Stapel Holzabschnitte an und ging vor den Flammen in die Hocke. Sie näherte sich einem schwierigen Teil des Stücks, einer tückischen Abwärtstonleiter – eine *Teufelspassage,* dachte er lächelnd. Auch diesmal war Carlos auf einen Ausbruch gefaßt, aber heute abend explodierte nur die Musik, bevor sie in die ruhige Auflösung des ersten Satzes überging.

Nach einigen Sekunden Pause begann sie mit dem

zweiten Satz. Carlos drehte sich um und sah hügelaufwärts. Die Villa lag im orangeroten Schein des Sonnenuntergangs. Die Haushälterin María war draußen damit beschäftigt, die Terrasse abzukehren. Carlos nahm seinen Hut ab, hielt ihn hoch und wartete darauf, daß María ihn sah – Geschrei und überhaupt jeglicher Lärm war streng verboten, während Unsere Liebe Frau übte. Kurze Zeit später hob María ihren Kopf, und der Besen hielt mitten in der Bewegung inne. Carlos machte eine fragende Handbewegung. *Was denkst du, María? Hat sie ihre Krise überwunden?* Die Haushälterin faltete die Hände und sah zum Himmel auf. *Herr, ich danke dir.*

In der Tat, dachte Carlos, während er beobachtete, wie der Abendwind den Rauch seines Holzfeuers zerteilte. *Herr, ich danke dir.* Heute abend ist die Welt in Ordnung. Das Wetter ist gut, die Rebstöcke sind für den Winter bereit, und Unsere Liebe Frau vom Hügel spielt wieder ihre Sonate.

Vier Stunden später setzte Anna Rolfe ihre Violine ab und legte sie in den Geigenkasten zurück. Im nächsten Augenblick wurde sie von der seltsamen Kombination aus Erschöpfung und Ruhelosigkeit überwältigt, die sie nach jeder Übungsperiode empfand. Sie ging in ihr Schlafzimmer hinüber, ließ sich auf die kühle Steppdecke sinken, streckte die Arme weit von sich und horchte auf ihre eigenen Atemzüge, während der Efeu vor ihrem Fenster im Nachtwind raschelte. Außer Müdigkeit und Rastlosigkeit empfand sie noch etwas anderes, das sie seit vielen Monaten nicht mehr empfunden hatte. Sie vermutete, es müsse Zufriedenheit sein. Die Tartini-Sonate war immer ihr Erkennungsstück gewesen, aber seit ihrem Unfall hatten die raffinierten Griffwechsel und anspruchsvollen Doppelgriffe ihre linke Hand überfordert.

Heute abend hatte sie die Sonate erstmals seit ihrer Genesung wieder fehlerfrei, sogar hervorragend gut gespielt. Aus Erfahrung wußte sie, daß ihre jeweiligen Empfindungen ihr Spiel beeinflußten. Wut, Trauer, Sorge – alle diese Gefühle fanden ihren Ausdruck, wenn ihr Bogen über die Saiten ihrer Violine strich. Sie fragte sich, woher es kam, daß diese durch den Tod ihres Vaters ausgelösten Emotionen sie wieder in den Stand gesetzt hatten, die Tartini-Sonate zu spielen.

Plötzlich verspürte sie das Bedürfnis, sich zu bewegen. Sie setzte sich auf, zog ihr feuchtes T-Shirt aus und schlüpfte in ein Sweatshirt aus Baumwolle. Dann streifte sie mehrere Minuten lang ziellos durch die Räume ihrer Villa, schaltete hier eine Lampe ein und schloß dort einen Fensterladen. Die glatten Terrakottafliesen unter ihren nackten Füßen waren angenehm kühl. Wie sie dieses Haus mit seinen weißgetünchten Wänden und den geschmackvollen Möbeln im mediterranen Stil liebte! Es unterschied sich grundlegend von der Villa am Zürichberg, in der sie aufgewachsen war. Die Räume waren groß und licht, nicht klein und düster, die Einrichtung unprätentiös und schlicht. Das hier war ein ehrliches Haus, ein Haus ohne Geheimnisse. Es war *ihr* Haus.

In der Küche goß sie sich ein großes Glas Rotwein ein. Er stammte von einem hiesigen Winzer, der auch ihre Trauben für seinen Wein verarbeitete. Nach dem ersten Schluck dauerte es nicht lange, bis der Wein sie in mildere Stimmung versetzte. Das war das schmutzige kleine Geheimnis der Welt der klassischen Musik: die Trinkerei. Sie hatte schon mit Orchestern geprobt, die aus der Mittagspause so angeheitert zurückgekommen waren, daß es ein Wunder war, daß überhaupt noch jemand spielen konnte. Jetzt warf sie einen Blick in den Kühlschrank. Da sie in Zürich fast nichts gegessen hatte, war sie völlig ausgehungert. Sie briet Champignons, Tomaten und frische Küchenkräuter aus der Umgebung kurz in Olivenöl an, dann fügte sie drei geschlagene Eier und etwas geriebenen Käse hinzu. Nach dem Alptraum in Zürich machte diese einfache Hausarbeit ihr ungewöhnlich viel Spaß. Als die Omelette fertig war, setzte sie sich auf einen der hohen Hocker an der Küchentheke, aß sie und trank dazu ihren Wein aus.

Dabei fiel ihr auf, daß die Anzeige ihres Anrufbeantworters blinkte. Insgesamt waren vier Anrufe gespeichert. Die Klingeln aller Telefone im Haus hatte sie längst abgeschaltet, um nicht gestört zu werden, wenn sie übte. Sie schob noch einen Bissen in den Mund, dann drückte sie auf die Wiedergabetaste.

Der erste Anrufer war der Anwalt ihres Vaters in Zürich, bei dem weitere Papiere lagen, die sie unterschreiben mußte. »Wäre es Ihnen recht, wenn ich sie Ihnen von einem Kurierdienst zustellen lasse?«

Ja, das wäre mir recht, dachte sie. Sie würde ihn morgen früh anrufen.

Der zweite Anrufer war Marco, mit dem sie vor langer Zeit verlobt gewesen war. Auch Marco ein hochbegabter Solist, der jedoch außerhalb Italiens kaum bekannt war. Er hatte es nie verwinden können, daß Anna im Gegensatz zu ihm ein Weltstar war, und sich dadurch an ihr gerächt, daß er mit jeder zweiten Römerin geschlafen hatte. Nach ihrer Trennung von Marco hatte Anna sich geschworen, sich nie wieder in einen Musiker zu verlieben.

»Ich habe von der Sache mit deinem Vater in der Zeitung gelesen, Anna, Liebste. Das tut mir schrecklich leid, mein Herz. Kann ich irgendwas für dich tun? Ich setze mich sofort ins nächste Flugzeug.«

Nein, das tust du nicht, dachte Anna. Sie würde ihn morgen früh anrufen, wenn sie mit dem Anwalt telefoniert hatte. Mit etwas Glück würde sich nur sein Anrufbeantworter melden und es ihr ersparen, sich Marcos überschwengliche Beileidsbekundungen anhören zu müssen.

Der dritte Anruf kam von Fiona Richardson. Fiona war der einzige Mensch auf dieser Welt, dem Anna völlig vertraute. Geriet sie einmal ins Stolpern, war Fiona immer zur Stelle, um ihr wieder aufzuhelfen. »Bist du wieder zu Hause, Anna? Wie war die Beerdigung? Ganz sicher scheußlich. Das sind sie immer. Ich habe über Venedig nachgedacht. Vielleicht sollten wir das Konzert verschieben. Zaccaria hat sicher Verständnis dafür – und deine Fans erst recht. Nach einem solchen Schock kann niemand so schnell wieder auftreten. Du brauchst Zeit, um deinen Kummer zu verarbeiten, Anna – auch wenn du den alten Hundesohn gehaßt hast. Ruf mich mal an.«

Nein, sie würde ihr Konzert in Venedig *nicht* verschieben. Sie war überrascht, daß Fiona das auch nur vorschlug. Sie hatte ihre Rückkehr aufs Podium schon zweimal verschoben. In den Feuilletons und bei Musikkritikern und Konzertveranstaltern wurden bereits Zweifel an der Ernsthaftigkeit ihrer Absichten laut. Eine dritte Absage hätte irreparable Schäden verursacht. Sie würde Fiona morgen früh anrufen und ihr sagen, daß sie in zwei Wochen in Venedig auftreten würde.

Der vierte Anruf: noch einmal Fiona.

»Noch eine Sache, Anna. Vorgestern war ein sehr netter Gentleman von der israelischen Botschaft bei mir im Büro. Er hat gesagt, er würde dich gern sprechen. Er hat gesagt, er besitze Informationen über den Tod deines Vaters. Ich halte ihn für völlig harmlos. Vielleicht solltest du dir anhören, was er zu sagen hat. Er hat mir seine Telefonnummer dagelassen. Hast du Papier und Bleistift?«

Fiona las die Telefonnummer vor.

Carlos hatte im offenen Kamin Olivenholz für ein Feuer vorbereitet. Anna zündete die Späne an, streckte sich auf der Couch aus und sah zu, wie die Flammen allmählich das Holz erfaßten. Im Feuerschein betrachtete sie ihre Hand. Das flackernde Licht ließ die Narben lebendig werden.

Sie hatte stets angenommen, der Tod ihres Vaters werde ihr eine Art inneren Frieden bringen – einen ganzen Lebensabschnitt zum Abschluß bringen. Eine Vollwaise zu sein, erschien Anna erträglicher als der bisherige Zustand kalter Entfremdung. Vielleicht hätte sie diesen Frieden heute abend gefunden, wenn ihr Vater den gewöhnlichen Tod eines alten Menschen gestorben wäre. Aber statt dessen war er in seinem eigenen Haus erschossen worden.

Sie schloß die Augen und sah wieder die Beisetzung ihres Vaters. Der Trauergottesdienst hatte im alten Frauenmünster am Ufer der Limmat stattgefunden. Die Trauergäste hatten sie an die Teilnehmer der Hauptversammlung irgendeines Schweizer Konzerns erinnert. Die gesamte Züricher Finanzwelt schien gekommen zu sein: Spitzenmanager und junge Aufsteiger aus Großbanken und Handelshäusern ebenso wie die letzten noch lebenden Altersgenossen ihres Vaters – die alte Garde der Züricher Finanzoligarchie. Manche von ihnen hatte sie schon vor fünfundzwanzig Jahren beim Trauergottesdienst für ihre Mutter gesehen.

Während Anna sich die Nachrufe anhörte, war ihr klar geworden, daß sie ihren Vater dafür haßte, ermordet worden zu sein. Ihr erschien es, als habe er sich zu einer abschließenden Tat verschworen, um ihr das Leben noch mehr zu erschweren. Die Presse hatte wieder die alten Geschichten über Tragödien in der Familie Rolfe ausgegraben: den Selbstmord ihrer Mutter, den Tod ihres Bruders bei der Tour de Suisse, den Unfall, bei dem ihre Hand verletzt worden war. »Eine Familie, auf der ein Fluch lastet«, hatte die *Neue Zürcher Zeitung* getitelt.

Anna Rolfe glaubte nicht an diesen vermeintlichen Fluch. Jedes Unglück hatte eine bestimmte Ursache. Sie hatte sich ihre Hand verletzt, weil sie leichtsinnig genug gewesen war, in den Hügeln zu bleiben, als von Westen schwarze Sturmwolken herangezogen waren. Ihr Bruder war umgekommen, weil er bewußt einen gefährlichen Beruf gewählt hatte, um ihren Vater zu ärgern. *Und ihre Mutter …* Anna wußte nicht, weshalb ihre Mutter Selbstmord verübt hatte. Diese Frage hätte nur ihr Vater beantworten können. Aber eines wußte Anna ganz sicher: Sie hatte sich aus einem bestimmten Grund erschossen. Ihr Freitod war keine Folge eines auf der Familie lastenden Fluchs gewesen.

So wenig wie der Tod ihres Vaters …

Aber *weshalb* war er ermordet worden? Am Tag vor der Beisetzung war sie von Kriminalbeamten der Züricher Stadtpolizei und einem Gerhardt Peterson, der von irgendeinem Sicherheitsdienst kam, quälend lange befragt worden. *Hatte Ihr Vater Feinde, Frau Rolfe? Kennen Sie irgend jemanden, der Ihrem Vater vielleicht hätte schaden wollen? Sollten Sie irgendwelche Informationen besitzen, die uns bei unseren Ermittlungen nützlich sein könnten, legen Sie sie bitte jetzt auf den Tisch, Frau Rolfe.* Sie *wußte* einiges, aber das waren keine Dinge, die man der Stadtpolizei erzählte. Anna Rolfe war stets der Auffassung gewesen, die Schweizer Polizei sei ein Bestandteil des Problems.

Aber wem konnte sie trauen?

Vorgestern war ein netter Gentleman von der israelischen Botschaft bei mir im Büro. Er hat gesagt, er würde dich gern sprechen.

Sie warf einen Blick auf den Zettel mit der Telefonnummer, die Fiona ihr gegeben hatte.

Er hat gesagt, er besitze Informationen über den Tod deines Vaters.

Weshalb sollte jemand aus Israel behaupten, etwas über den Mord an ihrem Vater zu wissen? Und wollte sie wirklich hören, was er zu sagen hatte? Vielleicht war es besser, die Dinge auf sich beruhen zu lassen. Dann konnte sie sich auf ihr Geigenspiel konzentrieren und sich auf Venedig vorbereiten. Sie sah sich die Nummer ein letztes Mal an, merkte sich die Ziffernfolge und warf den Zettel ins Feuer.

Dann betrachtete sie wieder die Narben an ihrer Hand. *Es gibt keinen Fluch, der auf der Familie Rolfe lastet,* sagte sie sich. *Jedes Ereignis hat eine Ursache.* Ihre Mutter hatte Selbstmord verübt. Fünfundzwanzig Jahre später war ihr Vater ermordet worden. *Weshalb? Wem kann ich trauen?*

Ich halte ihn für völlig harmlos. Vielleicht solltest du dir anhören, was er zu sagen hat.

Sie blieb noch einige Minuten liegen, dachte über alles nach. Dann ging sie in die Küche, nahm den Telefonhörer ab und wählte die Nummer in London.

9

Costa de Prata, Portugal

Die Zufahrt zu Anna Rolfes Villa schlängelte sich über einen Hügelrücken mit Blick auf den Atlantik. Mitunter wurde die Aussicht durch eine Kieferngruppe oder einen Felsblock aus rauchfarbenem Granit versperrt. Dann fuhr Gabriel um die nächste Kurve, und die Bäume wichen zurück und ließen ihn wieder das Meer sehen. Es war später Nachmittag, und die Sonne stand schon tief über dem Wasser, das die Farben von Aprikosen und Blattgold anzunehmen begann. Mächtige Brecher brandeten in eine kleine Bucht. Gabriel ließ das Fahrerfenster herunter und legte seinen Ellbogen auf den Fensterrahmen. Die in den Wagen strömende kühle Luft war mit Meeresdüften geschwängert.

Er bog in Richtung Dorf ab, wobei er sich an ihre Wegbeschreibung hielt. Nach den maurischen Ruinen links, den Hügel hinunter bis zur alten Kellerei, dann den Weinberg entlang wieder den Hügel hinauf. Der Asphalt wurde zu einer Schotterstraße, die zuletzt in eine mit Kiefernnadeln bedeckte bloße Fahrspur überging.

Die Fahrspur endete an einem Holztor. Gabriel öffnete es gerade weit genug, um seinen Wagen einzulassen, und fuhr weiter aufs Grundstück. Vor ihm ragte die Villa auf: ein Bau in Form eines L mit Ziegeldach und fahlen Steinmauern. Als Gabriel den Motor abstellte, konnte er hören, wie Anna Rolfe übte. Er hörte ihr einen Augenblick zu und versuchte das Stück zu erkennen, aber es gelang ihm nicht.

Als Gabriel ausstieg, kam ein Mann den Hügel heraufgeschlendert: breitkrempiger Hut, lederne Arbeitshandschuhe, eine selbstgedrehte Zigarette im Mundwinkel. Er rieb Erde von seinen Handschuhen und zog sie dann aus, während er den Besucher inspizierte.

»Sie sind der Mann aus Israel, ja?«

Gabriels Antwort bestand aus einem knappen, widerstrebenden Nicken.

Der Gärtner lächelte. »Kommen Sie bitte mit.«

Der Blick von der Terrasse aus war beeindruckend: die Hügel und der Weinberg, dahinter die offene See. Aus einem offenen Fenster über Gabriels Kopf drang Anna Rolfes meisterhaftes Geigenspiel. Die Haushälterin tauchte auf; sie servierte ihm Kaffee, legte ihm einen Stapel deutschsprachiger Zeitungen der vergangenen Woche hin und verschwand ebenso stumm, wie sie gekommen war. In der *Neuen Zürcher Zeitung* fand er einen Artikel über die Ermittlungen im Mordfall Rolfe. Ein Kasten daneben enthielt einen langen Bericht über Anna Rolfes Karriere. Er überflog ihn rasch und legte ihn dann zur Seite. In diesem Bericht stand nichts, was er nicht schon wußte.

Bevor Gabriel ein Gemälde anrührte, las er erst möglichst viel über den Maler, der es geschaffen hatte. Mit dieser Methode hatte er sich auch Anna Rolfe angenähert. Sie hatte schon als Vierjährige angefangen, Geige zu spielen, und sofort außergewöhnliche Begabung erkennen lassen. Der große Schweizer Musikpädagoge Karl Wehrli erklärte sich bereit, sie als Schülerin anzunehmen, und damit begann für die beiden eine harmonische Beziehung, die bis zu seinem Tod andauerte. Als Anna zehn war, plädierte Wehrli dafür, sie von der Schule zu nehmen, damit sie mehr Zeit für ihre Musik habe. Ihr Vater stimmte widerstrebend zu. Ein Privatlehrer kam jeden Tag drei Stunden in die Züricher Villa, und für den Rest des Tages spielte Anna Violine.

Mit fünfzehn debütierte sie beim Internationalen Musikfestival in Luzern, begeisterte die europäische Musikszene und wurde danach zu einer Reihe von Konzerten nach Deutschland und in die Niederlande eingeladen. Im Jahr darauf gewann sie den renommierten Jean-Sibelius-Wettbewerb in Helsinki. Außer einem hohen Geldpreis erhielt sie eine Meistergeige, eine kostbare Guarneri, ein Engagement für eine Konzerttournee und einen Schallplattenvertrag.

Bald nach dem Sibelius-Wettbewerb begann Anna Rolfes kometenhafter Aufstieg. Sie stürzte sich in ein anstrengendes Arbeitspensum aus Konzerten und CD-Aufnahmen. Ihre Schönheit machte sie zu einem interkulturellen Phänomen. Ihr Photo erschien auf den Titelseiten europäischer Modemagazine. Im US-Fernsehen trat die junge Violinistin regelmäßig in Sondersendungen auf.

Dann, nach fast zwei Jahrzehnten rastloser Konzert- und Aufnahmetätigkeit, hatte Anna Rolfe den Unfall erlitten, bei dem sie beinahe den Gebrauch ihrer Hand eingebüßt hätte. Gabriel versuchte sich vorzustellen, wie ihm zumute wäre, wenn er plötzlich die Fähigkeit verlöre, Gemälde zu restaurieren. Er erwartete nicht, sie gut gelaunt anzutreffen.

Eine Stunde nach Gabriels Ankunft hörte Anna zu spielen auf. Jetzt war nur noch der gleichmäßige Takt eines Metronoms zu hören. Dann verstummte auch der Taktmesser. Fünf Minuten später erschien sie in ausgebleichten Jeans und einem perlgrauen Baumwollpullover auf der Terrasse. Ihr Haar war feucht.

Sie streckte ihm ihre Rechte hin. »Ich bin Anna Rolfe«, sagte sie auf englisch.

»Es ist mir eine Ehre, Sie kennenzulernen, Miss Rolfe.«
»Bitte nehmen Sie Platz.«

Wäre Gabriel ein Porträtmaler gewesen, hätte er Anna Rolfe bestimmt gern gemalt. Ihr Gesicht hatte alles, was dem herkömmlichen Schönheitsideal entsprach: ausgeprägte hohe Wangenknochen, grüne Katzenaugen, volle Lippen, wohlgeformtes Kinn. Aber es war auch ein Gesicht aus vielen Schichten. Sinnlich und verwundbar, selbstbewußt und willensstark. Alles mit einer Spur von melancholischer Traurigkeit unterlegt. Aber es war ihre Energie – ihre ruhelose, rücksichtslose Energie –, die am schwierigsten auf die Leinwand zu bannen gewesen wäre. Ihr lebhafter Blick war in ständiger Bewegung. Selbst nach stundenlangem Üben konnte sie ihre Hände nicht stillhalten. Sie schienen ein Eigenleben zu führen: spielten mit einem Feuerzeug, trommelten auf dem Tisch, griffen immer wieder nach oben, um eine Haarsträhne wegzuschieben, die ihr ins Gesicht fiel. Sie trug keinen Schmuck; keine Armreifen an den Handgelenken, keine Ringe an den Fingen, keine Halskette.

»Hoffentlich mußten Sie nicht zu lange warten. Aber Carlos und María haben strikte Anweisung, mich auf keinen Fall zu stören, während ich übe.«

»Es war mir ein Vergnügen, Ihnen zuzuhören. Ihr Spiel war ein Genuß.«

»Das war es heute sicher nicht, aber es ist sehr nett von Ihnen, das zu sagen.«

»Ich habe Sie leider nur einmal im Konzertsaal gehört. Vor ein paar Jahren in Brüssel. Ein Tschaikowski-Abend, wenn ich mich nicht irre. Ein triumphaler Erfolg.«

»Soweit bin ich noch längst nicht wieder.« Sie rieb die Narben auf ihrer linken Hand, was eine unbewußte Bewegung zu sein schien. Dann legte sie ihre Hand in den

Schoß und tippte mit der anderen auf den Zeitungsstapel. »Wie ich sehe, haben Sie die Artikel über meinen Vater gelesen. Die Züricher Polizei scheint nicht gerade viel über seine Ermordung zu wissen, nicht wahr?«

»Schwer zu sagen.«

»Wissen Sie etwas, das die Züricher Polizei nicht weiß?«

»Auch das ist schwer zu sagen.«

»Bevor Sie mir erzählen, *was* Sie wissen, nehmen Sie es mir hoffentlich nicht übel, wenn ich Ihnen erst eine Frage stellen möchte.«

»Nein, natürlich nicht.«

»Wer sind Sie eigentlich?«

»In dieser Sache bin ich ein Vertreter der israelischen Regierung.«

»Und welche Sache ist das?«

»Der Tod Ihres Vaters.«

»Und wieso interessiert die israelische Regierung sich für den Tod meines Vaters?«

»Weil ich seine Leiche gefunden habe.«

»Die Züricher Kriminalbeamten haben gesagt, mein Vater sei von einem Restaurator aufgefunden worden, der gekommen sei, um den Raffael zu reinigen.«

»Das stimmt.«

»*Sie* sind dieser Restaurator?«

»Ja.«

»Und Sie arbeiten für die israelische Regierung?«

»In dieser Sache.«

Gabriel konnte sehen, wie sie sich anstrengte, seine Mitteilungen einzuordnen.

»Entschuldigen Sie, Mr. Allon, aber hinter mir liegt eine fünfstündige Übungsperiode. Ich fürchte, mein Verstand ist nicht so wach, wie er sein sollte. Vielleicht fangen Sie am besten ganz von vorn an.«

Gabriel erzählte ihr die Geschichte, die er in Zürich von Schamron gehört hatte. Daß ihr Vater sich an die israelische Regierung gewandt und um ein geheimes Treffen gebeten hatte. Daß er für seinen Gesprächswunsch keinen konkreten Grund genannt hatte. Daß Gabriel nach Zürich entsandt worden war, um mit ihm zu sprechen, und ihn bei seiner Ankunft tot aufgefunden hatte. Anna Rolfe hörte ihm mit ausdrucksloser Miene zu, während ihre rechte Hand mit ihrem Haar spielte.

»Und was wollen Sie von mir, Mr. Allon?« fragte sie, als Gabriel fertig war.

»Ich möchte wissen, ob Sie eine Ahnung haben, weshalb Ihr Vater sich mit uns treffen wollte.«

»Mein Vater war Bankier, Mr. Allon – ein *Schweizer* Bankier. In seinem privaten und beruflichen Leben hat es vieles gegeben, an dem er mich nicht hat teilhaben lassen. Wenn Sie die Zeitungsberichte gelesen haben, wissen Sie, daß wir kein besonders enges Verhältnis zueinander hatten, und er hat mit mir nie über berufliche Dinge gesprochen.«

»Wirklich niemals?«

Sie ignorierte das und fragte: »Wer ist ›uns‹?«

»Wie meinen Sie das?«

»Sie haben gesagt, mein Vater habe sich mit ›uns‹ treffen wollen. Wer ist ›uns‹? Für wen arbeiten Sie?«

»Ich arbeite für eine kleine Organisation, die dem Verteidigungsministerium untersteht.«

»Dem Verteidigungsministerium?«

»Ja.«

»Dann sind Sie also ein Spion?«

»Nein, ich bin kein Spion.«

»Haben Sie meinen Vater ermordet?«

»Miss Rolfe, bitte. Ich bin hier, um Sie um Ihre Hilfe zu bitten, nicht um Spielchen zu spielen.«

»Protokollführer, halten Sie fest, daß der Angeklagte die Antwort auf diese Frage verweigert hat.«

»Ich habe Ihren Vater *nicht* ermordet, aber ich will seinen Mörder finden. Und wenn ich wüßte, warum er sich mit uns treffen wollte, könnte mir das weiterhelfen.«

Anna wandte ihr Gesicht dem Meer zu. »Sie glauben also, er sei wegen etwas ermordet worden, das er Ihnen hätte erzählen können?«

»Das scheint der Fall zu sein.« Gabriel ließ eine kurze Pause entstehen. Dann fragte er: »Wissen Sie, warum Ihr Vater mit uns reden wollte?«

»Ich kann's mir denken, glaube ich.«

»Wollen Sie's mir sagen?«

»Kommt darauf an.«

»Worauf?«

»Ob ich mich dafür entscheide, Sie und die israelische Regierung in den Privatangelegenheiten meiner Familie herumschnüffeln zu lassen.«

»Ich kann Ihnen versichern, daß wir die Angelegenheit mit äußerster Diskretion behandeln werden.«

»Sie reden genau wie ein Schweizer Bankier, Mr. Allon – aber Sie sind vermutlich auch nicht viel anders.« Die grünen Augen blieben auf ihn gerichtet, verrieten aber nichts über ihre Absichten. »Ich brauche etwas Zeit, um über Ihren Vorschlag nachzudenken.«

»Das verstehe ich.«

»Unten am Dorfplatz gibt es ein Café. Der Besitzer ist ein Mann namens Manuel. Im ersten Stock hat er ein Gästezimmer. Es ist nichts Besonderes, aber für eine Nacht sind Sie dort gut untergebracht. Meine Entscheidung teile ich Ihnen morgen früh mit.«

10

Stuttgart – Zürich

Am frühen Nachmittag des nächsten Tages fuhren sie zum Lissabonner Flughafen. Anna Rolfe bestand darauf, erster Klasse zu fliegen. Gabriel, der nur Schamrons kümmerliches Spesenkonto zur Verfügung hatte, mußte sich mit der Economyklasse begnügen. Er folgte ihr durch den Flughafen Lissabon, um sich davon zu überzeugen, daß sie nicht beschattet wurde. Kurz vor dem Flugsteig hielt eine Frau ihr ein Stück Papier hin und bat sie atemlos um ein Autogramm. Anna gab es ihr lächelnd und ging an Bord der Maschine. Fünf Minuten später folgte Gabriel ihr. Als er an ihrem Fensterplatz vorbeikam, nahm sie gerade einen Schluck Champagner. Gabriel stapfte nach hinten zu seinem Mittelplatz in Reihe dreiundzwanzig. Sein Rücken schmerzte noch immer von der schlaflosen Nacht in Manuels abscheulichem Bett.

Gerhardt Petersons Warnung, er solle sich nie wieder in der Schweiz blicken lassen, hallte noch in Gabriels Ohren, deshalb flogen sie nicht direkt nach Zürich, sondern machten einen Umweg über Stuttgart. Dort lief alles ähnlich wie in Lissabon ab: Anna verließ das Flugzeug zuerst, und Gabriel folgte ihr durchs Terminal zum Mietwagenschalter. Sie nahm Papiere und Schlüssel des vorausbestellten kleinen Mercedes in Empfang und fuhr mit einem Shuttlebus zum Parkplatz. Gabriel ließ sich von einem Taxi in ein nahegelegenes Hotel bringen und wartete dort in der Bar. Als er nach zwanzig Minuten ins

Freie trat, parkte Annas Mercedes in der Einfahrt. Sie fuhr bis in die übernächste Seitenstraße, hielt dort und ließ ihn ans Steuer. Gabriel fuhr auf die Autobahn nach Süden. Zweihundert Kilometer bis Zürich. Anna kippte die Lehne des Beifahrersitzes nach hinten, rollte ihren leichten Mantel als Kissen zusammen und stopfte ihn unter ihren Kopf.

»Ein imponierend schwieriges Stück, das Sie gestern geübt haben«, sagte Gabriel.

»Das war der ›Teufelstriller‹ von Giuseppe Tartini. Der Komponist hat behauptet, die Eingebung dazu sei ihm im Traum gekommen. In diesem Traum hatte er seine Violine dem Teufel überlassen, der darauf eine Sonate spielte, die das schönste Stück war, das Tartini je gehört hatte. Angeblich ist Tartini in einem Zustand fieberhafter Erregung aufgewacht. Er mußte die Sonate besitzen, deshalb hat er alles aufgeschrieben, woran er sich noch erinnern konnte.«

»Glauben Sie diese Geschichte?«

»Ich glaube nicht an den Teufel, aber ich kann verstehen, daß er dieses Stück besitzen wollte. Ich habe drei Jahre geübt, bis ich es richtig spielen konnte. Damit habe ich den Sibelius-Wettbewerb gewonnen. Später ist es mein Erkennungsstück geworden. Technisch ist es höchst anspruchsvoll. Ich habe gerade erst angefangen, es wieder zu spielen.«

»Es hat herrlich geklungen.«

»Nicht in meinen Ohren. Ich höre nur die Fehler und Unzulänglichkeiten.«

»Haben Sie deshalb die beiden Konzerte abgesagt?«

»Ich habe sie nicht *abgesagt* – ich habe sie verschoben.« Gabriel spürte ihren Blick auf sich. »Ich merke, Sie haben Ihre Hausaufgaben gemacht.«

»Wollen Sie demnächst wieder auftreten?«

»Ja, das will ich. In zehn Tagen gebe ich ein Konzert in Venedig. Die Venezianer haben mich stets mit offenen Armen empfangen. Dort fühle ich mich wohl. Kennen Sie Venedig?«

»Ich habe zwei Jahre in Venedig gelebt.«

»Tatsächlich? Weshalb?«

»Dort habe ich gelernt, Gemälde zu restaurieren. Ich habe eine Lehre bei dem italienischen Restaurator Umberto Conti gemacht. Seither ist Venedig eine meiner Lieblingsstädte.«

»Ah, meine auch. Hat man die Serenissima erst einmal im Blut, ist es schwer, ohne sie zu leben. Ich hoffe, daß ihr Zauber mich auch diesmal beflügeln wird.«

»Warum *haben* Sie die beiden vorigen Konzerte verschoben?«

»Weil ich durch meine Handverletzung noch immer stark beeinträchtigt war. Weil ich nicht wie jemand aus einer Kuriositätenschau auftreten wollte. Ich wollte nicht, daß die Leute sagen: ›Das ist Anna Rolfe. Für eine Frau, die beinahe ihre Hand verloren hat, spielt sie recht gut Violine.‹ Ich will als Musikerin auf dem Podium stehen, nicht als Unfallopfer bemitleidet werden.«

»Sind Sie jetzt soweit?«

»Das wird sich in zehn Tagen zeigen. Ich weiß nur eines sicher: Dieses Konzert verschiebe ich auf keinen Fall.« Sie zündete sich eine Zigarette an. »Also, warum haben Sie versucht, Zürich zu verlassen, ohne der Polizei die Ermordung meines Vaters zu melden?«

»Weil ich Angst hatte, man würde mir nicht glauben, daß ich nichts damit zu tun hatte«, sagte Gabriel.

»War das der einzige Grund?«

»Ich habe Ihnen gesagt, daß ich in offizieller Funktion dort war.«

»In welcher offiziellen Funktion? Wie heißt übrigens

diese obskure Organisation, bei der Sie arbeiten? Die dem Verteidigungsministerium untersteht?«

»Ich arbeite nicht dort. Ich führe nur einen Auftrag für sie aus.«

»Hat diese Organisation einen Namen?«

»Eigentlich heißt sie Institut für Koordination, aber ihre Mitarbeiter kennen sie nur als ›den Dienst‹.«

»Sie sind ein Spion, nicht wahr?«

»Ich bin kein Spion.«

»Woher weiß ich nur, daß Sie mich belügen?«

»Ich bin Restaurator von Beruf.«

»Warum sind wir dann nicht gemeinsam nach Zürich geflogen? Warum haben wir uns auf dem Stuttgarter Flughafen solche Mühe gegeben, nicht miteinander gesehen zu werden?«

»Das war eine Vorsichtsmaßnahme. Die Züricher Polizei hat mir klargemacht, daß ich in der Schweiz nicht mehr willkommen bin.«

»Weshalb würde die Polizei das tun?«

»Weil sie sauer darüber war, daß ich den Tatort fluchtartig verlassen hatte.«

»Warum *sind* Sie aus dem Haus meines Vaters geflüchtet?«

»Das habe ich Ihnen bereits gesagt.«

»Sie sind aus dem Haus meines Vaters geflüchtet, weil Sie ein Spion sind und deshalb Angst davor hatten, zur Polizei zu gehen. Ich habe Sie auf dem Flughafen beobachtet. Sie arbeiten sehr geschickt.«

»Ich bin kein Spion.«

»Was sind Sie sonst? Und erzählen Sie mir bitte nicht, Sie seien nur ein Restaurator, der jemandem in irgendeiner obskuren Organisation, die der Dienst genannt wird, einen Gefallen getan hat, denn das nehme ich Ihnen nicht ab. Und wenn Sie mir nicht sofort die Wahrheit sagen, können Sie gleich umkehren und nach Stuttgart zurückfahren, weil ich kein Wort mehr sage. Ich habe diesen Scheiß satt!«

Sie schnippte ihre Zigarette aus dem Fenster und wartete auf seine Antwort. Anna Rolfes legendäres Temperament.

Es war nach Mitternacht, als sie Zürich erreichten. Die Innenstadt wirkte wie ausgestorben: die Bahnhofstraße dunkel und kaum befahren, die Gehsteige menschenleer, einzelne Schneeflocken auf ihrer Windschutzscheibe. Sie überquerten den Fluß, dann fuhr Gabriel auf von Rauhreif glatten Straßen vorsichtig den Zürichberg hinauf. Er wollte unbedingt vermeiden, wegen eines Verkehrsvergehens angehalten zu werden.

Sie parkten auf der Straße vor der Villa. Anna gab die Sicherheitscodes am Tor und an der Haustür ein. Gabriel bekam genug mit, um zu erkennen, daß die Codes seit dem Mord an Rolfe geändert worden waren.

In der Eingangshalle war es dunkel. Anna schloß die Haustür, bevor sie Licht machte. Dann führte sie Gabriel schweigend an dem großen Salon vorbei, in dem er die Leiche ihres Vaters gefunden hatte. Er warf einen Blick hinein. In dem Raum roch es durchdringend nach Reinigungs- und Desinfektionsmitteln. Der Orientteppich war verschwunden, aber der Raffael hing noch immer an der Wand.

Die im Haus herrschende Stille wurde durch das Klappern von Annas Absätzen auf den Marmor- und Parkettböden noch betont. Sie durchquerten ein großes, unpersönlich wirkendes Speisezimmer mit einer imposanten Tafel aus dunklem poliertem Holz und hochlehnigen Stühlen, dann eine Anrichtekammer, dann eine große Küche.

Schließlich erreichten sie eine Treppe. Diesmal machte Anna kein Licht. Gabriel folgte ihr ins Halbdunkel hinunter. Die Treppe führte in den Weinkeller, in dessen Mauernischen unzählige staubige Flaschen lagerten. Daneben lag der über eine kurze Außentreppe zugängliche Arbeitsraum des Gärtners mit einem großen Steinbecken und rostigen Gartengeräten, die an Wandhaken hingen.

Sie gingen durch eine weitere Tür und folgten einem dunklen Korridor. Er endete vor einer Schiebetür, hinter der ein kleiner Aufzug sichtbar wurde, als Anna sie öffnete. Die Kabine bot kaum Platz genug für eine Person, aber sie quetschten sich zu zweit hinein. Während der Aufzug langsam mit ihnen in die Tiefe sank, spürte Gabriel die Wärme von Annas Körper, der an seinen gepreßt war, und roch ihr Haarshampoo und ihre französischen Zigaretten. Sie schien diese Situation als völlig normal zu empfinden. Gabriel versuchte wegzusehen, aber Anna fixierte ihn mit einem Blick, in dem eine entnervende animalische Direktheit lag.

Der Aufzug hielt. Anna stieß die Tür auf, und sie betraten einen kleinen Vorraum aus weißem und schwarzem Marmor. Gegenüber dem Aufzug befand sich eine schwere Stahltür. In die Wand neben der Tür war ein Zahlenfeld eingelassen, neben dem Gabriel ein Gerät sah, das an eine Leuchtlupe aus seinem Atelier erinnerte. Solche Geräte kannte er aus der Zentrale in Tel Aviv. Sie dienten dazu, die Iris jeder Person abzutasten, die den gesicherten Raum betreten wollte. Entsprach sie einer der gespeicherten Iriden, durfte der oder die Betreffende eintreten. Andernfalls schrillten sämtliche Alarmglocken los.

Anna tippte den Sicherheitscode ein und sah kurz in den Scanner. Sekunden später schnappten Stahlriegel zurück, und die schwere Tresortür öffnete sich langsam.

Als sie den Raum dahinter betraten, flammte automatisch Licht auf.

Ein saalartiger Raum, ungefähr zehn mal fünfzehn Meter, Parkettboden, cremeweiße Wände. In seiner Mitte standen zwei bequeme Drehsessel. Anna blieb neben einem davon stehen und verschränkte die Arme. Gabriel betrachtete die leeren Wände.

»Wo sind wir hier?«

»Mein Vater hatte zwei Gemäldesammlungen. Eine, die alle Welt sehen durfte, und eine zweite, die hier unten hing. Die nur für ihn allein bestimmt war.«

»Was für Bilder waren das?«

»Französische Gemälde aus dem neunzehnten und zwanzigsten Jahrhundert – vor allem Impressionisten.«

»Haben Sie eine Liste davon?«

Sie nickte.

»Wer hat außer Ihnen von dieser Sammlung gewußt?«

»Meine Mutter und mein Bruder, versteht sich, aber die sind beide tot.«

»Sonst niemand?«

»Nur noch Werner Müller.«

»Wer ist Werner Müller?«

»Ein Kunsthändler, der meinen Vater beraten hat. Müller hat auch Bau und Einrichtung dieser Galerie beaufsichtigt.«

»Ist er Schweizer?«

Anna nickte. »Er hat zwei Galerien. Eine in Luzern, die andere in Paris unweit der Avenue de l'Opéra. Er lebt überwiegend in Paris. Haben Sie genug gesehen?«

»Vorläufig schon.«

»Ich möchte Ihnen noch etwas anderes zeigen.«

Sie fuhren mit dem Aufzug nach oben und gingen durch die dunkle Villa zu einem fensterlosen kleinen

Raum voller blinkender Überwachungsgeräte und Bildschirme. Auf den Monitoren konnte Gabriel die Villa von allen Seiten sehen: die Straße, den Eingang, die drei Gartenseiten.

»Das gesamte Grundstück wird nicht nur von Kameras überwacht, sondern ist auch mit Bewegungsmeldern gespickt«, sagte Anna. »Alle Fenster und Türen sind mit Alarmanlagen gesichert. Mein Vater hat kein Sicherheitspersonal beschäftigt, aber die Villa gleicht einer Festung, und er konnte notfalls sekundenschnell die Polizei alarmieren.«

»Aber was ist in der Nacht passiert, in der er ermordet wurde?«

»Das System hat unerklärlicherweise versagt.«

»Wie praktisch.«

Anna setzte sich vor ein Terminal. »Die unterirdische Galerie hat ihr eigenes Sicherheitssystem. Es wird aktiviert, sobald die Eingangstür sich öffnet. Die Besuchszeit wird automatisch registriert, und im Raum selbst machen zwei Digitalkameras alle drei Sekunden ein Standbild.«

Sie tippte einen Befehl ein, bewegte die Maus und klickte. »Hier betreten wir die Galerie – 0 Uhr 49 –, und hier sind wir drinnen.«

Gabriel beugte sich über ihre Schulter und sah auf den Bildschirm. Auf dem Monitor erschien ein körniges Farbbild von ihrem Besuch, das sich dann auflöste, um durch die nächste Aufnahme ersetzt zu werden. Anna bewegte die Maus erneut. Ein Verzeichnis erschien.

»Das ist die Liste sämtlicher Besuche in den vergangenen drei Monaten. Wie Sie sehen, hat mein Vater viel Zeit mit seiner Sammlung verbracht. Er ist jeden Tag mindestens einmal hier heruntergefahren, manchmal auch zweimal.« Sie tippte mit einem Zeigefinger auf den Bildschirm. »Dies ist sein letzter Besuch, kurz nach Mitternacht, am Morgen des Tages, an dem er ermordet wurde. Danach hat das Sicherheitssystem keine weiteren Besuche mehr registriert.«

»Hat die Polizei Ihnen gesagt, wann er vermutlich ermordet worden ist?«

»Gegen drei Uhr morgens.«

»Folglich ist anzunehmen, daß dieselben Leute, die Ihren Vater ermordet haben, auch die Gemälde gestohlen haben, und daß das gegen drei Uhr morgens passiert ist – sechs Stunden vor meiner Ankunft in der Villa.«

»Ja, das stimmt.«

Gabriel deutete auf die unterste Zeile des Verzeichnisses. »Lassen Sie mich seinen letzten Besuch sehen.«

Sekunden später flimmerten die Standbilder über den Monitor. Die Kameras erfaßten nicht alle Gemälde, aber Gabriel sah genug, um zu erkennen, daß es sich um eine bemerkenswerte Sammlung gehandelt hatte. Manet, Bonnard, Toulouse-Lautrec, Cézanne, Pissarro, Degas, ein Akt von Renoir, eine Kanalszene von van Gogh, zwei Straßenszenen von Monet, ein großes Frauenporträt aus Picassos blauer Periode. Und in der Mitte des Raums saß ein alter Mann aufrecht in einem Sessel und betrachtete zum letzten Mal in seinem Leben seine Gemäldesammlung.

II

Zürich

Fünf Stunden später saß Gerhardt Peterson allein in seinem Züricher Dienstzimmer, einer Höhle aus hellem, skandinavischem Holz mit Blick auf den düsteren Innenhof mit altersdunklem Kopfsteinpflaster. Sein Computer war ausgeschaltet, seine Morgenpost ungeöffnet, seine Bürotür entgegen seiner sonstigen Gewohnheit abgeschlossen. In seinem Aschenbecher verglühte langsam eine Zigarette. Peterson achtete nicht auf sie. Sein Blick blieb starr auf die drei Photos gerichtet, die nebeneinander auf seiner grünledernen Schreibunterlage ausgelegt waren. Allon mit Anna Rolfe beim Verlassen der Villa. Allon mit Anna Rolfe beim Einsteigen in eine Mercedes-Limousine. Allon mit Anna Rolfe beim Wegfahren. Zuletzt bewegte er sich, als schrecke er aus einem bösen Wachtraum auf, steckte die Photos einzeln in seinen Aktenvernichter und beobachtete seltsam befriedigt, wie sie sich in Konfetti verwandelten. Dann nahm er den Telefonhörer ab, wählte eine Nummer, die er auswendig wußte, und wartete darauf, daß sich jemand meldete. Zwanzig Minuten später, nachdem er alle Termine für diesen Tag abgesagt hatte, stieg er in seinen Mercedes und raste den Zürichsee entlang zu Herrn Gesslers Chalet in den Bergen.

12

Korsika

Die alte *signadora* lebte im Dorf in einem halbverfallenen Haus unweit der Kirche. Sie begrüßte den Engländer wie jedes Mal: sorgenvoll lächelnd und mit einer Hand seine Wange tätschelnd. Sie trug ein steifes schwarzes Kleid mit gestickten Applikationen am Kragen. Ihr Teint war mehlig weiß, und ihr straff zurückgekämmtes schlohweißes Haar wurde von Haarklammern aus Metall zusammengehalten. Seltsam, wie ethnische und sonstige körperliche Merkmale im Lauf der Zeit verschwinden, dachte der Engländer. Wären ihr korsischer Dialekt und ihr katholischer Mystizismus nicht gewesen, hätte sie ohne weiteres seine alte Tante Beatrice aus Ipswich sein können. »Das Böse ist zurückgekehrt, mein Sohn«, flüsterte sie, während sie seine Wange streichelte. »Das kann ich in deinen Augen sehen. Setz dich. Laß mich dir helfen.«

Als der Engländer sich an ihren kleinen Holztisch setzte, zündete die Alte eine Kerze an. Vor ihn stellte sie zwei Gefäße: einen Suppenteller mit Wasser und eine kleinere Schale mit Öl. »Drei Tropfen«, sagte sie. »Dann werden wir sehen, ob meine Ängste berechtigt sind.«

Der Engländer tauchte seinen rechten Zeigefinger ins Öl; dann hielt er ihn über den Teller und ließ drei Tropfen ins Wasser fallen. Allen Naturgesetzen nach hätten sie sich zu einem einzelnen großen Tropfen zusammenklumpen müssen, aber statt dessen zerstoben sie in tausend winzige Tröpfchen und waren wenig später verschwunden. Die Alte seufzte schwer und bekreuzigte sich. Dies war der unwiderlegbare Beweis dafür, daß der *occhju,* der böse Blick, die Seele des Engländers in Beschlag genommen hatte.

Sie ergriff die Rechte des Engländers, bekreuzigte sich nochmals und begann zu beten. Nur wenig später brach sie in Tränen aus – ein sicheres Zeichen dafür, daß der *occhju* aus seinem Körper in ihren übergegangen war. Dann schloß sie die Augen und schien zu schlafen. Als sie nach kurzer Zeit erwachte, wies sie ihn an, die Probe mit Öl und Wasser zu wiederholen. Diesmal klumpte das Öl sich zu einem großen Tropfen zusammen. Das Böse war ausgetrieben worden.

»Ich danke dir«, sagte er und ergriff die Hand der Alten. Sie überließ sie ihm einen Augenblick, dann wich sie vor ihm zurück, als habe er ein ansteckendes Fieber. Der Engländer fragte verwundert: »Was hast du?«

»Bleibst du eine Zeitlang hier im Tal, oder gehst du wieder fort?«

»Ich muß wieder fort, fürchte ich.«

»In Don Orsatis Diensten?«

Der Engländer nickte. Vor der alten *signadora* hatte er keine Geheimnisse.

»Hast du deinen Talisman?«

Er knöpfte sein Hemd auf. An einem dünnen Lederriemen um seinen Hals hing ein Korallenstück in Form einer Hand. Sie griff danach und betastete es mit ihren vom Alter gekrümmten Fingern, als wolle sie sich vergewissern, daß der Talisman noch die mystische Kraft besaß, den *occhju* abzuwehren. Sie wirkte befriedigt, aber weiterhin sorgenvoll.

»Sieht du etwas?« fragte der Engländer.

»Ich sehe einen Mann.«

»Wie ist dieser Mann?«

»Er ist genau wie du, aber er ist ein Ketzer. Du solltest ihm aus dem Weg gehen. Du tust, was ich dir sage?«

»Das tue ich immer.«

Der Engländer küßte ihre Hand, dann drückte er ihr mehrere zusammengerollte Geldscheine in die Handfläche.

»Das ist zuviel«, sagte sie.

»Das sagst du immer.«

»Weil du mir immer viel zuviel gibst.«

Teil II

13

Rom

Eine Stunde nach Tagesanbruch überquerten sie die italienische Grenze. Gabriel war schon lange nicht mehr so erleichtert gewesen, ein Land verlassen zu können. Er fuhr in Richtung Mailand weiter, während Anna neben ihm schlief. Sie wurde von Alpträumen gequält, warf ihren Kopf hin und her, trug private Schlachten aus. Als der Traum sie endlich aus seinen Klauen ließ, fuhr sie hoch und starrte Gabriel mit schreckgeweiteten Augen an, als könne sie sich seine Anwesenheit nicht erklären. Dann schloß sie die Augen wieder, und wenig später begann der nächste Kampf.

In einer Autobahnraststätte frühstückten sie schweigend wie ein ausgehungertes Liebespaar: Omeletten und Croissants, dazu große Schalen Milchkaffee. Auf den letzten Kilometern vor Mailand sprachen sie ihren Plan nochmals durch. Anna würde nach Lissabon zurückfliegen; Gabriel würde den Mercedes behalten und nach Rom weiterfahren. Auf dem Flughafen hielt er am Gehsteig vor dem Abfluggebäude und stellte den Wahlhebel auf P. »Bevor wir weitermachen, müssen Sie mir etwas erklären.«

»Sie wollen wissen, warum ich den Diebstahl der Gemälde nicht bei der Züricher Polizei angezeigt habe?«

»Richtig.«

»Die Antwort ist ganz einfach: Ich traue ihr nicht. Deshalb habe ich Sie angerufen und Ihnen den Raum, aus dem die Bilder verschwunden sind, überhaupt gezeigt.« Sie drückte ihm zum Abschied die Hand. »Ich traue der Schweizer Polizei nicht, Mr. Allon, und Sie sollten es ebenfalls nicht tun. Ist Ihre Frage damit beantwortet?«

»Vorläufig schon.«

»Danke«, sagte sie. »Und seien Sie um Himmels willen vorsichtig.«

Sie stieg aus und verschwand im Terminal. Ihr Parfüm hing noch lange im Wagen – ebenso wie die einfache Frage, die Gabriel nicht aus dem Kopf ging. Warum sollte eine Bande professioneller Kunstdiebe sich die Mühe machen, Rolfes Privatsammlung zu stehlen, aber einen Raffael an der Wand im Salon hängen lassen?

Rom roch nach Herbst. Nach bitterem Kaffee und in Olivenöl gebratenem Knoblauch. Nach Holzrauch und auf nassem Asphalt liegendem Laub. Gabriel nahm sich ein Zimmer in einem kleinen Hotel am Corso d'Italia gegenüber den riesigen Gärten der Villa Borghese. Sein Zimmer führte auf einen winzigen Innenhof mit einem abgestellten Springbrunnen und für den Winter wie Rosenbüsche eingepackten Sonnenschirmen hinaus. Er fiel ins Bett und schlief sofort ein.

Daß er zuletzt von Wien geträumt hatte, war schon lange her, aber irgend etwas, das er in Zürich gesehen hatte, hatte sein Unterbewußtsein in Aufruhr versetzt, und er träumte jetzt wieder von damals. Der Traum begann wie jedesmal: Gabriel schnallt seinen Sohn auf dem Rücksitz des Wagens an, ohne zu ahnen, daß er ihn auf einer Autobombe festschnallt, angebracht von einem Palästinenser, der geschworen hat, ihn zu vernichten. Er küßt seine Frau, verabschiedet sich zum letztenmal von ihr und geht davon. Dann explodiert der Wagen. Gabriel rappelt sich auf und rennt zurück. Er braucht mehrere

Minuten, um seinen kaum zwanzig Meter entfernten Wagen zu erreichen. Er findet seinen Sohn von der Autobombe zerfetzt vor. Am Steuer sitzt eine Frau, die schwerste Verbrennungen erlitten hat. Nur ist diese Frau jetzt nicht mehr Leah, sondern Anna Rolfe.

Schließlich gelang es ihm, diesen Traum durch reine Willenskraft zu beenden. Er wachte naßgeschwitzt auf, sah auf seine Armbanduhr. Er hatte zwölf Stunden lang geschlafen.

Gabriel duschte und zog sich an. Draußen war es früher Vormittag, weiße Wattebauschwolken trieben über den azurblauen Himmel, und der Wind heulte über den breiten Corso d'Italia. Nachts hatte es geregnet, und der stürmische Wind erzeugte Wellen auf den großen Wasserlachen im Rinnstein. Er machte einen Spaziergang zur Via Veneto, kaufte sich die Tageszeitungen und las sie beim Frühstück in einem Café.

Nach einer Stunde verließ er das Café, betrat eine Telefonzelle und tippte eine Nummer ein, die er auswendig wußte. *Klick ... summ ... klick ...* Danach eine Frauenstimme, scheinbar weit entfernt, leicht hallend. »Ja?«

Gabriel meldete sich unter dem Namen Stevens, einem seiner alten Decknamen, und sagte, er wolle sich mit Mr. Baker im Restaurant Il Drappo zum Mittagessen treffen. Eine Pause, ein weiteres Klicken, ein langer Summton und ein Klirren wie von zerschellendem Porzellan. Dann wieder die Frauenstimme.

»Mr. Baker läßt ausrichten, daß er mit einem Mittagessen im Il Drappo einverstanden ist.«

Am anderen Ende wurde aufgelegt.

Gabriel wartete zwei Tage lang. Er stand jeden Morgen früh auf und joggte über die stillen Fußwege der Villa Borghese. Danach ging er zur Via Veneto, um in einem kleinen Café, an dessen Theke eine hübsche junge Rothaarige bediente, seinen Morgenkaffee zu trinken. Am zweiten Tag fiel ihm dort ein katholischer Priester in schwarzer Soutane auf, dessen Gesicht ihm bekannt vorkam. Gabriel suchte sein Gedächtnis nach diesem Gesicht ab, konnte es aber nicht finden. Als er bei der Rothaarigen seine Rechnung verlangte, stand auf der Rückseite des Kassenbons ihre Telefonnummer. Er lächelte entschuldigend und ließ den Bon auf der Theke liegen, als er ging. Der Geistliche blieb im Café sitzen.

An diesem Nachmittag verbrachte Gabriel viel Zeit damit, sich zu vergewissern, daß er nicht beschattet wurde. Er besichtigte eine Kirche nach der anderen und studierte Fresken und Altarbilder, bis sein Nacken schmerzte. Dabei hatte er fast das Gefühl, Umberto Conti neben sich zu haben. Conti war wie Ari Schamron der Überzeugung gewesen, Gabriel sei ein Mann von ungewöhnlichen Talenten, und wie Schamron hatte er einen Narren an ihm gefressen. Manchmal war er in Gabriels schäbige Pension gekommen und hatte ihn in die venezianische Nacht hinausgeschleppt, um ihm Kunstwerke zu zeigen. Conti sprach von Bildern wie andere Männer von Frauen. »Sieh dir das Licht an, Gabriel. Sieh dir die Pinselführung an, die Hände, mein Gott, diese Hände!«

Gabriels Nachbar in Venedig war ein Palästinenser namens Saeb gewesen, ein hagerer Intellektueller, der in Gedichten zu Gewalt aufrief und Hetzschriften verfaßte, in denen er die Israelis mit den Nazis gleichsetzte. Saeb erinnerte ihn peinlich an Wadal Adel Zwaiter, den Chef des Schwarzen September in Italien, den Gabriel im Treppenhaus eines Apartmentgebäudes an der römischen Piazza Annabaliano liquidiert hatte.

»Ich habe einer Spezialeinheit angehört, Miss Rolfe.«

»Was für eine Art Spezialeinheit war das?«

»Eine Einheit zur Terrorismusbekämpfung, die Leute aufgespürt hat, die Gewalttaten gegen Israel verübt hatten.«

»Palästinenser?«

»Ja, meistens.«

»Und was haben Sie mit diesen Terroristen gemacht, wenn Sie sie aufgespürt hatten?«

Schweigen ...

»Antworten Sie, Mr. Allon. Was haben Sie getan, wenn Sie sie aufgespürt hatten?«

Abends kreuzte Saeb häufig spätnachts wie Zwaiters Geist bei Gabriel auf, stets mit einer Flasche billigem Rotwein und französischen Zigaretten, hockte mit untergeschlagenen Beinen auf dem Bettvorleger und hielt Gabriel Vorträge über das vielfältige Unrecht, unter dem das palästinensische Volk zu leiden hatte. *Die Juden! Der Westen! Die korrupten arabischen Regimes! Sie alle haben Palästinenserblut an ihren Händen!* Gabriel nickte an den passenden Stellen, schenkte sich von Saebs Wein nach und rauchte seine Zigaretten. Gelegentlich verdammte er Israel selbst. Dieser Staat könne keinen Bestand haben, sagte Gabriel in einer seiner denkwürdigeren Reden. Allein unter der Last seiner inhärenten Widersprüche werde er irgendwann wie der Kapitalismus zusammenbrechen. Von dieser Aussage war Saeb so begeistert, daß er sie leicht abgewandelt in seinem nächsten Zeitungsartikel verwendete.

Während Gabriel in Venedig seine Lehrzeit absolvierte, durfte Leah ihn mit Schamrons Erlaubnis einmal im Monat besuchen. Nachdem sie sich mit verzweifelter Inbrunst geliebt hatten, lag sie an ihn gedrängt auf seinem schmalen Bett und flehte ihn an, nach Tel Aviv zurückzukehren. Sie gab sich als eine deutsche Soziologiestudentin namens Eva aus Hamburg aus. Als Saeb mit seinem Wein und seinen Zigaretten in Gabriels Zimmer kam, sprach er voller Begeisterung von der Baader-Meinhof-Bande und der PLO. Saeb behauptete, Leah sei eine Zauberin. »Irgendwann müssen Sie nach Palästina kommen und meine Heimat sehen«, sagte er. *Ja,* stimmte Leah zu. *Irgendwann.*

Gabriel aß jeden Abend in einer kleinen Trattoria in der Nähe seines Hotels. Am zweiten Abend empfing der Wirt ihn wie einen Stammgast, der seit zwanzig Jahren mindestens einmal pro Woche kommt. Er setzte ihn an einen reservierten Tisch in der Nähe der Küche und überhäufte ihn mit *antipasti,* bis Gabriel um Gnade bat. Dann Pasta, dann Fisch, dann verschiedene *dolci.* Als er den Espresso servierte, legte er Gabriel einen Zettel hin.

»Wer hat den abgegeben?« fragte Gabriel.

Die typisch italienische Geste des Wirts drückte Ahnungslosigkeit aus. »Ein Mann.«

Gabriel betrachtete den Zettel: einfaches weißes Papier, anonyme Schrift, keine Unterschrift.

Kirche Santa Maria della Pace. In einer Stunde.

Die Nacht war kühler geworden, ein böiger Wind heulte durch die Baumwipfel der Villa Borghese. Gabriel ging ein ziemliches Stück zu Fuß – erst den Corso d'Italia, dann die Via Veneto entlang –, bevor er ein vorbeifahrendes Taxi anhielt und sich zum Centro Storico bringen ließ.

Er schlenderte zwanzig Minuten lang kreuz und quer durch enge Straßen und über stille Plätze, bis er sicher war, nicht beschattet zu werden. Erst dann ging er zur Piazza Navona. Selbst an diesem kühlen Abend war der Platz belebt, die Cafés waren überfüllt, Straßenkünstler versuchten, billige Gemälde zu verkaufen.

Gabriel machte langsam einen Rundgang um den Platz, betrachtete hier einen reichverzierten Brunnen und blieb dort stehen, um einem Blinden, der auf einer Gitarre mit nur vier Saiten klimperte, ein paar Geldstücke in den Sammelkorb zu werfen. Irgend jemand folgte ihm, das spürte er deutlich.

Er ging in Richtung Kirche weiter und kehrte dann plötzlich um. Sein Beschatter stand jetzt am Rand der kleinen Gruppe, die dem blinden Gitarristen zuhörte. Gabriel ging zu ihm hinüber, blieb neben ihm stehen.

»Sie sind sauber«, sagte der Mann. »Gehen Sie rein.«

Die Kirche war leer, die Düfte von Kerzenwachs und Weihrauch hingen schwer in der Luft. Gabriel ging durchs Kirchenschiff nach vorn und blieb vor dem Hochaltar stehen, als bewundere er die Fresken über dem Altar. Hinter ihm wurde die Tür geöffnet und ließ den Lärm des lebhaften Treibens auf der Piazza Navona in die Kirche. Er drehte sich um, sah aber nur eine alte Frau, die hereingekommen war, um zu beten.

Im nächsten Augenblick ging die Tür erneut auf. Diesmal trat ein Mann ein, Lederjacke, flinke schwarze Augen: Rami, der persönliche Leibwächter des Alten. Er kniete in einer Bank nieder und bekreuzigte sich.

Gabriel unterdrückte ein Lächeln, als er sich wieder abwandte und erneut die Fresken über dem Altar betrachtete. Dann öffnete die Tür sich nochmals und ließ wieder den Lärm der Piazza ein, aber diesmal machte Gabriel sich nicht erst die Mühe, sich umzudrehen, weil er Ari Schamrons charakteristisch energischen Schritt sofort erkannte.

Wenig später stand Schamron an seiner Seite und sah ebenfalls zum Altar auf. »Was gibt's, Gabriel?« fragte er ungeduldig. Schamron war außerstande, Kunst zu würdigen. Schönheit fand er nur in einem perfekt geplanten Unternehmen oder der Vernichtung eines Feindes.

»Diese Fresken stammen übrigens von Raffael. Er hat selten *al fresco* gemalt, nur für Päpste und Leute aus ihrem engeren Umkreis. Diese Kapelle gehörte dem prominenten Bankier Agostino Chigi, und als Raffael ihm seine Rechnung für die Fresken vorlegte, war Chigi so empört, daß er Michelangelo um ein Gutachten bat.«

»Wie hat Michelangelo darauf reagiert?«

»Er hat Chigi erklärt, *er* hätte mehr verlangt.«

»Ich hätte mich bestimmt auf die Seite des Bankiers geschlagen. Kommen Sie, wir gehen spazieren. Katholische Kirchen machen mich nervös.« Er rang sich ein angespanntes Lächeln ab. »Ein Überbleibsel aus meiner Kindheit in Polen.«

Sie machten einen Rundgang um die Piazza. Der wachsame Rami folgte ihnen wie Schamrons schlechtes Gewissen: die Hände in den Jackentaschen, die Augen in ständiger Bewegung. Schamron hörte schweigend zu, während Gabriel ihm von der verschwundenen Gemäldesammlung erzählte.

»Hat sie bei der Polizei Anzeige erstattet?«

»Nein.«

»Warum nicht?«

Gabriel berichtete, was Anna gesagt hatte, als er ihr dieselbe Frage gestellt hatte.

»Warum hat ihr Vater die Existenz dieser Sammlung geheimgehalten?«

»So etwas kommt gelegentlich vor. Vielleicht hat die Art seiner Sammlung keine öffentliche Zurschaustellung zugelassen.«

»Wollen Sie damit andeuten, Rolfe sei ein Kunstdieb gewesen?« fragte Schamron.

»Nein, kein Kunstdieb, aber manchmal liegen die Dinge etwas komplizierter, als auf den ersten Blick zu vermuten wäre. Vielleicht war die Provenienz der Sammlung Rolfe nicht über jeden Zweifel erhaben. Wir reden hier schließlich von der *Schweiz.*«

»Das heißt?«

»Die Banktresore und Kellergewölbe der Schweiz sind voller historischer Beutestücke, zu denen auch Kunstwerke gehören. Vielleicht haben diese Gemälde gar nicht Rolfe gehört. Eines steht jedoch fest: Die Leute, die sie aus seinem Haus geholt haben, hatten einen bestimmten Grund dafür. Sie haben einen Raffael im Wert von mehreren Millionen Dollar zurückgelassen.«

»Können sie wiederbeschafft werden?«

»Schon möglich. Das hängt davon ab, ob sie bereits verkauft sind.«

»Lassen solche Gemälde sich auf dem schwarzen Markt rasch absetzen?«

»Nein, das würde ziemliches Aufsehen erregen. Aber es könnte sich um einen Auftragsdiebstahl gehandelt haben.«

»Das heißt?«

»Jemand hat jemanden dafür bezahlt, daß er die Tat ausführt.«

»War die Ermordung Rolfes im Honorar inbegriffen?«

»Gute Frage.«

Schamron wirkte plötzlich erschöpft. Er setzte sich auf den Rand eines Brunnens. »Ich vertrage das Reisen nicht mehr so gut wie früher«, murmelte er. »Erzählen Sie mir von Anna Rolfe.«

»Hätten wir die Wahl, dürften wir uns nie mit ihr einlassen. Sie ist unberechenbar, explosiv, und sie raucht mehr als Sie. Aber sie spielt herrlicher Violine, als ich je in meinem Leben gehört habe.«

»Sie verstehen sich auf solche Leute, Gabriel. Restaurieren Sie sie.« Schamron begann zu husten – ein dumpfes

Bellen, das seinen gesamten Körper erschütterte. Im nächsten Augenblick fragte er: »Weiß oder ahnt sie, warum ihr Vater sich an uns gewandt hat?«

»Angeblich nicht. Die beiden haben sich nicht sehr nahegestanden.«

Das schien Schamron sekundenlang körperliche Schmerzen zu bereiten. Seine eigene Tochter war nach Neuseeland ausgewandert. Er rief sie einmal im Monat an, aber sie rief nie zurück. Seine größte Sorge war, sie würde nicht zu seiner Beerdigung heimkommen oder den Kaddisch für ihn sprechen. Er ließ sich lange Zeit, während er seine nächste Zigarette anzündete.

»Haben Sie irgendwas, mit dem Sie weitermachen können?«

»Eine Spur, ja.«

»Lohnend?«

»Ich denke schon.«

»Was brauchen Sie dafür?«

»Die Mittel für eine Überwachung.«

»Wo?«

»In Paris.«

»Und die Zielperson?«

14

Rom

Das winzige Richtmikrophon, das der als katholischer Priester gekleidete Mann in der Hand hielt, war nicht größer als ein gewöhnlicher Kugelschreiber. Mit diesem von einer Elektronikfirma in der Schweizer Industriestadt Zug hergestellten Mikrophon konnte er das Gespräch der beiden Männer mithören, die langsam einen Rundgang um die Piazza Navona machten. Ein weiterer Mann, der in einem Café auf der gegenüberliegenden Seite des Platzes saß, war mit dem gleichen Richtmikrophon ausgerüstet. Der angebliche Priester war zuversichtlich, daß sie gemeinsam den größten Teil des Gesprächs der beiden aufgezeichnet hatten.

Seine Annahme bestätigte sich, als er zwanzig Minuten später im Hotelzimmer die beiden Tonbänder auf einem Rekorder synchronisierte und seinen Kopfhörer aufsetzte. Nach einigen Minuten streckte er plötzlich eine Hand aus und drückte nacheinander die Tasten STOP, ZURÜCK und WIEDERGABE.

»Wo?«

»In Paris.«

»Und die Zielperson?«

»Ein Kunsthändler namens Werner Müller.«

STOP. ZURÜCK. WIEDERGABE.

»Ein Kunsthändler namens Werner Müller.«

STOP.

Er wählte eine Nummer in Zürich und berichtete

dem Mann, der sich am anderen Ende meldete, vom Inhalt des aufgezeichneten Gesprächs. Nachdem er den Hörer aufgelegt hatte, gönnte er sich eine Zigarette und die Pikkoloflasche Champagner aus der Minibar: die Belohnung für einen gut durchgeführten Auftrag. Im Bad warf er die zu Konfetti zerrissenen Blätter aus seinem Notizbuch ins WC und spülte sie hinunter.

15

Paris

Die Galerie Müller lag in einer Biegung einer schmalen Verbindungsstraße zwischen der Rue du Faubourg St. Honoré und der Avenue de l'Opéra. Ihre Nachbarn waren ein Handyladen und eine Boutique für teure Herrenmode, die kein Mann tragen konnte. Hinter dem dicken Sicherheitsglas des Schaufensters waren zwei kleine Gemälde eines unbedeutenden französischen Blumenmalers aus dem achtzehnten Jahrhundert ausgestellt, die Gabriel nicht gefielen. An der Tür klebte ein Zettel in präziser, deutlicher Druckschrift: BESUCHE NUR NACH ANMELDUNG.

Als Beobachtungsposten wählte Gabriel das kleine Hotel Laurens, das nur fünfzig Meter nördlich der Galerie auf der anderen Straßenseite lag. Er mietete sich dort unter dem Namen Heinrich Kiever ein und bekam ein Mansardenzimmer, in dem es nach schlechten Zigaretten und verschüttetem Cognac roch. Dem Angestellten am Empfang erzählte er, er sei ein deutscher Drehbuchautor. Er sei hier, um das Drehbuch eines im Zweiten Weltkrieg in Paris spielenden Films zu überarbeiten. Er werde viel auf seinem Zimmer arbeiten und verbitte sich jegliche Störung. Er trank in der Hotelbar und machte tölpelhafte Annäherungsversuche bei der Serviererin. Er jagte die Zimmermädchen hinaus, wenn sie in seinem Zimmer saubermachen wollten. Er schnauzte den Jungen vom Zimmerservice an, wenn er ihm seinen Kaffee nicht schnell genug brachte. So wußten schon nach kurzer Zeit das gesamte Personal und die meisten Stammgäste des Hotels Laurens von dem verrückten *boche,* der in der Mansarde ein Drehbuch schrieb.

Auf der Fahrt nach Paris hatte er am Flughafen Nizza Station gemacht und den gemieteten Mercedes gegen einen unauffälligeren Renault eingetauscht. Der Autovermieter war ein Mann namens Henri, ein provenzalischer Jude, dessen Familie den französischen Holocaust überlebt hatte. Im Sprachgebrauch des Dienstes war Henri ein *sajan,* ein freiwilliger Helfer. In aller Welt gab es Tausende von *sajanim* – Bankiers, die Agenten des Dienstes im Ausland mit Geld versorgten, Hotelangestellte, die sie kostenlos unterbrachten, Ärzte, die sie diskret behandelten, wenn sie verletzt oder krank waren. In diesem Fall verzichtete Henri auf den vorgeschriebenen Mietvertrag und sorgte dafür, daß Gabriel einen Renault bekam, dessen Herkunft sich nicht nachweisen ließ.

Kurz nach seiner Ankunft in Paris hatte Gabriel sich widerstrebend mit Uzi Navot, dem Chef der dortigen Station, in Verbindung gesetzt. Navot hatte rötlichblondes Haar und die muskelbepackte Statur eines Ringkämpfers. Er gehörte zu Schamrons ergebensten Jüngern und war eifersüchtig, weil der Alte an Gabriel einen Narren gefressen hatte. Deswegen haßte er Gabriel, wie ein jüngerer Bruder den Erstgeborenen haßt, und fiel ihm bei jeder sich bietenden Gelegenheit in den Rücken. Ihr Treff auf einer Parkbank an einem Springbrunnen im Jardin des Tuileries verlief so kalt und förmlich, als handelten zwei feindliche Generale einen Waffenstillstand aus. Navot machte deutlich, seiner Auffassung nach könne der Pariser Posten einen simplen Überwachungsauftrag auch ohne den großen Gabriel Allon durchführen. Außerdem gefiel ihm nicht, daß Schamron ihn darüber im dunkeln gelassen hatte, weshalb der Dienst diesen Pariser Kunsthändler überwachen wollte. Gabriel blieb trotz Navots halb laut vorgetragener Tirade stoisch ruhig, warf den Tauben kleine Stücke von einer Baguette zu und nickte von Zeit zu Zeit mitfühlend. Als Navot zehn Minuten später auf einem der kiesbestreuten Wege davonstürmte, hatte Gabriel alles, was er brauchte: Überwachungspersonal, abhörsichere Funkgeräte, Fahrzeuge, Abhörgeräte, eine Beretta Kaliber 22.

Sie beobachteten ihn zwei Tage lang. Das war nicht sonderlich schwierig; falls Müller ein Verbrecher war, benahm er sich nicht wie einer. Er kam jeden Morgen um 9 Uhr 45 in die Galerie und war ab 10 Uhr bereit, Kunden zu empfangen. Um 13 Uhr 30 sperrte er die Galerie ab und ging zu einem Restaurant in der Rue de Rivoli, in dem er Stammgast war, und kaufte unterwegs immer am selben Kiosk immer dieselben Zeitungen.

Am ersten Tag beschattete ihn ein stiernackiger Agent namens Oded. Am zweiten Tag übernahm diese Aufgabe ein hagerer Junge namens Mordechai, der trotz des recht kühlen Wetters zusammengekauert an einem Tisch auf dem Gehsteig verharrte. Nach dem Mittagessen folgte er Müller zu seiner Galerie zurück, bevor er in Gabriels Hotelzimmer kam, um ihm Bericht zu erstatten.

»Eines interessiert mich noch, Mordechai«, sagte Gabriel. »Was hat er heute mittag gegessen?«

Der Agent verzog mißbilligend sein hageres Gesicht. »Seezunge. Ein Riesenexemplar. Es war ein Massaker.«

»Und was hast du gegessen, Mordechai?«

»Eier und Pommes frites.«

»Wie waren sie?«

»Nicht schlecht.«

Abends, auch das war vorhersehbar, blieb Müller regelmäßig bis 18 Uhr 30 in der Galerie. Dann stellte er seinen Müll in einem dunkelgrünen Plastikbeutel auf den Gehsteig, damit er nachts abgeholt werden konnte, sperrte zu und machte sich zu Fuß auf den weiten Weg zu Fouquet auf den Champs-Élysées. Am ersten Abend sammelte Oded seinen Müll ein und brachte ihn in Gabriels Hotelzimmer, während Mordechai dem Kunsthändler zu Fouquet folgte. Am zweiten Abend tauschten die beiden Agenten ihre Rollen. Während Müller bei Fouquet mit Filmemachern und Literaten Champagner schlürfte, fiel Gabriel die weniger erfreuliche Aufgabe zu, seine Abfälle zu sortieren. Sie waren so gewöhnlich wie Müllers ganzer Tagesablauf: zerknüllte Faxe in einem halben Dutzend Sprachen, unwichtige Briefe, Zigarettenkippen, benützte Papierservietten und Kaffeesatz.

Nach dem Intermezzo bei Fouquet schlenderte Müller durch die stillen Seitenstraßen des achten Arrondissements, nahm in einem Bistro ein leichtes Abendessen zu sich und begab sich dann in seine Wohnung. Nach dem zweiten Abend, der nach diesem Schema verlaufen war, wurde Oded rebellisch. »Vielleicht ist er nur ein Schweizer Kunsthändler, der keine großen Umsätze macht. Vielleicht vergeudest du deine Zeit mit ihm – *und* unsere.«

Aber Gabriel ließ sich durch Odeds Einwände und die seines kleinen Teams nicht beirren. Kurz nach Mitternacht beobachtete er vom Fenster seines Zimmers im Hotel Laurens aus, wie ein unbeschrifteter Lieferwagen am Randstein vor der Galerie hielt. Die weiteren Ereignisse spielten sich flüssig wie ein choreographierter Tanz ab. Aus dem Lieferwagen stiegen zwei Männer. Zwanzig Sekunden später hatten sie die Eingangstür geöffnet und die Alarmanlage ausgeschaltet. Die Arbeit in der Galerie dauerte weniger als eine Minute. Dann kamen die Männer wieder heraus und stiegen in ihr Fahrzeug. Seine Scheinwerfer blinkten zweimal, als der Lieferwagen davonfuhr.

Gabriel trat vom Fenster zurück, nahm den Telefonhörer ab und wählte die Nummer der Galerie. Nach dem fünften Klingeln meldete sich ein Anrufbeantworter. Gabriel legte den Hörer neben das Telefon und stellte ein kleines Handfunkgerät lauter. Einige Sekunden später hörte er die Ansage des Anrufbeantworters: Werner Müllers Stimme mit der Mitteilung, die Galerie sei werktags ab zehn Uhr geöffnet. *Bitte rufen Sie an, um einen Termin zu vereinbaren.*

Im Sprachgebrauch des Dienstes war die in der Galerie Müller installierte Wanze ein »Glas«. Versteckt im Elektronikteil des Telefons übertrug sie nicht nur Müllers Telefonate, sondern auch alle in ihrer Nähe geführten Gespräche. Da sie ihren Strom aus dem Telefonnetz bezog, brauchte sie keine Batterie und konnte deshalb unbegrenzt lange eingebaut und betriebsfähig bleiben.

Am nächsten Vormittag empfing Müller keine Kunden und bekam keine Anrufe. Er selbst führte zwei Telefongespräche: eines nach Lyon, um sich nach einem Gemälde zu erkundigen, das zu verkaufen war, und eines mit seinem Vermieter, bei dem er sich über einen tropfenden Wasserhahn in seiner Wohnung beschwerte.

Mittags hörte er sich die Nachrichten im Radio an. Danach ging er zur gewohnten Zeit zum Mittagessen in sein Stammlokal und kam gegen fünfzehn Uhr in die Galerie zurück. Um siebzehn Uhr kam ein Anruf: eine Frau, die skandinavisch gefärbtes Englisch sprach, fragte nach Picasso-Zeichnungen. Müller erklärte ihr höflich, er führe leider weder Zeichnungen noch sonstige Werke von Picasso –, und war so liebenswürdig, ihr die Namen und Adressen zweier Galerien zu nennen, bei der sie vielleicht fündig werden würde.

Kurz vor achtzehn Uhr beschloß Gabriel, ihn selbst

anzurufen. Er wählte die Nummer der Galerie und fragte Herrn Müller in rasend schnellem, akzentfreiem Französisch, ob er irgendein Stilleben von Cézanne habe.

Müller räusperte sich. »Bedaure, Monsieur, ich habe leider keine Gemälde von Cézanne.«

»Merkwürdig. Ich habe aus zuverlässiger Quelle erfahren, daß Sie mehrere Cézannes auf Lager haben.«

»Da hat Ihre zuverlässige Quelle sich getäuscht. Guten Abend, Monsieur.«

Am anderen Ende wurde aufgelegt. Auch Gabriel legte auf und stellte sich neben Oded ans Fenster. Im nächsten Augenblick trat der Kunsthändler in die Abenddämmerung hinaus und sah die kleine Straße nach links und rechts entlang.

»Hast du das gesehen, Oded?«

»Unser Mann ist eindeutig sehr nervös.«

»Glaubst du noch immer, daß er nur ein Kunsthändler ist, der keine großen Umsätze macht?«

»Er benimmt sich verdächtig, aber warum hast du ihn mit deinem Anruf bewußt nervös gemacht?«

Gabriel lächelte, ohne seine Frage zu beantworten. Schamron nannte das »einem Mann ein Steinchen in den Schuh legen«. Anfangs ist es nur lästig, aber bald erzeugt es eine offene Wunde. Läßt man das Steinchen lange genug darin, hat der Mann zuletzt den Schuh voller Blut.

Fünf Minuten später sperrte Werner Müller seine Galerie für die Nacht zu. Statt seinen Müllsack am gewohnten Platz zurückzulassen, stellte er ihn nebenan vor der Boutique für Herrenmode ab. Bevor er in Richtung Fouquet davonging, sah er sich mehrmals über die Schulter um. Aber er merkte nicht, daß die Bohnenstange Mordechai ihm auf der gegenüberliegenden Straßenseite folgte. Werner Müller hat eine schwärende

Wunde, sagte Gabriel sich. Bald würde er den Schuh voll Blut haben.

»Bring mir seinen Müll, Oded.«

Müllers Wochenende verlief ebenso vorhersehbar wie seine Arbeitswoche. Er besaß einen Hund, der unaufhörlich kläffte. Oded, der die in seiner Wohnung installierten Wanzen von einem um die Ecke geparkten Lieferwagen aus überwachte, litt unter chronischen Kopfschmerzen. Er fragte Gabriel, ob er sich eine Beretta besorgen und den Köter abknallen dürfe, um endlich Ruhe zu haben. Und als Müller seinen Hund die Seine entlang spazierenführte, bettelte Oded um Erlaubnis, den Köter über die Kaibrüstung werfen zu dürfen.

Am Samstagabend wurde die Monotonie durch die Ankunft eines Luxuscallgirls namens Veronique unterbrochen. Sie ohrfeigte ihn. Er weinte und nannte sie Mama. Das Kläffen des Hundes klang fieberhaft überreizt. Nach zwei Stunden mußte Oded, der sich eigentlich für einen Mann von Welt hielt, den Überwachungswagen verlassen, um frische Luft zu schnappen und in der Brasserie an der Ecke ein Bier zu trinken. »Der Fick des Jahrhunderts«, berichtete er Gabriel später. »Ein Seminar in Verderbtheit. Die Jungs von der Abteilung psychologische Kriegsführung am King Saul Boulevard werden diese Aufnahme in ihr Ausbildungsprogramm aufnehmen müssen.«

Keiner war erleichterter als Oded, als ein grauer, feuchter Montag über Paris anbrach. Nach einem letzten Streit mit seinem Hund knallte Müller die Wohnungstür zu und verließ das Apartmenthaus. Oded beobachtete ihn mit blankem Haß im Blick durch die dunkelgetönten Scheiben des Überwachungswagens. Dann hob er sein Handfunkgerät an den Mund, um sich bei Gabriel im

Hotel Laurens zu melden. »Romeo ist anscheinend in seine Galerie unterwegs. Jetzt ist er wieder euer Problem.«

Und dann fing der Hund von neuem an – zuerst ein paar einzelne Kläffer wie das Knattern von Scharfschützenfeuer, dann regelrechtes Artillerietrommelfeuer. Oded nahm den Kopfhörer ab und vergrub sein Gesicht in den Händen.

16

Paris

Wie Gabriel Allon kam der Engländer über die Côte d'Azur nach Paris, nachdem er die Nachtfähre Calvi-Nizza benützt hatte, um von Korsika aufs Festland zu gelangen. Wie es der Zufall wollte, nahm auch er sich in Nizza einen Leihwagen – allerdings nicht am Flughafen, sondern am Boulevard Victor-Hugo in der Nähe des Hafens. Der Wagen war ein Ford Fiesta, der deutlich nach rechts zog und die Fahrerei anspruchsvoller machte, als er sich gewünscht hätte.

Eine Autostunde vor Paris hielt er an einer Raststätte und verschwand auf der Toilette. Dort zog er sich um, vertauschte Cordsamthose und Wollpullover gegen einen modischen schwarzen Anzug. Er benützte Theaterschminke, um sein aschblondes Haar platinblond zu färben, und setzte eine Sonnenbrille mit rosa Gläsern auf. Als er fertig war, erkannte er den Mann im Spiegel selbst nicht wieder. Aus seiner Reisetasche holte er einen kanadischen Paß und betrachtete das Photo: Claude Devereaux, noch zwei Jahre gültig. Er steckte den Paß in die Innentasche seines Jacketts und ging zu seinem Wagen hinaus.

Als er am Spätnachmittag die Außenbezirke der Hauptstadt erreichte, regnete es halbherzig aus einem grauen, wolkenverhangenen Himmel. Er fuhr ins fünfte Arrondissement, wo er sich in einem kleinen Hotel in der Rue St. Jacques einquartierte. Er verbrachte den frühen

Abend auf seinem Zimmer, machte ein Nickerchen und ging dann in die Hotelhalle hinunter, wo er seinen Schlüssel an der Rezeption abgab und sich einen Stapel von Stadtplänen und Tourismusbroschüren zusammensuchte. Er lächelte der Hotelangestellten am Empfang verlegen zu – *Mein erster Aufenthalt in Paris.*

Draußen goß es in Strömen. Der Engländer warf das Informationsmaterial in den nächsten Abfallkorb und suchte sich auf den nassen Straßen des siebten Arrondissements einen Weg zur Seine. Und um Punkt 21 Uhr stand er am Quai d'Orléans unter einer Platane, von der Regenwasser tropfte, und wartete auf Pascal Debré.

Ein Frachtkahn, aus dessen Ruderhaus und Kajüte warmes gelbliches Licht fiel, glitt langsam an ihm vorbei. Nicht weit von ihm entfernt ließen drei Männer auf dem Kai eine Weinflasche herumgehen, während sie im Licht einer Straßenlampe angelten. Er zog den Mantelärmel hoch und sah auf das Leuchtzifferblatt seiner Armbanduhr. Einige Minuten nach Mitternacht. Wo zum Teufel blieb Debré? Der Regen wurde noch stärker, klatschte aufs Pflaster des Kais. Er berührte sein Haar. Die Platinfarbe begann auszulaufen.

Fünf Minuten später waren auf dem Kai Schritte zu hören. Er drehte sich um und sah einen Mann auf sich zukommen: Polyesterhose, billige Stiefel, regennaß glänzende hüftlange Lederjacke. Der Mann gesellte sich unter dem Baum zu ihm und streckte dem Engländer die Rechte hin. Ringfinger und kleiner Finger dieser Hand fehlten.

»Für eine Regennacht hast du den denkbar schlechtesten Treffpunkt ausgesucht, Pascal. Warum kommst du so spät, verdammt noch mal?«

»Ich habe ihn nicht wegen der Aussicht gewählt, mein Freund.« Debré sprach Patois mit südfranzösischer Färbung. Mit seinen beiden verbliebenen Fingern deutete er auf die weintrinkenden Angler am Kai. »Siehst du die drei dort drüben? Sie arbeiten für mich. Und der Frachtkahn, der gerade vorbeigefahren ist? Auch der Bootsführer arbeitet für mich. Wir wollten sichergehen, daß du nicht beschattet wirst.«

Debré vergrub seine Hände in den Jackentaschen. Der Engländer musterte ihn prüfend.

»Wo ist das Paket?«

»In einem Lagerhaus.«

»Vereinbart war, daß du's mitbringst.«

»Die Polizei führt schon den ganzen Abend Verkehrskontrollen durch. Wegen einer Bombendrohung einer arabischen Gruppe. Algerier, glaube ich. Da wär's zu gefährlich gewesen, das Paket mitzubringen.«

Der Engländer hatte nirgends Verkehrskontrollen gesehen.

»Wie soll ich das Paket in die Stadt bringen können, wenn die Polizei auf den Straßen kontrolliert?«

»Das ist dein Problem, mein Freund.«

»Wo steht das Lagerhaus?«

»Ein paar Kilometer flußabwärts in einem Industriegebiet.« Debré nickte in Richtung Quartier Latin. »Ich habe einen Wagen hier.«

Dem Engländer waren Änderungen eines festgelegten Plans ein Greuel, aber ihm blieb keine andere Wahl. Er folgte Debré die Steintreppe hinauf und über den Pont St. Louis. Über ihnen leuchtete die von Scheinwerfern angestrahlte Kathedrale Notre-Dame. Debré betrachtete das gefärbte Haar des Engländers und zog seine Mundwinkel in einer sehr gallischen Geste der Mißbilligung herunter. »Du siehst lächerlich aus, aber ich muß zugeben, daß das recht wirkungsvoll ist. Ich hätte dich fast nicht wiedererkannt.«

»Das ist der springende Punkt.«

»Und du bist piekfein in Schale. Sehr modisch. Paß lieber auf, wo du in dieser Aufmachung hingehst. Du könntest manche Jungs auf falsche Ideen bringen.«

»Wo steht dein verdammter Wagen?«

»Geduld, mein Freund.«

Der Wagen stand mit laufendem Motor auf dem Quai de Montebello. Am Steuer saß ein bulliger Kerl, der eine Zigarette rauchte. »Du kannst vorn sitzen«, sagte Debré. »Da hast du's bequemer.«

»Ich sitze aber lieber hinten, und wenn du mich noch mal aufforderst, vorn einzusteigen, müßte ich glauben, du wolltest mich in eine Falle locken. Und du würdest garantiert nicht wollen, daß ich mich in eine Falle gelockt fühle, Pascal.«

»Wie du willst. Meinetwegen kannst du auch hinten sitzen. Scheiße, ich wollte bloß höflich sein!«

Sie fuhren zwanzig Minuten mit gleichmäßig laufenden Scheibenwischern und laut brummender Heizung durch den Regen. Das Lichtermeer der Innenstadt blieb hinter ihnen zurück, und wenig später erreichten sie ein düsteres Industriegebiet, das durch gelbe Natriumdampflampen nur unzulänglich beleuchtet wurde. Debré sang die amerikanischen Schlager mit, die das Autoradio dudelte. Der Engländer hatte Kopfschmerzen. Er ließ sein Fenster herunter und spürte die feuchte Luft wohltuend kalt auf seinem Gesicht.

Er wünschte sich, Debré würde die Klappe halten. Der Engländer wußte alles über Pascal Debré. Er war ein Mann, der seine eigenen hochgesteckten Erwartungen nicht erfüllt hatte. Er hatte ein Berufskiller wie der Engländer werden wollen, aber seinen ersten wichtigen Auftrag – einen Bombenanschlag auf den Boß einer rivalisierenden Bande – verpatzt. Dieser Fehler hatte ihn zwei Finger gekostet und seine Karriere ernstlich behindert. Er wurde innerhalb seiner Organisation zu den Erpressern abgeschoben und durch seine simple, aber effektive Methode bekannt: *Gib uns Geld, sonst brennen wir dein Geschäft nieder. Gehst du zur Polizei, vergewaltigen wir deine Tochter und hacken sie anschließend in Stücke.* Das war primitiv, aber wirkungsvoll.

Sie fuhren durch ein Tor in einem Maschendrahtzaun und in ein Lagerhaus, einen rußgeschwärzten alten Klinkerbau. Hier roch es nach Dieselqualm und dem Fluß. Debré verschwand in einem kleinen Büro und machte Licht. Wenig später kam er mit einem großen Koffer zurück, den er in seiner gesunden Linken trug.

Er schwang den Koffer auf die Motorhaube und ließ seine Schlösser aufschnappen. »Der Sprengsatz ist sehr einfach aufgebaut«, sagte Debré, mit seiner verstümmelten Rechten deutend. »Hier ist die Schaltuhr. Die kannst du auf eine Minute, eine Stunde, eine Woche einstellen. Alles frei wählbar. Hier ist der Zünder, hier die kleine Sprengladung. Diese Kanister enthalten das Flammöl. Über den Koffer samt Inhalt läßt sich keinerlei Verbindung herstellen. Selbst wenn er den Brand überdauern sollte – was höchst unwahrscheinlich ist –, kann er die Polizei weder zu dir noch zu uns führen.«

Debré klappte den Kofferdeckel zu. Der Engländer zog einen Briefumschlag voller Geldscheine aus der Tasche und ließ ihn neben den Koffer auf die Motorhaube fallen. Als er nach dem Koffer greifen wollte, legte Debré ihm seine verstümmelte Hand auf den Arm.

»Der Preis ist leider gestiegen, mein Freund.«

»Warum?«

»Sagen wir wegen unvorhergesehener Marktfluktuationen.« Debré zog eine Pistole und zielte damit auf den

Engländer. Der Fahrer trat hinter ihn. Der Engländer nahm an, daß er ebenfalls seine Waffe gezogen hatte.

Debré grinste. »Du weißt, wie solche Dinge ablaufen, mein Freund.«

»Tut mir leid, das weiß ich nicht. Willst du's mir nicht erklären?«

»Nach unserem ersten Gespräch habe ich angefangen nachzudenken.«

»Das muß ein ganz neues Erlebnis für dich gewesen sein.«

»Halt's Maul, Scheißkerl!«

»Entschuldige, daß ich dich unterbrochen habe, Pascal. Bitte weiter.«

»Ich habe mir eine simple Frage gestellt: Wozu braucht ein Mann wie mein Freund diesen Sprengsatz? Seine bevorzugte Waffe ist das Messer. Manchmal auch eine Pistole, aber im allgemeinen ein Messer. Dann bin ich auf die Antwort gekommen: Er braucht diesen Sprengsatz, weil seine Auftraggeber wollen, daß er ihn verwendet. Erhöhe ich meinen Preis, kann ihm das egal sein, weil er die Kosten einfach an seine Auftraggeber weitergibt.«

»Wieviel willst du?«

»Dreißig.«

»Vereinbart waren fünfzehn.«

»Die alte Vereinbarung gilt nicht mehr.«

»Und wenn ich nicht zahle?«

»Dann mußt du dir dein Paket anderswo besorgen. Tust du das, bin ich vielleicht versucht, einen unserer Freunde bei der Polizei anzurufen – einen der Leute, die wir mit Drogen und Mädchen versorgen. Diesem Freund könnte ich erzählen, daß du mit einem Auftrag in Paris bist.«

»Gut, ich zahle deinen neuen Preis, aber nachdem dieser Sprengsatz hochgegangen ist, rufe ich die Pariser Polizei anonym an und verrate, von wem ich ihn bekommen habe. Dank deiner Dummheit kann ich ihr sogar sagen, wo ich ihn übernommen habe. Dann durchsucht die Polizei dieses Lagerhaus, du wirst verhaftet, und deine Bosse schneiden dir die restlichen Finger ab.«

Jetzt war Debré nervös. Er machte große Augen, fuhr sich mit der Zungenspitze über die Lippen und konnte nicht verbergen, daß seine Linke mit der Pistole zitterte. Er war es gewöhnt, daß die Leute Angst bekamen, wenn er ihnen drohte. Wie der Engländer hatte noch keiner reagiert.

»Also gut, du hast gewonnen«, knurrte Debré. »Es bleibt beim ursprünglichen Preis. Fünfzehntausend Euro. Nimm das verdammte Ding mit und verschwinde.«

Der Engländer beschloß, ihn noch etwas mehr unter Druck zu setzen. »Wie komme ich nach Paris zurück?«

»Das ist dein Problem.«

»Bis zu meinem Hotel ist's weit. Das Taxi kostet bestimmt ein Vermögen.« Er streckte eine Hand aus und nahm den Umschlag mit Geld wieder an sich. »Wahrscheinlich fünfzehntausend Euro.«

»Verdammt, was machst du da?«

»Ich nehme den Sprengsatz *und* mein Geld mit. Versuchst du, mich aufzuhalten, erzähle ich der Polizei von deinem Lagerhaus, und diesmal geben deine Bosse sich bestimmt nicht mit deiner Hand zufrieden.«

Debré hob seine Waffe. Der Engländer hatte ihn lange genug gewähren lassen. Es wurde Zeit, dieses Spiel zu beenden. Seine Ausbildung ließ ihn automatisch handeln. Mit einer blitzschnellen Bewegung, die für den Franzosen überraschend kam, packte er Debrés Arm, verdrehte ihn mit einem Ruck und brach ihn dabei mehrmals. Debré schrie vor Schmerzen, und die Pistole fiel scheppernd auf den Betonboden.

Nun war Debrés Partner an der Reihe. Der Engländer rechnete damit, daß er wegen Debrés Nähe nicht schießen würde, so daß ihm nur eine Möglichkeit blieb: Er mußte versuchen, den Engländer durch einen Schlag auf den Hinterkopf außer Gefecht zu setzen. Als der Engländer sich tief duckte, traf der Schlag über seinen Kopf hinweg ins Leere. Dann schnappte er sich Debrés Pistole und kam schießend hoch. Zwei Schüsse trafen den bulligen Mann in die Brust. Er brach zusammen, zwischen seinen Fingern quoll Blut hervor. Der Engländer erledigte ihn mit zwei weiteren Schüssen in den Kopf.

Debré lehnte an der Motorhaube, hielt seinen gebrochenen Arm umklammert und war restlos erledigt. »Behalt dein verdammtes Geld! Nimm den Koffer mit! Hau bloß ab!«

»Du hättest nicht versuchen sollen, mich reinzulegen, Pascal.«

»Klar, du hast recht. Nimm alles mit und verschwinde.«

»Muß nur noch etwas erledigen«, sagte der Engländer, als das schwere Kampfmesser mit Wellenschliff aus der Unterarmscheide in seine Handfläche glitt. Im nächsten Augenblick lag Pascal Debré neben seinem Partner auf dem Betonboden, das Gesicht kreidebleich, die Kehle fast bis zu den Halswirbeln aufgeschlitzt.

Die Schlüssel von Debrés Wagen steckten noch. Der Engländer benützte sie, um den Kofferraum aufzusperren, in dem ein weiterer Koffer lag. Er klappte den Deckel hoch und sah einen zweiten Sprengsatz, ein Duplikat des ersten, der auf der Motorhaube lag. Vermutlich hatte der Franzose in dieser Nacht einen weiteren Auftrag ausführen wollen. Ohne es zu wollen, hatte der Engländer wahrscheinlich irgend jemandem das Geschäft gerettet.

Er klappte den Deckel wieder zu und schloß vorsichtig den Kofferraum.

Auf dem Betonboden standen riesige Blutlachen. Der Engländer ging um die Leichen herum und blieb vor der Motorhaube des Wagens stehen. Er klappte den Koffer auf, stellte die Schaltuhr auf drei Minuten, klappte den Deckel wieder zu und postierte den Koffer zwischen die beiden Toten.

Ohne sich zu beeilen ging er durchs Lagerhaus und öffnete das Tor. Dann setzte er sich ans Steuer des Wagens. Als er den Zündschlüssel nach rechts drehte, stotterte der Motor kurz und starb dann ab. *Großer Gott, nein – Pascals Rache*... Er drehte den Zündschlüssel erneut nach rechts, und diesmal heulte der Motor auf.

Der Engländer stieß zurück, wendete in der Einfahrt und raste durch das Tor im Maschendrahtzaun davon. Als der Sprengsatz hochging, war der Lichtblitz in seinem Rückspiegel so hell, daß er für eine Zehntelsekunde geblendet war. Während er auf der Uferstraße in Richtung Paris zurückfuhr, schwammen immer wieder purpurrote Flecken durch sein Blickfeld.

Zehn Minuten später stellte er Debrés Wagen im Halteverbot vor einer Metrostation ab und stieg aus. Nachdem er den Koffer aus dem Kofferraum geholt hatte, warf er die Autoschlüssel in einen Abfallbehälter. Dann fuhr er die Rolltreppe hinunter und brauchte nicht lange zu warten, bis der nächste Zug kam.

Er dachte wieder an die alte *signadora* in seinem korsischen Dorf – an ihre Warnung vor einem geheimnisvollen Mann, den er meiden sollte. Er fragte sich, ob Pascal Debré dieser Mann gewesen war.

Der Engländer stieg an der Metrostation zum Jardin du Luxembourg aus und ging auf den regennassen Straßen des fünften Arrondissements zu seinem Hotel in der

Rue St. Jacques zurück. Oben in seinem Zimmer fiel ihm ein, daß er auf der gesamten Rückfahrt keinen einzigen Polizeibeamten gesehen hatte. Debré hatte eindeutig gelogen, als er von irgendwelchen Kontrollen gefaselt hatte.

17

Paris

Gabriel fand, es sei an der Zeit mit Werner Müller zu reden. Am nächsten Morgen rief er ihn in der Galerie an.

»Müller. *Bonjour.*«

»Sprechen Sie deutsch?«

»Ja.«

Gabriel wechselte vom Französischen ins Deutsche über.

»Ich habe am Wochenende im Schaufenster Ihrer Galerie ein Bild gesehen, für das ich mich interessiere.«

»Welches denn?«

»Das Blumenstück von Jean-Georges Hirn.«

»Ja, ein schönes Bild, nicht wahr?«

»Ganz recht. Ich frage mich, ob ich es mir heute irgendwann näher ansehen könnte.«

»Tut mir leid, aber heute bin ich ziemlich beschäftigt.«

»Oh, tatsächlich?«

Gabriel, der zweiundsiebzig Stunden lang alle bei der Galerie eingehenden Anrufe überwacht hatte, war sich sicher, daß Müller mühelos einen Termin finden würde.

»Lassen Sie mich meinen Terminkalender holen und einen Blick hineinwerfen. Können Sie einen Augenblick dranbleiben?«

»Natürlich.«

»Ah, da ist er ja. Wie ich sehe, ist heute nachmittag unerwartet ein Termin abgesagt worden.«

»Ein glücklicher Zufall.«

»Wie schnell könnten Sie hier sein?«

»Ich bin zufällig schon ganz in der Nähe. Ich könnte in zehn bis fünfzehn Minuten bei Ihnen sein.«

»Wunderbar. Und Ihr Name?«

»Ulbricht.«

»Gut, dann erwarte ich Sie in einer Viertelstunde, Herr Ulbricht.«

Gabriel legte auf. Er packte rasch, steckte die Beretta in seinen Hosenbund und vergewisserte sich, daß keine Spuren seines Aufenthalts zurückgeblieben waren. Bevor er das Zimmer verließ, trat er noch einmal ans Fenster und sah auf die Galerie hinunter. Dort klingelte eben ein Mann an der Eingangstür: mittelgroß, dunkles Haar, Aktenkoffer in der rechten Hand. Vielleicht war der Nachmittagstermin bei Müller doch nicht abgesagt worden. Gabriel holte rasch seine Kamera heraus und verknipste den restlichen Film mit Aufnahmen von dem unerwarteten Besucher. Dann nahm er den Film heraus, steckte ihn ein und verstaute die Kamera in seinem Koffer.

Der Angestellte an der Rezeption äußerte lebhaftes Bedauern darüber, daß Herr Kiever so früh abreiste. Er fragte, ob er mit seiner Arbeit gut vorangekommen sei, und Gabriel antwortete, das werde sich bald zeigen.

Draußen empfing ihn Nieselregen. Der Renault stand in der nächsten Querstraße; unter seinen rechten Scheibenwischer waren zwei Verwarnungen wegen Falschparkens geklemmt. Gabriel stopfte sie in seine Jackentasche und warf sein Gepäck in den Kofferraum.

Er sah auf seine Armbanduhr. Seit er mit Müller telefoniert hatte, waren zwölf Minuten vergangen. Am besten kam er ein paar Minuten zu spät – damit würde der Schweizer rechnen. Nachdem er zweimal um den Block gegangen war, um sich zu vergewissern, daß er nicht beschattet wurde, klingelte er an der Eingangstür der Galerie. Müller öffnete ihm die Tür.

»Guten Morgen, Herr Ulbricht. Ich hatte schon angefangen, mir Sorgen um Sie zu machen.«

»Entschuldigung, aber es war doch nicht so leicht, wieder herzufinden.«

»Sie leben nicht in Paris?«

»Ich mache hier nur ein paar Tage Urlaub. Sonst lebe ich in Düsseldorf.«

»Aha.« Müller klatschte theatralisch in die Hände. »So, Sie möchten sich den Hirn näher ansehen. Das verstehe ich sehr gut. Wirklich ein wundervolles Bild. Eine Bereicherung für jede Sammlung. Ich hole es gleich aus dem Schaufenster. Das dauert nur einen Augenblick.«

Während Müller damit beschäftigt war, das Blumenstück aus dem Schaufenster zu holen, sah Gabriel sich in der Galerie um. Durchschnittliche Ausstattung, unterdurchschnittliche Bilder. An der Rückwand des Raums erblickte er Müllers Schreibtisch, ein handbemaltes antikes Möbel, daneben stand ein Aktenkoffer auf dem Parkettboden.

Müller nahm das Blumenstück von seinem Ständer im Schaufenster. Das Gemälde war ziemlich klein, nur ungefähr dreißig mal fünfzig Zentimeter groß, und Müller konnte es mühelos allein herausnehmen. Er stellte es auf ein mit Filz bezogenes Podest in der Mitte des Raums und schaltete einige zusätzliche Deckenleuchten ein.

Als Gabriel vortrat, um das Gemälde zu begutachten, sah er zufällig durchs Schaufenster hinaus. Irgend etwas in dem Café auf der gegenüberliegenden Straßenseite fiel ihm ins Auge. Etwas entfernt Bekanntes, eine flüchtige Erinnerung, sonst nichts.

Er konzentrierte seine Aufmerksamkeit auf das Blumenstück und murmelte ein paar freundliche Worte über die Qualität von Farbgebung und Pinselführung. »Sie scheinen etwas von Kunst zu verstehen, Herr Ulbricht«, sagte Müller.

»Nur so viel, daß ich mein ganzes Geld für Bilder ausgebe, die ich mir eigentlich nicht leisten kann«, behauptete Gabriel, und die beiden Männer lachten in gutgelauntem Einverständnis.

Gabriel sah über das Blumenstück hinweg durchs Schaufenster zu dem Café hinüber. Da war es wieder: das Gefühl, etwas oder jemanden schon einmal gesehen zu haben. Er suchte die Tische unter der Markise ab und wußte plötzlich, wer ihm aufgefallen war. Dieser Mann, der seine Zeitung zusammenfaltete und dann aufstand und rasch wegging. Ein Mann, der es eilig hatte, ein Mann, der zu einer wichtigen Besprechung mußte. Gabriel hatte diesen Mann schon einmal gesehen.

Der Mann, der vorhin in der Galerie Müller gewesen war …

Gabriel drehte sich um und warf einen Blick auf den Aktenkoffer. Dann sah er nochmals aus dem Schaufenster, aber der Mann war bereits um die nächste Ecke verschwunden.

»Irgendwas nicht in Ordnung, Herr Ulbricht?«

Gabriel packte Müller am Arm. »Los, Sie müssen hier raus! Sofort!«

Der Kunsthändler befreite seinen Arm mit einem Ruck aus Gabriels Klammergriff. Er war überraschend kräftig.

»Lassen Sie mich los, Sie Wahnsinniger!«

Gabriel packte ihn nochmals am Arm, aber Müller befreite sich erneut.

»Verschwinden Sie, sonst hole ich die Polizei!«

Gabriel hätte ihn leicht überwältigen und hinausschleppen können, aber dafür reichte die Zeit vermutlich nicht aus. Er wandte sich ab und eilte zur Tür. Bis er sie erreichte, hatte Müller die Sicherheitsschlösser elektrisch entriegelt. Gabriel trat auf die Straße hinaus und ging in Richtung Hotel Laurens davon.

Und dann detonierte der Sprengsatz – mit einem ohrenbetäubenden Donnerschlag, der Gabriel nach vorn auf alle viere warf. Er rappelte sich auf und ging weiter, während um ihn herum das Echo der Detonation von den eleganten Fassaden der benachbarten Straßen widerhallte. Dann folgte etwas, das im ersten Augenblick an einen Tropenregen erinnerte, aber nur das Glas war, das aus Hunderten von zertrümmerten Fenstern auf die Straße herabregnete. Gabriel hob seine Hände, um sein Gesicht zu schützen, aber nach wenigen Sekunden waren seine Finger rot von Blut.

Die Glaskaskade endete, das Echo der Detonation verhallte in der Ferne. Gabriel widerstand dem Drang, sich nach der Verwüstung umzusehen. Er kannte die Wirkung solcher Bomben und konnte sich die Szene dort hinten vorstellen: brennende Autos, rauchgeschwärzte Gebäude, ein verwüstetes Café, Tote, Verletzte, Blut, die fassungslosen Blicke der Überlebenden. Deshalb nahm er die Hände vom Gesicht, vergrub sie in seinen Jackentaschen und ging mit gesenktem Kopf weiter, während in seinen Ohren eine schreckliche Stille dröhnte.

18

PARIS

Paris hatte in den vergangenen Jahren überdurchschnittlich viele terroristische Bombenanschläge erlebt, und die Polizei und die französischen Sicherheitsbehörden hatten wirkungsvolle Methoden zur Bewältigung ihrer Folgen entwickelt. Fünf Minuten nach der Detonation waren die ersten Streifenwagen am Tatort. Innerhalb von zehn Minuten wurden die umliegenden Straßen abgeriegelt. Gabriels Renault parkte innerhalb des Polizeikordons, deshalb hatte er zu Fuß flüchten müssen. Die Sonne stand schon tief am Horizont, als er den weitläufigen Güterbahnhof im Süden der Hauptstadt erreichte.

In seinem Versteck in der Ladebucht einer baufälligen Fabrik stellte er jetzt in Gedanken eine Liste der im Kofferraum zurückgebliebenen Gegenstände auf: ein Koffer, ein paar Kleidungsstücke, eine Kamera, ein Rekorder, das Funkgerät, mit dem er Verbindung zu dem Überwachungsteam gehalten hatte. Wurde der Wagen nicht bald abgeholt, würde die Polizei ihn beschlagnahmen, den Kofferraum aufbrechen und seinen Inhalt untersuchen. Sie würde das Tonband abspielen und entdecken, daß in Werner Müllers Galerie und seinem Telefon Wanzen installiert waren. Sie würde die belichteten Filme entwickeln und Aufnahmen von der Fassade der Galerie Müller finden. Sie würde den Winkel berechnen, aus dem diese Bilder gemacht worden waren, und daraus auf ein Fenster im Hotel Laurens schließen. Sie würde das Hotelpersonal befragen und feststellen, daß im fraglichen Zimmer ein ungehobelter deutscher Drehbuchautor gewohnt hatte.

Gabriels rechte Hand begann schmerzhaft zu pochen. Die Anstrengungen dieses Tages machten sich bemerkbar. Er war nach dem Bombenanschlag ständig in Bewegung geblieben, hatte ein Dutzend Metrolinien benützt und war unzählige Kilometer über belebte Boulevards gelaufen. Von einer Telefonzelle am Jardin du Luxembourg aus hatte er Uzi Navot über die Notfallnummer erreicht.

Als Gabriel jetzt den Kopf hob, sah er zwei Autos, die langsam über die schmale Zufahrt neben dem durchhängenden Maschendrahtzaun heranholperten. Obwohl es schon ziemlich dunkel war, fuhren sie ohne Licht. Dann hielten sie ungefähr fünfzig Meter von ihm entfernt. Gabriel sprang von der Laderampe – der Aufprall der Landung schickte schmerzhafte Erschütterungswellen durch seine verletzten Hände – und ging auf sie zu. Die hintere Tür des ersten Wagens wurde aufgestoßen. Navot hockte zusammengesunken auf dem Rücksitz. »Steig ein«, knurrte er. Anscheinend hatte er zu viele amerikanische Mafiafilme gesehen.

Navot hatte einen Arzt, einen von Ari Schamrons *sajanim,* mitgebracht, der vorn rechts saß. Er verwandelte die Mittelkonsole in einen Operationstisch, indem er sie mit einem sterilen Tuch bedeckte und die Innenbeleuchtung des Wagens einschaltete. Der Arzt schnitt den Notverband an der linken Hand auf und untersuchte die Wunde, dann verzog er mißbilligend die Lippen – *Nicht weiter schlimm. Wegen dieser Kleinigkeit schleppt man mich in diese Einöde?* »Etwas gegen die Schmerzen?« fragte er, aber Gabriel schüttelte den Kopf. Ein Stirnrunzeln, dann ein knappes Nicken – *Wie Sie wünschen.*

Der Arzt spülte die Wunde mit einem Antiseptikum aus und machte sich an die Arbeit. Gabriel, der Restaurator, beobachtete ihn aufmerksam. *Einstechen, ziehen, zupfen, schnippeln.* Navot zündete sich eine Zigarette an und sah angelegentlich aus dem Fenster. Nachdem der Arzt die Wunde genäht hatte, verband er sie sorgfältig und signalisierte durch ein Nicken, daß er fertig war. Gabriel legte seine rechte Hand auf das sterile Tuch. Als der Arzt den schmutzigen Verband wegschnitt, ließ er einen sehr französischen Seufzer der Mißbilligung hören, als habe Gabriel zu Hummer in Safrangelee den falschen Wein bestellt. »Diesmal dauert's ein paar Minuten länger, ja?« Navot machte eine ungeduldige Handbewegung.

Der Arzt, dem Navots Einstellung nicht gefiel, ließ sich bewußt Zeit. Diesmal fragte er Gabriel nicht erst, ob er etwas gegen Schmerzen wolle. Er zog einfach eine Spritze auf und injizierte das schmerzstillende Mittel in Gabriels Hand. Nachdem er fast eine halbe Stunde lang sorgfältig und methodisch gearbeitet hatte, sah er auf. »Ich habe das unter diesen Umständen Bestmögliche getan.« Ein feindseliger Blick zu Navot hinüber – *Ich arbeite hier umsonst, Stoffel. Und ich werde mich bei Schamron beschweren, darauf kannst du Gift nehmen.* »Ihre Hand muß von einem Chirurgen versorgt werden. Die Muskeln, die Sehnen …« Eine Pause, ein Kopfschütteln. »Nicht gut. Wahrscheinlich bleibt eine gewisse Steifheit zurück, und Sie müssen damit rechnen, daß die Hand nicht mehr so beweglich ist wie früher.«

»Lassen Sie uns allein«, forderte Navot ihn auf. »Setzen Sie sich inzwischen in den anderen Wagen.« Er schickte auch den Fahrer weg. Als sie allein waren, starrte er Gabriel an. »Wie ist das passiert, verdammt noch mal?«

»Wie viele Tote?« fragte Gabriel, ohne auf Navots Frage einzugehen.

»Bisher drei. Vier Verletzte schweben noch in Lebensgefahr.«

»Hast du schon von den anderen aus dem Team gehört?«

»Sie haben Paris verlassen. Schamron hat alle zurückbeordert. Diese Sache könnte peinlich werden.«

»Und der Renault?«

»Den lasse ich von einem Mann beobachten. Bisher hat die Polizei sich noch nicht um ihn gekümmert.«

»Aber irgendwann tut sie's.«

»Was findet sie, wenn sie's tut?«

Gabriel sagte es ihm. Navot schloß die Augen und wiegte sich ein wenig vor und zurück, als habe er soeben eine Todesnachricht erhalten. »Was ist mit Müllers Apartment?«

»In seinem Telefon ist ein Glas installiert.«

»Scheiße.«

»Können wir noch versuchen, dort reinzukommen und aufzuräumen?«

Navot schüttelte den Kopf. »Die Polizei ist schon dort. Findet sie deinen Wagen und bekommt heraus, daß Müller überwacht wurde, stellt sie seine Bude auf den Kopf. Dann dauert's nicht lange, bis die Wanze gefunden wird.«

»Irgendwelche Freunde bei der Polizei, die uns behilflich sein könnten?«

»Nicht bei so was.«

»Die Wanze ist praktisch eine Visitenkarte.«

»Ich weiß, Gabriel, aber *ich* habe sie nicht installieren lassen.«

Gabriel angelte die Filmrolle aus seiner Tasche und gab sie Navot. »Ich habe mehrere Aufnahmen des Mannes, der die Bombe in der Galerie zurückgelassen hat. Sorg dafür, daß dieser Film noch heute zum King Saul Boulevard geht. Die Höhlenmenschen in der Abteilung Recherche sollen die Photos durch ihren Computer laufen lassen. Vielleicht können sie feststellen, wie der Kerl heißt.«

Der Film verschwand in Navots gewaltiger Pranke.

»Dann rufst du Schamron an und richtest ihm aus, daß er sofort einen Sicherungstrupp zu Anna Rolfes Villa entsenden soll.« Gabriel öffnete die Autotür und stellte einen Fuß auf die Erde. »Welches Auto kann ich haben?«

»Schamron will, daß du heimkommst.«

»Den Bombenleger kann ich nicht finden, wenn ich in Tel Aviv sitze.«

»Aber auch nicht, wenn du in einem französischen Gefängnis sitzt.«

»Welcher Wagen gehört mir, Uzi?«

»Also gut! Nimm den hier. Aber du bist auf dich allein gestellt.«

»Vielleicht kann ich mich irgendwann für diesen Gefallen revanchieren.«

»Amüsier dich gut, Gabriel. Ich bleibe hier und bringe den Schlamassel in Ordnung, den du hinterlassen hast.«

»Sorg einfach dafür, daß der Film nach Tel Aviv kommt. Braver Hund.«

An der Costa de Prata setzte Anna Rolfe ihre Violine ab und schaltete das Metronom aus. Ihr Übungsraum lag im Schatten, die vom Atlantik hereinkommende Brise war feucht und kühl. Über ihrem Hocker hing an einem verchromten Gestell ein Mikrophon in Profiqualität, das mit einem in Deutschland hergestellten Rekorder verbunden war. Heute hatte sie viele ihrer Übungsstücke aufgezeichnet. Sie spulte das Tonband zurück, während sie ihre Guarneri wieder in den Geigenkasten legte und ihre Noten ordnete.

Ihr war immer unbehaglich zumute, wenn sie sich selbst spielen hörte, aber diese Aufnahmen hatte sie aus einem ganz bestimmten Grund gemacht. Sie wollte *genau* wissen, wie ihr Spiel klang – welche Passagen der einzelnen Stücke akzeptabel waren, an welchen sie noch arbeiten mußte. Was sie diesmal hörte, gefiel ihr zum größten Teil, aber in den zweiten und dritten Sätzen gab es einige Stellen, an denen ihr überkritisches Ohr die Nachwirkungen ihrer langen Zwangspause zu hören glaubte. Wenn sie heute abend wieder übte, würde sie sich nur auf diese Passagen konzentrieren. Aber vorerst ging es ihr darum, auf andere Gedanken zu kommen.

Sie ging in ihr Schlafzimmer hinüber, nahm einen blaßgelben leichten Pullover aus einer Kommodenschublade und hängte ihn sich über die Schultern. Dann ging sie nach unten. Wenig später schloß sie das eiserne Tor an der Zufahrt hinter sich und folgte dem kurvenreichen Fahrweg ins Dorf hinunter. Auf halber Strecke sah sie einen kleinen Fiat-Kombi, der eben das Wäldchen verließ und ihr bergauf entgegenkam. In dem Wagen saßen vier Männer, die offenbar keine Portugiesen waren. Anna trat zur Seite, um den Fiat vorbeifahren zu lassen, aber er hielt neben ihr, und der Mann auf dem Beifahrersitz stieg aus.

»Miss Rolfe?« fragte er auf englisch.

»Wer will das wissen?«

»Sie sind Miss *Anna* Rolfe, stimmt's?«

Sie nickte.

»Wir sind Freunde von Gabriel.«

In Marseille ließ der Engländer seinen Leihwagen in der Nähe der Abtei St. Victor stehen und ging durch düstere Straßen zum Fährhafen weiter. Als das Schiff das stille Wasser des Hafens zerfurchte, stieg er zu seiner Einbettkabine hinunter. In der Kabine streckte er sich auf seiner schmalen Koje aus und hörte die Abendnachrichten von Radio Marseille. Der Bombenanschlag auf die Galerie Müller in Paris war der Aufmacher. Pascal Debrés

Sprengsatz hatte Unbeteiligte das Leben gekostet – eine Tatsache, die bewirkte, daß der Engländer sich mehr als Terrorist und weniger als Profi fühlte. Morgen würde er die alte *signadora* aufsuchen, und sie würde den *occhju* mit ihren Ritualen und Gebeten vertreiben und ihn von seinen Sünden lossprechen, wie sie es immer tat.

Er stellte das Radio ab. Obwohl er übermüdet war, hatte er den Wunsch nach einer Frau. So war es immer, wenn er einen Auftrag durchgeführt hatte. Als er die Augen schloß, erschien Elizabeth vor ihm – Elizabeth Conlin, die hübsche junge Katholikin aus der Wohnsiedlung Ballymurphy im nordirischen West-Belfast. Sie hatte die Instinkte einer Geheimagentin besessen. Konnten sie sich gefahrlos treffen, hängte sie einen violetten Schal ans Fenster ihres Zimmers, und der Engländer kletterte durchs Fenster zu ihr hinein und in ihr Bett. Dann liebten sie sich qualvoll langsam, damit die übrigen Familienmitglieder nicht aufwachten. Der Engländer hielt ihr dabei den Mund mit seiner Hand zu, um ihre Schreie zu dämpfen. Einmal biß sie ihn so fest in den Daumen, daß er blutete und sein Blut ihr Bettlaken befleckte. Anschließend lag er neben ihr im Dunkeln und ließ sie flüsternd erzählen, warum sie aus Belfast wegwollte – weg von den Bombenlegern und den britischen Soldaten, den IRA-Terroristen und den protestantischen Milizen. Und wenn sie glaubte, er schlafe, hörte er sie leise einen Rosenkranz beten – ihre Buße dafür, daß sie den Versuchungen des Körpers des Engländers nachgegeben hatte. Der Engländer gestattete sich nie, in Elizabeth Conlins Bett zu schlafen.

Als er eines Nachts wieder durch ihr Fenster kletterte, wurde er nicht von Elizabeth, sondern von ihrem Vater und zwei IRA-Schlägern erwartet. Irgendwie hatten sie die Wahrheit über den Engländer herausbekommen. Er wurde zu einem einsamen Farmhaus gefahren, um dort ausgiebig und schmerzhaft vernommen und anschließend hingerichtet zu werden. Im Gegensatz zu den meisten, die in diese Situation gerieten, schaffte es der Engländer, das Farmhaus lebend zu verlassen. Vier IRA-Angehörige blieben tot zurück.

Der Engländer wurde innerhalb weniger Stunden aus der Provinz und in Sicherheit gebracht. Elizabeth Conlin erging es weniger gut. Ihre Leiche wurde am nächsten Morgen auf dem Belfaster Stadtfriedhof mit rasiertem Kopf und durchschnittener Kehle aufgefunden – die Strafe dafür, daß sie mit einem britischen Agenten geschlafen hatte.

Seit damals hatte der Engländer es nie wieder über sich gebracht, einer Frau zu vertrauen. Das wußte Antonio Orsati. Einmal pro Woche brachte er ein Mädchen zur Villa des Engländers hinauf – keine Korsinnen, sondern immer Französinnen, die er für die speziellen Bedürfnisse des Engländers einfliegen ließ. Und er wartete unten an der Straße bei dem alten *paesanu,* bis der Engländer fertig war. Der Engländer fand den Liebesakt mit Orsatis Mädchen kalt und klinisch wie einen Auftragsmord, aber er ließ sich darauf ein, weil er sich nicht dazu überwinden konnte, sich eine Geliebte zu nehmen, und trotzdem nicht bereit war, wie ein enthaltsamer Einsiedler zu leben.

Der Auftrag in Paris drängte sich in den Vordergrund seiner Gedanken. Es gab da jemanden, der ihm Sorgen machte: der Mann, der die Galerie kurz vor der Detonation des Sprengsatzes betreten hatte. Der Engländer war das Produkt einer Eliteeinheit und deshalb imstande, solche Einflüsse bei anderen zu erkennen: den leichten, elastischen Schritt, die subtile Kombination aus unbedingtem Selbstbewußtsein und ständiger Wachsamkeit.

Der Mann war früher Soldat gewesen ... oder vielleicht etwas Komplizierteres.

Aber das war nicht alles. Der Engländer hatte das quälende Gefühl, den Mann schon einmal anderswo gesehen zu haben. Und so lag er jetzt stundenlang wach, ließ die unzähligen in seinem Gedächtnis gespeicherten Gesichter an sich vorbeiziehen und suchte diesen Mann.

19

London

Der Bombenanschlag auf die Pariser Galerie Müller hatte Gabriel nicht nur vor ein Sicherheitsproblem gestellt. Er hatte auch seine einzige offensichtliche Fährte in dieser Sache vernichtet. Gabriel mußte wieder von vorn anfangen, und deshalb überquerte er am Spätvormittag des nächsten Tages bei Nieselregen den Mason's Yard, um zu Julian Isherwoods Galerie zu gelangen.

In die Backsteinmauer neben dem Eingang war eine Messingplatte mit zwei Klingelknöpfen eingelassen, zu denen je ein Namensschild gehörte: LOCUS TRAVEL und ISHER OO FINE AR S. Gabriel drückte auf den zweiten Knopf und wartete. Als der Türöffner summte, stieß er die Tür auf und stieg die Treppe hinauf: derselbe abgetretene Kokosläufer, derselbe an einen Rorschach-Test erinnernde Kaffeefleck auf der dritten Stufe, wo Isherwood am Morgen nach Oliver Dimblebys rauschender Geburtstagsfete im Mirabelle einen Kaffee verschüttet hatte. Oben an der Treppe gab es zwei Türen, von denen eine in die Galerie und die andere in ein kleines Reisebüro führte, in dem eine wenig attraktive Frau inmitten von Plakaten, die Spiel, Spaß und Abenteuer an exotischen Reisezielen versprachen, hinter einem Schreibtisch saß, der an das Pult eines Schuldirektors erinnerte. Sie sah zu Gabriel auf, lächelte traurig und konzentrierte sich wieder auf ihre Stickarbeit.

Während Isherwood sich unklugerweise an die Gemälde in seinem Lagerbestand klammerte, war dies bei den Mädchen, die Anrufe für ihn entgegennahmen und Ordnung in seine chaotischen Unterlagen zu bringen versuchten, nicht der Fall. Er stellte sie ein und ekelte sie wieder hinaus, wann es ihm gerade paßte. Deshalb war Gabriel überrascht, als er sah, daß Irina, das schwarzmähnige Leopardenmädchen, das Isherwood vor einem halben Jahr eingestellt hatte, noch immer auf ihrem Platz am Schreibtisch im Vorzimmer saß.

Die Tür zwischen dem Vorzimmer und Isherwoods Büro stand einen Spalt weit offen. Gabriel konnte ein Gemälde erkennen, das zur Besichtigung auf einem mit schwarzem Filztuch überzogenen Podest stand. Anscheinend ein italienischer Alter Meister, aber keiner, den Gabriel kannte. Auf dem Teppich dahinter ging Isherwood langsam auf und ab – eine Hand am Kinn, den Blick gesenkt wie ein Anwalt, der auf die Antwort eines Zeugen der Gegenpartei wartet. Sein Kunde war unsichtbar bis auf die blaugrauen Rauchwölkchen, die sich von einer dicken Zigarre in Richtung Decke kringelten.

»Er läßt Sie bitten, oben im Ausstellungsraum zu warten«, schnurrte das Leopardenmädchen. »Sie kennen den Weg, nicht wahr?«

Gabriel trat in den winzigen Lift und fuhr nach oben. In dem von grauen Schatten erfüllten Ausstellungsraum war es still bis auf den Regen, der auf die große Glaskuppel plätscherte. An den Wänden hingen großformatige Alte Meister: eine Venus von Luini, eine Geburt Christi von del Vaga, eine Taufe Christi von Bordone, eine überwältigend schöne Landschaft von Claude. Gabriel verzichtete darauf, Licht zu machen, und ließ sich auf das mit Samt bezogene Sofa fallen. Er liebte diesen Raum, der ihm stets als Zufluchtsort, als eine Insel des Friedens erschienen war. Einmal hatten seine Frau und er sich hier oben geliebt. Einige Jahre später hatte er hier den Tod des Mannes geplant, der sie ihm entrissen hatte.

Fünf Minuten später ging die Lifttür auf, und Isherwood betrat den Raum.

»Großer Gott, Gabriel, du siehst aber verdammt schlecht aus!«

»Soll das ein Kompliment sein?«

»Was zum Teufel machst du hier? Warum bist du nicht in Zürich?«

»Der Besitzer des Gemäldes, das ich reinigen sollte, war ein gewisser Augustus Rolfe. Schon mal von ihm gehört?«

»Ach, du lieber Gott – der Bankier, der letzte Woche ermordet wurde?«

Gabriel schloß die Augen und nickte. »Ich habe ihn tot aufgefunden.«

Isherwood schien seine Verbände erst jetzt zu bemerken. »Was ist mit deinen Händen passiert?«

»Du hast von dem gestrigen Bombenanschlag auf eine Pariser Galerie gehört?«

»Natürlich – das ist das Tagesgespräch der Branche. Damit hast *du* doch bestimmt nichts zu tun gehabt?«

»Nein, ich war nur zufällig zur falschen Zeit am falschen Ort. Ich erzähle dir später alles, Julian, aber zuerst brauche ich deine Hilfe.«

»Was für eine Art Hilfe?« fragte Isherwood vorsichtig.

»Nicht wie in der guten alten Zeit. Du sollst mir nur erklären, was einen betagten Schweizer Bankier dazu gebracht haben kann, eine höchst sehenswerte Sammlung impressionistischer und moderner Maler aus Frankreich in einem unterirdischen Gewölbe vor den Augen der Welt zu verbergen.«

Isherwood drückte auf eine Taste der auf dem Tischchen stehenden Gegensprechanlage. »Irina, sind Sie so lieb, uns Kaffee heraufzubringen? Und ein paar Kekse. Die mit den Nüssen. Und sagen Sie bitte allen Anrufern, daß ich später zurückrufe. Danke, Schätzchen.«

Gabriel kannte die Geschichte der Plünderung europäischer Kunstschätze durch die Nazis in ihren Grundzügen. Adolf Hitler hatte davon geträumt, in seiner Heimatstadt Linz ein riesiges »Führermuseum« zu errichten, das die umfangreichste jemals zusammengetragene Sammlung Alter Meister und nordischer Kunst enthalten sollte. Im Jahr 1938 begann unter dem Decknamen *Sonderauftrag Linz* ein von Hitler angeordnetes Geheimunternehmen mit dem Ziel, mit allen für notwendig erachteten Methoden Kunstwerke für das Führermuseum zu beschaffen. In den letzten Friedensmonaten durchstreiften seine Beauftragten heimlich Museen, Galerien und Privatsammlungen in ganz Europa und wählten bereits Werke für das zukünftige Museum aus. Als dann der Krieg ausbrach, blieben Hitlers Kunsträuber der Wehrmacht dicht auf den Fersen. In kürzester Zeit verschwanden Hunderttausende von Gemälden, Skulpturen und Kunstgegenständen, viele davon aus jüdischem Besitz. Bis zum heutigen Tag blieben Tausende von Kunstwerken im Schätzwert von dreißig Milliarden Dollar verschollen.

Gabriel wußte, daß Julian Isherwood ihm die näheren Einzelheiten schildern konnte. Als überdurchschnittlich guter Kunsthändler hatte Isherwood schon viele Triumphe gefeiert, aber in bezug auf den organisierten Kunstraub der Nazis in Europa war er geradezu ein Experte. Er hatte Dutzende von Artikeln für Zeitungen und Fachzeitschriften geschrieben und war vor fünf Jahren Mitverfasser eines Standardwerks über dieses Thema gewesen. Trotz dringender Bitten seines Verlegers hatte er sich standhaft geweigert, sein persönliches Motiv für seine Beschäftigung mit diesem Thema zu nennen. Gabriel gehörte zu der Handvoll Menschen, die den Grund dafür kannten: Julian Isherwood hatte alles selbst miterlebt.

»Im Jahr 1940 waren London und New York unwichtig«, begann Isherwood, als der Kaffee vor ihnen stand. »Paris war der Mittelpunkt der Kunstwelt, und der Mittelpunkt der Pariser Kunstszene war die Rue de la Boétie im achten Arrondissement. Der berühmte Paul Rosenberg hatte seine Galerie in der Nummer einundzwanzig. Picasso wohnte mit seiner Frau, der russischen Tänzerin Olga Koklowa, auf der anderen Seite eines Innenhofs in der Nummer dreiundzwanzig. Auf der gegenüberliegenden Straßenseite stand die Galerie Étienne Bignou. Georges Wildenstein hatte seine Galerie in der Nummer siebenundfünfzig. Auch Paul Guillaume und Josse Hessel waren dort.«

»Und dein Vater?«

»Die Galerie Isakowitz hatte sich neben der Galerie Rosenberg etabliert. Wir haben dort über den Ausstellungsräumen gewohnt. Picasso war für mich ›Onkel Pablo‹. Ich bin oft in seiner Wohnung gewesen. Manchmal durfte ich ihm zusehen, wie er malte. Olga hat mich mit Schokolade und Kuchen verwöhnt, bis mir schlecht war. Das war eine herrliche Zeit.«

»Und als die Deutschen kamen?«

»Nun, da war mit einem Schlag alles vorbei, nicht wahr? Der deutsche Angriff begann am 10. Mai 1940. Schon am 14. Juni hingen am Eiffelturm Hakenkreuzfahnen, und der deutsche Generalstab hatte im Hotel Crillon die besten Zimmer in Beschlag genommen.«

»Wann haben die Plünderungen begonnen?«

»Zwei Tage nach Hitlers Siegesbesuch in Paris mußten auf seine Weisung sämtliche Kunstwerke in jüdischem

Besitz an die Deutschen abgeliefert werden, damit sie ›in sichere Obhut‹ kamen. Tatsächlich begann so die Ausplünderung Frankreichs.«

»Wenn ich mich recht erinnere, hat Hitler einer eigens gegründeten Organisation den Auftrag erteilt, die Ausplünderung Frankreichs zu überwachen.«

»Es hat mehrere gegeben, aber die wichtigste war unter der Abkürzung ERR bekannt: *Einsatzstab Reichsleiter Rosenberg*. Eine beeindruckende Organisation. Sie hatte ihren eigenen Spitzeldienst, um Kunstwerke aufspüren zu können, eine Einsatztruppe für Razzien und Beschlagnahmungen und einen ganzen Stab von Kunsthistorikern und Schätzern. Gott, sie hatte sogar eigene Tischler, die geraubte Kunstwerke für den Transport nach Deutschland in Kisten verpackten!«

»Die Rue de la Boétie muß ihr erstes Ziel gewesen sein.«

»Der ERR hat Jagd auf Händler *und* Sammler gemacht. Die Sammlungen der Familie Rothschild wurden mitsamt ihren Villen beschlagnahmt. Ebenso wie die Sammlungen der jüdischen Großbankiers David David-Weill und Jacques Stern. In der Rue de la Boétie fand in allen Galerien in jüdischem Besitz eine Razzia statt, bei der ihre Sammlungen beschlagnahmt wurden – auch der Lagerbestand der Galerie Isakowitz.«

»Hat dein Vater wenigstens einen Teil seiner Werke retten können?«

»Die meisten Kunsthändler, darunter auch mein Vater, hatten versucht, ihre wichtigsten Werke in Sicherheit zu bringen. Sie versteckten sie in Banktresoren oder abgelegenen Schlössern oder versuchten, sie außer Landes zu bringen. Aber alle übrigen Werke fielen sehr rasch in die Hände der Deutschen. In der als *drôle de guerre* bezeichneten Zeit zwischen Kriegsausbruch und dem deutschen

Angriff mietete mein Vater eine Villa in Bordeaux und brachte seine wichtigsten Werke dort unter. Als die Deutschen auf Paris vorrückten, sind wir nach Bordeaux geflüchtet. Und bei der Aufteilung Frankreichs in ein besetztes und ein unbesetztes Gebiet fanden wir uns in dem vom Vichy-Regime kontrollierten Gebiet wieder. Aber im Herbst 1940 brach ein ERR-Trupp unter französischem Polizeischutz die Tür unserer Villa auf und beschlagnahmte die Gemäldesammlung meines Vaters.«

»Wie haben die Deutschen sie aufgespürt?«

»Er hatte den Fehler gemacht, einem französischen Kunsthändler zu erzählen, was er mit seinen Bildern vorhatte. Der Franzose ist mit diesen Informationen zum ERR gegangen und hat sich als Belohnung fünf Prozent des Werts der Sammlung meines Vaters versprechen lassen. *C'est la vie.*«

Gabriel wußte, was danach geschehen war, und wollte es Isherwood ersparen, diese Ereignisse nochmals zu schildern. Kurz nachdem die Deutschen Ende 1942 auch den bis dahin unbesetzten Teil Frankreichs eingenommen hatten, begannen die SS und ihre Helfershelfer im Vichy-Regime, die französischen Juden zusammenzutreiben und in Vernichtungslager abzutransportieren. Isherwoods Vater heuerte zwei baskische Schmuggler an, um den kleinen Julian über die Pyrenäen ins sichere Spanien bringen zu lassen. Er selbst und seine Frau blieben in Frankreich zurück. Im Jahr darauf wurden sie verhaftet, nach Sobibor abtransportiert und dort wenig später ermordet.

Isherwood fuhr zusammen, als laufe ihm ein kalter Schauder über den Rücken. »Ich brauche einen Drink, fürchte ich. Los, aufstehen, Gabriel! Etwas Bewegung an der frischen Luft tut uns beiden gut.«

Sie gingen um die Ecke in eine Weinbar in der Jermyn Street, wo sie einen Platz an dem zischenden Gaskamin fanden. Isherwood bestellte sich ein Glas Médoc. Sein Blick war auf die Flammen gerichtet, aber in Gedanken weilte er noch im Frankreich während des Kriegs. Wie ein Kind, das sich ins Elternschlafzimmer schleicht, drang Gabriel behutsam in seine Erinnerungen ein.

»Was ist mit den Kunstwerken nach der Beschlagnahme passiert?«

»Der ERR hat das Pariser Museum Jeu de Paume für seine Zwecke beschlagnahmt und als Lager- und Sortiergebäude benützt. Ein vielköpfiger Mitarbeiterstab war Tag und Nacht damit beschäftigt, die Unmengen von Kunstwerken, die den Deutschen in die Hände fielen, zu katalogisieren und zu bewerten. Alle Gemälde, die für die Privatsammlung des Führers oder das Linzer Museumsprojekt geeignet schienen – hauptsächlich Alte Meister und Werke aus Nordeuropa –, wurden in Kisten verpackt und nach Deutschland geschickt.«

»Und der große Rest? Die Impressionisten und Werke der Moderne?«

»Die Nazis hielten sie für entartet, aber sie dachten nicht daran, sie deswegen zu verschleudern. Die meisten Gemälde aus dem neunzehnten und zwanzigsten Jahrhundert wurden gegen Bares verkauft oder zunächst eingelagert, um für Tauschzwecke verwendet zu werden.«

»Für welche Tauschzwecke?«

»Nimm zum Beispiel Hermann Göring. Ihm gehörte südlich von Berlin ein großes Jagdhaus, das zu Ehren seiner verstorbenen Frau, der schwedischen Adeligen Carin von Fock, den Namen Carinhall trug. Es enthielt eine der größten privaten Kunstsammlungen Europas, und Göring nutzte seine außergewöhnliche Machtfülle, um sie während des Kriegs beträchtlich zu vergrößern. Er betrachtete die Lagerräume im Jeu de Paume praktisch als sein eigenes Revier.«

Isherwood leerte sein Glas und bestellte ein weiteres.

»Göring hat eine schwierige Gratwanderung zwischen Raub und Kauf versucht. Er hat dafür gesorgt, daß seine Erwerbungen – zumindest auf dem Papier – nicht wie glatte Diebstähle, sondern wie Käufe aussahen. Wollte Göring ein bestimmtes Bild haben, hat er es eigens dafür lachhaft niedrig schätzen lassen. Dann hat er es in Besitz genommen und zugesagt, den Kaufpreis auf ein spezielles ERR-Konto zu überweisen. Aber in Wirklichkeit hat er für seine in Paris ›gekauften‹ Gemälde nie etwas bezahlt.«

»Sind sie alle nach Carinhall gekommen?«

»Einige, aber nicht alle. Göring war wie Hitler ein Verächter des Impressionismus und der Moderne, aber er wußte, daß solche Bilder sich verkaufen oder gegen die von ihm bevorzugten Alten Meister eintauschen ließen. Ein Tauschgeschäft dieser Art haben seine Beauftragten in Italien abgewickelt. Im Tausch gegen sieben italienische Alte Meister und weitere Kunstgegenstände übergab Göring neun Gemälde aus dem Jeu de Paume. Van Gogh, Cézanne, Renoir, Monet, um nur einige zu nennen – alle aus jüdischen Galerien oder Sammlungen geraubt. Auch mit Schweizer Kunsthändlern hat Göring mehrmals solche Tauschgeschäfte gemacht.«

»Erzähl mir mehr von der *Swiss Connection.*«

»Dank der Neutralität ihres Landes konnten die Schweizer Händler und Sammler auf einzigartige Weise von der Ausplünderung Paris' profitieren. Schweizer durften durch fast ganz Europa reisen, und der Schweizer Franken war die einzige weltweit akzeptierte Währung. Und vergiß nicht, daß Städte wie Zürich wegen der Gewinne aus der Kollaboration mit Hitler in Geld schwammen. Paris war der richtige Ort, um geraubte Kunst zu kaufen, aber Zürich, Luzern und Genf waren die richtigen Orte, um sie loszuschlagen.«

»Oder zu bunkern?«

»Aber natürlich! Viele der Kunstwerke, die in die Schweiz gelangten, kamen illegal ins Land. Sie wurden ohne Begleitpapiere über die Grenze geschmuggelt. Hunderte von weiteren Gemälden kamen im Kuriergepäck der deutschen Botschaft ins Land. Das dortige Bankgeheimnis machte die Schweiz zu einem idealen Absatzmarkt für Raubkunst. Ebenso förderlich waren die gesetzlichen Bestimmungen über den Besitz gestohlener Sachen.«

»Erklär mir diese Bestimmungen.«

»Sie waren brillant und in ihrer Subtilität durch und durch schweizerisch. Um ein Beispiel zu nennen: Erwirbt jemand in gutem Glauben einen Gegenstand, der zufällig Diebesgut ist, gehört er nach fünf Jahren rechtmäßig ihm.«

»Wie praktisch!«

»Warte, das ist noch nicht alles. Stellt ein Kunsthändler fest, daß er sich im Besitz eines gestohlenen Gemäldes befindet, ist der rechtmäßige Eigentümer verpflichtet, dem *Händler* Schadenersatz zu leisten, wenn er sein Bild zurückfordert.«

»Schweizer Händler und Sammler konnten sich also mit geraubten Kunstwerken eindecken, ohne fürchten zu müssen, bestraft zu werden oder Geld zu verlieren?«

»Genau.«

»Was ist nach dem Krieg passiert?«

»Die Alliierten entsandten den Kunstexperten Douglas Cooper in die Schweiz, wo er versuchen sollte, die Wahrheit herauszufinden. Cooper stellte fest, daß während des Kriegs Hunderte, wenn nicht Tausende von geraubten Kunstwerken in die Schweiz gelangt waren. Seiner Überzeugung nach waren viele dieser Werke in Banktresoren und Zollagern versteckt. Paul Rosenberg reiste in die Schweiz, um sich dort selbst umzusehen. In einer Züricher Galerie wurde ihm ein Matisse angeboten, der ihm aus seiner eigenen Sammlung geraubt worden war!«

»Unglaublich«, sagte Gabriel. »Was hat die Schweizer Regierung mit diesen Informationen gemacht?«

»Sie hat den Alliierten zugesagt, sich an gründlichen Ermittlungen zu beteiligen. Sie hat zugesichert, alle während des Krieges in die Schweiz gelangten deutschen Vermögenswerte einzufrieren und eine landesweite Bestandsaufnahme solcher Vermögenswerte vorzunehmen. Keine dieser Maßnahmen wurde je verwirklicht. Douglas Cooper schlug vor, jedem Händler, der mit Raubkunst handelte, die Lizenz zu entziehen. Das lehnte die Schweizer Regierung ab. Dann forderte die Vereinigung Schweizer Kunsthändler ihre Mitglieder auf, nicht an weiteren Nachforschungen der Alliierten mitzuwirken. Kurz gesagt, die Schweizer Regierung tat, was sie immer tut: Sie schirmte ihre Belange und ihre Bürger gegenüber dem Ausland ab.«

»Haben Kunsthändler wie Paul Rosenberg nicht versucht, auf Rückgabe ihrer Gemälde zu klagen?«

»Einige haben's versucht, aber sie hatten schlechte Karten. Die Gesetzeslage ist so, daß ein Ausländer, der gegen einen Schweizer Bürger auf Rückgabe seines Eigentums klagt, viel Zeit und sehr viel Geld aufwenden muß. Die Beklagten beriefen sich im allgemeinen darauf, in gutem Glauben gehandelt zu haben. Und denk daran, die meisten der fraglichen Werke wurden im Jahr 1940 von den Nazis geraubt. Wegen der Fünfjahresklausel im Schweizer Recht hatten die rechtmäßigen Eigentümer schon 1945 keinen einklagbaren Rückgabeanspruch mehr. Da versteht es sich von selbst, daß die meisten Kläger mit leeren Händen abzogen.«

»Glaubst du, daß die Schweiz noch immer Raubkunst beherbergt?«

»Meiner Ansicht nach, Gabriel, ist das meiste Zeug noch dort. Aus dem wenigen, das du mir erzählt hast, schließe ich, daß Augustus Rolfe einige dieser Gemälde in seinem Besitz gehabt haben könnte.«

»Jetzt nicht mehr.«

Isherwood trank seinen Wein aus und starrte wieder in die Flammen. »Ich denke, du bist jetzt mit dem Reden an der Reihe, Gabriel. Erzähl mir alles. Und diesmal keine Lügen mehr. Ich bin zu alt, um mich noch belügen zu lassen.«

Draußen goß es wieder. Auf ihrem Rückweg zur Galerie drängten sie sich wie Trauergäste bei einem Leichenzug unter einem Schirm zusammen. Gabriel hatte Isherwood alles erzählt – von der Entdeckung von Rolfes Leiche bis zu der Bombendetonation in Werner Müllers Galerie in Paris. Dabei hatte Isherwood noch zwei Gläser Médoc getrunken, und sein leicht schwankender Gang ließ die Wirkung des Weins erkennen.

»Schamron«, sagte Isherwood *sotto voce,* aber in verächtlichem Tonfall. »Mir hätte gleich klar sein müssen, daß der Schweinehund etwas mit dieser Sache zu tun hat. Ich dachte, er sei beim letzten Mal endgültig pensioniert worden?«

»Sie finden immer einen Grund, ihn zurückzuholen.«

»Wie man hört, soll Anna Rolfe eine richtige Diva sein.«

»Oh, manchmal schon.«

»Wenn ich dir einen Rat geben darf, mein Lieber, solltest du durchwegs davon ausgehen, daß sie mehr über ihren Vater und seine Sammlung weiß, als sie dir erzählt. Töchter neigen dazu, sich schützend vor ihre Väter zu stellen, selbst wenn sie diese für völlige Schweinehunde halten.«

»Ich werde versuchen, daran zu denken.«

»Vielleicht war das Ganze nur ein gewöhnlicher Kunstdiebstahl.«

»Sie haben im Salon einen Raffael an der Wand hängen lassen und die Kunstgalerie des Mannes, der die Sammlung Rolfe betreut hatte, in die Luft gejagt. Ich glaube nicht, daß an diesen Ereignissen irgend etwas gewöhnlich ist.«

»Verstanden«, sagte Isherwood. »Tatsächlich habe ich das Gefühl, die einzig Vertrauenswürdigen in dieser elenden Sache sind die Gemälde selbst.«

»Tut mir leid, daß gerade ich dir das beibringen muß, Julian, aber Bilder können nicht wirklich sprechen. Außerdem ist die Sammlung weg.«

»Gemälde können nicht sprechen, aber ihre Provenienz *kann* es. Augustus Rolfe war offenbar ein ernsthafter Sammler. Selbst wenn er die Bilder unter nicht ganz sauberen Umständen erworben hat, wird er darauf bestanden haben, ihre genaue Herkunft zu erfahren. Schließlich ist Provenienz alles.«

»Und wenn ihre Provenienz sich ermitteln läßt?«

»Dann kann ich dir sagen, ob Rolfe ein ehrbarer Sammler war – oder ob der alte Gauner auf einem Schatzgewölbe mit geraubten Kunstwerken gesessen hat.«

Gabriel hatte sich auf der Duke Street von ihm trennen wollen, aber Isherwood faßte ihn am Ellbogen und zog ihn durch die Passage in den Mason's Yard. »Komm mit rauf. Ich muß dir noch etwas zeigen.«

Als sie die Galerie betraten, erkannte Irina die verräterischen Anzeichen eines Mittagessens aus der Flasche. Sie gab Isherwood einen kleinen Stapel Telefonnotizen und machte sich daran, Kaffee zu kochen. In seinem Büro öffnete Isherwood seinen Wandsafe und nahm zwei Gegenstände heraus: eine Porträtskizze eines Jungen und eine aus mehreren Blättern bestehende Fotokopie eines alten Schriftstücks. Er hielt die Skizze hoch, damit Gabriel sie sehen konnte.

»Kommt dir der Junge bekannt vor?«

»Eigentlich nicht.«

»Das bin ich. Die Skizze stammt von Pablo Picasso. Ich habe sie auf der Flucht bei mir getragen.«

»Und das Schriftstück?«

»Das habe ich auch bei mir getragen. Mein Vater hat es mir anvertraut, unmittelbar bevor ich mit den Basken aufgebrochen bin. Es ist eine von ihm selbst geschriebene detaillierte Liste sämtlicher Gemälde in seiner Privatsammlung und im Lagerbestand seiner Galerie. Dies ist natürlich eine Fotokopie. Das Original befindet sich jetzt in einem schrecklichen Zustand.«

Er legte Gabriel die Liste hin.

»Ich weiß nicht, wie gründlich du nachforschen willst, aber falls du auf eines dieser Bilder stößt, läßt du's mich wissen, nicht wahr, Schätzchen?«

Gabriel nickte, faltete die Fotokopie zusammen und steckte sie ein.

»Wohin willst du jetzt?«

»Weiß ich noch nicht.«

»In Lyon gibt's einen Mann, mit dem du reden solltest. Er hat mir bei den Recherchen für mein Buch wertvolle Hinweise gegeben. Falls Augustus Rolfe wirklich Dreck unter den Fingernägeln hatte, würde *er* davon wissen.«

Isherwood drehte seine Rolodex-Kartei und nannte Gabriel zwei Telefonnummern.

20

London

Um die Ecke von Isherwood Fine Arts saß ein blonder Mann am Steuer einer auf der Jerym Street geparkten Rover-Limousine und hörte Radio. Er überwachte den Kunsthändler schon seit fünf Tagen. Er war ihm zu seinen flüssigen Mittagesmahlzeiten gefolgt, von denen Isherwood beschwipst zurückkehrte. Er hatte ihn abends auf der Fahrt zu seinem Haus in South Kensington beschattet. Er hatte sich sogar als potentieller Kunstkäufer ausgegeben, um in Isherwoods Büro zwei winzige Sender verstecken zu können. Diese Sender strahlten ein schwaches Analogsignal auf einer gewöhnlichen UKW-Frequenz aus. Der Mann benützte das Autoradio des Rovers, um mitzuhören, was in Isherwoods Büro gesprochen wurde. Als das Gespräch wenige Minuten später beendet wurde, griff er nach seinem Handy und wählte eine Nummer in Zürich.

»Unser Freund ist nach Lyon unterwegs, um den Professor zu besuchen.«

21

Lyon

Professor Emil Jacobi war das selbsternannte schlechte Gewissen der Schweiz. Er war der Überzeugung, um sein Vaterland retten zu können, müsse er es erst niederreißen, und hatte es sich zur Lebensaufgabe gemacht, die unerfreulichen Aspekte der Schweizer Geschichte auszugraben und anzuprangern. Sein brisantes Buch *Der Mythos* hatte durch seine detaillierte Darstellung der im Zweiten Weltkrieg stets engen Wirtschafts- und Handelsbeziehungen zwischen der Schweiz und Hitler-Deutschland einen Feuersturm ausgelöst. Jacobi schilderte das Verfahren, wie Schweizer Banken geraubtes Gold – und Gold aus den Zahnfüllungen von Juden auf dem Weg zu den Gaskammern – annahmen und in harte Devisen umtauschten, mit denen Hitler die Rohstoffe kaufen konnte, die er brauchte, um seine Kriegsmaschinerie in Gang zu halten. Professor Jacobis Schlußfolgerung schockierte das ganze Land und machte ihn in seiner Heimat zu einem Paria: Die Schweiz und das Dritte Reich seien nur dem Namen nach keine Verbündeten gewesen, schrieb er. Ohne Unterstützung durch Schweizer Banken und Waffenfabriken hätte Hitler nicht Krieg führen können. Ohne die Schweiz wäre die Wehrmacht spätestens im Herbst 1944 knirschend zum Stehen gekommen. Millionen von Menschen hätten überleben können, wären Schweizer Bankiers nicht so geldgierig gewesen.

Bald nach dem Erscheinen von *Der Mythos* wurde Professor Jacobis Leben in der Schweiz zunehmend unbehaglicher. Er erhielt Morddrohungen, sein Telefon wurde abgehört, und Leute der Sektion Auswertung/Abwehr überwachten ihn auf Schritt und Tritt. Da er sich in der Schweiz nicht mehr sicher fühlte, gab er seinen Lehrstuhl für Neuere Geschichte in Lausanne auf und folgte einem Ruf der Universität Lyon.

Gabriel brauchte den halben folgenden Tag, um ihn dort aufzuspüren.

Er hinterließ zwei Nachrichten auf Jacobis privatem Anrufbeantworter und zwei weitere bei seiner sehr unkooperativen Sekretärin in der Universität. Um 13 Uhr 30 rief Jacobi ihn auf seinem Handy an und erklärte sich zu einem Treffen bereit. »Kommen Sie heute abend um sechs in meine Wohnung. Dann können wir miteinander reden.« Er ratterte seine Adresse herunter und legte abrupt auf. So mußte Gabriel noch etwa vier Stunden warten. In einer Buchhandlung in der Nähe der Universität fand er ein Exemplar von *Le Mythe,* der französischen Ausgabe von *Der Mythos,* und verbrachte den Rest des Nachmittags damit, in einem Café an der Place des Terreaux zwischen Studenten sitzend darin zu lesen.

Um achtzehn Uhr erwartete der Professor ihn im Eingangsbereich seines Apartmentgebäudes in der Rue Lanterne. Er trug ein abgewetztes Tweedsakko, und seine randlose Brille war in ein Vogelnest aus widerspenstigen grauen Haaren hochgeschoben. Sein rechtes Hosenbein wurde von einer verchromten Spange zusammengehalten, damit der Aufschlag nicht in die Fahrradkette geraten konnte. »Willkommen im Exil«, sagte er müde, während er mit Gabriel in den dritten Stock hinauffuhr. »Wir Schweizer halten die Redefreiheit hoch, aber nur wenn der Redende sich jeglicher Kritik an der Schweiz enthält. Ich habe die Todsünde eines guten Schweizers begangen, deshalb sitze ich jetzt hier in Lyon in einem goldenen Käfig.«

Auf dem Treppenabsatz vor seiner Tür mußte der Professor lange zwischen losen Blättern und abgegriffenen Skripten in seinem Rucksack herumwühlen, bis er seine Schlüssel fand. Als er sie endlich gefunden hatte, betraten sie eine kleine, spärlich eingerichtete Wohnung, in der sich überall Bücher, Manuskripte und Zeitschriften türmten. Gabriel lächelte zufrieden. Hier war er am rechten Ort.

Jacobi schloß die Wohnungstür und hängte seinen Rucksack über die Klinke. »Sie wollen also mit mir über den Mord an Augustus Rolfe reden? Zufällig habe ich seinen Fall aufmerksam verfolgt.«

»Das habe ich mir gedacht. Vielleicht könnten wir unsere Erkenntnisse austauschen.«

»Sind Sie ebenfalls Historiker, Mr. Allon?«

»Von Beruf bin ich Restaurator, aber in dieser Sache arbeite ich für die israelische Regierung.«

»Nun, das verspricht, ein interessanter Abend zu werden. Räumen Sie diesen Sessel ab und nehmen Sie schon mal Platz. Ich mache uns Kaffee.«

Professor Jacobi verbrachte mehrere Minuten damit, in seinen hoch aufgetürmten Papierstapeln nach dem Dossier über Rolfe zu fahnden. Es war ziemlich dünn.

»Augustus Rolfe war ein Privatbankier im wahrsten Sinne des Wortes, Mr. Allon. Vieles von dem, was ich Ihnen erzählen werde, basiert auf Mutmaßungen und Vermutungen, fürchte ich.«

»Ich habe die Erfahrung gemacht, daß die Gerüchte, die jemanden umschwirren, oft sehr aufschlußreich sein können.«

»Hat man es mit einem Schweizer Bankier, vor allem

mit einem Privatbankier wie Augustus Rolfe zu tun, kann man häufig bestenfalls auf Gerüchte hoffen.« Der Professor rückte seine Brille zurecht und schlug das Dossier auf. »In Zürich gibt es einerseits sehr kleine Privatbanken und andererseits weltweit operierende Riesenbanken. Giganten wie die Union Bank of Switzerland und die Credit Suisse haben eigene Abteilungen fürs Privatkundengeschäft, die allerdings nur sehr reiche Kunden annehmen.«

»Ab welcher Mindesteinlage?«

»Die beträgt im allgemeinen rund fünf Millionen Dollar. Unbestätigten Berichten nach sollen die Geheimdienste Ihres Landes den Privatkundensektor der Credit Suisse für ihre Zwecke genutzt haben.« Der Professor musterte Gabriel über das aufgeschlagene Dossier hinweg. »Aber davon wissen Sie sicher nichts?«

Gabriel ignorierte diese Frage. »Nach allem, was ich über Augustus Rolfe weiß, hat er zur ersten Kategorie gehört.«

»Richtig. Seine Bank war ein sehr kleines Unternehmen – Rolfe und ein halbes Dutzend Angestellte, vielleicht sogar weniger. Brauchten Leute jemanden, um Geld oder Besitztümer in der Schweiz zu verstecken, war Augustus Rolfe ihr Freund. Er war einer der diskretesten und einflußreichsten Züricher Bankiers. Und er hatte sehr mächtige Freunde. Das macht seine Ermordung für mich um so rätselhafter.«

»Was wissen Sie sonst noch über ihn?«

»Nach dem frühen Tod seines Vaters hat er die Leitung der Bank Anfang der dreißiger Jahre übernommen – in einer für Schweizer Banken sehr schwierigen Zeit. Die Weltwirtschaftskrise, die Inflation in Deutschland, eine Währungskrise in Österreich ... das alles hat sich auch auf Zürich ausgewirkt. Schweizer Banken sind wie Dominosteine gefallen. Viele Privatbanken mußten mit größeren Konkurrenten zusammengehen, um zu überleben. Rolfe hat es mit Müh und Not geschafft, sich seine Selbständigkeit zu bewahren.«

Jacobi befeuchtete einen Finger und blätterte um.

»Dann kam Hitler in Deutschland an die Macht und fing sofort an, die Juden zu drangsalieren. Jüdisches Kapital und Wertsachen strömten auf Züricher Privatbanken – natürlich auch zu Rolfe.«

»Wissen Sie das sicher?«

»Hundertprozentig. Ich kann bestätigen, daß Augustus Rolfe über zweihundert Nummernkonten für deutsche Juden eröffnet hat.«

Jacobi überblätterte einige Seiten des Dossiers.

»Hier hören die Fakten auf, und die Gerüchte setzen ein. Ende der dreißiger Jahre begannen in Zürich Gestapo-Agenten aufzutauchen. Sie waren auf der Suche nach all den jüdischen Geldern, die heimlich aus Deutschland herausgeschafft und bei Schweizer Banken deponiert worden waren. Gerüchte besagen, Rolfe habe gegen das Schweizer Bankgeheimnis verstoßen, mit den Gestapo-Agenten zusammengearbeitet und ihnen Auskunft über die Nummernkonten jüdischer Kunden seiner Bank gegeben.«

»Weshalb hätte er das tun sollen?«

»Möchten Sie meine Theorie hören?«

»Gern.«

»Weil er wußte, daß die von ein paar Juden deponierten Gelder nichts im Vergleich zu den Reichtümern waren, die ihn erwarteten, wenn er mit Hitler-Deutschland kooperierte.«

»Gibt es Hinweise darauf, daß er das getan hat?«

»Allerdings«, sagte Jacobi, wobei seine Augenbrauen über die Brillenränder nach oben schossen. »Tatsache ist, daß Augustus Rolfe im Zweiten Weltkrieg häufig nach Deutschland gereist ist.«

»Mit wem hat er dort gesprochen?«

»Das ist nicht bekannt, aber seine Reisen waren so verdächtig, daß nach Kriegsende in der Schweiz gegen Rolfe ermittelt wurde.«

»Was ist dabei herausgekommen?«

»Absolut nichts. Rolfe tauchte wieder in den Züricher Finanzsektor ab und hielt seinen Namen aus den Medien heraus – bis vor einer Woche, versteht sich, als jemand in seine Villa am Zürichberg eingedrungen ist und ihm eine Kugel durch den Kopf gejagt hat.«

Jacobi klappte das Dossier zu und sah Gabriel erwartungsvoll an.

»Möchten Sie jetzt weitererzählen, Mr. Allon?«

Als Gabriel fertig war, konzentrierte Professor Jacobi sich lange darauf, seine Brillengläser mit dem breiten Ende seiner Krawatte zu polieren. Dann schob er sie wieder auf seine Stirn hoch und goß sich noch eine Tasse Kaffee ein. »Sieht ganz so aus, als seien Sie durch die große Verschwörung des Schweigens abgeblockt worden.«

»Was wollen Sie damit sagen?«

»Haben Sie mit der Schweiz zu tun, Mr. Allon, sollten Sie sich eines merken: Die Schweiz ist kein richtiger Staat. Sie ist ein Unternehmen, und sie wird wie eines geführt. Als ein Unternehmen, das sich in ständiger Abwehrbereitschaft befindet. So geht es seit nunmehr siebenhundert Jahren.«

»Was hat das mit dem Mord an Rolfe zu tun?«

»In der Schweiz gibt es Leute, die sehr viel zu verlieren hätten, wenn die Sünden der Vergangenheit aufgedeckt und die Gullys in der Bahnhofstraße so gründlich durchgespült würden, wie es nötig wäre. Diese Leute bilden eine unsichtbare Regierung, und sie können gefährliche Gegner sein, was der Grund dafür ist, daß ich hier statt in Lausanne lebe. Sollten Sie Ihre Ermittlungen fortsetzen wollen, rate ich Ihnen, sich vorzusehen.«

Zehn Minuten später ging Gabriel mit seinem Exemplar von *Le Mythe* unter dem Arm die Treppe hinunter. Bevor er das Haus verließ, blieb er kurz stehen, schlug das Buch auf und las die Worte, die der Professor auf die Titelseite gekritzelt hatte.

Nehmen Sie sich vor den Gnomen von Zürich in acht – Emil Jacobi.

Dieses Bild von Gabriel wurde von dem Mann festgehalten, der mit einer Digitalkamera mit Teleobjektiv an einem Fenster des Apartmentgebäudes auf der gegenüberliegenden Straßenseite stand. Vor einer Stunde hatte er bereits Gabriels Ankunft geknipst. Die Photos waren nicht notwendig, sondern nur ein professioneller Schliff. Allons Gespräch mit Emil Jacobi war von zwei empfindlichen Sendern, die der Mann bereits vor einem halben Jahr in der Wohnung des Professors installiert hatte, aufgezeichnet und übertragen worden. Als Allon das Haus verließ, machte der Überwachungskünstler noch mehrere Photos. Dann setzte er sich vor seinen Rekorder und hörte sich die Aufnahme an. Nach eineinhalb Stunden stetiger Arbeit hatte er ein Protokoll des Gesprächs erstellt. Er brauchte noch eine halbe Stunde, um es auf Vollständigkeit zu überprüfen, dann verschlüsselte er das Gesprächsprotokoll und schickte es mit den Aufnahmen von Allon per E-Mail nach Zürich. Sekunden später erschienen die Informationen auf dem Bildschirm vor Gerhardt Peterson, der sofort nach dem Telefonhörer griff und dringend um einen Termin bei Herrn Gessler bat. Peterson mochte Emil Jacobi nicht, und Herr Gessler konnte ihn ebenfalls nicht leiden. Jacobis Einmannkreuzzug gegen die Finanzoligarchie der Schweiz war lästig und kostspielig geworden. Die beiden Männer waren sich darüber einig, es werde Zeit, dem kleinen Professor, der sich überall einmischte, das Handwerk zu legen. Bevor Peterson am nächsten Morgen zum Dienst fuhr, führte er von seinem häuslichen Arbeitszimmer aus ein Telefongespräch. Es dauerte nur knapp zwei Minuten. Das Schicksal Emil Jacobis, des schlechten Gewissens der Schweiz, wurde durch eine finanzielle Transaktion besiegelt: die Überweisung von zweihunderttausend US-Dollar auf ein Genfer Nummernkonto, dessen Inhaber Antonio Orsati war. Peterson fand das in der Tat sehr passend.

22

Costa de Prata

Als Gabriel am nächsten Vormittag zu Anna Rolfes Villa hinauffuhr, stellte er zufrieden fest, daß dort mindestens vier Männer Wache hielten: einer am Tor, ein zweiter am Fuß des Weinbergs, ein dritter unter den Bäumen und ein vierter auf dem Hügel, von dem aus er die gesamte Zufahrt überblicken konnte. Schamron hatte Rami, seinen schweigsamen persönlichen Leibwächter, als Chef dieses Sicherheitsteams entsandt. Rami begrüßte Gabriel an der Einfahrt. Als Gabriel fragte, wie Anna sich mit der Anwesenheit seines Teams abgefunden habe, verdrehte er die Augen – *Das erfährst du bald genug*.

Gabriel betrat die Villa und folgte dem Klang von Annas Violine die Treppe hinauf. Dann klopfte er an die Tür ihres Übungszimmers und trat ein, ohne ihr »Herein!« abzuwarten. Sie fuhr herum, beschimpfte ihn, weil er sie unterbrochen hatte, und warf ihm dann kreischend vor, er habe ihr Haus in ein Militärlager verwandelt. Während ihre Tirade immer schriller wurde, hielt Gabriel den Kopf gesenkt und betrachtete seine Hände. An einigen Stellen war hellrotes Blut durch die Mullbinden gesickert. Das sah auch Anna. Sie verstummte sofort und führte ihn ins Bad neben ihrem Schlafzimmer, um die Verbände zu wechseln. Während sie ihn versorgte, hatte er Zeit, sie ausgiebig zu betrachten. Ihre Nackenhaare waren feucht; in den Fingerkuppen ihrer linken Hand hatten die Violinsaiten winzige

Furchen hinterlassen. Sie war noch schöner, als er sie in Erinnerung hatte.

»Saubere Arbeit«, sagte er, als er die neuen Verbände begutachtete.

»Ich verstehe mich darauf, Hände zu verbinden, Mr. Allon. Sie haben mir einiges über meinen Vater zu erzählen, nicht wahr?«

»Vorläufig gibt es mehr Fragen als Antworten. Und nennen Sie mich bitte Gabriel.«

Sie lächelte. »Ich habe eine Idee, *Gabriel.*«

In einen Nylonrucksack packte Anna, was sie für ein Picknick brauchten: Brot und Käse und gebratene Hähnchenschenkel. Als letztes steckte sie eine gekühlte Flasche Wein hinein, die sie in eine Wolldecke gewickelt hatte, damit sie kalt blieb. Rami gab Gabriel eine Beretta und zwei jungenhaft aussehende Leibwächter mit. Auf dem schattigen Pfad durch das Kiefernwäldchen, in dem Ramis Leute dicht hinter ihnen blieben, berichtete Gabriel Anna von den Ereignissen in Paris. Von seinen Gesprächen mit Julian Isherwood und Emil Jacobi erzählte er vorerst nichts. Das hatte Zeit bis später.

Die Bäume hörten auf, und die Ruinen wurden sichtbar. Eine Wildziege sprang auf einen Granitblock, meckerte sie an und verschwand dann im Stechginster. Gabriel schob den Rucksack zurecht und folgte Anna den steilen Weg hinauf.

Gabriel beobachtete, wie ihre Beinmuskeln sich bei jedem Schritt anspannten, und dachte an Leah. Er erinnerte sich an eine Wanderung an einem Herbsttag vor fünfundzwanzig Jahren – nur hatte der Weg damals über die Golanhöhen geführt, und die Ruinen stammten von Kreuzrittern. Leah hatte gemalt; Gabriel war gerade aus Europa zurückgekehrt, und die Gespenster der Männer, die er ermordet hatte, hatten seinen Drang zu kreativer Betätigung unterdrückt. Er hatte Leah vor ihrer Staffelei sitzend zurückgelassen und war bis zum höchsten Punkt des Hügels hinaufgestiegen. Über ihm hatten die Befestigungen an der Grenze zu Syrien aufgeragt; unter ihm hatten sich Obergaliläa und die sanften Hügel im Süden des Libanons erstreckt. Er war so in Gedanken verloren gewesen, daß er Leahs Kommen nicht gehört hatte. »Sie werden trotzdem kommen, Gabriel. Du kannst den Rest deines Lebens hier verbringen und sie beobachten – sie werden trotzdem kommen.« Und Gabriel hatte geantwortet, ohne sie anzusehen: »Hätte ich früher in Obergaliläa gelebt und müßte jetzt im Norden in einem Flüchtlingslager im Libanon hausen, würde ich auch zurückkommen.«

Der leise Knall, mit dem Anna ihre Picknickdecke entfaltete, riß Gabriel aus seinen Erinnerungen. Sie breitete die Decke auf einem Flecken von sonnenbeschienenem Gras aus, wie Leah es an jenem Tag getan hatte, während Gabriel mit einer gewissen Feierlichkeit die Weinflasche entkorkte. Ramis Leibwächter nahmen ihre Positionen ein: der eine oben zwischen den Ruinen, der andere unterhalb des Picknickplatzes auf dem Weg. Während Anna das Fleisch von den Hähnchenschenkeln löste, zeigte Gabriel ihr ein Photo des Mannes, der den in einem Aktenkoffer versteckten Sprengsatz in der Galerie Müller zurückgelassen hatte.

»Haben Sie den schon mal gesehen?«

Sie schüttelte den Kopf.

Gabriel steckte das Photo ein. »Sie müssen mir mehr über Ihren Vater erzählen.«

»Woran denken Sie dabei?«

»An alles, was mir helfen kann herauszubekommen, wer ihn ermordet und seine Sammlung gestohlen hat.«

»Mein Vater war ein Schweizer Bankier, Gabriel. Ich

kenne ihn als Menschen, aber über seine berufliche Tätigkeit weiß ich nahezu nichts.«

»Dann erzählen Sie mir von ihm.«

»Wo soll ich anfangen?«

»Wie wär's mit seinem Alter? Sie sind achtunddreißig?«

»*Sieben*unddreißig«, verbesserte sie ihn.

»Ihr Vater war neunundachtzig. Das ist ein ziemlich großer Altersunterschied.«

»Dafür gibt es eine einfache Erklärung. Mein Vater war zweimal verheiratet. Seine erste Frau ist im Krieg an Tuberkulose gestorben. Meine Mutter und er haben sich zehn Jahre später kennengelernt. Sie war eine sehr begabte Pianistin. Sie hätte öffentlich auftreten können, aber davon wollte mein Vater nichts hören. Seiner Ansicht nach waren Musiker nur wenig besser als Exhibitionisten. Ich frage mich manchmal, wie die beiden überhaupt zusammengefunden haben.«

»Gibt es Kinder aus der ersten Ehe?«

Anna schüttelte den Kopf.

»Und der Selbstmord Ihrer Mutter?«

»Ich habe damals ihre Leiche entdeckt.« Sie zögerte einen Augenblick, dann sagte sie: »So etwas vergißt man nie. Mein Vater hat uns später erzählt, sie habe schon früher unter Depressionen gelitten. Ich habe meine Mutter sehr geliebt, Gabriel. Wir hatten ein sehr enges Verhältnis zueinander. Meine Mutter war nicht depressiv. Sie hat keine Medikamente genommen, sie war nicht in psychiatrischer Behandlung. Sie war launenhaft, sie war manchmal unbeherrscht, aber sie war nicht die Art Frau, die grundlos Selbstmord begeht. Irgend jemand oder irgend etwas hat sie dazu *veranlaßt,* sich das Leben zu nehmen. Nur mein Vater kannte den wahren Grund, und er hat ihn vor uns geheimgehalten.«

»Hat sie einen Abschiedsbrief hinterlassen?«

»Bei den polizeilichen Ermittlungen wurde keiner gefunden. Aber ich habe gesehen, daß mein Vater etwas an sich genommen hat, das sehr gut ein Abschiedsbrief hätte sein können. Er hat ihn mir nie gezeigt – und der Polizei offenbar auch nicht.«

»Und der Tod Ihres Bruders?«

»Das war im Jahr darauf. Mein Vater wollte, daß er in die Bank eintritt und die Familientradition fortführt, aber Max wollte Radrennen fahren. Und genau das hat er getan – übrigens recht erfolgreich. Er war einer der besten Schweizer Radrennfahrer und hat im europäischen Profisport zur Spitzenklasse gezählt. Leider ist er dann bei der Tour de Suisse tödlich verunglückt. Mein Vater war am Boden zerstört, aber ich glaube, er hat zugleich eine gewisse Genugtuung empfunden. Max war gewissermaßen dafür bestraft worden, daß er sich seinen Wünschen widersetzt hatte.«

»Und Sie?«

»Ich war mit ihm allein. Die beiden Menschen, die ich von allen am meisten geliebt hatte, waren tot, und ich saß bei einem Mann fest, den ich haßte. Also habe ich mich noch mehr in meine Musik gestürzt. Dieses Arrangement schien uns beide zu befriedigen. Solange ich Musik machte, brauchte mein Vater mich nicht zu beachten. Er konnte ganz ungestört seiner Lieblingsbeschäftigung nachgehen.«

»Welcher?«

»Noch mehr Geld scheffeln, was sonst? Der Gedanke an seinen Reichtum hat ihn von jeglicher Schuld losgesprochen. Von Beginn meiner Karriere an waren die Leute von meinem Feuer begeistert. Sie konnten nicht ahnen, daß dieses Feuer von Haß und Schmerzen genährt wurde.«

Das nächste Thema schnitt Gabriel vorsichtig an.

»Anna, was wissen Sie über die Aktivitäten Ihres Vaters während des Krieges?«

»Aktivitäten? Das ist ein interessantes Wort. Was versuchen Sie damit anzudeuten?«

»Ich wollte gar nichts andeuten. Ich muß nur wissen, ob es in der Vergangenheit Ihres Vaters irgend etwas gibt, das zu seiner Ermordung hätte führen können.«

»Im Zweiten Weltkrieg war mein Vater als Bankier in der Schweiz tätig.« Ihre Stimme klang plötzlich kalt. »Das macht ihn nicht automatisch zu einem Ungeheuer. Aber über die *Aktivitäten* meines Vaters während des Krieges weiß ich ehrlich gesagt praktisch nichts. Darüber hat er nie mit uns gesprochen.«

Gabriel dachte an die Informationen, die Emil Jacobi ihm in Lyon gegeben hatte: Rolfes häufige Reisen nach Hitler-Deutschland; die Gerüchte über Rolfes Beziehungen zu NS-Größen. Hatte Rolfe es wirklich verstanden, all das vor seiner Tochter geheimzuhalten? Gabriel beschloß nachzuhaken – aber behutsam.

»Aber Sie hegen bestimmte Vermutungen, nicht wahr, Anna? Sie hätten mich nie nach Zürich mitgenommen, wenn Sie nicht Ihre Zweifel an der Version Ihres Vaters über seine Vergangenheit hätten.«

»Ich weiß nur eines, Gabriel: Meine Mutter hat ihr eigenes Grab ausgehoben, sich hineingelegt und sich erschossen. Das war eine abscheuliche, rachsüchtige Tat. Und sie muß einen Grund dafür gehabt haben.«

»War er todkrank?«

Die Direktheit seiner abschließenden Frage schien sie zu überraschen, denn Anna hob ruckartig den Kopf, als habe er ihr einen Rippenstoß versetzt. »Mein Vater?«

Gabriel nickte.

»Auch das sollen Sie wissen, Gabriel: Ja, mein Vater hatte nicht mehr lange zu leben.«

Als sie aufgegessen hatten, goß Gabriel ihnen den Rest Wein ein und fragte Anna nach den Provenienzen der Bilder.

»Die liegen im Arbeitszimmer meines Vaters im Schreibtisch eingesperrt.«

»Das habe ich befürchtet.«

»Wozu wollen Sie sie sehen?«

»Ich möchte sehen, wer die Vorbesitzer der einzelnen Gemälde waren. Die Provenienzen könnten einen Hinweis darauf liefern, wer die Bilder gestohlen hat und weshalb Ihr Vater ermordet wurde.«

»Oder vielleicht sind sie in dieser Beziehung auch wertlos. Und denken Sie immer daran: Mein Vater hat alle diese Bilder legal erworben. Sie haben ihm gehört, auch wenn Sie in den Provenienzen irgendwelche Unstimmigkeiten entdecken sollten.«

»Ich möchte sie trotzdem sehen.«

»Gut, ich zeige Ihnen, wo sie liegen.«

»Nein, Sie sagen mir, wo sie zu finden sind, und ich hole sie und bringe sie hierher mit. Sie können jetzt nicht nach Zürich.«

»Warum nicht?«

»Weil das gefährlich wäre. Womit wir beim nächsten Thema wären.«

»Nämlich?«

»Ihr Konzert in Venedig.«

»Das sage ich auf keinen Fall ab.«

»Ein öffentlicher Auftritt wäre jetzt zu riskant.«

»Mir bleibt keine andere Wahl. Halte ich diese Verpflichtung nicht ein, ist meine Karriere beendet.«

»Die Leute, die Ihren Vater ermordet haben, haben überdeutlich klargemacht, daß sie *alles* tun würden, um zu verhindern, daß wir sie identifizieren. Dazu gehört auch, Sie gegebenenfalls zu ermorden.«

»Dann müssen Sie einfach sicherstellen, daß ihnen das nicht gelingt, aber ich gebe nächste Woche dieses Konzert, und Sie können mich nicht daran hindern!«

Bleigraue Haufenwolken hatten sich über dem Atlantik gebildet und zogen rasch landeinwärts. Ein kalter Wind kam auf und heulte um die Ruinen. Anna zitterte in der plötzlichen Kälte und verschränkte die Arme unter der Brust, während sie das heraufziehende Unwetter beobachtete. Gabriel packte eilig die Reste ihres Mittagessens ein, und dann hasteten sie von ihren schweigenden Leibwächtern beschattet unter dem sich verdüsternden Himmel hügelabwärts. Kurz bevor sie das Kiefernwäldchen erreichten, setzte kräftiger Regen ein. »Zu spät!« rief Anna fast schreiend, um das Prasseln zu übertönen. »Wir müssen uns unterstellen.« Sie faßte Gabriel am Arm und zog ihn mit sich unter eine hohe Kiefer. »Ihre Verbände dürfen nicht naß werden«, sagte sie mit einem Unterton von Besorgnis in der Stimme. Aus dem Rucksack zog sie einen verknitterten Nylonanorak, den sie über ihre Köpfe hielten. So hockten sie zwanzig Minuten lang wie Flüchtlinge unter dem Baum, während Ramis Leibwächter den Platzregen, der sie bis auf die Haut durchnäßte, mit stoischer Ruhe ertrugen. In der Zeit, in der sie darauf warteten, daß das Unwetter vorbeizog, teilte Anna Gabriel die neuen Sicherheitscodes der Villa mit und sagte ihm, wo die Provenienzen der Bilder zu finden waren. Als der Regen endlich nachließ, bestand sie darauf, Gabriels Hände in den Nylonanorak zu wickeln, damit die Verbände trokken blieben, und sie folgten dem in der Nässe rutschigen Weg vorsichtig bis zur Villa hinunter. Vor dem Haus übergab Gabriel sie wieder in Ramis Obhut und stieg in seinen Wagen. Das letzte, was er bei einem Blick über die Schulter sah, war Anna Rolfe, die Rami über die Zufahrt jagte und dabei kreischte: »Peng, peng, Rami! Sie sind tot!«

23

Lissabon

Motzkin gefiel es in Lissabon. Er hatte auf einigen der begehrtesten Posten gearbeitet. Er war in London stationiert gewesen. Er kannte Paris und Brüssel. Er hatte ein aufregendes Jahr als angeblicher Journalist aus Ottawa in Kairo verbracht. In Lissabon war es heutzutage ziemlich ruhig, und das war Motzkin gerade recht. Ab und zu eine kleine Überwachung, oft in Zusammenarbeit mit dem hiesigen Geheimdienst. Gerade genug, um zu verhindern, daß er einen Lagerkoller bekam. So hatte er Zeit für seine Bücher und seine Briefmarken und lange Siestas mit seiner Geliebten in der Alfama.

Er war gerade aus ihrer Wohnung zurückgekommen, als das Telefon auf seinem Schreibtisch leise summte. Motzkin nahm den Hörer ab und hob ihn vorsichtig an sein Ohr. Ari Schamron hatte die Angewohnheit, etwa um diese Zeit den Kopf aus seinem Fuchsbau zu stecken und seinen *katsas* das Leben zur Hölle zu machen. Aber Gott sei Dank war der Anrufer nicht Schamron – nur der Sicherheitsbeamte unten im Foyer. Bei ihm war ein Besucher, der Motzkins Namen kannte.

Motzkin legte den Hörer auf und holte sich das Bild der Überwachungskamera im Foyer auf seinen Monitor. In die Station kamen immer wieder unangemeldete Besucher unterschiedlichster Couleur. Im allgemeinen genügte ein rascher Blick, um zu entscheiden, ob der oder die Unbekannte empfangen oder mit auf den

Rücken gedrehten Armen zum Tor eskortiert werden sollte.

»Hol mich der Teufel«, murmelte Motzkin, als das Bild auf seinem Monitor erschien. Man stelle sich vor, die lebende Legende, die aussah wie unter die sprichwörtlichen Räuber gefallen, kam einfach in die Botschaft marschiert! Soviel Motzkin wußte, hatte der Restaurator sich zuletzt mit seinen Gemälden und seinen Dämonen in irgendeinem englischen Landhaus vergraben. »Hol mich der Teufel«, wiederholte er, als er die Treppe hinunterpolterte. »Bist du's wirklich?«

Im Nachrichtenraum stellte Motzkin eine abhörsichere Verbindung zu Schamrons Dienstzimmer am King Saul Boulevard in Tel Aviv her. Dann schloß er die schalldichte Tür und beobachtete Gabriel durch das eingesetzte Fenster. Das Gespräch war unerfreulich; soviel bekam Motzkin von außen mit. Andererseits gab es im Dienst nur wenige Leute, die nicht irgendwann mit dem Alten aneinandergeraten waren, und die Wortgefechte zwischen Schamron und dem großen Gabriel Allon gehörten zum Sagenschatz des Dienstes. Als Gabriel zwanzig Minuten später den Hörer auf die Gabel knallte und den Raum verließ, war sein Gesicht aschfahl.

»Der Alte schickt in einer halben Stunde ein Dossier. Ich brauche ein paar Sachen.«

Motzkin nahm Gabriel mit nach oben in die Station, zeigte ihm die Dusche und legte ihm saubere Kleidung heraus. Dann buchte er einen Flug für ihn, ließ einen Mietwagen reservieren und gab ihm zweitausend Dollar aus der Portokasse.

Als sie in den Nachrichtenraum zurückkamen, glitt gerade das Dossier aus dem sicheren Faxgerät. Es war von der Abteilung Recherche am King Saul Boulevard zusammengestellt worden und beruhte auf Informationen, die britische und französische Dienste aufgrund von Gegenseitigkeitsabkommen geliefert hatten.

Es handelte von einem Mann namens Christopher Keller.

Gabriel schnappte sich die Blätter aus der Ablage, setzte sich an den Tisch und begann zu lesen.

Christopher Keller, das einzige Kind eines in der Londoner Harley Street praktizierenden erfolgreichen Arzteehepaars, ließ schon sehr früh erkennen, daß er nicht die Absicht hatte, in die Fußstapfen seiner Eltern zu treten. Er begeisterte sich für Geschichte, vor allem für Militärgeschichte, und wollte unbedingt Soldat werden. Seine Eltern verboten ihm, zum Militär zu gehen, und er fügte sich ihren Wünschen, zumindest vorläufig. Er schrieb sich in Cambridge ein und begann, Geschichte und orientalische Sprachen zu studieren. Er war ein brillanter Student, aber im zweiten Studienjahr wurde er unruhig und verschwand eines Nachts spurlos. Einige Tage später tauchte er in seinem Elternhaus in Kensington auf: mit militärisch kurz geschnittenem Haar und in olivgrüner Uniform. Keller war als Freiwilliger zur britischen Armee gegangen.

Nach der Grundausbildung kam er zu einem Infanterieregiment, aber durch seinen Intellekt, seine athletische Konstitution und sein Einzelgängertum setzte er sich bald von seinen Kameraden ab. Es dauerte nicht lange, bis ein Anwerber vom Special Air Service sich bei ihm meldete. Der SAS-Offizier hatte sich Kellers Personalakte angesehen und mit seinen Vorgesetzten gesprochen. Keller wurde nach Hereford eingeladen, wo das SAS-Regiment stationiert war, um dort an einem Auswahllehrgang teilzunehmen.

Kellers Leistungen waren überragend. Seine Ausbilder für unbewaffneten Nahkampf schrieben, sie hätten noch nie einen Mann mit solchem natürlichen Killerinstinkt gesehen. Im berüchtigten »Killing House«, in dem die Rekruten Nahkampf, Geiselrettung und Säuberung besetzter Gebäude übten, erzielte Keller die Höchstpunktzahlen. Am Schlußtag marschierte er mit Sturmgewehr und zwanzig Kilo Gepäck vierzig Meilen weit über das als Brecon Beacons bekannte windumtoste Moorland – ein Gewaltmarsch, bei dem es schon Tote gegeben hatte. Keller bewältigte die Strecke eine halbe Stunde schneller als der bisherige Rekordhalter. Er wurde ins Regiment aufgenommen und einem auf mobile Wüstenkriegsführung spezialisierten Sabre-Bataillon zugeteilt.

Dann änderte seine Karriere abrupt ihre Richtung. Wieder erschien ein Offizier auf der Bildfläche – diesmal vom militärischen Nachrichtendienst. Er suchte einzigartig begabte Soldaten, die in Nordirland für Nahüberwachung und weitere Sonderaufträge eingesetzt werden konnten. Er sagte, er sei von Kellers Sprachbegabung und seiner Fähigkeit beeindruckt, rasche Entscheidungen zu treffen und notfalls zu improvisieren. Hatte Keller Interesse daran, sich zu verändern? Noch an diesem Abend packte er seine Sachen zusammen und verließ Hereford, um in ein Geheimlager im schottischen Hochland zu fahren.

Während seiner Ausbildung ließ Keller ein bemerkenswertes Talent erkennen. Die britischen Sicherheits- und Geheimdienste schlugen sich seit Jahren mit den unzähligen Dialekten herum, die in Nordirland gesprochen werden. Die Konfliktparteien in Ulster konnten einander allein durch ihren Tonfall identifizieren. Im katholischen West-Belfast wurde ein anderer Dialekt gesprochen als im protestantischen West-Belfast, in der

Upper Falls Road ein anderer als in der Lower Falls Road. Wie ein Mann ein paar einfache Sätze aussprach, konnte den Unterschied zwischen Leben und einem grausigen Tod bedeuten. Keller entwickelte die Fähigkeit, diese Intonationen perfekt nachzuahmen. Er konnte sogar blitzschnell den Dialekt wechseln – eben noch ein Katholik aus Armagh, im nächsten Augenblick ein Protestant aus der Belfaster Shankill Road, dann ein Katholik aus der Wohnsiedlung Ballymurphy. So arbeitete er über ein Jahr in Belfast, spürte IRA-Mitglieder auf und sammelte bei Katholiken und Protestanten nützliche Informationen. Er arbeitete stets allein und fast ohne Aufsicht durch seinen Führungsoffizier beim militärischen Nachrichtendienst.

Sein Einsatz in Nordirland fand ein abruptes Ende, als er eines Nachts aus West-Belfast entführt und in ein abgelegenes Farmhaus im County Armagh verschleppt wurde. Dort wurde er beschuldigt, ein britischer Spion zu sein. Keller wußte, daß seine Lage hoffnungslos war, deshalb beschloß er, seine Haut so teuer wie möglich zu verkaufen. Als er das Farmhaus verließ, blieben vier hartgesottene Terroristen der Provisional Irish Republican Army tot zurück. Zwei von ihnen waren praktisch in Stücke gehackt.

Nach einem langen Erholungsurlaub kehrte Keller nach Hereford zurück. Er verausgabte sich bei Gewaltmärschen übers Moor und bildete neue Rekruten in der Kunst des lautlosen Tötens aus. Aber seinen Vorgesetzten und den Psychologen des Regiments war klar, daß Belfast ihn verändert hatte.

Dann fiel Saddam Hussein im August 1990 in Kuwait ein. Fünf Monate später durchstreiften Keller und seine Einheit die Wüstengebiete im Westen des Iraks, um die mobilen Scud-Startrampen, die Tod und Verderben auf

Tel Aviv herabregnen ließen, aufzuspüren und zu zerstören. In der Nacht zum 29. Januar 1991 entdeckten Keller und sein Team etwa hundert Meilen nordwestlich von Bagdad in der Wüste eine Scud-Startrampe. Er gab ihre Koordinaten an seine Kommandeure in Saudi-Arabien durch. Eineinhalb Stunden später kam eine Formation von Jagdbombern der Verbündeten im Tiefflug über die Wüste herangerast, aber wegen eines schrecklichen Irrtums griffen sie nicht die Scud-Stellung, sondern das SAS-Team an. Obwohl nie sterbliche Überreste von Gefallenen aufgefunden wurden, gelangte eine britische Untersuchungskommission zu dem Schluß, es habe keine Überlebenden gegeben.

Was danach kam, war im wesentlichen eine Theorie – wieder auf der Grundlage von Geheimdienstmeldungen. Einige Monate nach dieser Katastrophe in der irakischen Wüste tauchte in der europäischen Killerszene ein neuer, sehr professionell arbeitender Berufskiller auf. V-Leute der Polizeien berichteten von einem Mann, der nur als »der Engländer« bekannt war. Niemand konnte mehr als eine äußerst vage Personenbeschreibung von ihm liefern. Nach letztem Stand wurde der geheimnisvolle Killer verdächtigt, mindestens zwanzig bisher nicht aufgeklärte Morde verübt zu haben. Britische Geheimdienstkreise vermuteten, Christopher Keller und »der Engländer« seien identisch.

Zu dem Dossier gehörten auch zwei Photos. Das erste war eine der Aufnahmen, die Gabriel von dem Mann gemacht hatte, der in Paris die Galerie Müller betreten hatte. Das zweite zeigte eine Gruppe von Männern vor einer einsamen Moorlandschaft. Eines der Gesichter war von einem Kreis umgeben. Gabriel verbrachte lange damit, die beiden Aufnahmen zu vergleichen. Dann griff er nach dem Telefonhörer und rief Schamron in Tel Aviv an. »Ich habe das merkwürdige Gefühl, diesem Mann tatsächlich schon einmal begegnet zu sein.« Er hatte erwartet, daß seine Behauptung Schamron überraschen würde. Statt dessen wies der Alte ihn nur an, in der Nähe des Faxgeräts zu bleiben, und legte auf.

Im Jahr 1988 hatte Gabriel Allon eines der berühmtesten Unternehmen in der Geschichte der israelischen Geheimdienste durchgeführt: die Ermordung des zweithöchsten PLO-Kommandeurs Abu Dschihad. Er hatte die Villa des Palästinensers in Tunis in einer langen und gefährlichen Aktion überwacht und sie zur Ausbildung seines Teams in der Wüste Negeb nachbauen lassen. Dann hatte er in einer warmen Aprilnacht ein Komando der Sajeret-Eliteeinheit in die Villa geführt und Abu Dschihad vor den Augen seiner Frau und seiner Kinder erschossen. Dachte er jetzt an diese Nacht zurück, konnte er noch immer den in ihren dunklen Augen brennenden Haß sehen.

Eineinhalb Jahre nach der Liquidierung Dschihads kam ein Team aus britischen Geheimdienstleuten und SAS-Offizieren, die im Abwehrkampf gegen IRA-Terroristen standen, nach Tel Aviv, um die Taktik der Israelis zu studieren. Ari Schamron ließ Gabriel in die Geheimdienstakademie kommen und befahl ihm, bei einem Mittagessen mit den Gästen einen Vortrag über das Tunis-Unternehmen zu halten. Unter seinen damaligen Zuhörern war auch ein SAS-Leutnant gewesen.

Als nächstes kam ein Photo aus dem Faxgerät. Es war nach dem Mittagessen mit den Gästen gemacht worden, um den Geist kameradschaftlicher Zusammenarbeit zwischen den Geheimkriegern der beiden Staaten zu dokumentieren. Gabriel, der notorisch kamerascheu war, trug außer seiner Sonnenbrille eine Baseballmütze, um seine

Identität zu tarnen. Der Mann neben ihm starrte direkt ins Kameraobjektiv. Gabriel begutachtete sein Gesicht sorgfältig.

Der Mann war Christopher Keller.

24

München – Zürich

Der Kurier erwartete Gabriel, als er in München aus der Paßkontrolle kam. Er hatte karamelfarbenes Haar und hielt ein großes Schild mit der Aufschrift MR. KRAMER – HELLER ENTERPRISES hoch. Gabriel folgte ihm durchs Ankunftsgebäude und bei leichtem Schneetreiben über den Parkplatz, bis sie einen dunkelblauen Mercedes erreichten.

»Im Handschuhfach liegt eine Beretta, und in der Tüte auf dem Rücksitz sind ein paar Sandwiches.«

»Ihr *bodlim* denkt an alles.«

»Wir leben, um zu dienen.« Er gab Gabriel die Autoschlüssel. *»Bon voyage.«*

Gabriel setzte sich ans Steuer und ließ den Motor an. Wenige Minuten später war er in flottem Tempo auf der A92 unterwegs, um zur A96 zu gelangen, die ihn wieder nach Zürich bringen würde.

Die Schweizer sind ein in selbstgewählter Isolation lebendes Stammesvolk, das es mit geradezu animalischem Instinkt versteht, alles Fremde aufzuspüren. Alles irgendwie Ungewöhnliche, und sei es noch so trivial, wird der Polizei gemeldet. Tatsächlich sind die Schweizer Bürger so wachsam, daß im Land operierende ausländische Geheimdienste sie als zusätzlichen Schweizer Sicherheitsdienst betrachten. Da Gabriel sich dieser Tatsache bewußt war, achtete er sorgfältig darauf, ungezwungene Vertrautheit zu projizieren, als er aus dem Mercedes stieg und zu Augustus Rolfes Villa hinaufging.

Er dachte an ein Unternehmen des Dienstes, das vor einigen Jahren gründlich schiefgegangen war. Ein Agententeam war in die Schweiz entsandt worden, um in einer Kleinstadt bei Bern in der Wohnung eines mutmaßlichen arabischen Terroristen Wanzen zu installieren. Eine alte Dame beobachtete das Team vor dem Apartmentgebäude des Arabers und rief die Polizei an, um zu melden, in ihrer Straße treibe sich eine Gruppe verdächtiger Männer herum. Wenige Minuten später war das Team verhaftet, und die Nachricht von diesem Fiasko machte weltweit die Runde.

Gabriel ging den Rosenbühlweg hinauf. Über ihm ragte die vertraute Silhouette der Villa Rolfe mit ihren Türmchen und dem Säulenvorbau über dem Eingang auf. Ein Wagen fuhr an ihm vorbei und hinterließ parallele schwarze Streifen im Neuschnee.

Auf dem Tastenfeld in der Torsäule gab er den ersten Sicherheitscode ein. Der elektrische Toröffner summte, und der Schloßbolzen wurde zurückgezogen. Gabriel stieß das Tor auf und folgte dem Natursteinweg. Zwei Minuten später befand er sich in Rolfes Villa und durchquerte mit einer kleinen Stabtaschenlampe in der Linken und seiner Beretta in der Rechten fast lautlos die dunkle Eingangshalle.

Auf dem Korridor im ersten Stock herrschte absolute Dunkelheit. Gabriel folgte dem bleistiftdünnen Lichtstrahl seiner Stablampe. Das Arbeitszimmer lag im Flur links, hatte Anna gesagt – zur Straße hinaus, die erste Tür hinter der römischen Büste. Gabriel drückte die Klinke herab. Abgesperrt. *Aber natürlich!* Er holte zwei kleine Stahlwerkzeuge aus seiner Manteltasche. Gott, wie lange war das schon her? Auf der Akademie, vor hundert Jahren. Er war noch ein unerfahrener Rekrut gewesen, und Schamron hatte die ganze Zeit über ihn gebeugt dagestanden und ihn zur Eile gedrängt. »Sie haben noch genau fünfzehn Sekunden Zeit! Ihre Teamkameraden sind tot, wenn Sie diese Tür nicht aufbekommen, Gabriel!«

Er ließ sich auf ein Knie nieder, schob die Werkzeuge ins Schlüsselloch und machte sich mit zwischen den Zähnen gehaltener Stablampe an die Arbeit. Plötzlich fühlte er sich wie ein Dieb. Wenige Augenblicke später gab das alte Türschloß unter seinem fingerfertigen Angriff den Kampf auf. Gabriel kam wieder auf die Beine, betrat den Raum und schloß die Tür hinter sich.

In Rolfes Arbeitszimmer roch es nach Holzrauch, Hund und schwach nach Tabak. Gabriel schwenkte langsam seine Stablampe und sah sich um. Ihr winziger Lichtfleck bewirkte, daß er den Raum nur in quadratmetergroßen Segmenten wahrnahm. Ein Sitzbereich mit Sesseln aus dem achtzehnten Jahrhundert. Ein Eichenholzschreibtisch im flämischen Renaissancestil. Bücherregale, die vom versiegelten Parkettboden bis hinauf zur Stuckdecke reichten.

Augustus Rolfes Schreibtisch.

Eigenartig, denn er sah nicht wie der Schreibtisch eines mächtigen Mannes, sondern eher wie der eines Gelehrten aus: aufgestapelte Akten, eine abgewetzte Schreibunterlage aus grünem Leder, eine Teetasse voller Büroklammern, ein Stapel alter Bücher. Gabriel hob den Deckel des obersten Bandes mit einem Zeigefinger hoch. Der Geruch von Staub und altem Papier stieg ihm in die Nase. Er ließ den Lichtschein über die Titelseite huschen. *Goethe.*

Als er das Buch wieder zuklappte, fiel sein Blick auf einen großen Aschenbecher aus geschliffenem Glas. Auf einem Bett aus Asche lagen ein Dutzend Zigarettenstummel kreuz und quer wie verschossene Patronen durcheinander. Er betrachtete sie genauer. Zwei unterschiedliche Marken. Die meisten waren englische Zigaretten der Marke Benson & Hedges, aber dazwischen lagen auch drei Silk Cuts. Die Benson & Hedges hatte vermutlich der Alte geraucht, aber wem gehörten die Silk Cuts? *Anna?* Nein, Anna rauchte nur Gitanes.

Gabriel konzentrierte sich wieder auf die Provenienzen, deretwegen er hier war. Anna hatte gesagt, Rolfe habe sie in der Schreibtischschublade unten rechts in einem Ordner mit der Aufschrift PRIVATKORRESPONDENZ aufbewahrt. Die Schublade war wie die Tür von Rolfes Arbeitszimmer abgesperrt. Diesmal hatte er jedoch einen Schlüssel. Er zog die Schublade auf und machte sich daran, Augustus Rolfes Privatpapiere durchzublättern.

Dabei stieß er auf ein Dossier mit der Aufschrift MAXIMILIAN. Er hielt es zwischen Daumen und Zeigefinger, dann zögerte er. War er befugt, sich dieses Dossier anzusehen? Eigentlich erschien ihm das wie Voyeurismus. Als ob man bei einem Abendspaziergang in der Stadt durch ein beleuchtetes Fenster blickte und heimlich ein sich streitendes Paar beobachtete. Oder einen alten Mann, der einsam vor dem Fernseher hockte. Aber versprach dieses Dossier nicht aufschlußreich zu sein? Was hatte dieser Mann als Andenken an seinen Sohn aufbewahrt? Was konnte er daraus über den Menschen Augustus Rolfe lernen?

Er zog das Dossier heraus, legte es quer über die offene Schublade und schlug es auf. Photos, Ausschnitte aus dem Sportteil großer europäischer Zeitungen, Nachrufe von Mannschaftskameraden, ein langer Artikel aus der *Neuen Zürcher Zeitung* über den tragischen Unfall bei der Tour de Suisse – *»Er war ein guter Mann, und ich bin stolz darauf,* *daß er mein Sohn war«, sagt Augustus Rolfe, ein prominenter Züricher Bankier, in einer von seinem Anwalt verbreiteten Pressemitteilung. »Er wird mir mehr fehlen, als es sich mit Worten ausdrücken läßt.«* Alles ordentlich gesammelt, pedantisch datiert und beschriftet. Auch wenn Rolfe vielleicht nicht mit Maximilians Berufswahl einverstanden gewesen war, schien er Stolz für seinen Sohn empfunden zu haben.

Gabriel klappte den Ordner zu, legte ihn an seinen Platz zurück und blätterte weiter in den Privatpapieren des Bankiers. Dabei fiel sein Blick auf ein weiteres Dossier: ANNA. Wieder zögerte er, dann nahm er auch diesen Ordner heraus. Das Dossier enthielt Kinderphotos von Anna beim Geigenspiel, Einladungen zu Orchester- und Solistenkonzerten, Zeitungsausschnitte, Besprechungen ihrer Konzerte und CD-Aufnahmen. Er sah sich die Photos genauer an. Sie zeigten eindeutig zwei verschiedene Mädchen – Anna vor dem Selbstmord ihrer Mutter und Anna danach. Erstaunlich, wie sehr ihr Aussehen sich damals verändert hatte.

Auch dieses Dossier wanderte in die Schublade zurück. Es wurde Zeit, daß er sich auf den eigentlichen Zweck seines Besuches konzentrierte. Gabriel durchsuchte den Stapel, bis er einen Ordner fand, der mit PRIVATKORRESPONDENZ bezeichnet war. Er zog ihn heraus, legte ihn auf Rolfes Schreibtisch und schlug ihn auf. Briefe, teils in Handschrift, teils auf Papier mit gedrucktem Briefkopf mit der Maschine geschrieben. Deutsch, Französisch, Italienisch, Englisch – ein für die Schweiz charakteristischer mehrsprachiger Flickenteppich. Gabriel blätterte den Inhalt des Ordners rasch durch, bis er am Ende des Stapels angelangt war. Dann fing er noch mal von vorn an und wiederholte diesen Vorgang langsamer. Das Ergebnis war dasselbe.

Die Provenienzen waren verschwunden.

Als Gabriel den Lichtstrahl seiner Stablampe durch Rolfes Arbeitszimmer gleiten ließ, dachte er an eine Übung während seiner Ausbildung an der Geheimdienstakademie. Ein Ausbilder hatte ihn in einen wie eine Hotelsuite eingerichteten Raum geführt, ihm ein Schriftstück in die Hand gedrückt und ihm eine Minute Zeit gelassen, fünf geeignete Verstecke dafür zu finden. Hätte diese Übung nicht in einer angeblichen Hotelsuite, sondern hier in Rolfes Arbeitszimmer stattgefunden, hätte er hundert Verstecke für ein Schriftstück finden können. Unter einem herausnehmbaren Parkettstreifen, in einem großformatigen Buch, unter einem der Sessel oder Teppiche, in irgendeinem Möbelstück, in einem getarnten Wandsafe eingeschlossen. Und das waren nur die Möglichkeiten, die das Arbeitszimmer bot. In seiner weitläufigen Villa hatte Rolfe die Wahl zwischen Hunderten von Verstecken für einen kleinen Stapel Schriftstücke gehabt. Immerhin war dies der Mann, der für seine geheime Kunstsammlung einen unterirdischen Bunker hatte bauen lassen. Hatte Rolfe irgend etwas verstecken wollen, waren Gabriels Chancen, es rasch zu finden, praktisch gleich Null.

Die Vorstellung, Zürich nach einer so schwierigen und gefährlichen Reise mit leeren Händen verlassen zu müssen, erbitterte Gabriel. Für das Verschwinden der Provenienzen gab es zwei mögliche Erklärungen. Erstens: Sie waren aus dem Ordner genommen worden – von Rolfe oder jemandem wie Werner Müller. Zweitens: Rolfe hatte sie irgendwo verlegt. Das war durchaus denkbar. Er war ein alter Mann. Alte Männer machen Fehler. Ihr Gedächtnis wird schlechter. Bei nachlassender Sehkraft sind alte Aufschriften schwieriger zu lesen.

Gabriel beschloß, den Schreibtisch gründlich zu durchsuchen.

Es gab vier Aktenschubladen, zwei auf jeder Seite, und Gabriel fing links oben an. Er verfiel in eine monotone Routine: jeweils einen Ordner herausnehmen, seinen Inhalt sorgfältig durchblättern, den Ordner zurücklegen, den nächsten herausnehmen.

Er brauchte eine halbe Stunde, um alle vier Schubladen zu durchsuchen.

Nichts.

Gabriel zog die mittlere Schublade auf: Kugelschreiber, Bleistifte, Notizzettel, eine Leimflasche, ein kleines Gerät, mit dem sich Büroklammern entfernen ließen. Und ein Diktiergerät. Er nahm es heraus und inspizierte es im Licht seiner Stablampe. Es enthielt keine Tonbandkassette. Auch in der Schublade war keine zu finden. Ein Diktiergerät, aber keine Kassetten. *Merkwürdig.*

Er schloß die Schublade, sank auf Rolfes Drehsessel und starrte den Schreibtisch an. Die mittlere Schublade ... irgend etwas stimmte mit ihr nicht. Er zog sie auf, sah hinein und schob sie wieder zu. Auf, zu. Auf, *zu* ...

Die Schublade war außen ungefähr zehn Zentimeter hoch, aber innen viel flacher. Fünf Zentimeter hoch, schätzte Gabriel, vielleicht sogar weniger. Er versuchte, die Schublade ganz herauszuziehen, aber das verhinderte eine Sperre. Er zog fester daran. Wieder erfolglos.

Gabriel sah auf seine Uhr. Er war seit einer Dreiviertelstunde in der Villa, wahrscheinlich länger als ratsam war. Jetzt mußte er sich entscheiden: verschwinden oder auf seinen Instinkt vertrauen.

Er stand auf, packte die Schublade mit beiden Händen und ruckte kräftig daran. Die Sperre gab nach, und die Schublade polterte zu Boden, wobei sie ihren Inhalt verstreute.

Gabriel hob die nun leere Schublade auf und wog sie

prüfend in den Händen. Massiv, solide Tischlerarbeit, ungewöhnlich schwer. Er begutachtete ihre Unterseite. Der Boden war ziemlich dick – schätzungsweise zwei Zentimeter.

Verschwinden oder auf deinen Instinkt vertrauen?

Es gab keine gewaltlose Untersuchungsmethode, nicht wenn er die Antwort schnell brauchte. Gabriel lehnte die Schublade an den Schreibtisch, veränderte nochmals den Winkel. Dann hob er seinen rechten Fuß und trat zu. Einmal, zweimal und ein drittes Mal, bis das Holz zu zersplittern begann.

Der Boden der Schublade bestand nicht aus einem Brett, sondern aus zwei aufeinandergelegten und verleimten Brettern mit identischen Maßen. Zwischen ihnen lag ein bereits vergilbter großer Kartonumschlag, dessen Klappe auf altmodische Weise mit einem Stück fadenscheinigem Zwirn gesichert war. *Die Provenienzen?* Das wäre erstaunlich viel Aufwand für bloße Herkunftsnachweise gewesen. Gabriel bog die Holztrümmer auseinander und zog den Umschlag heraus. Ein Zittern durchlief seine Finger, als er den Faden abwickelte und die Umschlagklappe öffnete.

Er zog Schriftstücke heraus – hauptsächlich alte Durchschläge auf dünnem Papier – und legte sie auf den Schreibtisch. Dann blätterte er sie vorsichtig durch, als fürchte er, sie könnten unter seiner Berührung zerfallen. *Schwedenkronen … Peseten … Escudos … Pfund Sterling …* die Dokumente waren Durchschriften von Wechselquittungen und Banküberweisungen während des Zweiten Weltkriegs. Er sah sich die Daten an. Die erste Transaktion, eine Überweisung von mehreren tausend Schweizer Franken auf die Unionsbank in Stockholm, hatte im Februar 1942 stattgefunden. Die letzte Überweisung, die an eine Bank in Lissabon gegangen war, trug ein Datum vom Juni 1944.

Gabriel legte die Durchschläge beiseite. Das nächste Dokument bestand aus einem weißen Blatt Papier ohne Briefkopf. Links stand eine mit der Hand geschriebene Liste mit ausschließlich deutschen Namen; rechts hinter jedem Namen stand eine elfstellige Zahl. Gabriel las einige der Namen.

Karl Meyer:	*55 182 965 131*
Manfred König:	*94 862 846 894*
Josef Fritsch:	*26 834 987 462*

Er stieß die Durchschläge wieder zusammen und öffnete die Klappe. Als er die Papiere in den Umschlag schieben wollte, spürte er jedoch einen Widerstand in der unteren Ecke. Gabriel griff hinein und zog die Gegenstände heraus.

Er hielt zwei Schwarzweißphotos in der Hand.

Gabriel sah sich das erste Bild an. Augustus Rolfe, jung, gutaussehend, reich, saß in einem Restaurant. Nach den Flaschen auf dem Tisch zu urteilen, war ziemlich viel Wein getrunken worden. Neben ihm saß ein feister, dekadent wirkender Mann in Zivil mit Schmissen im Gesicht. Gabriel erkannte ihn nicht.

Er wandte seine Aufmerksamkeit dem zweiten Photo zu. Es zeigte die Terrasse eines Hauses in den Alpen – Rolfe stand von zwei Männern in Uniform flankiert an der Terrassenbrüstung und bewunderte die herrliche Aussicht. Diese beiden Männer kannte Gabriel.

Der eine war Heinrich Himmler. Der andere war Adolf Hitler, der Besitzer des Berghofs.

Gabriel steckte die Photos und alle Schriftstücke in den Umschlag zurück. Der DIN-A4-Umschlag war zu groß, als daß er ihn hätte einstecken können, deshalb schob er ihn vorn in seinen Hosenbund und zog den Reißverschluß seiner Lederjacke darüber zu. Er sah sich den Schreibtisch an. Daß die Schublade zersplittert war, ließ sich nicht ändern, aber er stieß die Trümmer wenigstens mit der Stiefelspitze in den Fußraum und tarnte sie mit Rolfes Drehsessel. Die Beretta lag noch auf der Schreibunterlage. Er steckte sie ein und machte sich auf den Rückweg.

Er orientierte sich mit dem dünnen Lichtstrahl der Stablampe. Dabei hatte er wieder das Gefühl, den Raum in Sektionen zu erleben, deren Reihenfolge diesmal jedoch umgekehrt war. Jede Bewegung der kleinen Lampe brachte ihm neue Informationen: der geschnitzte Schreibtisch aus Eiche, die Sessel aus dem achtzehnten Jahrhundert, ein niedriges Ledersofa …

Ein Mann, der auf der Schwelle stand und mit einer Pistole auf Gabriels Herz zielte.

25

Zürich

Gabriel warf mit der Stablampe nach dem Mann, zog seine Beretta und ließ sich zu Boden fallen. Der Mann an der Tür schoß. Er benützte eine Pistole mit Schalldämpfer, aber das Mündungsfeuer war in der Dunkelheit deutlich zu sehen. Der Schuß ging über Gabriels Kopf hinweg und ließ das Fenster hinter Rolfes Schreibtisch zersplittern. Bevor der Mann erneut abdrücken konnte, richtete Gabriel sich auf einem Knie auf und schoß mehrmals in Richtung Mündungsfeuer. Seine Geschosse fanden ihr Ziel – das wußte er, weil er hören konnte, wie sie Fleisch durchschlugen und Knochen zertrümmerten. Er sprang auf, rannte los und schoß dabei weiter, wie er es in der Ausbildung gelernt hatte. Wie er es schon so oft gemacht hatte. Als er über dem Mann stand, beugte er sich hinunter, setzte ihm die Mündung ans Ohr und drückte noch einmal ab.

Der Körper unter ihm zuckte, dann wurde er still.

Gabriel leuchtete ihn mit der Stablampe ab: Flanellhose, Blazer, Trenchcoat mit Gürtel. Er durchsuchte seine Taschen. Keine Geldbörse, keine Schlüssel, kein loses Kleingeld. In der Nähe des Toten lag eine 9-mm-Glock. Gabriel hob sie auf, steckte sie in seine Jacke und trat auf den Flur hinaus.

Neben der Treppe lag ein Erker mit hohen Fenstern, die auf die Straße hinausführten. Gabriel sah nach unten und beobachtete zwei Männer, die auf die Haustür zustürmten. Er rannte über den Korridor zu den Fenstern, die auf den Park hinter der Villa hinausgingen. Unten stand ein weiterer Mann, breitbeinig, mit schußbereiter Pistole, der in ein Handfunkgerät sprach.

Während Gabriel die geschwungene Marmortreppe hinunterlief, zog er das leere Magazin aus seiner Beretta und setzte das Reservemagazin ein. Er nahm die Route, auf der Anna ihn neulich in das unterirdische Gewölbe geführt hatte: durch das große Eßzimmer; durch die Küche; die Kellertreppe hinunter; durch den Weinkeller; in den Raum mit Gartengeräten.

Zuletzt erreichte er eine Tür mit eingesetztem Sprossenfenster, die in den Garten hinausführte. Gabriel öffnete sie einen Spalt breit und spähte hinaus. Der Mann mit der Pistole und dem Funkgerät patrouillierte auf der verschneiten Terrasse. Das andere Team war jetzt im Haus – Gabriel konnte das Getrampel der beiden Männer im Erdgeschoß über sich hören.

Gabriel trat ins Freie und trabte über den Rasen direkt auf den Mann mit der Pistole zu. »He, Sie da!« sagte er in fließendem Deutsch. »Haben Sie gesehen, wohin der Kerl verschwunden ist?« Der andere starrte ihn sprachlos verwirrt an. Gabriel kam unaufhaltsam näher. »Was ist mit Ihnen los, Mann? Sind Sie taub? Antworten Sie gefälligst!«

Als der Mann das Funkgerät an die Lippen hob, riß Gabriel seinen Arm hoch und begann zu schießen. Er gab fünf Schüsse ab, den letzten aus einem Meter Entfernung in die Brust des Mannes.

Gabriel blickte zum Haus auf. Er sah Lichtstrahlen von Stablampen über die zugezogenen Vorhänge gleiten. Im nächsten Augenblick wurden die Vorhänge aufgerissen, und ein Gesicht erschien. Dann ein Schrei. Eine Faust, die ans Glas hämmerte.

Er warf sich herum und spurtete durch den Park davon, bis er die Mauer zum Nachbargrundstück erreichte – gut zwei Meter hoch und mit in die Mauerkrone eingelassenen schmiedeeisernen Spitzen. Ein Blick über die Schulter zeigte ihm die beiden Männer aus dem Haus. Einer kniete neben dem Toten, der andere suchte den Garten mit dem Lichtstrahl einer starken Stablampe ab.

Gabriel sprang hoch und umklammerte die in die Mauerkrone eingelassenen Spitzen. Dann erfaßte ihn blendend helles Licht, und eine Stimme rief etwas auf deutsch. Er zog sich hoch, während seine Füße vergeblich versuchten, an der glatten Mauer Halt zu finden. Ein Schuß traf den Verputz unter ihm, dann noch einer. Gabriel konnte spüren, wie mehrere Nähte an seinen Händen rissen.

Er schwang die Beine über die Mauerkrone und wollte sich auf der anderen Seite hinunterfallen lassen, aber seine Lederjacke hatte sich an einer der Spitzen verhakt. So baumelte er hilflos in der Luft: mit deutlich sichtbarem Kopf und von dem hellen Lichtstrahl geblendet. Gewaltsam verdrehte er seinen Körper, bis die Eisenspitze ihn freigab, so daß er in den Nachbargarten plumpste.

Der Umschlag rutschte unter seiner Jacke hervor und fiel in den Schnee. Gabriel hob ihn auf, stopfte ihn wieder vorn in seine Hose und rannte los.

Aufflammendes Halogenlicht machte die Nacht zum Tag. Irgendwo heulte die Sirene einer Alarmanlage los. Gabriel rannte seitlich an der Villa vorbei, bis er eine weitere Mauer erreichte, die das Nachbargrundstück zur Straße hin abgrenzte. Er überkletterte sie rasch und sprang auf der anderen Seite hinunter.

Dort befand er sich auf einer schmalen Straße. Überall in den benachbarten Villen wurde Licht gemacht – die

Schweizer und ihre legendäre Wachsamkeit. Als er die Straße entlanghetzte, erinnerte eine Stimme in seinem Kopf ihn immer wieder an Ari Schamrons elftes Gebot: *Du sollst dich nicht erwischen lassen!*

Er erreichte die Krähbühlstraße, die breite Durchfahrtsstraße, auf der sein Wagen geparkt war. Er spurtete die in einer leichten Biegung verlaufende Straße hinunter, bis er den Mercedes sah. Dann versuchte er plötzlich abzubremsen, rutschte im Schnee aus und knallte auf den Asphalt. An seinem Wagen standen zwei Männer, die mit Stablampen ins Innere leuchteten.

Als er sich aufrappelte, richteten die Männer ihre Stablampen auf ihn. Gabriel machte kehrt und lief bergauf davon. *Du sollst alles tun, um einer Verhaftung zu entgehen!*

Er zog die Glock, die er dem Mann im Arbeitszimmer abgenommen hatte, und rannte weiter. Allmählich wurde er müde. Die kalte Luft brannte in seiner Lunge, und in seinem Mund hatte er den Geschmack von Rost und Blut. Zwanzig Meter weiter sah er ein Scheinwerferpaar bergab auf sich zukommen. Es gehörte zu einem großen Audi, dessen Räder auf dem Neuschnee durchdrehten.

Ein rascher Blick über die Schulter zeigte ihm, daß die beiden Männer ihn zu Fuß bergauf verfolgten. Keine Seitenstraßen, keine Durchgänge – er saß in der Falle. *Du sollst notfalls das Blut Unschuldiger vergießen!*

Der Audi kam direkt auf ihn zugerast. Gabriel blieb stehen, hielt die Glock mit ausgestreckten Armen schußbereit. Als der Wagen schleudernd wendete und keine zwei Meter von ihm entfernt zum Stehen kam, zielte er auf die Gestalt hinter dem Lenkrad. Bevor er abdrücken konnte, wurde die Beifahrertür aufgestoßen.

»Steig ein, Gabriel!« rief Anna Rolfe. »Beeil dich!«

Sie fuhr mit derselben Konzentration, mit der sie Violine spielte – eine Hand am Lenkrad, die andere am Schaltknüppel. Den Zürichberg hinunter, über die Limmat, auf die um diese Zeit ruhigen Straßen im Stadtzentrum. Gabriel drehte sich um und sah einige Minuten lang nach hinten.

»Du brauchst nicht mehr zu rasen.« Auch Gabriel war zum Du übergegangen.

Sie nahm etwas Gas weg.

»Wo hast du gelernt, so zu fahren?«

»Ich stamme aus einer reichen Familie. Wenn ich nicht Violine geübt habe, bin ich mit einem der Wagen meines Vaters um den Zürichsee gerast. Mit einundzwanzig hatte ich schon drei Totalschäden gebaut.«

»Gratuliere.«

»Sarkasmus steht dir nicht, Gabriel. Meine Zigaretten liegen im Fach der Mittelkonsole. Tu mir einen Gefallen und zünd mir eine an.«

Gabriel klappte den Deckel auf und nahm ein Päckchen Gitanes heraus. Er benützte den elektrischen Zigarettenanzünder. Der Rauch geriet ihm in den falschen Hals, und er mußte würgend husten.

Anna lachte ihn aus. »Komisch, ein Israeli, der Nichtraucher ist.«

»Was zum Teufel machst du hier?«

»Ist das alles, was du zu sagen hast? Wäre ich nicht aufgekreuzt, wärst du verhaftet worden.«

»Nein, wärst du nicht aufgekreuzt, wäre ich tot. Aber ich will trotzdem wissen, was zum Teufel du hier machst. Hat Rami dir erlaubt, die Villa allein zu verlassen?«

»Ich vermute, daß er inzwischen weiß, daß ich nicht mehr da bin.«

»Wie bist du ihm entwischt?«

»Ich bin wie jeden Tag zum Üben nach oben gegangen. Dann habe ich ein Tonband mit einem besonders langen Stück laufen lassen. Den Rest kannst du dir wahrscheinlich denken.«

»Du hast das Tonband laufen lassen, damit Rami und seine Jungs dachten, du würdest fleißig üben. Tatsächlich hast du dich aus der Villa geschlichen. Wie bist du vom Grundstück weggekommen?«

»Carlos hat Rami gesagt, er fahre zum Einkaufen ins Dorf hinunter. Ich habe im Kofferraum gelegen.«

»Bestimmt sind jetzt mehrere Dutzend Angehörige meines Dienstes mit einer verzweifelten und sinnlosen Suche nach dir beschäftigt. Das war ein sehr dummer Streich, Anna. Wie bist du nach Zürich gekommen?«

»Ich bin natürlich hergeflogen.«

»Direkt aus Lissabon?«

»Ja.«

»Wie lange bist du schon hier?«

»Seit ungefähr zwei Stunden.«

»Bist du im Haus deines Vaters gewesen?«

Sie schüttelte den Kopf. »Als ich angekommen bin, habe ich draußen zwei Männer in einem geparkten Wagen sitzen sehen. Ich dachte zuerst, sie seien von irgendeinem privaten Sicherheitsdienst. Dann ist mir klargeworden, daß da etwas nicht stimmte.«

»Was hast du dann gemacht?«

»Mir ist's gefährlich vorgekommen, im Wagen zu sitzen und zu warten, deshalb bin ich in der Gegend herumgefahren und habe gehofft, dich abfangen zu können, bevor du versuchst, ins Haus zu gelangen. Ich habe dich natürlich verfehlt. Dann habe ich gehört, wie die Alarmanlagen losgegangen sind.«

»Hast du irgend jemand erzählt, wohin du wolltest?«

»Nein.«

»Weißt du das bestimmt?«

»Natürlich weiß ich das bestimmt. Warum?«

»Weil das vieles erklärt. Es bedeutet, daß die Villa unter ständiger Überwachung steht. Es bedeutet, daß sie wissen, daß wir noch mal hier waren. Es bedeutet, daß sie mir nach Rom gefolgt sind. Sie haben mich die ganze Zeit über beschattet.«

»Was ist im Haus meines Vaters passiert?«

Als Gabriel mit seinem Bericht fertig war, fragte Anna ihn: »Hast du wenigstens die Provenienzen gefunden?«

»Sie waren weg.«

»Ausgeschlossen!«

»Jemand muß mir zuvorgekommen sein.«

»Hast du sonst irgendwas gefunden?«

Ich habe ein Photo gefunden, auf dem dein Vater mit Adolf Hitler und Heinrich Himmler die Aussicht vom Berghof auf dem Obersalzberg bewundert.

»Nein«, sagte Gabriel. »Ich habe nichts Brauchbares entdeckt.«

»Weißt du das bestimmt? Du hast nicht die Gelegenheit genützt, in den Privatpapieren meines Vaters zu schnüffeln?«

Gabriel ignorierte sie. »Hat dein Vater geraucht?«

»Welche Rolle spielt das jetzt?«

»Bitte beantworte einfach meine Frage. Hat dein Vater geraucht?«

»Ja, mein Vater hat geraucht!«

»Welche Zigarettenmarke?«

»Benson & Hedges.«

»Hat er jemals Silk Cuts geraucht?«

»Er hatte sehr feste Gewohnheiten.«

»Oder sonst jemand in seinem Haushalt?«

»Nicht, daß ich wüßte. Wie kommst du darauf?«

»Weil jemand vor kurzem im Arbeitszimmer deines Vaters mehrere Silk Cuts geraucht hat.«

Sie kamen an den See. Anna hielt am Straßenrand. »Wohin fahren wir?«

»Du fährst zum Flughafen und fliegst nach Portugal zurück.«

»Nein, das tue ich nicht. Wir stehen diese Sache gemeinsam durch oder gar nicht.« Sie legte den ersten Gang ein. »Also, wohin fahren wir?«

26

Lyon

Manche Männer wären vielleicht davor zurückgeschreckt, in ihrer Wohnung ein sprachgesteuertes Tonaufzeichnungssystem zu installieren. Professor Emil Jacobi gehörte nicht zu ihnen. Seine Arbeit war sein Leben, und er hatte wenig Zeit für irgend etwas anderes – jedenfalls für nichts, was ihn in Verlegenheit hätte bringen können, wenn es auf Tonband aufgezeichnet wurde.

In seiner Wohnung in der Rue Lanterne empfing Jacobi einen stetigen Strom von Besuchern: Menschen mit schlimmen Erinnerungen an die Vergangenheit, mit grausigen Geschichten, die sie im Krieg selbst erlebt hatten. Erst letzte Woche hatte eine alte Frau ihm von einem Güterzug erzählt, der Anfang 1944 außerhalb ihres Dorfes gehalten hatte. Sie hatte mit Freundinnen auf einer Wiese an den Gleisen gespielt, als sie jammernde Stimmen und Kratzgeräusche hörten, die aus den Waggons kamen. Als sie näher herangingen, sahen sie, daß die Güterwagen voller Menschen waren: elende, zerlumpte Gestalten, die um Essen und Wasser bettelten. Heutzutage wußte die alte Frau, daß diese Menschen Juden gewesen waren – und daß ihr Land zugelassen hatte, daß die Nazis seine Eisenbahnen zum Transport menschlicher Fracht in die Vernichtungslager im Osten benützten.

Hätte Jacobi versucht, den Bericht dieser Zeitzeugin zu dokumentieren, indem er sich Notizen machte, während sie sprach, hätte er unmöglich alle Einzelheiten festhalten können. Hätte er ein Tonbandgerät vor ihr aufgebaut, wäre sie vielleicht befangen gewesen. Jacobi hatte die Erfahrung gemacht, daß die meisten älteren Leute nervös wurden, wenn sie sich Videokameras und Mikrophonen gegenübersahen. Und so hatten sie wie alte Freunde in seiner unaufgeräumten, aber behaglichen Wohnung gesessen, und die alte Frau hatte ihm ihre Geschichte erzählt, ohne durch ein Notizbuch oder ein sichtbares Tonbandgerät abgelenkt oder eingeschüchtert zu werden. Und trotzdem hatte Jacobis geheimes Aufzeichnungssystem jedes ihrer Worte festgehalten.

Im Augenblick war der Professor dabei, sich eine Aufnahme anzuhören. Er spielte sie wie gewöhnlich ziemlich laut ab, weil er aus Erfahrung wußte, daß er sich besser konzentrieren konnte, wenn er den Straßenlärm und die Geräusche aus der Studentenwohnung nebenan ausblendete. Aus dem Lautsprecher drang jedoch nicht die Stimme einer alten Frau, sondern eine Männerstimme: die Stimme des Mannes, der ihn am Vortag aufgesucht hatte. Gabriel Allon. Eine erstaunliche Geschichte, diese Story von Augustus Rolfe und seiner verschwundenen Kunstsammlung. Jacobi hatte dem Israeli versprochen, niemandem von ihrem Gespräch zu erzählen, aber sobald diese Geschichte ans Tageslicht kam, was sie irgendwann tun würde, konnte er ohne schlechtes Gewissen mit Insiderwissen darüber schreiben. Das würde ein weiterer Schlag gegen Jacobis Todfeinde von der Züricher Finanzoligarchie sein und seine Beliebtheit in seiner Heimat auf einen neuen Tiefstand sinken lassen. Diese Vorstellung gefiel ihm. Gullys ausspülen war eben Schmutzarbeit.

Emil Jacobi war von Allons Bericht genauso fasziniert wie beim ersten Mal – so von ihm gefesselt, daß er die Gestalt, die lautlos in seine Wohnung eingedrungen war, erst bemerkte, als es zu spät war. Er öffnete den Mund

und wollte um Hilfe rufen, aber der Mann erstickte seinen Schrei mit eisernem Griff. Der Professor sah das Glitzern einer Messerklinge, die in einem Bogen auf ihn zukam, dann spürte er einen brennenden Schmerz quer über der Kehle. Als es um ihn dunkel wurde, sah Jacobi noch, wie sein Mörder nach dem Kassettenrekorder griff und ihn einsteckte, bevor er die Wohnung verließ.

27

Wien

In den westlichen Außenbezirken von Wien mußte Gabriel das Lenkrad fest umklammern, um zu verhindern, daß ihm die Hände zitterten. Er war seit dem nächtlichen Bombenanschlag nicht mehr in dieser Stadt gewesen – seit jener Nacht aus Feuer und Blut und tausend Lügen nicht mehr. Er hörte eine Sirene und war sich nicht sicher, ob das Wirklichkeit oder nur Erinnerung war, bis er die blauen Blinkleuchten eines Krankenwagens in seinem Rückspiegel sah. Das Herz hämmerte ihm gegen die Rippen, als er bremste und rechts heranfuhr. Er erinnerte sich daran, wie er neben Leah in einem Krankenwagen mitgefahren war und darum gebetet hatte, sie möge von den schrecklichen Schmerzen, die sie wegen ihrer Brandverletzungen hatte, erlöst werden – um jeden Preis. Er erinnerte sich daran, wie er über den zerfetzten Leichnam seines Sohnes gebeugt dagesessen hatte, während der Chef des österreichischen Sicherheitsdienstes im Zimmer nebenan Ari Schamron mit Vorwürfen überhäufte, weil die Wiener Innenstadt durch seine Schuld zu einem Kriegsgebiet geworden sei.

Gabriel ordnete sich wieder in den Verkehr ein. Die Disziplin, die das Autofahren von ihm forderte, trug dazu bei, seinen Gefühlsaufruhr abklingen zu lassen. Eine Viertelstunde später hielt er in der Nähe des Stephansdoms vor einem Souvenirshop.

Anna öffnete die Augen.

»Wohin willst du?«

»Bin gleich wieder da.«

Er betrat den Laden und kam fünf Minuten später mit einer bedruckten Plastiktüte in der Hand zurück. Er gab sie Anna. Sie zog die beiden Gegenstände heraus, die er gekauft hatte: eine Sonnenbrille mit großen Gläsern und eine Baseballmütze mit dem über dem Schirm eingestickten Wort *Wien*!

»Was soll ich damit?«

»Erinnerst du dich, was auf dem Lissabonner Flughafen passiert ist, als wir nach Zürich geflogen sind, weil du mir die Kunstsammlung deines Vaters zeigen wolltest?«

»Ich habe eine anstrengende Nacht hinter mir, Gabriel. Hilf meinem Gedächtnis auf die Sprünge.«

»Eine Frau hat dich angehalten und um ein Autogramm gebeten.«

»Das passiert mir dauernd.«

»Eben! Setz die Sachen mal auf.«

Anna setzte die Sonnenbrille auf und steckte ihr Haar unter die Mütze. Sie warf einen Blick in den Make-up-Spiegel in ihrer Sonnenblende, dann wandte sie sich Gabriel zu.

»Wie sehe ich aus?«

»Wie eine berühmte Persönlichkeit, die sich mit einer großen Sonnenbrille und einer dämlichen Mütze zu tarnen versucht«, sagte er müde. »Aber vorläufig muß diese Verkleidung reichen.«

Er fuhr zum Hotel Kaiserin Elisabeth in der Weihburggasse und trug sich dort unter dem Allerweltsnamen Schmidt ein. Sie bekamen ein Zimmer mit honiggelbem Teppichboden. Anna ließ sich rückwärts aufs Bett fallen, ohne Mütze und Sonnenbrille abzunehmen.

Gabriel ging ins Bad und betrachtete sein Gesicht lange im Spiegel über dem Waschbecken. Er hob die rechte Hand an seine Nase, roch Pulverdampf und Rauch und glaubte, die Gesichter der beiden Männer zu sehen, die er in Zürich in der Villa Rolfe erschossen hatte. Dann ließ er heißes Wasser ins Becken laufen und wusch sich Hände und Nacken. Plötzlich war das Bad von Gespenstern angefüllt – bleiche, leblose Männer mit Einschußwunden in Kopf oder Brust. Er senkte den Blick und sah, daß das Waschbecken mit ihrem Blut angefüllt war. Er trocknete sich die Hände mit einem Handtuch ab, aber das nützte nichts – das Blut war noch immer da. Dann begann der Raum sich vor seinen Augen zu drehen, und Gabriel sackte vor der Toilette auf die Knie.

Als er ins Zimmer zurückkam, lag Anna ohne Mütze und Sonnenbrille mit geschlossenen Augen auf der Seite. »Alles in Ordnung?« murmelte sie.

»Ich muß noch mal weg. Aber du bleibst hier, okay? Mach niemandem die Tür auf außer mir.«

»Du bleibst nicht lange fort, ja?«

»Nicht allzu lange.«

»Ich bleibe wach, bis du zurückkommst«, murmelte Anna schläfrig.

»Wie du willst.«

Im nächsten Augenblick war sie eingeschlafen. Gabriel zog eine leichte Decke über sie und verließ das Zimmer.

Unten erklärte Gabriel dem übermäßig beflissenen Hotelangestellten am Empfang, Frau Schmidt dürfe auf keinen Fall gestört werden. Der junge Mann nickte eifrig, als wolle er den Eindruck vermitteln, er sei bereit, sein Leben dafür aufs Spiel zu setzen, daß Frau Schmidts Ruhe nicht gestört werde. Gabriel schob ihm einen Geldschein über die Theke und verließ das Hotel.

Er ging über den Stephansplatz, vergewisserte sich, daß

er nicht beschattet wurde, und speicherte Gesichter in seinem Gedächtnis. Dann betrat er den Dom und ließ sich mit dem Touristenstrom durchs Hauptschiff treiben, bis er einen Seitenaltar erreichte. Er sah zu dem Altarbild mit einer Darstellung des Martyriums des heiligen Stephan auf. Die Restaurierung dieses Gemäldes hatte er an jenem Abend abgeschlossen, an dem die Autobombe unter Leahs Wagen detoniert war. Seine Arbeit hatte sich gut gehalten. Nur wenn er mit schiefgelegtem Kopf die Augen zusammenkniff und genau hinsah, konnte er die von ihm ergänzten Stellen vom Original unterscheiden.

Gabriel drehte sich um und suchte die Gesichter der Menschen hinter sich ab. Er erkannte keinen von ihnen wieder. Aber etwas anderes fiel ihm auf: Alle Dombesucher waren von der Schönheit dieses Altarbilds hingerissen. Also hatte sein damaliger Aufenthalt in Wien doch etwas Gutes bewirkt. Nach einem letzten Blick auf das Gemälde verließ er den Stephansdom und machte sich auf den Weg ins Judenviertel.

Adolf Hitler hatte es beinahe geschafft, seinen barbarischen Traum, Wien »judenfrei« zu machen, zu verwirklichen. Vor dem Krieg hatten dort etwa zweihunderttausend Juden gelebt, die meisten in dem Gewirr aus Straßen und Gassen um den Judenplatz. Jetzt gab es in Wien nur noch wenige tausend Juden, vor allem Neuankömmlinge aus dem Osten, und das alte Judenviertel beherbergte jetzt eine Ansammlung von Boutiquen, Restaurants und Nachtlokalen. Bei den Wienern war es als das »Bermudadreieck« bekannt.

Gabriel ging an den um diese Zeit noch geschlossenen Bars in der Sterngasse vorbei und bog dann in einen Durchgang ab, der an einer Steintreppe endete. Oben an der Treppe stand er vor einer massiven, mit Eisennägeln beschlagenen Holztür. Neben dieser Tür war ein kleines Messingschild angebracht: ANSPRÜCHE UND ERMITTLUNGEN WEGEN KRIEGSSCHÄDEN – BESUCHE NUR NACH ANMELDUNG. Er drückte auf den Klingelknopf.

»Ja, bitte?«

»Ich möchte zu Herrn Lavon.«

»Haben Sie einen Termin?«

»Nein.«

»Herr Lavon empfängt keine unangemeldeten Besucher.«

»Hier liegt ein Notfall vor, fürchte ich.«

»Sagen Sie mir bitte Ihren Namen?«

»Sagen Sie ihm, daß Gabriel Allon ihn sprechen möchte. Er wird sich an mich erinnern.«

Proportionen und Einrichtung des Raums, in den Gabriel geführt wurde, waren ein Musterbeispiel für Wiener Klassizismus: eine hohe Decke, ein glänzend gebohnerter Parkettboden, der das durch hohe Fenster einfallende Tageslicht widerspiegelte, und wandhohe Bücherregale, die sich unter dem Gewicht zahlloser Aktenordner und Folianten bogen. Lavon schien darin zu verschwinden. Bis zur Unkenntlichkeit mit dem Hintergrund zu verschmelzen, war allerdings schon immer seine Spezialität gewesen.

Lavon balancierte gefährlich auf einer Bibliotheksleiter, blätterte in einem überquellenden Ordner und murmelte dabei vor sich hin. Das durch die Fenster einfallende Licht hüllte ihn in einen grünlichen Schimmer, der Gabriel zeigte, daß die Scheiben aus schußfestem Panzerglas bestanden. Als Lavon seinen Besucher wahrnahm, senkte er ruckartig den Kopf, um über die nicht sehr sauber geputzte Halbbrille hinwegsehen zu können, die weit vorn auf seiner Nase saß. Dabei fiel Zigarettenasche in die aufgeschlagene Akte. Aber das schien er nicht zu bemerken, denn er klappte den Ordner zu, stellte ihn an seinen Platz im Regal zurück und lächelte freudig überrascht.

»Gabriel Allon! Ari Schamrons Racheengel. Mein Gott, was führt dich hierher?«

Er stieg wie ein Mann mit Altersbeschwerden die Leiter hinunter. Wie immer schien er alle Kleidungsstücke, die er besaß, auf einmal zu tragen: einen beigen Unterziehpullover mit Rollkragen, ein blaues Oberhemd mit festgeknöpften Kragenspitzen, eine Wollweste und eine schlabberige Tweedjacke mit Fischgrätenmuster, die mindestens eine Größe zu groß zu sein schien. Er war schlecht rasiert und trug Socken, aber keine Schuhe.

Lavon ergriff Gabriels Hände und küßte ihn auf beide Wangen. *Wie lange hatten sie sich nicht mehr gesehen?* Fünfundzwanzig Jahre, dachte Gabriel. Im Sprachgebrauch des Unternehmens »Zorn Gottes« war der Archäologe Lavon ein *ajin,* ein Fährtensucher, gewesen. Er hatte Mitglieder des Schwarzen Septembers aufgespürt, ihre Gewohnheiten beobachtet und Pläne zu ihrer Ermordung ausgearbeitet. Lavon war ein erstklassiger Beschatter gewesen, ein Chamäleon, das seine Färbung beliebig verändern und sich jedem Hintergrund anpassen konnte. Der Rachefeldzug hatte von ihnen allen einen schrecklichen physischen und psychologischen Tribut gefordert, aber Gabriel wußte noch gut, daß Lavon am meisten gelitten hatte. Da er auf sich allein gestellt gearbeitet hatte und seinen Feinden über lange Zeit hinweg ausgesetzt gewesen war, hatte er ein chronisches Magengeschwür bekommen, das seinen ohnehin schon hageren Körper um weitere zehn Kilogramm hatte abmagern lassen.

Nach dem Unternehmen »Zorn Gottes« war Lavon Dozent an der Hebräischen Universität geworden und hatte seine Wochenenden mit Ausgrabungen auf der West Bank verbracht. Aber es hatte nicht lange gedauert, bis er andere Stimmen hörte. Wie Gabriel war er ein Kind von Holocaust-Überlebenden. Die Suche nach historischen Artefakten erschien ihm trivial, solange es weiterhin so vieles aus der jüngsten Vergangenheit auszugraben gab. Er ließ sich in Wien nieder und setzte seine beachtlichen Talente für eine andere Aufgabe ein: Nazis und ihre geraubten Schätze aufzuspüren.

»Und was führt dich nach Wien? Geschäfte? Vergnügen?«

»Augustus Rolfe.«

»Rolfe? Der Bankier?« Lavon senkte den Kopf und funkelte Gabriel über seine Halbbrille hinweg an. »Gabriel, du hast ihn doch nicht etwa …« Er brachte den Satz nicht zu Ende, sondern imitierte mit der rechten Hand eine Pistole und betätigte einen imaginären Abzug.

Gabriel schüttelte wortlos den Kopf. Er zog den Reißverschluß seiner Jacke auf, holte den Umschlag heraus, den er in Rolfes Schreibtisch versteckt gefunden hatte, und übergab ihn Lavon. Der Archäologe öffnete die hintere Klappe so vorsichtig, als gehe er mit einem kostbaren Ausgrabungsfund um, und zog den Inhalt heraus. Sein Gesichtsausdruck veränderte sich nicht, als er erst das eine, dann das andere Photo betrachtete. Danach sah er zu Gabriel auf und lächelte.

»Ich muß schon sagen, Herr Rolfe ist wirklich photogen. Wo hast du diese Bilder her, Gabriel?«

»Aus Rolfes Schreibtisch in seiner Züricher Villa.«

Lavon hielt die Durchschläge hoch. »Und die hier?«

»Auch von dort.«

Lavon betrachtete nochmals die Aufnahmen. »Phantastisch.«

»Was haben sie zu bedeuten?«

»Das kann ich erst sagen, wenn ich ein paar Akten herausgesucht habe. Ich sorge dafür, daß meine Mädchen dir Kaffee und einen kleinen Imbiß machen. Diese Sache wird uns einige Zeit beschäftigen.«

Sie saßen sich in einem rechteckigen Besprechungszimmer am Tisch gegenüber und hatten einen Aktenstapel zwischen sich. Gabriel fragte sich, was für Leute vor ihm auf diesem Stuhl gesessen haben mochten: alte Männer, die der Überzeugung waren, der Mann in der Wohnung nebenan sei in Buchenwald einer ihrer Peiniger gewesen; Kinder, die versuchten, an ein Nummernkonto in der Schweiz zu gelangen, auf dem ihr Vater seine gesamten Ersparnisse versteckt hatte, bevor er nach Osten in den Archipel des Todes abtransportiert worden war. Lavon griff nach einem der Photos – Rolfe in einem Restaurant mit einem Mann mit Schmissen im Gesicht – und hielt es hoch, damit Gabriel es sehen konnte.

»Erkennst du diesen Mann?«

»Nein.«

»Das war SS-Brigadeführer Schellenberg.« Lavon nahm das oberste Dossier von dem Stapel und schlug es vor sich auf. »Dr. Walter Schellenberg war Amtschef der Abteilung IV in Himmlers Reichssicherheitshauptamt. Die Abteilung IV befaßte sich mit Auslandsnachrichten, so daß Schellenberg bald zum internationalen Spionagechef der NSDAP avancierte. Er war an einigen der dramatischsten Geheimdienstepisoden des Zweiten Weltkriegs beteiligt: dem Venlo-Zwischenfall, dem Versuch, den Herzog von Windsor zu entführen, und dem Unternehmen Cicero. Im Nürnberger Prozeß wurde Schellenberg als Angehöriger einer verbrecherischen Organisation verurteilt, kam aber mit nur sechs Jahren Gefängnis sehr glimpflich davon.«

»Sechs Jahre? Weshalb?«

»Weil er in den letzten Kriegsmonaten dafür gesorgt hatte, daß einige Juden aus Todeslagern entlassen wurden.«

»Wie hat er das geschafft?«

»Er hat sie verkauft.«

»Warum hat der Spionagechef der NSDAP mit Augustus Rolfe diniert?«

»Nachrichtendienste in aller Welt haben eines gemeinsam: Sie brauchen Geld, viel Geld, um funktionieren zu können. Selbst Schamron könnte nicht ohne Geld überleben. Aber wenn Schamron Geld braucht, legt er einfach irgendeinem reichen Freund eine Hand auf die Schulter und erzählt ihm, wie er damals Eichmann gefaßt hat. Schellenberg hatte ein spezielles Problem. Sein Geld war außerhalb des deutschen Machtbereichs nichts wert. Er brauchte einen Bankier in einem neutralen Land, der ihm harte Devisen besorgen und dieses Geld über eine Scheinfirma oder einen Strohmann an seine Agenten im Ausland weiterleiten konnte. Schellenberg brauchte einen Mann wie Augustus Rolfe.«

Lavon griff nach den Schriftstücken, die Gabriel in Rolfes Schreibtisch entdeckt hatte. »Nehmen wir zum Beispiel diese Transaktion. Fünfzehnhundert Pfund Sterling, die am 23. Oktober 1943 vom Konto der Firma Pillar Enterprises Limited telegraphisch aufs Konto eines gewissen Iwan Edberg bei der Stockholmer Enskilde-Bank überwiesen wurden.«

Gabriel begutachtete den Durchschlag, dann schob er ihn wieder über den Tisch.

»Schweden war natürlich neutral, aber ein Tummelplatz für Agenten beider Seiten«, sagte Lavon. »Bestimmt hatte auch Schellenberg dort einen Agenten, wenn nicht sogar einen ganzen Agentenring. Ich vermute, daß Edberg einer dieser Agenten war – vielleicht Chef und Zahlmeister von Schellenbergs Agentenring.«

Lavon steckte den Überweisungsbeleg in den Stapel zurück und zog einen anderen heraus. Während er ihn durch seine Halbbrille hindurch begutachtete, kniff er wegen des von der Zigarette in seinem Mundwinkel aufsteigenden Rauchs die Augen zusammen.

»Eine weitere Überweisung: tausend Pfund Sterling von Pillar Enterprises Limited aufs Konto eines gewissen José Suarez bei der Bank von Lissabon.« Lavon ließ das Blatt sinken und sah zu Gabriel hinüber. »Portugal war wie Schweden neutral, und Lissabon war ein Vergnügungspark für Spione. Schellenberg hat während des Komplotts zur Entführung des Herzogs von Windsor selbst in Lissabon operiert.«

»Gut, Rolfe war also Schellenbergs Geheimbankier. Aber wie erklärt das die Aufnahme, die ihn mit Hitler und Himmler auf dem Berghof zeigt?«

Lavon bereitete sich seine nächste Tasse Kaffee genießerisch nach Wiener Art zu: mit genau der richtigen Menge Sahne und eben genug Zucker, um den bitteren Geschmack wegzunehmen. Gabriel erinnerte sich an Lavon in einer sicheren Wohnung in Paris, wo er von Mineralwasser und schwachem Tee lebte, weil sein kranker Magen nichts anderes vertrug.

»In Deutschland hat sich nach Stalingrad alles grundlegend verändert. Selbst die überzeugten Nazis wußten, daß alles vorbei war. Die Russen kamen aus dem Osten, eine Invasion im Westen war unvermeidlich. Alle, die als Kriegsgewinnler Reichtümer angehäuft hatten, wollten sie unbedingt in Sicherheit bringen. Und an wen haben sie sich deiner Ansicht nach hilfesuchend gewandt?«

»An die Schweizer Bankiers.«

»Und Augustus Rolfe dürfte sich in einzigartig günstiger Position befunden haben, um vom Wechsel des Kriegsglücks zu profitieren. Aus diesen Unterlagen scheint hervorzugehen, daß er ein wichtiger Agent Schellenbergs war. Ich vermute, daß die Nazibonzen unseren Herrn Rolfe aus Zürich sehr geschätzt haben.«

»Als jemanden, dem sie ihr Geld anvertrauen konnten?«

»Ihr Geld. Ihre geraubten Schätze. Einfach alles.«

»Was ist mit der Liste von Namen und Kontonummern?«

»Ich denke, wir können voraussetzen, daß es sich dabei um deutsche Kunden handelt. Ich lasse sie mit unserem Datenbestand vergleichen, um zu sehen, ob sie bei der SS oder der NSDAP waren, aber ich vermute, daß es sich um Pseudonyme handelt.«

»Müßten in den Unterlagen der Bank weitere Informationen über diese Konten zu finden sein?«

Lavon schüttelte den Kopf. »Die wahre Identität der Inhaber von Nummernkonten kennen üblicherweise nur die Spitzenmanager der jeweiligen Bank. Je anrüchiger der Kunde ist, desto weniger Mitarbeiter wissen, wem das betreffende Konto gehört. Sollten diese Konten Nazis gehört haben, bezweifle ich, daß außer Rolfe noch jemand ihre wahre Identität gekannt hat.«

»Bedeutet die Tatsache, daß er diese Liste über Jahrzehnte hinweg aufbewahrt hat, daß die Konten noch existieren?«

»Das wäre immerhin denkbar. Entscheidend dürfte sein, wer der jeweilige Inhaber war. Ist es ihm bei Kriegsende gelungen, ins Ausland zu flüchten, bezweifle ich, daß sein Konto noch aktiv ist. Ist der Inhaber jedoch von den Alliierten geschnappt worden …«

»… dann könnten sein Geld und sonstige Vermögenswerte noch im Tresor von Rolfes Bank liegen.«

»Möglich, aber unwahrscheinlich.«

Lavon schob die Photos und Schriftstücke sorgfältig zusammen und steckte sie wieder in den Umschlag. Dann sah er zu Gabriel hinüber. »Ich habe alle deine Fragen beantwortet«, stellte er fest. »Ich finde, jetzt wird's Zeit, daß du mir ein paar beantwortest.«

»Was willst du wissen?«

»Mich interessiert eigentlich nur eines«, sagte Lavon und hielt den Umschlag hoch. »Wie zum Teufel bist du an Augustus Rolfes Geheimpapiere gekommen?«

Lavon hatte eine große Vorliebe für gute Geschichten. So war es schon immer gewesen. Während des Unternehmens gegen den Schwarzen September hatten sie gemeinsam unter Schlaflosigkeit gelitten: Lavon wegen seines Magenleidens, Gabriel wegen seiner Gewissensbisse. Gabriel erinnerte sich daran, wie Lavons ausgemergelte Gestalt im Schneidersitz vor ihm auf dem Boden gesessen und ihn gefragt hatte, wie es sei, einen Menschen zu töten. Und Gabriel hatte es ihm erzählt – weil er es irgend jemandem erzählen mußte. »Es gibt keinen Gott«, hatte Lavon gesagt. »Es gibt nur Schamron. Er entscheidet, wer leben und wer sterben soll. Und er schickt Jungs wie dich aus, um seine schreckliche Rache üben zu lassen.«

Heute wie damals sah Lavon ihn nicht an, während Gabriel seine Geschichte erzählte. Er starrte auf seine Hände hinunter und spielte mit flinken kleinen Fingern mit seinem Feuerzeug, bis Gabriel mit seinem Bericht fertig war.

»Hast du eine Liste der Bilder, die aus dem Geheimgewölbe verschwunden sind?«

»Ja, aber ich weiß nicht, wie vollständig sie ist.«

»In New York lebt ein Mann, der die Dokumentation der Kunstdiebstähle der Nazis zu seiner Lebensaufgabe gemacht hat. Er kennt das Inventar aller geraubten Sammlungen, alle Transaktionen, alle Stücke, die wiederaufgetaucht sind, und alle Stücke, die noch verschollen sind. Wenn irgend jemand etwas über Augustus Rolfes Sammlertätigkeit weiß, dann ist er dieser Mann.«

»Diskret, Eli. Äußerst diskret.«

»Mein lieber Gabriel, ich kenne keine andere Methode.«

Lavon zog seinen Mantel an und begleitete Gabriel über den Judenplatz.

»Weiß die Tochter irgend etwas von deinen Entdekkungen?«

»Noch nicht.«

»Da beneide ich dich nicht. Ich rufe dich an, sobald ich von meinem Freund in New York höre. Du solltest inzwischen in dein Hotel gehen und etwas schlafen. Du siehst nicht besonders gut aus.«

»Ich weiß gar nicht mehr, wann ich zuletzt richtig geschlafen habe.«

Lavon schüttelte den Kopf und legte Gabriel seine schmale Hand auf die Schulter. »Du hast wieder getötet, Gabriel. Das sehe ich dir am Gesicht an. Es trägt die Spuren des Todes. Geh auf dein Zimmer und wasch dir das Gesicht.«

»Sei ein braver Junge und paß gut auf dich auf.«

»Früher habe ich auf dich aufgepaßt.«

»Du warst immer der Beste.«

»Ich will dir ein kleines Geheimnis verraten, Gabriel – das bin ich noch immer.«

Mit diesen Worten wandte Lavon sich ab und tauchte in der Menge auf dem Judenplatz unter.

Gabriel ging zu der kleinen Trattoria in der Nähe des Judenplatzes, in der er seine letzte Mahlzeit mit Leah und Dani eingenommen hatte. Erstmals seit zehn Jahren stand er wieder an der Stelle, wo damals ihr Wagen explodiert war. Als er den Kopf hob, sah er den Turm des Stephansdoms über den Dächern aufragen. Plötzlich kam ein kalter Wind auf; Gabriel schlug den Kragen seiner Lederjacke hoch. Was hatte er erwartet zu empfinden? Trauer? Wut? Haß? Zu seiner großen Überraschung empfand er eigentlich nichts Besonderes. Er wandte sich ab und ging im Nieselregen ins Hotel zurück.

Ein Exemplar der Zeitung *Die Presse* war unter der Zimmertür hindurchgeschoben worden und lag auf dem Boden des kleinen Vorraums. Gabriel hob die Zeitung auf und nahm sie ins Zimmer mit. Anna schlief noch immer. Irgendwann hatte sie sich ausgezogen, und im Halbdunkel hinter den geschlossenen Vorhängen konnte er die makellos glatte Haut ihrer Schulter auf der Bettwäsche leuchten sehen. Er ließ die Zeitung achtlos auf die freie Hälfte des Doppelbetts fallen.

Gabriel spürte, wie erschöpft er war. Er mußte unbedingt schlafen. Aber wo? Im Bett? Neben Anna? Neben Augustus Rolfes Tochter? Wieviel wußte sie? Welche Geheimnisse hatte ihr Vater ihr anvertraut? Welche Geheimnisse hatte sie Gabriel verschwiegen?

Er erinnerte sich daran, was Julian Isherwood in London zu ihm gesagt hatte: »Du solltest durchwegs davon ausgehen, daß sie mehr über ihren Vater und seine Sammlung weiß, als sie dir erzählt. Töchter neigen dazu, sich schützend vor ihre Väter zu stellen, selbst wenn sie diese für völlige Schweinehunde halten.«

Nein, sagte Gabriel sich – er würde nicht neben Anna Rolfe schlafen. Im Kleiderschrank fand er eine zusätzliche Decke und ein weiteres Kopfkissen, mit denen er sich auf dem Fußboden ein primitives Lager baute. Als er sich darauf ausstreckte, kam es ihm vor, als liege er auf einer kalten Marmorplatte. Dann griff er nach oben und tastete blindlings die Steppdecke ab, bis er die Zeitung gefunden hatte. Er achtete darauf, nicht mit der Zeitung zu rascheln, um Anna nicht zu wecken. Auf der Titelseite stand ein kurzer Bericht über die Ermordung des bekannten Schweizer Historikers Emil Jacobi in Lyon.

28

Wien

Draußen sank die Abenddämmerung herab, als Eli Lavon bei Gabriel anrief. Anna bewegte sich, dann schlief sie unruhig weiter. Irgendwann nachmittags hatte sie die Bettdecke weggestrampelt, und ihr Körper lag in dem durchs halboffene Fenster hereinkommenden kalten Luftzug. Gabriel deckte sie wieder zu, bevor er nach unten ging. Lavon saß bei einem Kaffee in der Hotelhalle. Er goß Gabriel eine Tasse ein und stellte sie ihm hin.

»Heute habe ich deinen Freund Emil Jacobi im Fernsehen gesehen«, sagte Lavon. »Jemand ist in seine Wohnung eingedrungen und hat ihm die Kehle durchgeschnitten.«

»Ja, ich weiß. Was hast du aus New York gehört?«

»In den Jahren 1941 bis 1944 hat Augustus Rolfe von Galeristen in Zürich und Luzern offenbar eine größere Anzahl impressionistischer und moderner Gemälde übernommen – alles Bilder, die zuvor in Galerien und Privathäusern von Pariser Juden gehangen hatten.«

»Was für eine Überraschung«, murmelte Gabriel. »Eine größere Anzahl? Wie viele?«

»Unklar.«

»Er hat sie gekauft?«

»Das nicht gerade. Die von Rolfe übernommenen Gemälde scheinen Bestandteil mehrerer größerer Tauschgeschäfte gewesen zu sein, die Beauftragte Hermann Görings in der Schweiz durchgeführt haben.«

Gabriel erinnerte sich daran, was Julian Isherwood ihm über die Sammlerwut des Reichsmarschalls erzählt hatte. Göring hatte ungehinderten Zugang zum Jeu de Paume gehabt, in dem die in Frankreich beschlagnahmten Kunstwerke gelagert gewesen waren. Er hatte sich dort unzählige moderne Gemälde gesichert, um sie als Tauschobjekte für die Alten Meister, die er bevorzugte, benützen zu können.

»Gerüchten zufolge soll es Rolfe gestattet worden sein, diese Gemälde zu äußerst niedrigen Preisen zu kaufen«, sagte Lavon. »Offenbar hat er weit weniger als ihren tatsächlichen Marktwert bezahlt.«

»Aber selbst in diesem Fall wären seine Erwerbungen nach Schweizer Recht völlig legal gewesen. Rolfe konnte immer sagen, er habe die Bilder gekauft. Und auch wenn sie gestohlen waren, war er gesetzlich nicht zur Rückgabe an ihre früheren Eigentümer verpflichtet.«

»Das scheint die Rechtslage zu sein. Aber wir sollten uns folgende Frage stellen: Wieso durfte Augustus Rolfe moderne Gemälde, die Hermann Göring abstoßen wollte, zu Schleuderpreisen kaufen?«

»Weiß dein Freund in New York eine Antwort auf diese Frage?«

»Nein, aber du kannst sie beantworten.«

»Wie meinst du das, Eli?«

»Ich rede von den Photos und Bankunterlagen, die du in seinem Schreibtisch gefunden hast. Von seinen Kontakten zu Walter Schellenberg. Die Familie Rolfe hat seit Generationen Kunst gesammelt. Rolfe hatte sehr gute Beziehungen. Er wußte genau, was jenseits der Grenze in Frankreich vor sich ging, und war entschlossen, davon zu profitieren.«

»Und Walter Schellenberg suchte eine Möglichkeit, seinen Züricher Privatbankier zu entschädigen.«

»In der Tat«, sagte Lavon. »Als Entlohnung für erwiesene Dienste.«

Gabriel lehnte sich in seinen Sessel zurück und schloß die Augen.

»Was nun, Gabriel?«

»Es wird Zeit, ein Gespräch zu führen, vor dem ich bisher zurückgeschreckt bin.«

Als Gabriel ins Zimmer zurückkam, begann Anna eben aufzuwachen. Er rüttelte sie sanft an der Schulter, und sie setzte sich ruckartig auf wie ein Kind, das verwirrt auf eine fremde Umgebung reagiert. Sie fragte nach der Uhrzeit, und er antwortete, es sei früher Abend.

Sobald sie ihre Schlaftrunkenheit abgeschüttelt hatte, zog er einen Sessel ans Bettende und ließ sich hineinfallen. Er machte kein Licht; er hatte nicht den Wunsch, ihr Gesicht zu sehen. Anna saß mit übergeschlagenen Beinen aufrecht am Kopfende und hatte die Bettdecke bis zu den Schultern hochgezogen. Sie starrte ihn an – selbst in der Dunkelheit spürte Gabriel ihren Blick auf sich.

Er erzählte ihr von den Ursprüngen der geheimen Gemäldesammlung ihres Vaters. Er erzählte ihr, was er von Emil Jacobi erfahren hatte und daß der Professor letzte Nacht in seiner Lyoner Wohnung ermordet worden war. Zuletzt erzählte er ihr von den Schriftstücken, die er im Schreibtisch ihres Vaters entdeckt hatte – von den belastenden Dokumenten, die ihn mit Hitlers Chefspion Walter Schellenberg in Verbindung brachten.

Als Gabriel fertig war, legte er die beiden Photos aufs Bett und verschwand im Bad, um Anna für kurze Zeit allein zu lassen. Er hörte, wie die Nachttischlampe angeknipst wurde, und sah den hellen Lichtstreifen, der sich unter der Badezimmertür abzeichnete. Gabriel ließ Wasser laufen und zählte in Gedanken langsam bis hundert.

Als ein angemessen langer Zeitraum verstrichen war, ging er ins Zimmer zurück. Er fand Anna im Bett zusammengerollt vor; ihr Körper zuckte lautlos, und ihre Rechte hielt das Photo umklammert, auf dem ihr Vater mit Adolf Hitler und Heinrich Himmler die Aussicht vom Berghof bewunderte.

Gabriel zog ihr das Photo aus den Fingern, bevor sie es zerreißen konnte. Dann legte er eine Hand auf ihren Kopf und streichelte ihr Haar. Annas Schluchzen wurde endlich hörbar. Dann verschluckte sie sich und begann zu husten – ein tiefer Raucherhusten, der sie nach Luft ringen ließ.

Schließlich sah sie zu Gabriel auf. »Hätte meine Mutter dieses *Bild* jemals gesehen …« Sie zögerte mit offenem Mund, während ihr weiter Tränen übers Gesicht liefen. »Dann hätte sie … Sie hätte …«

Aber Gabriel hielt ihr sanft den Mund zu, bevor sie den Satz zu Ende bringen konnte. Er wollte nicht, daß sie weitersprach. Das war überflüssig, denn er wußte, was Anna sagen wollte: Hätte ihre Mutter dieses Photo gesehen, hätte sie sich umgebracht. Sie hätte ihr eigenes Grab ausgehoben, sich hineingelegt, eine Gewehrmündung in den Mund genommen und sich erschossen.

Nun war Anna an der Reihe, sich ins Bad zurückzuziehen. Als sie wieder zum Vorschein kam, wirkte sie äußerlich ruhig, aber ihre Augen waren gerötet, und ihr Gesicht war leichenblaß. Sie setzte sich mit den Photos und Schriftstücken in einer Hand aufs Fußende des Betts und tippte auf die Liste. »Was ist das hier?«

»Sieht wie eine Liste mit Nummernkonten aus.«

»Wessen Nummernkonten?«

»Das sind alles deutsche Namen. Wer dahintersteckt, läßt sich nicht einmal vermuten.«

Sie studierte die Liste mit gerunzelter Stirn.

»Meine Mutter ist 1933 am ersten Weihnachtsfeiertag zur Welt gekommen. Habe ich dir das schon mal erzählt?«

»Wir haben noch nie über das Geburtsdatum deiner Mutter gesprochen, Anna. Weshalb sollte es jetzt eine Rolle spielen?«

Sie hielt ihm die Liste hin. »Sieh dir den Namen in der letzten Zeile an.«

Gabriel griff nach der Liste. Er las den letzten Namen auf der Seite und die dazugehörige Nummer: *ALOIS RITTER 25 121 933 126.*

Er hob den Kopf. »Und?«

»Ist es nicht interessant, daß ein Mann mit den gleichen Initialen wie mein Vater eine Kontonummer hat, deren erste acht Ziffern mit dem Geburtstag meiner Mutter übereinstimmen?«

Gabriel sah sich die Liste erneut an: *ALOIS RITTER ... AR ... 25 121 933* ... erster Weihnachtsfeiertag 1933 ...

Er ließ das Blatt sinken und sah zu Anna hinüber. »Und die drei Endziffern? Sagen die dir auch etwas?«

»Leider nicht.«

Gabriel starrte die Endziffern an und schloß die Augen. *126* ... Irgendwo, irgendwann, das wußte er bestimmt, hatte er sie in Verbindung mit diesem Fall gesehen. Er war mit einem vollkommenen Gedächtnis geschlagen. Er vergaß niemals etwas. Die Pinselstriche, mit denen er das Altarbild mit dem heiligen Stephan im Stephansdom restauriert hatte. Den Schlager, den das Autoradio in der Nacht gedudelt hatte, als er nach der Liquidierung Ali Hamidis aus Zürich-Niederdorf weggefahren war. Das Olivenaroma in Leahs Atem, als er sie zum letztenmal zum Abschied geküßt hatte.

Und nach kurzem Überlegen auch, wo er die Zahl 126 gesehen hatte.

Anna hatte immer ein Photo von ihrem Bruder in ihrer Geldbörse. Es war die letzte Aufnahme, die von ihm existierte – an seinem Todestag als Ausreißer auf dem Weg zu einem Etappensieg bei der Tour de Suisse. Das gleiche Photo hatte Gabriel auf Augustus Rolfes Schreibtisch stehen sehen. Jetzt betrachtete er die Nummer am Rennrad und auf dem Trikot Max Rolfes: *126*.

»Sieht so aus, als müßten wir nach Zürich zurück«, meinte Anna.

»Zuerst müssen wir etwas wegen deines Passes unternehmen. Und wegen deines Aussehens.«

»Was ist mit meinem Paß nicht in Ordnung?«

»Er ist auf deinen Namen ausgestellt.«

»Und mit meinem Aussehen?«

»Absolut nichts. Das ist das Problem.«

Er nahm den Telefonhörer ab und wählte eine Nummer.

Die junge Frau namens Hannah Landau kam an diesem Abend um zweiundzwanzig Uhr in ihr Hotelzimmer. Sie trug klappernde Armreifen und duftete nach Jasmin. Der kleine Lederkoffer, den sie in der Hand trug, sah dem ähnlich, in dem Gabriel seine Pinsel und Farben transportierte. Sie sprach kurz mit Gabriel, dann zog sie Anna an der Hand mit sich ins Bad und schloß die Tür hinter ihnen.

Eine Stunde später kam Anna wieder heraus. Ihr schulterlanges blondes Haar war kurz geschnitten und schwarz gefärbt, ihre grünen Augen hatten sich durch Kontaktlinsen in blaue verwandelt. Die dadurch bewirkte Veränderung war wirklich erstaunlich. Vor Gabriel schien eine völlig andere Frau zu stehen.

»Einverstanden?« fragte Hannah Landau.

»Jetzt noch das Paßphoto.«

Mit einer Polaroid-Kamera machte die Israelin vor neutralem Hintergrund ein halbes Dutzend Aufnahmen von Anna und legte die Photos nebeneinander aufs Bett, damit Gabriel sie begutachten konnte. Als die Bilder fertig entwickelt waren, tippte Gabriel auf eines und sagte: »Das hier.«

Die junge Frau schüttelte den Kopf. »Nein, dieses hier, finde ich.«

Sie schnappte sich das Photo, ohne Gabriels Einwilligung abzuwarten, und verschwand damit wieder im Bad. Anna setzte sich an den Toilettentisch und studierte lange ihre gänzlich verwandelte Erscheinung.

Zwanzig Minuten später kam Hannah aus dem Bad. Sie zeigte ihre Arbeit Gabriel, dann ging sie durchs Zimmer und ließ den Reisepaß vor Anna auf den Toilettentisch fallen. »Meinen Glückwunsch, Frau Rolfe. Sie sind jetzt Österreicherin.«

29

Zürich

Auf halbem Weg zwischen Hauptbahnhof und Zürichsee liegt der Mittelpunkt der Schweizer Bankenlandschaft, der Paradeplatz. Die beiden Zentralen der Credit Suisse und der Union Bank of Switzerland starren einander über ein Meer aus grauen Platten hinweg wie Preisboxer an. Diese zwei sind die Giganten der Schweizer Bankenwelt und gehören zu den weltweit größten Banken. In ihrem Schatten stehen entlang der Bahnhofstraße weitere Großbanken und Geldinstitute, deren Standorte durch glänzend polierte Firmenschilder und polierte Glastüren klar bezeichnet sind. Aber in den ruhigen Seitenstraßen und Gassen zwischen Bahnhofstraße und dem Flüßchen Sihl liegen die Banken, die kaum jemandem auffallen. Sie sind die Privatkapellen der Schweizer Bankenwelt: Orte, an denen Männer unter absoluter Geheimhaltung beten oder beichten können, ohne jemals peinliche Enthüllungen fürchten zu müssen. Nach Schweizer Recht dürfen solche Institute keine Kundenwerbung betreiben. Auf eigenen Wunsch können sie als Banken firmieren, sind aber nicht dazu verpflichtet. Sie sind schwer zu finden und leicht zu verfehlen, denn sie residieren versteckt im Innern moderner Bürogebäude oder in den Räumen jahrhundertealter Stadthäuser. Manche beschäftigen mehrere Dutzend Angestellte, andere nur eine Handvoll. Sie sind Privatbanken im wahrsten Sinn des Wortes. Und genau dort begannen Gabriel Allon und Anna Rolfe, die morgens von Wien nach Zürich geflogen waren, am nächsten Vormittag ihre Suche.

Anna hängte sich bei Gabriel ein und zog ihn mit sich die Bahnhofstraße entlang. Dies war ihre Stadt; hier gab *sie* den Ton an. Gabriel achtete darauf, ob die Gesichter der entgegenkommenden Passanten verrieten, daß Anna ihnen irgendwie bekannt vorkam. Wenn sie irgendwo hätte erkannt werden müssen, dann hier in Zürich, in ihrer Heimatstadt. Aber auch wenn einige Männer sie bewundernd anstarrten, schien niemand die berühmte Musikerin wiederzuerkennen. Hannah Landaus rasche Umgestaltung schien zu funktionieren.

»Wo fangen wir an?« fragte Gabriel.

»Wie die meisten Schweizer Bankiers hatte mein Vater berufliche Konten bei anderen Schweizer Banken.«

»Korrespondenzkonten?«

»Genau«, bestätigte Anna. »Wir fangen mit den Banken an, von denen ich weiß, daß er mit ihnen in Geschäftsverbindungen gestanden hat.«

»Und wenn das Konto nicht in Zürich ist? Wenn es zum Beispiel in Genf ist?«

»Mein Vater war durch und durch Züricher. Er hätte nicht im Traum daran gedacht, sein Geld oder andere Vermögenswerte einem Franzosen in Genf anzuvertrauen.«

»Selbst wenn wir das Konto finden, haben wir keine Garantie dafür, daß wir Zugang dazu erhalten.«

»Das ist wahr. Andererseits richten Bankiers die Konten nur so geheim ein, wie der Kunde es wünscht. Vielleicht genügt schon die Angabe der Kontonummer. Vielleicht brauchen wir ein Kennwort. Vielleicht weist man uns die Tür. Aber das ist einen Versuch wert, nicht wahr? Komm, wir fangen gleich dort drüben an.«

Anna bog ohne Vorwarnung scharf rechts ab, rannte

vor einer heranrasenden Tram über die Bahnhofstraße und zog Gabriel an der Hand mit sich. Dann führte sie ihn in eine kleinere Straße, die Bärengasse, und blieb dort vor einer schlichten Tür stehen. Über dem Eingang war eine Überwachungskamera angebracht, und in die Mauer neben dem Türrahmen war ein Messingschild eingelassen, das in seinen dezenten Abmessungen fast unsichtbar war: HOFFMANN & WECK, BÄRENGASSE 43.

Sie klingelten und warteten darauf, eingelassen zu werden. Fünf Minuten später waren sie wieder auf der Straße und zur nächsten Bank auf Annas Liste unterwegs. Dort dauerte der Auftritt geringfügig länger – nach Gabriels Schätzung etwa sieben Minuten –, aber das Ergebnis war dasselbe: Sie standen mit leeren Händen auf der Straße.

Und so ging es in den folgenden zwei Stunden weiter. Jeder Auftritt war eine leichte Abwandlung desselben Themas. Nach kurzer Begutachtung durch die Überwachungskamera wurden sie in einen Vorraum eingelassen, in dem ein Angestellter der Bank sie höflich, aber zurückhaltend empfing. Anna übernahm es jeweils, ihr Anliegen in lebhaftem *Züridütsch* vorzutragen. Daraufhin wurden sie ins Allerheiligste geleitet – ins innere Büro, in dem die Geheimkonten verwaltet wurden – und durften in Besuchersesseln vor dem Schreibtisch des Bankiers Platz nehmen. Nach einigen nichtssagenden Nettigkeiten folgte ein diskretes Hüsteln, eine höfliche Erinnerung daran, daß hier Zeit vergeudet wurde, die im Züricher Bankenviertel noch mehr als anderswo Geld war.

Dann sagte Anna jeweils: »Ich möchte Zugang zu dem Konto, das Herr Alois Ritter bei Ihnen hat.« Und sie gab die Kontonummer an. Eine Pause, ein kurzes Klappern auf der Computertastatur, ein langer prüfender Blick auf den leuchtenden Monitor. »Bedaure sehr, aber wir führen kein Konto unter dem Namen Alois Ritter.«

»Wissen Sie das bestimmt?«

»Ja, ganz bestimmt.«

»Ich danke Ihnen. Entschuldigen Sie, daß wir Ihre wertvolle Zeit in Anspruch genommen haben.«

»Keine Ursache. Hier ist unsere Karte. Vielleicht können wir in Zukunft einmal etwas für Sie tun.«

»Sehr freundlich von Ihnen.«

Nachdem sie elf Banken besucht hatten, saßen sie in dem kleinen Café Brioche bei einem Kaffee. Gabriel wurde allmählich nervös. Sie waren seit über zwei Stunden kreuz und quer im Bankenviertel unterwegs. Das konnte nicht lange unbemerkt bleiben.

Ihre nächste Station war Becker & Pfuhl, wo sie von Herrn Becker persönlich empfangen wurden. Er war ein steifer, pedantischer, kahlköpfiger kleiner Mann. Während er auf seinen Monitor starrte, konnte Gabriel die geisterhafte Reflexion von Namen und Kontonummern sehen, die über die leicht getönten Gläser seiner randlosen Brille glitten.

Nachdem Becker kurz die Bildschirmanzeige betrachtet hatte, hob er den Kopf und sagte: »Die Kontonummer bitte.«

Anna wußte sie auswendig: 25 121 933 126.

Becker gab die Nummer ein. »Kennwort?«

Gabriel spürte, wie sein Puls sich beschleunigte. Er sah auf und stellte fest, daß Becker über den Rand seines Monitors hinwegblickte.

Anna räusperte sich leicht und sagte: »Adagio.«

»Kommen Sie bitte mit.«

Der kleine Bankier führte sie aus seinem Büro in ein Besprechungszimmer mit hoher Decke, holzgetäfelten Wänden und einem rechteckigen Tisch mit dicker Rauchglasplatte. »Hier sind Sie ungestört«, sagte er. »Machen Sie es sich bitte bequem. Ich bringe Ihnen gleich die zum Konto Ritter gehörende Depotkassette.«

Als Becker zurückkam, trug er eine stählerne Kassette in der Hand. »Die für dieses Konto getroffenen Vereinbarungen sehen vor, daß jeder, der Kontonummer und Kennwort nennt, Zugang zum Depot erhält«, erläuterte er, als er die Kassette auf den Tisch stellte. »Alle Schlüssel habe ich in Verwahrung.«

»Ja, ich verstehe«, sagte Anna.

Der Bankier pfiff tonlos vor sich hin, während er einen schweren Schlüsselring aus der Tasche zog und den richtigen Schlüssel auswählte. Als er ihn gefunden hatte, hielt er ihn ans Licht, um die eingravierte Nummer zu kontrollieren, bevor er die Depotkassette aufschloß und den Deckel aufklappte. Aus der Kassette drang sofort der leichte Modergeruch von altem Papier.

Becker trat ein paar Schritte zurück, um respektvoll Abstand zu halten. »Zu diesem Depot gehört eine weitere Stahlkassette. Sie ist allerdings ziemlich groß, fürchte ich. Möchten Sie die zweite Kassette auch sehen?«

Anna und Gabriel wechselten über den Tisch hinweg einen Blick, dann sagten sie wie aus einem Mund: »Ja.«

Gabriel wartete, bis Becker den Raum verlassen hatte, bevor er den Deckel des länglichen Stahlbehälters hob. Er enthielt insgesamt sechzehn Gemälde, die alle sorgsam zusammengerollt in Schutzhüllen steckten: Monet, Picasso, Degas, van Gogh, Manet, Toulouse-Lautrec, Renoir, Bonnard, Cézanne, ein großartiger ruhender Frauenakt von Vuillard. Selbst Gabriel, ein Mann, der es gewöhnt war, mit unbezahlbar wertvollen Kunstwerken zu arbeiten, war von dieser Fülle fast überwältigt. Wie viele Leute hatten vergeblich nach genau diesen Bildern gefahndet? Wie viele Jahre lang? Wie viele Tränen waren wegen ihres Verlusts vergossen worden? Und hier lagen sie, in einer verschlossenen Stahlkassette in den Gewölben einer Züricher Bank. Wie passend! Wie völlig logisch.

Anna machte sich wieder daran, den Inhalt der kleineren Depotkassette zu sortieren. Obenauf lagen dicke Geldscheinbündel – Schweizer Franken, Dollar, Pfund Sterling, Schwedenkronen –, die sie mit der Nonchalance einer Frau herausnahm, die den Umgang mit viel Geld gewöhnt ist. Dann folgten eine Mappe mit Dokumenten, die sich wie eine Ziehharmonika öffnen ließ, und darunter ein Packen Briefe, der von einem blaßblauen Gummiband zusammengehalten wurde.

Sie streifte das Gummiband ab, ließ es auf dem Tisch liegen und begann, den Packen Briefe mit langen, gelenkigen Fingern durchzublättern. *Zeigefinger, Mittelfinger, Zeigefinger, Mittelfinger, Pause … Zeigefinger, Mittelfinger, Zeigefinger, Mittelfinger, Pause …* Dann zog sie einen Briefumschlag heraus, drehte ihn um, überzeugte sich davon, daß seine Klappe noch zugeklebt war, und hielt ihn dann Gabriel hin.

»Der dürfte dich interessieren.«

»Vom wem ist er?«

»Weiß ich nicht«, sagte sie. »Aber er ist an dich adressiert.«

Das Papier war das persönliche Briefpapier eines Mannes aus einem anderen Zeitalter: blaßgrau, DIN A4-Größe, mit dem Namen AUGUSTUS ROLFE in der Mitte des Briefkopfs, ohne überflüssige Angaben wie Fax- oder E-Mail-adresse. Das handschriftliche Datum zeigte, daß der Brief einen Tag vor Gabriels Ankunft in Zürich verfaßt worden war. Der englische Brieftext stammte von einem alten Mann, dessen Handschrift nicht länger leserlich war.

Das Ergebnis war, daß dieser Brief in fast jeder Sprache unter Benützung fast jeden Alphabets hätte geschrieben sein können. Aber mit Annas Hilfe, die ihm über die Schulter sah, gelang es Gabriel, den Text zu entziffern.

Lieber Gabriel,
ich hoffe, Sie halten es nicht für anmaßend, daß ich mich dafür entschieden habe, Sie mit Ihrem wahren Namen anzusprechen, aber ich kenne Ihre wahre Identität schon seit geraumer Zeit und bin ein Bewunderer Ihrer Arbeit – als Restaurator wie als Beschützer Ihres Volkes. Als Schweizer Privatbankier hat man seine Informationsquellen.
Lesen Sie diese Zeilen, bedeutet das gewiß, daß ich tot bin. Es bedeutet aber auch, daß Sie vermutlich zahlreiche Informationen über mein Leben zusammengetragen haben – Informationen, die ich Ihnen persönlich geben zu können gehofft hatte. Ich möchte versuchen, das jetzt posthum nachzuholen.
Wie Sie unterdessen wissen, habe ich Sie nicht nach Zürich in meine Villa kommen lassen, um Sie meinen Raffael reinigen zu lassen. Ich habe aus einem ganz bestimmten Grund Verbindung mit Ihrem Dienst aufgenommen: Ich wollte Ihnen meine zweite Kunstsammlung übergeben – die geheime Sammlung in der Schatzkammer unter meiner Villa, von der Sie inzwischen zweifellos wissen –, damit die Bilder ihren rechtmäßigen Eigentümern zurückgegeben werden. Sollten die rechtmäßigen Eigentümer nicht mehr ermittelt werden können, würde ich mir wünschen, daß diese Gemälde in Museen in Israel ausgestellt werden. An Ihren Dienst habe ich mich gewandt, weil ich die Angelegenheit diskret behandelt wissen wollte, um zu vermeiden, noch mehr Schande über meine Familie oder mein Land zu bringen.
Die Bilder wurden scheinbar rechtmäßig, aber in Wirklich-

keit doch illegal erworben. Als ich sie »kaufte«, war mir bekannt, daß sie aus den Sammlungen jüdischer Kunsthändler und Privatsammler in Frankreich geraubt waren. Sie betrachten zu dürfen, hat mir im Lauf der Jahre unzählige Stunden der Freude bereitet, aber wie ein Mann, der bei einer Frau liegt, die nicht seine eigene ist, empfinde ich schmerzhafte Schuldgefühle. So war es mein Wunsch, diese Gemälde vor meinem Tod zurückzugeben, um Wiedergutmachung für meine Sünden in diesem Leben zu leisten, bevor ich ins nächste weiterschreite.

Eine Ironie des Schicksals will es, daß ich in den Grundlagen Ihrer Religion eine Inspiration für mich entdeckt habe. An Jom Kippur genügt es nicht, seine Missetaten zu bedauern. Um Vergebung zu erlangen, muß man die Geschädigten aufsuchen und Wiedergutmachung leisten. Bedeutung erlangte für mich der Prophet Jesaja. Bei ihm wollen Sünder mit Gott rechten: »Warum fasten wir, und du siehst es nicht an? Warum tun wir unserem Leib wehe, und du willst's nicht wissen?« Und Gott erwidert: »Siehe, wenn ihr fastet, so übt ihr doch euren Willen und treibt alle eure Arbeiter. Siehe, ihr fastet, daß ihr hadert und zanket und schlaget mit gottloser Faust.«

Meine Besitzgier während des Krieges war so grenzenlos, wie es meine Schuldgefühle jetzt sind. Im Tresor dieser Bank liegen sechzehn Gemälde. Sie stellen den Rest meiner Geheimsammlung dar. Bitte verlassen Sie die Bank nicht, ohne sie mitzunehmen. In der Schweiz gibt es Leute, die unbedingt wollen, daß die Vergangenheit dort bleibt, wo sie jetzt ist – in Banktresoren begraben –, und die vor nichts zurückschrecken, um ihr Ziel zu erreichen. Sie halten sich für Patrioten, für Hüter der Schweizer Ideale von Neutralität und wehrhafter Unabhängigkeit. Außenstehenden, vor allem solchen, die ihrer Ansicht nach ihr Überleben gefährden könnten, stehen sie kompromißlos

feindselig gegenüber. Diese Männer habe ich einst für Freunde gehalten – ein weiterer meiner vielen Fehler. Leider haben sie irgendwie von meiner Absicht erfahren, die Sammlung aufzulösen und die Bilder zurückzugeben. Sie haben einen Mann vom Sicherheitsdienst hergeschickt, der mich einschüchtern sollte. Wegen seines Besuchs schreibe ich diesen Brief. Wegen seiner Auftraggeber bin ich jetzt tot.
Zuletzt noch eine Bitte: Falls Sie mit meiner Tochter Anna in Verbindung stehen, sorgen Sie bitte dafür, daß ihr nichts zustößt. Sie hat wegen meiner Torheit schon genug zu leiden gehabt.

Mit vorzüglicher Hochachtung
Augustus Rolfe

Der kleine Bankier wartete draußen im Vorraum. Als Gabriel ihm durch die Glastür ein Zeichen machte, kam er ins Besprechungszimmer. »Kann ich Ihnen behilflich sein?«

»Wann ist der letzte Zugriff auf dieses Konto erfolgt?«

»Bedaure, diese Information ist vertraulich«, sagte Herr Becker steif.

»Wir müssen ein paar Dinge mitnehmen«, sagte Anna. »Haben Sie vielleicht eine große Tragetasche für uns?«

»Leider nicht. Wir sind eine Bank, kein Kaufhaus.«

»Können wir die Stahlkassette haben?«

»Dafür wäre eine Gebühr zu entrichten.«

»Kein Problem.«

»Eine ziemlich *beträchtliche* Gebühr.«

Anna deutete auf die Geldscheinbündel, die vor ihr aufgestapelt lagen.

»Welche Währung hätten Sie am liebsten?«

30

Zürich

In einer Bäckerei am nördlichen Stadtrand telefonierte Gabriel und kaufte ein Dinkelbrot. Als er zu ihrem Wagen zurückkam, las Anna gerade nochmals den Brief, den ihr Vater in der Nacht vor seiner Ermordung geschrieben hatte. Ihre Hände zitterten sichtbar. Gabriel ließ den Motor an und ordnete sich wieder in den Verkehrsfluß ein. Anna faltete den Brief zusammen, steckte ihn in den Umschlag zurück und legte ihn wieder in die Depotkassette. Die zweite Stahlbox mit den Gemälden lag hinter ihnen auf dem Rücksitz. Gabriel schaltete die Scheibenwischer ein, weil es zu regnen begann. Anna lehnte den Kopf ans Fenster und beobachtete, wie die Wassertropfen über die Scheibe liefen.

»Wen hast du angerufen?«

»Wir werden Hilfe brauchen, wenn wir das Land verlassen wollen.«

»Warum? Wer will uns daran hindern?«

»Dieselben Leute, die deinen Vater ermordet haben. *Und* Werner Müller. *Und* Professor Jacobi.«

»Wie wollen sie uns aufspüren?«

»Du bist heute morgen mit deinem eigenen Paß eingereist. Dann hast du diesen Wagen unter deinem richtigen Namen gemietet. Zürich ist nicht besonders groß. Wir sollten davon ausgehen, daß sie wissen, daß wir in der Schweiz sind und daß jemand uns im Bankenviertel erkannt hat – trotz deiner neuen Aufmachung.«

»Wer sind *sie,* Gabriel?«

Er dachte an Rolfes Brief. *In der Schweiz gibt es Leute, die unbedingt wollen, daß die Vergangenheit dort bleibt, wo sie jetzt ist – in Banktresoren begraben –, und vor nichts zurückschrecken, um ihr Ziel zu erreichen.*

Was zum Teufel hatte der Alte damit sagen wollen? *In der Schweiz gibt es Leute …* Rolfe hatte genau gewußt, wer diese Leute waren, aber selbst angesichts seines Todes hatte der verschlossene alte Schweizer Bankier nicht allzuviel preisgeben wollen. Trotzdem gab es ausreichend Hinweise und Indizienbeweise. Durch Kombinationen und wohlbegründete Vermutungen würde Gabriel vielleicht die Lücken ausfüllen können, die der Alte gelassen hatte.

An dieses Problem ging er instinktiv so heran, als handle es sich um ein Gemälde, das restauriert werden müsse – um ein Gemälde, von dem im Lauf der Jahrhunderte bedauerlicherweise größere Teile verlorengegangen waren. Er dachte an einen Tintoretto, den er wiederhergestellt hatte, eine *Taufe Christi,* die der venezianische Maler für eine Privatkapelle geschaffen hatte. Das war Gabriels erster Auftrag nach dem Bombenanschlag in Wien gewesen, und er hatte sich bewußt eine schwierige Arbeit gesucht, um sich damit ablenken zu können. Der Tintoretto entsprach genau dieser Vorgabe. Im Lauf der Jahrhunderte waren so große Teile des Originals verlorengegangen, daß auf der Leinwand mehr leere als mit Farbe bedeckte Flecken zu sehen waren. Im Grunde genommen hatte Gabriel das ganze Bild unter Einbeziehung der wenigen noch erhaltenen Stellen neu malen müssen. Vielleicht gelang ihm das auch mit diesem Fall: die gesamte Story aus den wenigen Bruchstücken zu rekonstruieren, die er kannte.

Vielleicht war sie etwa folgendermaßen abgelaufen …

Augustus Rolfe, ein prominenter Züricher Privatbankier, beschließt, seine Impressionistensammlung aufzugeben – eine Sammlung, von der er weiß, daß sie Bilder enthält, die während des Kriegs französischen Juden geraubt wurden. Wie es seiner Wesensart entspricht, will Rolfe diese Transaktion unauffällig abwickeln, deshalb nimmt er Verbindung mit dem israelischen Geheimdienst auf und bittet um Entsendung eines Beauftragten nach Zürich. Schamron schlägt vor, Gabriel solle sich unter dem Vorwand, den Raffael zu reinigen, mit Rolfe in dessen Züricher Villa treffen.

Leider haben sie irgendwie von meiner Absicht erfahren, die Sammlung aufzulösen und die Bilder zurückzugeben …

Irgendwann während dieses Ablaufs macht Rolfe einen Fehler, und seine Absicht, die Gemälde zurückzugeben oder israelischen Museen zu überlassen, wird von jemandem entdeckt, der ihn daran hindern will.

Sie halten sich für Patrioten, für Hüter der Schweizer Ideale von Neutralität und wehrhafter Unabhängigkeit. Außenstehenden, vor allem solchen, die ihrer Ansicht nach ihr Überleben gefährden könnten, stehen sie kompromißlos feindselig gegenüber …

Wer könnte sich dadurch bedroht fühlen, daß ein Schweizer Bankier eine ergaunerte Kunstsammlung ihren Eigentümern zurückgeben oder Israel schenken will? *Andere Schweizer Bankiers mit ähnlichen Sammlungen?*

Gabriel versuchte, den Fall aus ihrer Perspektive zu sehen – aus der Perspektive dieser »Hüter der Schweizer Ideale von Neutralität und wehrhafter Unabhängigkeit«. Was wäre passiert, wenn die Öffentlichkeit erfahren hätte, daß Augustus Rolfe so viele Gemälde besaß, die als verschollen und wahrscheinlich verloren galten? Der Aufschrei wäre ohrenbetäubend gewesen. Die jüdischen

Organisationen der Welt hätten sich demonstrierend in der Züricher Bahnhofstraße versammelt und die Öffnung der Banktresore gefordert. Nichts unterhalb einer landesweiten systematischen Suche wäre dann noch akzeptabel gewesen. Gehörte man zu diesen selbsternannten Hütern der Schweizer Ideale, war es womöglich einfacher gewesen, einen Mann zu ermorden und seine Kunstsammlung zu stehlen, als zu riskieren, unangenehme neue Fragen zur Vergangenheit beantworten zu müssen.

Sie haben einen Mann vom Sicherheitsdienst hergeschickt, der mich einschüchtern sollte …

Gabriel erinnerte sich an die Zigarettenstummel der Marke Silk Cut, die er in dem Aschenbecher auf Rolfes Schreibtisch gesehen hatte.

… einen Mann vom Sicherheitsdienst …

Gerhardt Peterson.

Peterson sucht Rolfe auf. Sie treffen sich in dem stillen Arbeitszimmer von Rolfes Villa am Zürichberg und diskutieren die Situation wie zwei Schweizer Gentlemen, wobei Rolfe seine Benson & Hedges und Peterson seine Silk Cuts raucht. »Wozu die Gemälde jetzt zurück- oder weggeben, Herr Rolfe? Seit damals sind so viele Jahre vergangen. Und die Vergangenheit läßt sich jetzt nicht mehr ändern.« Aber Rolfe bleibt uneinsichtig, deshalb verabredet Peterson mit Werner Müller den Diebstahl seiner Sammlung.

Rolfe weiß, daß Gabriel am nächsten Tag kommen wird, aber er ist besorgt genug, um ihm einen Brief zu schreiben und in seiner Depotkassette zu hinterlegen. Anschließend versucht er, eine falsche Fährte zu legen. Er benützt sein Telefon, von dem er weiß, daß es abgehört wird, um für den folgenden Vormittag einen Termin in Genf zu vereinbaren. Dann sorgt er dafür, daß Gabriel sich mit den Sicherheitscodes Zugang zur Villa verschaffen kann, und wartet ab.

Gegen drei Uhr morgens fällt die Alarmanlage seiner Villa jedoch plötzlich aus. Petersons Team dringt in das Haus ein. Rolfe wird erschossen, seine Sammlung abtransportiert. Sechs Stunden später trifft Gabriel in der Villa ein und entdeckt Rolfes Leiche. Während seiner Vernehmung wird Peterson klar, wie und wem der Alte seine Sammlung übergeben wollte. Und er erkennt, daß Rolfes Plan schon weiter gediehen war, als irgend jemand vermutet hatte. Er entläßt Gabriel aus der Haft, warnt ihn davor, jemals wieder einen Fuß auf Schweizer Boden zu setzen, und läßt ihn überwachen. Vielleicht läßt er auch Anna Rolfe überwachen. Als Gabriel mit seinen Ermittlungen beginnt, erfährt Peterson sofort davon. Er ordnet ein Säuberungsunternehmen an. Werner Müller wird in Paris ermordet, seine Galerie bei dem Bombenanschlag zerstört. Gabriel wird bei seinem Treffen mit Emil Jacobi in Lyon beobachtet, und drei Tage später wird auch Jacobi ermordet.

Anna brach ein Endstück des frischen Dinkelbrots ab. »Wer sind *sie*?« wiederholte sie.

Gabriel fragte sich, wie lange er geschwiegen hatte, wie weit er in dieser Zeit gefahren sein mochte.

»Das weiß ich nicht bestimmt«, sagte er. »Aber vielleicht ist die Sache folgendermaßen gelaufen …«

»Hältst du das wirklich für möglich, Gabriel?«

»Tatsächlich ist das die einzig *logische* Erklärung.«

»Mein Gott, mir wird richtig schlecht! Ich will aus diesem Land raus!«

»Das will ich auch.«

»Falls deine Theorie stimmt, bleibt eine Frage vorläufig unbeantwortet.«

»Welche denn?«
»Wo sind die Gemälde jetzt?«
»Wo sie schon immer waren.«
»Wo, Gabriel?«
»Hier in der Schweiz.«

31

Bargen, Schweiz

Etwa fünf Straßenkilometer von der deutschen Grenze entfernt liegt am Ausgang eines mit Holzfällerdörfern gesprenkelten engen Tals das triste kleine Bargen, das in der Schweiz allein deshalb berühmt ist, weil es die nördlichste Stadt des Landes ist. Unmittelbar an der Fernstraße stehen eine Tankstelle und ein kleiner Lebensmittelmarkt mit einem mit Kies bestreuten Parkplatz. Gabriel stellte den Motor ab, und sie warteten im bleigrauen Nachmittagslicht.

»Wie lange dauert's, bis sie kommen?«

»Weiß ich nicht.«

»Ich muß mal.«

»Das mußt du dir verkneifen.«

»Ich habe mich immer gefragt, wie ich in einer Situation wie dieser reagieren würde, und nun weiß ich's endlich. In höchster Gefahr, in einer Situation, in der es um Leben oder Tod geht, überkommt mich das unkontrollierbare Bedürfnis zu pinkeln.«

»Du besitzt unglaubliche Konzentrationsfähigkeit. Nutze sie.«

»Würdest du das an meiner Stelle tun?«

»Ich muß nie pinkeln.«

Sie boxte ihn gegen den Oberarm, aber nur sanft, um seine verletzte Hand zu schonen.

»Ich habe dich in Wien auf der Toilette gehört. Ich habe gehört, wie du dich übergeben hast. Du tust immer so, als könnte dich nichts erschüttern. Aber du bist auch nur ein Mensch, Gabriel Allon.«

»Willst du nicht eine Zigarette rauchen? Vielleicht hilft dir das, auf andere Gedanken zu kommen.«

»Wie war dir zumute, als du die Männer im Haus meines Vaters erschossen hast?«

Gabriel dachte an Eli Lavon. »Ich hatte nicht viel Zeit, über die moralische Seite oder die Konsequenzen meines Handelns nachzudenken. Hätte ich sie nicht erschossen, hätten sie mich erledigt.«

»Ich nehme an, sie könnten die Männer gewesen sein, die meinen Vater ermordet haben.«

»Ja, das ist möglich.«

»Dann bin ich froh, daß du die Kerle umgelegt hast. Ist es falsch, so zu denken?«

»Nein, das ist ganz natürlich.«

»Gut. Ich bedauere, daß du die beiden erschießen mußtest, aber ich bin froh, daß sie tot sind.« Sie befolgte seinen Rat und zündete sich eine Zigarette an. »So, du kennst jetzt alle schmutzigen Geheimnisse meiner Familie. Aber heute ist mir aufgefallen, daß ich praktisch nichts über dich weiß.«

»Du weißt mehr über mich als die meisten Leute.«

»Ich weiß ein bißchen darüber, was du *tust* – aber nichts über *dich.«*

»Das ist mir gerade recht.«

»Ach, komm schon, Gabriel. Bist du wirklich so kalt und abweisend, wie du immer tust?«

»Man hat mir schon vorgeworfen, ich sei viel zu oft geistesabwesend.«

»Ah! Das ist immerhin ein Anfang. Erzähl mir noch mehr.«

»Was willst du denn wissen?«

»Du trägst einen Ehering. Bist du verheiratet?«

»Ja.«

»Lebst du in Israel?«

»Ich lebe in England.«

»Hast du Kinder?«

»Wir hatten einen Sohn, aber der ist durch die Bombe eines Terroristen umgekommen.« Er starrte sie kalt an. »Noch irgendwas, das du über mich wissen möchtest, Anna?«

Nach allem, was sie über sich selbst und ihren Vater offenbart hatte, war Gabriel ihr jetzt vermutlich eine Art Gegenleistung schuldig. Aber er merkte plötzlich, daß er *wollte*, daß sie alles wußte. Und so erzählte er ihr von jenem Abend vor zehn Jahren in Wien, an dem sein Feind, ein palästinensischer Terrorist namens Tariq al-Hourani, unter seinem Auto einen Sprengsatz angebracht hatte – eine Bombe, die seine Familie vernichten sollte, weil der Palästinenser wußte, daß dieses Schicksal für Gabriel schlimmer war, als selbst einem Attentat zum Opfer zu fallen.

Es war nach dem Abendessen passiert. Leah war während des Essens nervös gewesen, weil der Fernseher über der Bar Aufnahmen von auf Tel Aviv herabregnenden irakischen Scud-Raketen zeigte. Leah war eine gute Israelin; ihr war nicht wohl bei dem Gedanken, in einem hübschen kleinen italienischen Restaurant in Wien Pasta zu essen, während ihre Mutter in Tel Aviv mit aufgesetzter Gasmaske in ihrem Apartment hockte, dessen Fensterritzen sie mit Paketband zugeklebt hatte.

Nach dem Essen gingen sie bei leichtem Schneetreiben zu Gabriels Wagen. Er schnallte Dani auf seinem Kindersitz an, küßte seine Frau zum Abschied und erklärte ihr, er müsse heute bis spät in die Nacht arbeiten. Er hatte einen Auftrag für Schamron auszuführen: die

Liquidation eines irakischen Geheimdienstagenten, der die Ermordung von Juden plante. Das erzählte er Anna Rolfe nicht.

Als Gabriel sich abwandte und wegging, versuchte Leah den Motor anzulassen, was nicht gleich klappte, weil die von Tariq unter seinem Wagen angebrachte Autobombe ihren Zündstrom aus der Batterie bezog. Er warf sich herum und brüllte Leah zu, die Hand vom Zündschlüssel zu nehmen, aber sie schien ihn nicht gehört zu haben, denn sie drehte den Schlüssel erneut nach rechts.

Ein angeborener Instinkt, sein Kind zu retten, ließ ihn zuerst nach Dani sehen, aber der Kleine war bereits tot, von der Bombe zerfetzt. Daraufhin bemühte er sich um Leah, und es gelang ihm, sie aus dem brennenden Autowrack zu ziehen. Sie hatte überlebt, aber es wäre vielleicht besser gewesen, sie wäre ebenfalls gestorben. Jetzt war sie in einer Nervenklinik im Süden Englands untergebracht und litt unter einer Kombination aus posttraumatischem Streßsyndrom und psychotischen Depressionen. Seit jenem Abend in Wien hatte sie nie mehr ein Wort mit Gabriel gesprochen.

Auch davon erzählte er Anna Rolfe nichts.

»Das muß schwierig für dich gewesen sein – wieder nach Wien zu kommen.«

»Es war das erste Mal.«

»Wo hast du sie kennengelernt?«

»Auf der Kunstakademie.«

»War sie auch Malerin?«

»Sie konnte viel besser malen als ich.«

»War sie schön?«

»Sie war sehr schön. Jetzt hat sie lauter Narben.«

»Wir haben alle Narben, Gabriel.«

»Nicht wie Leah.«

»Warum hat der Palästinenser einen Sprengsatz unter dem Auto angebracht?«

»Ich hatte seinen Bruder erschossen.«

Bevor sie eine weitere Frage stellen konnte, bog ein Volvo-Sattelschlepper auf den Parkplatz ab und blinkte zweimal. Gabriel ließ den Motor an und folgte dem Fahrzeug zu einem Waldparkplatz außerhalb von Bargen. Der Fahrer sprang aus seiner Kabine und öffnete rasch die Hecktür des Anhängers. Gabriel und Anna stiegen aus; Anna trug die kleine Depotkassette, Gabriel den großen Stahlbehälter mit den zusammengerollten Gemälden. Er machte kurz halt, um die Autoschlüssel in hohem Bogen in den Wald zu werfen.

Der Anhänger war voller mit Wolldecken geschützter Büromöbel: Schreibtische, Drehsessel, Bücherregale, Aktenschränke. »Ihr klettert ganz nach vorn durch«, wies der Fahrer sie an. »Macht euch möglichst klein und zieht die zusätzlichen Wolldecken über euch.«

Gabriel kletterte mit der schwer zu handhabenden Stahlbox voraus. Anna folgte ihm. An der Vorderwand des Anhängers war eben Platz genug, daß sie mit bis zum Kinn hochgezogenen Knien auf dem Wagenboden sitzen konnten. Sobald Anna ihren Platz eingenommen hatte, zog Gabriel eine Wolldecke über ihre Köpfe. Um sie herum war es stockfinster.

Der Sattelschlepper rumpelte auf die Fernstraße hinaus, beschleunigte dann und raste einige Minuten lang in flottem Tempo weiter. Gabriel glaubte zu spüren, wie Spritzwasser von den Reifen den Unterboden des Trailers traf. Anna begann leise zu summen.

»Was soll das?«

»Ich summe immer, wenn ich Angst habe.«

»Ich lasse nicht zu, daß dir etwas passiert.«

»Versprochen?«

»Ehrenwort«, sagte er. »Also, was hast du gesummt?«

»Die Melodie des Schwans aus *Karneval der Tiere* von Camille Saint-Saëns.«

»Spielst du mir dieses Stück mal vor?«

»Nein«, sagte sie.

»Warum nicht?«

»Weil ich nie für Freunde spiele.«

Zehn Minuten später: die Grenze. Der Sattelschlepper reihte sich in die Schlange von Lastwagen ein, die nach Deutschland wollten. Er kroch meterweise vorwärts: anfahren, bremsen, anfahren, *bremsen*. Bei jedem Mal rukkelten ihre Köpfe nach hinten und wieder nach vorn wie bei einem Paar Spielzeugtiere. Jede Betätigung des Bremspedals erzeugte ein ohrenbetäubendes Quietschen; jeder Tritt aufs Gaspedal hüllte sie in übelriechende Schwaden von Dieselqualm. Anna legte den Kopf an seine Schulter und flüsterte: »Jetzt wird *mir* schlecht, fürchte ich.« Gabriel drückte ihre Hand.

Jenseits der Grenze stand ein anderer Wagen für sie bereit, ein dunkelblauer Ford Fiesta mit Münchner Kennzeichen. Ari Schamrons Fernfahrer setzte sie ab und beförderte seine Büromöbelfracht mit unbekanntem Ziel weiter. Gabriel legte die beiden Stahlboxen in den Kofferraum und begann zu fahren: auf der A81 nach Stuttgart, der A8 nach Karlsruhe und der A5 nach Frankfurt. Am späten Abend hielt er an, um zu telefonieren, wählte die Notfallnummer in Tel Aviv und sprach kurz mit Schamron.

Kurz nach zwei Uhr morgens erreichten sie die nur wenige Kilometer von der Nordsee entfernte holländische Kleinstadt Delft. Gabriel konnte nicht weiterfahren.

Seine Augen brannten, der Schädel brummte ihm vor Erschöpfung. In acht Stunden würde in Hoek van Holland die Fähre nach Harwich in England auslaufen, und er würde mit Anna an Bord sein, aber im Augenblick brauchte er ein Bett und ein paar Stunden Ruhe, deshalb fuhren sie auf der Suche nach einem Hotel durch die Straßen der alten Stadt.

Sie fanden eines in der Vondelstraat, in Sichtweite des Turms der Nieuwe Kerk. Während Anna die Formalitäten am Empfang erledigte, wartete Gabriel mit den beiden Stahlkassetten in dem winzigen Salon gleich neben dem Eingang. Wenige Minuten später begleitete der junge Nachtportier sie eine schmale Treppe in ein überheiztes Zimmer mit schrägen Wänden und einer Dachgaube hinauf, deren Fenster Gabriel sofort aufriß.

Er stellte die Boxen in den Kleiderschrank; dann streifte er seine Schuhe ab und ließ sich aufs Bett fallen. Anna verschwand im Bad, und im nächsten Augenblick hörte Gabriel das beruhigende Geräusch von Wasser, das ins Waschbecken plätscherte. Durchs offene Fenster blies ein kalter Nachtwind herein. Die frische Seebrise umschmeichelte sein erhitztes Gesicht. Er schloß müde die Augen.

Einige Minuten später kam Anna aus dem Bad. Ein blendend heller Lichtschein kündigte ihr Kommen an; dann streckte sie eine Hand aus und betätigte den Lichtschalter. Jetzt lag der Raum wieder im Dunkeln und wurde nur durch den schwachen Widerschein der Straßenbeleuchtung erhellt.

»Bist du wach?«

»Nein.«

»Willst du nicht wie in Wien auf dem Fußboden schlafen?«

»Ich kann mich nicht bewegen.«

Sie hob ihre Hälfte der Bettdecke hoch und schlüpfte darunter.

Gabriel fragte: »Woher hast du gewußt, daß *Adagio* das Kennwort war?«

»Albinonis *Adagio* war eines der ersten Stücke, das ich spielen gelernt habe. Aus irgendeinem Grund ist es das Lieblingsstück meines Vaters geblieben.« Ihr Feuerzeug flammte in der Dunkelheit auf. »Mein Vater wollte Vergebung für seine Sünden. Er wollte Absolution. Er war bereit, sich deswegen an dich zu wenden – aber nicht an mich. Warum hat mein Vater nicht mich um Verzeihung gebeten?«

»Wahrscheinlich hat er geglaubt, du würdest sie ihm nicht gewähren.«

»Das klingt, als sprächst du aus Erfahrung, Gabriel. Hat deine Frau dir jemals verziehen?«

»Nein, ich glaube nicht.«

»Und was ist mit dir? Hast du dir jemals verziehen?«

»Vergebung würde ich's nicht nennen.«

»Wie würdest du's nennen?«

»Übereinkunft. Ich habe mich mit mir selbst arrangiert.«

»Mein Vater ist gestorben, ohne Absolution erlangt zu haben. Er hatte vermutlich nichts anderes verdient. Aber ich möchte zu Ende bringen, was er angefangen hat. Ich will die Gemälde wiederfinden, sie ihren Eigentümern zurückgeben und die restlichen Bilder nach Israel schikken.«

»Das will ich auch.«

»Aber wie?«

»Schlaf jetzt, Anna.«

Das tat sie prompt. Neben ihr blieb Gabriel wach, wartete darauf, daß es Tag wurde, und horchte auf die Möwen auf dem Kanal und den gleichmäßigen Rhythmus von Annas Atemzügen. In dieser Nacht gab es keine Dämonen, keine Alpträume – nur den unschuldigen Schlaf eines Kindes. Gabriel schlief jedoch nicht. Diesen Luxus konnte er sich noch nicht leisten. Erst wenn die Gemälde sicher in Julian Isherwoods Tresorraum lagen – dann würde auch er schlafen.

Teil III

32

Nidwalden, Schweiz

Am Vorabend des Zweiten Weltkriegs gab General Henri Guisan, der Oberbefehlshaber der Schweizer Armee, einen verzweifelten Plan für den Fall bekannt, daß die übermächtige deutsche Wehrmacht versuchen würde, das Land zu besetzen. Sollten die Deutschen einmarschieren, sagte Guisan, werde die Armee sich ins Réduit National, die durch Berge gebildete Schweizer Alpenfestung, zurückziehen und die Tunnel sprengen. Und dort werde sie in den tiefen Tälern und auf den hohen Gletschern bis zum letzten Mann kämpfen. Aber dazu war es natürlich nicht gekommen. Hitler hatte schon bald nach Kriegsausbruch erkannt, daß eine neutrale Schweiz für ihn wertvoller war als eine besetzte Schweiz in Ketten. Trotzdem lebt die heldenhafte Abwehrstrategie des Generals gegen eine drohende feindliche Invasion im Gedächtnis seiner Landsleute noch immer weiter.

Tatsächlich erinnerte auch Gerhardt Peterson sich an sie, als er am folgenden Nachmittag an Luzern vorbeifuhr und die Alpen, deren Gipfel wolkenverhangen waren, vor sich aufragen sah. Er spürte, wie sein Herzschlag sich beschleunigte, als er Gas gab und sein großer Mercedes die erste Paßstraße hinaufröhrte. Peterson stammte aus der Innerschweiz und konnte seine Abstammung bis zu den Urvätern der Waldstätten zurückverfolgen. Er fand einen gewissen Trost in dem Bewußtsein, daß seine Vorfahren diese Bergtäler zur selben Zeit durchstreift hatten, als ein junger Mann namens Jesus von Nazareth am anderen Ende des römischen Reichs Unruhe gestiftet hatte. Peterson fühlte sich unwohl, wenn er sich allzuweit von »seiner« Alpenfestung entfernte. Er erinnerte sich schaudernd an eine Dienstreise, die ihn vor einigen Jahren nach Rußland geführt hatte. Die endlosen Weiten der russischen Landschaft hatten seine Sinne verwirrt. In seinem Moskauer Hotelzimmer hatte er zum ersten und einzigen Mal in seinem Leben an Schlaflosigkeit gelitten. Nach der Rückkehr war er sofort zu seinem Landhaus hinausgefahren und hatte den Tag damit verbracht, in den Bergen über dem Vierwaldstätter See zu wandern. In jener Nacht hatte er wieder geschlafen.

Sein plötzlicher Ausflug in die Alpen an diesem Nachmittag hatte jedoch nichts mit Freizeitvergnügen zu tun, sondern war durch zwei Hiobsbotschaften veranlaßt worden. Die erste betraf einen Audi A8, der auf einem Waldparkplatz zwischen Bargen und der deutschen Grenze verlassen aufgefunden worden war. Eine Überprüfung hatte ergeben, daß Anna Rolfe den Audi am Vorabend in Zürich gemietet hatte. Die zweite war ein Bericht von einem Informanten aus dem Züricher Bankenviertel. Die Sache geriet außer Kontrolle; Peterson hatte das Gefühl, sie gleite ihm aus den Händen.

Es begann zu schneien: große, daunenweiche Flocken, die den Nachmittag in eine diffuse weiße Hölle verwandelten. Peterson schaltete seine gelben Nebelscheinwerfer ein und ließ den rechten Fuß auf dem Gaspedal. Eine Stunde später fuhr er durch die Stadt Stans. Als er die Zufahrt zu Gesslers Chalet erreichte, lagen schon gut fünf Zentimeter Schnee.

Dort angekommen, stellte er den Wahlhebel auf P. Zwei Männer von Gesslers Wachpersonal in dunkelblauen Anoraks und Wollmützen traten an seinen Wagen.

Als kurze Zeit später die Formalitäten bezüglich Identifizierung und Anmeldung des Besuchers erledigt waren, fuhr Peterson weiter zu Gesslers Chalet hinauf. Dort wartete ein weiterer Mann, der sich damit vergnügte, einer heißhungrigen Schäferhündin Brocken rohen Fleischs zuzuwerfen.

Am Ufer des Vierwaldstätter Sees, nicht allzuweit von Otto Gesslers Chalet entfernt, liegt die sagenhafte Geburtsstätte der Eidgenossenschaft. Am 1. August 1291 sollen die Anführer der sogenannten Waldstätten – Uri, Schwyz und Unterwalden – mit ihren Gesinnungsgenossen auf dem Rütli, einer von Felswänden umgebenen Uferwiese, zusammengekommen sein und einen Verteidigungsbund gegen alle geschlossen haben, die Böses gegen sie und ihren Besitz im Schilde führen mochten. Den Schweizern ist dieses Ereignis heilig. Ein Wandgemälde mit der Darstellung des Rütlischwurs schmückt das Bundeshaus in Bern, und der erste August ist in der Schweiz ein gesetzlicher Feiertag.

Siebenhundert Jahre später gründete eine Gruppe der reichsten und mächtigsten Schweizer Privatbankiers und Industriellen einen ähnlichen Verteidigungsbund. Im Jahr 1291 war der Feind von außerhalb gekommen: König Rudolf I. aus dem Hause Habsburg hatte versucht, seine Feudalrechte über die Schweiz aufrechtzuerhalten. Auch gegenwärtig kamen die Feinde wieder von außerhalb, aber sie waren verstreut und zahlreicher. Sie waren Juden, die auf der Suche nach Geld und sonstigen Vermögenswerten versuchten, die Banktresore der Schweiz aufzubrechen. Sie waren ausländische Regierungen mit ihrer Forderung, die Schweiz solle Milliarden Dollar als Wiedergutmachung dafür zahlen, daß sie im Zweiten Weltkrieg große Mengen Nazigold übernommen hatte.

Sie waren Historiker und Journalisten, die versuchten, die Schweiz als willigen Verbündeten des Dritten Reichs hinzustellen – als Hitlers Geldbeschaffer und Waffenlieferanten, die den Krieg verlängert hatten, was Millionen Menschen das Leben gekostet hatte. Und dazu kamen Reformer im eigenen Land, die nicht müde wurden, die Abschaffung des geheiligten Schweizer Bankgeheimnisses zu fordern.

Das neue Bündnis orientierte sich an den unbeugsam freiheitsliebenden Bewohnern der Urkantone, die sich damals im Jahr 1291 am Vierwaldstätter See versammelt hatten. Die Bundesgenossen schworen wie ihre Vorfahren, gegen alle zu kämpfen, die Böses gegen sie oder ihren Besitz im Schilde führen mochten. Sie sahen die Ereignisse, die sich außerhalb ihrer Alpenfestung zusammenbrauten, als heraufziehenden Sturm, der die Einrichtungen hinwegfegen konnte, denen die Schweiz – ein winziges Binnenland, das kaum natürliche Ressourcen besaß – den zweithöchsten Lebensstandard der Welt verdankte. Sie bezeichneten ihren Zusammenschluß als Rütlirat, und ihr Anführer war Otto Gessler.

Peterson hatte erwartet, genau wie sonst in Gesslers improvisiertes Fernsehstudio geführt zu werden. Statt dessen begleitete ein Leibwächter ihn auf einem von Lampen erhellten Fußweg zu einem ebenerdigen Flügel des Chalets hinüber. Dort öffnete er eine ungewöhnlich massive Terrassentür und ließ Peterson in schwülheiße Tropenhitze und nur halb durchsichtige Dampfschwaden eintreten, die nach Chlor stanken. Reichverzierte Lampen schimmerten wie Sturmlaternen im Nebel, und türkisgrünes Wasser warf helle kleine Wellen auf die Tragbalken der kühnen Dachkonstruktion. Das einzige Geräusch in der Schwimmhalle war der schwache Wellenschlag, der von Otto Gesslers mühsamer Fortbewegung im Kraulstil herrührte. Peterson legte Schal und Mantel ab und wartete darauf, daß Gessler seine Bahn zu Ende schwamm. Aller Schnee, der sich auf seinen Lederslippern angesammelt hatte, schmolz rasch und durchnäßte seine Socken.

»Gerhardt?« Eine Pause zum Atemholen, ein weiterer Armzug. »Sind Sie's?«

»Ja, Herr Gessler.«

»Ich hoffe ... der Schnee ... hat Ihre Fahrt ... nicht allzu ... anstrengend ... gemacht.«

»Durchaus nicht, Herr Gessler.«

Peterson konnte nur hoffen, daß der Alte eine Pause machen würde; sonst mußte er sich darauf einrichten, bis tief in die Nacht hinein hier zu warten. Ein weiterer Leibwächter erschien am Beckenrand und tauchte wieder in den Dampfschwaden unter.

»Sie wollten mich wegen des Falls Rolfe sprechen, nicht wahr, Gerhardt?«

»Ja, Herr Gessler. Ich fürchte, daß wir vor einem Problem stehen.«

»Ich höre.«

In den folgenden zehn Minuten erstattete Peterson ihm Bericht über den neuesten Stand der Dinge. Gessler schwamm, während der Besucher sprach. Plätschern, Stille, Plätschern, *Stille* ...

»Welche Schlußfolgerungen ziehen Sie aus dieser Entwicklung?«

»Daß die beiden mehr über Augustus Rolfes Ende und seine Sammlung wissen, als uns recht sein kann.«

»Ein schrecklich hartnäckiges Volk, nicht wahr, Gerhardt?«

»Die Juden?«

»Sie können sich nie mit etwas zufriedengeben. Wollen immer nur Ärger. Ich werde mich ihnen nicht geschlagen geben, Gerhardt.«

»Nein, natürlich nicht, Herr Gessler.«

Durch die Dampfschwaden hindurch erhaschte Peterson einen Blick auf Gessler, der langsam die Stufen am flachen Ende des Beckens hinaufstieg: eine blasse, erschreckend hinfällige Gestalt. Ein Leibwächter hängte ihm seinen Frotteebademantel um. Dann schlossen die Nebel sich wieder, und Gessler blieb verschwunden.

»Sie muß liquidiert werden«, hörte er die trockene, körperlose Stimme sagen. »Und der Israeli auch.«

Peterson runzelte die Stirn. »Das geht nicht ohne unliebsame Konsequenzen ab. Anna Rolfe ist eine unserer berühmtesten Künstlerinnen. Wird sie so kurz nach ihrem Vater ermordet, muß das zu peinlichen Fragen führen – vor allem in der Presse.«

»Der nationale Schmerz über Anna Rolfes Tod wird sich in Grenzen halten, verlassen Sie sich darauf. Sie weigert sich sogar, in der Schweiz zu leben, und ist durch eigene Schuld schon mehrmals beinahe umgekommen. Und was die Presse angeht, kann sie Fragen stellen, bis sie schwarz wird. Ohne Tatsachen lesen alle ihre Storys sich wie bloße Verschwörungstheorien. Mich kümmert nur, ob die Ermittlungsbehörden Fragen stellen. Und dafür bezahlen wir Sie, Gerhardt – damit unsere Behörden garantiert keine Fragen stellen.«

»Ich muß Sie außerdem warnen, daß der israelische Geheimdienst sich nicht an die üblichen Spielregeln hält. Liquidieren wir einen seiner Agenten, wird er versuchen, seinen Tod an uns zu rächen.«

»Ich habe keine Angst vor den Juden, Gerhardt, und Sie sollten auch keine haben. Setzen Sie sich sofort mit Antonio Orsati in Verbindung. Ich lasse Ihr Operativkonto auffüllen und zusätzlich einen größeren Betrag auf

Ihr Privatkonto überweisen. Betrachten Sie ihn als finanziellen Anreiz, damit Sie dafür sorgen, daß diese Affäre schnell und diskret aus der Welt geschafft wird.«

»Das ist nicht notwendig, Herr Gessler.«

»Ich weiß, daß es nicht notwendig ist, aber Sie haben eine Belohnung verdient.«

Peterson wechselte hastig das Thema. Er dachte nicht gern allzuviel über das Geld nach. Dabei kam er sich immer wie eine Nutte vor. »Ich sollte zusehen, daß ich nach Zürich zurückkomme, Herr Gessler. Das Wetter ...«

»Sie können gern hier übernachten.«

»Nein, ich muß wirklich zurück.«

»Wie Sie meinen, Gerhardt.«

»Darf ich Sie etwas fragen, Herr Gessler?«

»Gewiß.«

»Haben Sie Herrn Rolfe gekannt?«

»Ja, ich habe ihn gut gekannt. Er und ich waren sogar gute Freunde. Tatsächlich war ich am Morgen nach dem nächtlichen Selbstmord seiner Frau bei ihm. Sie hatte ihr eigenes Grab ausgehoben und sich darin erschossen. Ihre Leiche ist damals von der kleinen Anna entdeckt worden. Eine schreckliche Sache. Herrn Rolfes Tod war bedauerlich, aber notwendig. Das war keine persönliche, sondern eine rein geschäftliche Angelegenheit. Diesen Unterschied verstehen Sie doch, nicht wahr, Gerhardt?«

33

London

Julian Isherwood saß an seinem Schreibtisch und blätterte mißmutig einen Stapel Rechnungen durch, als er unten auf dem Mason's Yard einen Lieferwagen übers Ziegelpflaster rumpeln hörte. Er stand auf, trat ans Fenster und sah hinunter. Auf der Beifahrerseite stieg ein Mann in einem blauen Overall aus und ging zum Eingang. Im nächsten Augenblick schrillte der Summer.

»Irina? Haben Sie für heute eine Lieferung bestellt?«

»Nein, Mr. Isherwood.«

O mein Gott! dachte Isherwood. *Nicht schon wieder.*

»Irina?«

»Ja, Mr. Isherwood?«

»Ich bin ein bißchen hungrig, Schätzchen. Sind Sie so lieb und holen mir zwei Panini aus diesem wundervollen Laden am Piccadilly?«

»Nichts, was ich lieber täte, Mr. Isherwood. Haben Sie sonst noch irgendwelche sinnlosen und entwürdigenden Aufträge für mich?«

»Kein Grund, pampig zu sein, Irina. Bringen Sie mir auch eine Tasse Tee mit. Und lassen Sie sich Zeit.«

Der Mann in dem blauen Overall erinnerte Isherwood irgendwie an den Kammerjäger, der sein Haus von einer Ameisenplage befreit hatte. Er trug Schuhe mit dicken Gummisohlen und arbeitete mit der ruhigen Effizienz einer Nachtschwester. In einer Hand hielt er ein Gerät von der Größe einer Zigarrenkiste mit mehreren Drehknöpfen und Anzeigen, in der anderen hatte er einen an den Kasten angeschlossenen Stab, der wie eine überlange Fliegenklatsche aussah. Er begann seine Arbeit in den Lagerräumen im Keller; dann suchte er das Vorzimmer ab, in dem Irinas Schreibtisch stand; dann war Isherwoods Büro an der Reihe; dann kam der Ausstellungsraum unter der Glaskuppel dran. Zuletzt schraubte er die Telefone, die Computer und das Faxgerät auf. Nach einer Dreiviertelstunde kam er in Isherwoods Büro zurück und legte zwei winzige Gegenstände auf den Schreibtisch.

»Sie hatten Wanzen«, sagte er. »Jetzt sind sie tot.«

»Um Himmels willen, wer hat denn die hier installiert?«

»Dafür bin ich nicht zuständig. Ich bin nur der Kammerjäger.« Er lächelte. »Unten ist jemand, der Sie gern sprechen möchte.«

Isherwood ging durch die mit Gemälden vollgestellten Lagerräume zur Ladebucht voraus. Er öffnete das große Rolltor, und der Lieferwagen fuhr vom Hof herein.

»Machen Sie das Tor wieder zu«, sagte der Mann im blauen Overall.

Isherwood tat wie ihm geheißen. Der Mann öffnete die Hecktür des Lieferwagens, aus dem dichte bläuliche Rauchschwaden quollen. Auf der Ladefläche hockte in jammervoll verkrampfter Haltung eine Gestalt: Ari Schamron.

Der Mann in dem Rover war von der Jermyn Street in die King Street abgebogen, die ebenfalls noch gut innerhalb der eineinhalb Kilometer Reichweite der Sender lag, die er in der Galerie installiert hatte, aber nun war es schon einige Zeit her, daß er irgendein Geräusch gehört hatte. Tatsächlich war das letzte, was er belauscht hatte, Isherwoods Bitte gewesen, seine Sekretärin solle ihm etwas zum Lunch holen. Das war ihm eigenartig vorgekommen, denn seit Beginn dieser Abhöraktion war der Kunsthändler jeden Tag zum Mittagessen fortgegangen. Sogar so merkwürdig, daß er Uhrzeit und Ereignis in seiner Kladde festgehalten hatte. Vierzig Minuten später vernahm er zweimal kurz nacheinander krachend laute Störgeräusche in seinem Radio. Irgend jemand hatte gerade seine Wanzen aufgespürt. Er fluchte leise vor sich hin und ließ den Motor des Wagens an. Als er wegfuhr, griff er nach seinem Handy und wählte eine Nummer in Zürich.

Die Autofähre von Hoek van Holland nach Harwich kam wegen schweren Wetters auf der Nordsee mit mehreren Stunden Verspätung an, deshalb fuhren Gabriel Allon und Anna Rolfe erst am späten Nachmittag auf dem Mason's Yard ein. Als Gabriel zweimal kurz hupte, glitt das Rolltor der Ladebucht scheppernd nach oben. Drinnen stellte er den Motor ab und wartete, bis das Tor sich wieder geschlossen hatte, bevor er ausstieg. Er nahm die große Stahlkassette vom Rücksitz mit und führte Anna durch die übervollen Lagerräume zum Aufzug. Dort wurden sie von Isherwood erwartet.

»Ah, Sie müssen Anna Rolfe sein! Wirklich eine Ehre, Sie kennenzulernen. Ich hatte einmal das große Vergnügen, Sie bei einem Mendelsohn-Abend zu hören. Ein unvergeßliches Erlebnis!«

»Sehr freundlich von Ihnen.«

»Ist er schon da?« fragte Gabriel.

»Oben im Ausstellungsraum.«

»Also los!«

»Was ist in der Box?«

»Das bekommst du gleich zu sehen, Julian.«

Schamron stand unter der Glaskuppel, rauchte eine seiner übelriechenden türkischen Zigaretten und ignorierte die sehenswerten Alten Meister, von denen er auf allen Seiten umgeben war. Gabriel merkte dem Alten an, daß er Erinnerungen nachhing. Vor einem Jahr hatten sie in genau diesem Raum das letzte Stadium eines Unternehmens eingeleitet, das mit dem Tod Tariq al-Houranis geendet hatte. Als Anna Rolfe hereinkam, hellte Schamrons Miene sich auf, und er schüttelte ihr herzlich die Hand.

Gabriel stellte die Stahlbox aufs Parkett und klappte ihren Deckel auf. Dann nahm er das erste Gemälde heraus, befreite es vorsichtig von seiner Schutzhülle und entrollte es auf dem Fußboden.

»Großer Gott«, flüsterte Isherwood. »Eine Landschaft von Monet.«

Anna lächelte. »Warten Sie's ab, es wird noch besser.«

Gabriel entrollte das nächste Bild, ein Selbstporträt van Goghs, und legte es neben den Monet.

»Ach, du lieber Himmel«, murmelte Isherwood.

Dann kam der Degas, dann kam der Bonnard, dann kamen der Cézanne und der Renoir – und so ging es weiter, bis sechzehn nebeneinander ausgelegte Gemälde den Fußboden der Galerie bedeckten. Isherwood ließ sich auf den Diwan fallen, drückte beide Handflächen an die Schläfen und hatte Mühe, nicht in Tränen auszubrechen.

»Mit diesem Auftritt haben Sie schon mal Furore gemacht«, stellte Schamron fest. »Sie haben das Wort, Gabriel.«

Anna hatte alles schon auf der Fahrt von Zürich zur deutschen Grenze gehört, deshalb unterhielt sie sich flüsternd mit Isherwood, während er nochmals die Gemälde bewunderte. Gabriel berichtete Schamron in allen Einzelheiten, was er über Augustus Rolfe und seine Sammlung in Erfahrung gebracht hatte, und schloß mit dem Brief, den Rolfe in Zürich in einer Depotkassette für ihn hinterlegt hatte. Danach erläuterte er dem Alten seinen Plan zur Wiederbeibringung des größeren Teils der Sammlung Rolfe: der zwanzig Werke, die aus dem Ausstellungsraum unter der Villa gestohlen worden waren. Als Gabriel ausgesprochen hatte, drückte Schamron seine Zigarette aus und schüttelte langsam den Kopf.

»Eine interessante Idee, Gabriel, aber sie hat einen fatalen Haken. Der Premierminister würde das Unternehmen nie genehmigen. Falls Sie es noch nicht gemerkt haben sollten – wir befinden uns praktisch im Krieg mit den Palästinensern. Der Premierminister kann kein Unternehmen genehmigen, durch das nur ein paar Gemälde aufgespürt und zurückgeholt werden sollen.«

»Hier geht's um mehr als nur ein paar Gemälde. Rolfe hat angedeutet, daß es eine Organisation aus Schweizer Bankiers und Geschäftsleuten gibt, die alles tun würden, um die alte Ordnung zu bewahren. Und für die Existenz dieser Organisation gibt es reichlich Beweise, darunter auch drei Ermordete: Augustus Rolfe, Werner Müller und Emil Jacobi. Und auch ich sollte umgebracht werden.«

»Die Situation ist zu explosiv, als daß wir uns noch mehr exponieren dürften. Unsere launischen Freunde in Europa sind im Augenblick sehr schlecht auf uns zu sprechen. Wir dürfen durch ein solches Unternehmen nicht noch Öl ins Feuer gießen. Tut mir leid, Gabriel, aber ich werde das nicht genehmigen, und ich denke erst recht nicht daran, den Premierminister um Genehmigung zu bitten.«

Anna hatte Isherwoods Seite verlassen, um bei der Diskussion zwischen Gabriel und Schamron zuzuhören. »Ich glaube, daß es für dieses Problem eine sehr einfache Lösung gibt, Mr. Schamron«, sagte sie.

Schamron wandte ihr seinen kahlen Schädel zu. Ihn amüsierte sichtlich, daß eine Schweizer Violinistin sich anmaßte, eine Meinung zum Ablauf eines israelischen Geheimdienstunternehmens zu äußern.

»Und die wäre?«

»Erzählen Sie dem Premierminister nichts davon.«

Schamron warf den Kopf zurück und lachte schallend, und Gabriel stimmte in sein Lachen ein. Danach herrschte einen Augenblick Schweigen, das durch einen Ausruf Julian Isherwoods unterbrochen wurde.

»Herr im Himmel, ist denn das zu fassen?«

Isherwood hatte den Renoir aufgehoben, das Bildnis eines jungen Mädchens mit einem Blumenstrauß. Er drehte das Gemälde hin und her, betrachtete abwechselnd die Bildseite und die Rückseite.

»Was gibt's, Julian?« fragte Gabriel.

Isherwood hielt den Renoir so, daß Gabriel und die anderen die Bildseite sehen konnten. »Die Deutschen sind bei ihrem Kunstraub systematisch vorgegangen. Jedes geraubte Bild wurde eingeordnet, katalogisiert und gekennzeichnet – mit Hakenkreuz, laufender Nummer und den Initialen des Händlers oder Sammlers, bei dem es beschlagnahmt worden war.«

Er drehte das Gemälde um, damit seine Rückseite sichtbar wurde. »Irgend jemand hat versucht, die Kennzeichnung zu entfernen, aber das ist nur teilweise gelungen. Seht euch die linke untere Ecke genau an. Das Hakenkreuz ist noch schemenhaft erkennbar, die laufende Nummer ist gut zu lesen, und daneben stehen die Initialen des Vorbesitzers: *SI.*«

»Wer ist *SI?«* erkundigte Anna sich.

»SI ist Samuel Isakowitz, mein Vater«, antwortete Isherwood mit tränenerstickter Stimme. »Dieses Gemälde haben die Nazis im Juni 1940 aus der Galerie meines Vaters in der Pariser Rue de la Boétie geraubt.«

»Wissen Sie das bestimmt?« fragte Anna.

»Ich würde meinen Kopf darauf verwetten.«

»Dann nehmen Sie das Gemälde bitte mit einer aufrichtigen Bitte um Entschuldigung von der Familie Rolfe entgegen.« Anna küßte ihn auf die Wange. »Das tut mir schrecklich leid, Mr. Isherwood.«

Schamron sah zu Gabriel hinüber. »Wollen Sie mir Ihren Plan nicht noch mal erläutern?«

Sie fuhren in Isherwoods Büro hinunter. Gabriel setzte sich hinter den Schreibtisch, aber Schamron lief unruhig auf und ab, während er sich Gabriels Plan erneut anhörte.

»Und was soll ich dem Premierminister erzählen?«

»Hören Sie auf Anna. Erzählen Sie ihm nichts.«

»Und wenn das Unternehmen schiefgeht?«

»Das tut es nicht.«

»Solche Unternehmen gehen immer schief, Gabriel, und ich kann die entsprechenden Narben vorweisen. *Sie* übrigens auch. Und noch etwas anderes: Täusche ich mich, oder ist Ihr Gang heute abend etwas beschwingter als in letzter Zeit?«

»Was wollen Sie wirklich fragen?«

»Ich möchte nicht für geschmacklos gehalten werden.«

»Das hat Sie noch nie an etwas gehindert.«

»Sind Sie und diese Frau mehr als nur Komplizen auf der Suche nach dem Mörder ihres Vaters?« Als Gabriel keine Antwort gab, lächelte der Alte und schüttelte den Kopf. »Wissen Sie noch, was Sie mir auf der Piazza Navona in bezug auf Anna Rolfe erklärt haben?«

»Ich habe gesagt, daß wir eine Frau wie sie nie für unsere Zwecke einspannen dürften, wenn es sich irgendwie vermeiden ließe.«

»Und jetzt wollen Sie sie noch tiefer hineinziehen?«

»Damit kann sie umgehen.«

»Oh, das bezweifle ich nicht – aber können *Sie* damit umgehen, Gabriel?«

»Sonst hätte ich's nicht vorgeschlagen.«

»Vor zwei Wochen mußte ich Sie noch anbetteln, sich überhaupt für Rolfes Ermordung zu interessieren. Jetzt wollen Sie Krieg gegen die Schweiz führen.«

»Annas Vater wollte, daß wir die Gemälde bekommen, deren Eigentümer sich nicht mehr ermitteln lassen. Irgend jemand hat sie gestohlen, und ich will sie zurückhaben.«

»Trotzdem geht Ihre Motivation über die Gemälde hinaus, Gabriel. Ich habe einen Killer aus Ihnen gemacht, aber im Grunde Ihres Herzens sind Sie ein Restaurator. Ich glaube, daß Sie das alles nur tun, weil Sie Anna Rolfe restaurieren wollen. Sollte das zutreffen, lautet die nächste logische Frage: Weshalb wollen Sie Anna Rolfe restaurieren? Und darauf gibt es nur eine logische Antwort: Sie empfinden etwas für diese Frau.« Schamron zögerte. »Und das ist die beste Nachricht, die ich seit langem gehört habe.«

»Ich habe sie gern.«

»Wenn Sie Anna gern haben, müssen Sie sie dazu überreden, ihr Konzert in Venedig abzusagen.«

»Das tut sie nicht.«

»Bleibt sie bei ihrer Weigerung, können wir daraus vielleicht unseren Vorteil ziehen.«

»Wie das?«

»Aus Erfahrung weiß ich, daß Täuschung und Irreführung in solchen Fällen die beste Taktik sind. Lassen Sie

Anna ihr Konzert geben. Sie müssen nur dafür sorgen, daß Ihr Freund Christopher Keller es nicht in ein wahrhaft unvergeßliches Erlebnis verwandelt.«

»Ah, das ist der Ari Schamron, den ich kenne und liebe. Er will eine der größten Musikerinnen der Welt als Köder benützen!«

»Wir müssen mit dem Blatt spielen, das wir in die Hand bekommen.«

»Ich begleite Anna nach Venedig. Ich brauche einen zuverlässigen Mann, der inzwischen in Zürich die Stellung hält.«

»An wen haben Sie gedacht?«

»Eli Lavon.«

»Mein Gott, ein regelrechtes Klassentreffen des Jahrgangs 1972! Wäre ich ein paar Jahre jünger, würde ich auch mitmachen.«

»Nun geraten wir mal nicht gleich in Verzückung. Oded und Mordechai haben in Paris gute Arbeit geleistet.«

»Oded ist mir ein bißchen ähnlich, glaube ich.« Schamron hielt seine breiten Maurerhände hoch. »Er hat einen unglaublich kräftigen Griff. Bekommt er diesen Mann zu fassen, entwischt er ihm nicht mehr.«

34

Zürich

Eva hatte auf der teuren Luxuswohnung mit Blick über den Zürichsee bestanden, obwohl Gerhardt Peterson sie sich von seinem Beamtengehalt nicht leisten konnte. In den ersten zehn Jahren ihrer Ehe hatten sie das Defizit durch Zuzahlungen aus Evas kleiner Erbschaft ausgeglichen. Jetzt war das Geld verbraucht, und Peterson war die Aufgabe zugefallen, Eva den Lebensstil zu ermöglichen, den sie als ihr gutes Recht beanspruchte.

Die Wohnung war dunkel, als er endlich nach Hause kam. In der stockfinsteren Diele stürzte Evas verspielter Rottweiler sich auf Peterson und rammte ihm seinen steinharten Schädel gegen die Kniescheibe.

»Platz, Ajax! So, jetzt reicht's. Platz, Ajax! Verdammter Köter!«

Peterson tastete nach dem Schalter und machte Licht. Der Hund leckte einen seiner Slipper ab.

»Schon gut, Ajax. Laß das jetzt. Hau endlich ab!«

Der Rottweiler trottete mit auf dem Marmorboden klickenden Krallen davon. Peterson hinkte ins Schlafzimmer und rieb sich dabei sein schmerzendes Knie. Eva saß im Bett und hatte auf ihren Knien einen aufgeschlagenen Roman liegen. Im Fernsehen lief ohne Ton irgendein amerikanischer Kriminalfilm. Eva trug einen eleganten türkisgrünen Chiffonmorgenmantel. Sie war beim Friseur gewesen, und an ihrem linken Handgelenk glänzte ein schweres Goldarmband, das Peterson noch nicht kannte. Das Geld, das Eva in der Bahnhofstraße ausgab, machte den Schätzen, die unter der Straße in Banktresoren lagerten, ernstlich Konkurrenz.

»Was ist mit deinem Knie?«

»Dein Köter hat mich angefallen.«

»Er hat dich nicht *angefallen*. Er liebt dich.«

»Er ist zu anhänglich.«

»Er ist ein Mann, genau wie du. Er will von dir anerkannt werden. Würdest du ihn ab und zu ein bißchen beachten, würde er dich weniger stürmisch begrüßen, wenn du heimkommst.«

»Hat dir das dein Therapeut erzählt?«

»Nein, mein gesunder Menschenverstand, Schatz.«

»Ich wollte den verdammten Köter nie haben. Er ist viel zu groß für eine Wohnung.«

»Seit wir ihn haben, fühle ich mich sicher, wenn du fort bist.«

»Unsere Wohnung ist die reinste Festung. Hier kommt niemand rein. Und der einzige Mensch, den Ajax jemals anfällt, bin ich.«

Eva befeuchtete den Zeigefinger, blätterte die nächste Seite ihres Romans um und beendete damit die Diskussion. Im Fernsehen brachen die amerikanischen Kriminalbeamten in einem Block mit Sozialwohnungen eine Wohnungstür auf. Als sie hineinstürmten, eröffneten zwei Verbrecher das Feuer mit automatischen Waffen. Die Polizeibeamten erwiderten das Feuer und erschossen die beiden. Solche Brutalität! dachte Peterson. Er trug selten eine Waffe und hatte im Dienst außer auf dem Schießstand noch nie einen Schuß abgegeben.

»Wie war's in Bern?«

Um seinen kurzen Besuch bei Otto Gessler zu tarnen, hatte Peterson ihr erzählt, er müsse dienstlich nach Bern. Er ließ sich aufs Bett sinken und streifte seine Slipper ab.

»Wie's in Bern immer ist.«

»Das freut mich.«

»Was liest du da?«

»Keine Ahnung. Die Geschichte handelt von einem Mann und einer Frau.«

Warum hatte er sich bloß die Mühe gemacht, sich danach zu erkundigen? »Wie geht's den Mädchen?«

»Denen geht's gut.«

»Und Stefan?«

»Dem habe ich versprechen müssen, daß du zu ihm reingehst und ihm seinen Gutenachtkuß gibst.«

»Ich will ihn aber nicht aufwecken.«

»Du weckst ihn nicht. Du gehst einfach rein und gibst ihm einen Kuß auf die Stirn.«

»Was hat er davon, wenn ich ihn dabei nicht aufwecke? Ich sage morgen früh einfach, daß ich ihn im Schlaf geküßt habe, und er muß damit zufrieden sein.«

Eva klappte ihr Buch zu und sah ihn erstmals richtig an, seit er hereingekommen war. »Du siehst schrecklich aus, Gerhardt. Du bist bestimmt fast verhungert. Geh und mach dir was zu essen.«

Er ging auf Strumpfsocken in die Küche. *Geh und mach dir was zu essen.* Er konnte sich nicht daran erinnern, wann Eva ihm zum letztenmal angeboten hatte, ihm eine Mahlzeit zuzubereiten. Nachdem die sexuellen Intimitäten zwischen ihnen zum Erliegen gekommen waren, hatte er erwartet, daß andere Dinge wie das Vergnügen, sich ein am eigenen Herd zubereitetes Mahl zu teilen, an ihre Stelle treten würden. Aber nicht mit Eva. Erst hatte sie ihm den Zugang zu ihrem Körper verwehrt, dann zu ihren Gefühlen. Peterson lebte in seinem eigenen Heim wie auf einer Insel.

Er öffnete den Kühlschrank und suchte in dem Durcheinander aus halbleeren Packungen von Fertiggerichten nach etwas Eßbarem, das nicht schon verdorben oder angeschimmelt war. In einer fettfleckigen Pappschachtel wurde er fündig: Er entdeckte ein Häufchen Nudeln mit Schinkenraclette. Im untersten Fach lagen hinter einer Plastikdose mit grünem Ricottakäse zwei Eier. Er machte sich Rühreier und erhitzte die Nudeln mit Schinkenraclette in der Mikrowelle. Dann goß er sich ein sehr großes Glas Rotwein ein und nahm alles ins Schlafzimmer mit. Eva war damit beschäftigt, ihre Zehennägel zu lackieren.

Er teilte sich die Mahlzeit sorgfältig so ein, daß er zu jedem Bissen Rührei eine Gabel Nudeln mit Schinkenraclette essen konnte. Eva fand diese Angewohnheit ärgerlich, was mit der Grund dafür war, weshalb er sie demonstrativ beibehielt. Im Fernsehen floß wieder Blut. Freunde der erschossenen Verbrecher waren dabei, den Tod ihrer Kameraden zu rächen, indem sie ihrerseits die Kriminalbeamten umlegten. Ein weiterer Beweis für Herrn Gesslers Theorie vom zyklischen Verlauf des Lebens.

»Stefan hat morgen ein Fußballspiel.« Sie blies auf ihre Zehennägel. »Er möchte, daß du kommst.«

»Ich kann nicht. Ich habe im Büro zu tun.«

»Er wird enttäuscht sein.«

»Das läßt sich leider nicht ändern.«

»Was ist im Büro so wichtig, daß du nicht wegkannst, um deinen Sohn Fußball spielen zu sehen? Außerdem passiert in diesem Land ohnehin nie etwas Wichtiges.«

Ich muß die Ermordung Anna Rolfes organisieren, dachte Peterson. Er fragte sich, wie Eva reagiert hätte, wenn er das laut ausgesprochen hätte. Er spielte mit dem Gedanken, es tatsächlich zu tun, um sie auf die Probe zu stellen – nur um zu sehen, ob sie ihm jemals richtig zuhörte.

Eva war mit den Nägeln fertig und kehrte zu ihrem Roman zurück. Peterson stellte den leeren Teller mitsamt dem Besteck auf den Nachttisch, streckte sich auf dem Bett aus und knipste seine Nachttischlampe aus. Im nächsten Augenblick flog die Schlafzimmertür auf; Ajax stürmte herein und machte sich daran, die Ei- und Fettreste von Evas kostbarem handbemalten Porzellan zu lekken. Eva befeuchtete ihren Zeigefinger und blätterte eine weitere Seite um.

»Wie war's in Bern?« fragte sie.

35

Korsika

In dem kleinen Tal machte die Nachricht von dem Stimmungstief des Engländers rasch die Runde. Am Markttag schritt er schweigend über den Dorfplatz und suchte verdrossen seinen Käse und seine Oliven aus. Abends hockte er mit den Alten zusammen, wich aber jedem Gespräch aus und weigerte sich *boule* mitzuspielen, selbst als seine Ehre angezweifelt wurde. Der Engländer war so geistesabwesend, daß er die Jungen auf ihren Skateboards nicht zu bemerken schien.

Seine Fahrweise hatte sich dramatisch verschlechtert. Die Dorfbewohner sahen ihn mit seinem klapprigen Jeep durchs Tal rasen. Einmal mußte er Don Casabiancas elendem Ziegenbock ausweichen und landete dabei im Straßengraben. Daraufhin griff Antonio Orsati ein. Er erzählte dem Engländer von einer berüchtigten Fehde zwischen zwei rivalisierenden Familien, die aus dem Unfalltod eines Jagdhundes entstanden war. Vier Menschen waren ermordet worden, bevor endlich Frieden geschlossen wurde – zwei davon durch die Hände von *taddunaghiu* der Orsatis. Das war vor hundert Jahren passiert, aber Orsati betonte, die daraus zu ziehenden Lehren seien noch heute gültig. Sein kluger Hinweis auf korsische Verhältnisse wirkte genau wie erwartet. Am nächsten Morgen brachte der Engländer Casabianca einen großen Schinken und entschuldigte sich dafür, daß er seinen Ziegenbock erschreckt hatte. Danach fuhr er merklich langsamer.

Trotzdem war irgend etwas unverkennbar nicht in Ordnung. Einige der Alten vom Dorfplatz waren so besorgt, daß sie der *signadora* einen Besuch abstatteten. »Er ist längere Zeit nicht mehr hier gewesen. Aber wenn er wiederkommt, könnt ihr Gift darauf nehmen, daß ich euch Eseln nichts von seinen Geheimnissen erzähle. Dieses Haus ist wie ein Beichtstuhl. Und jetzt macht, daß ihr fortkommt!« Sie scheuchte die Alten mit einem Reisigbesen hinaus.

Nur Don Orsati wußte, warum der Engländer in so gedrückter Stimmung war. Schuld daran war der Auftrag in Lyon: die Liquidierung des Schweizer Professors Emil Jacobi. Irgend etwas an diesem Mord hatte dem Engländer Gewissensbisse beschert. Orsati erbot sich, ein Mädchen für ihn kommen zu lassen – eine bildhübsche Italienerin, die er in San Remo kennengelernt hatte –, aber der Engländer lehnte dankend ab.

Drei Tage nach der Rückkehr des Engländers aus Lyon lud Orsati ihn zum Abendessen ein. Sie speisten in einem Restaurant unweit des Dorfplatzes und spazierten danach Arm in Arm durch die kaum beleuchteten Gassen. Zweimal tauchten vor ihnen aus dem Dunkel Dorfbewohner auf und hasteten in Gegenrichtung davon. Jeder wußte, daß es ratsam war, sich zu verziehen, wenn Don Orsati privat mit dem Engländer sprach. Bei dieser Gelegenheit erzählte Orsati dem Engländer von dem Auftrag in Venedig.

»Wenn ich lieber einen der anderen Jungs schicken soll …«

»Nein«, sagte der Engländer rasch. »Das erledige ich lieber selbst.«

»Bestimmt?«

»Ja.«

»Ich hatte gehofft, daß du das sagen würdest. Für diesen Job ist keiner der anderen wirklich geeignet. Außerdem wird dir der Auftrag Spaß machen, glaube ich. Unsere Arbeit hat in Venedig eine lange Tradition. Die ganze Atmosphäre wird dich anregen.«

»Du hast bestimmt recht.«

»Ich habe dort einen Freund namens Rossetti. Von ihm bekommst du alles, was du an Unterstützung brauchst.«

»Hast du die Dossiers mitgebracht?«

Nur ein so mächtiger Mann wie Antonio Orsati konnte die Dossiers zweier Menschen, deren Ermordung er plante, auf dem Beifahrersitz seines unversperrten Autos liegen lassen. Der Engländer las sie im Lichtschein einer Straßenlampe auf dem Dorfplatz. Als er das zweite Dossier aufschlug, blitzte in seinem Blick ein Ausdruck des Erkennens auf, den selbst Orsati bemerken mußte.

»Irgendwas nicht in Ordnung?«

»Diesen Mann kenne ich – aus einem früheren Leben.«

»Ist das ein Problem?«

Er klappte das Dossier zu. »Durchaus nicht.«

Der Engländer blieb bis spätnachts auf und hörte sich das Tonband an, das er aus dem Apartment des Professors in Lyon mitgenommen hatte. Dann ging er den Stapel Presseberichte und Nachrufe durch, die er aus Online-Zeitungen im Internet heruntergeladen hatte, und studierte zuletzt die Dossiers, die Antonio Orsati ihm erst an diesem Abend übergeben hatte. Er schlief nur wenige Stunden; am nächsten Morgen stellte er vor Tagesanbruch eine kleine Reisetasche auf den Rücksitz seines Jeeps und fuhr ins Dorf.

Er parkte in einer Gasse in der Nähe der Kirche und ging zu Fuß zum Haus der *signadora* weiter. Als er leise an ihre Haustür klopfte, stieß sie die Fensterläden im Obergeschoß auf und spähte wie ein gotischer Wasserspeier zu ihm hinab.

»Ich hab mir gleich gedacht, daß du's bist. Der Schirokko weht. Er bringt Staub und böse Geister.«

»Welcher von den beiden bin ich?«

»Ich kann den *occhju* von hier aus sehen. Warte auf mich, mein Kind. Ich komme gleich hinunter.«

Der Engländer rauchte eine Zigarette, während er darauf wartete, daß die Alte sich anzog und herunterkam. Sie machte ihm die Tür in einem schlichten schwarzen Witwengewand auf und zog ihn am Handgelenk ins Haus, als fürchte sie, draußen lauerten wilde Tiere. Dann saßen sie sich an dem rohen Holztisch gegenüber. Er rauchte seine Zigarette zu Ende, während die Alte das Öl und den Teller mit Wasser bereitstellte.

»Drei Tropfen, obwohl ich mir sicher bin, daß ich die Antwort bereits kenne.«

Er tauchte einen Finger in das Öl und ließ drei Tropfen ins Wasser fallen. Als das Öl zerstob, begann die Alte ihr gewohntes Ritual aus Segenssprüchen und Gebeten. Als er die Probe dann wiederholte, klumpte sich das Öl zu einem einzigen Tropfen zusammen, der auf der Wasseroberfläche schwamm. Die Alte lächelte zufrieden.

»Das ist ein hübscher Trick, den du da hast«, sagte der Engländer.

»Das ist kein Trick. Das solltest du von allen Leuten am besten wissen.«

»Ich wollte nicht respektlos sein.«

»Das weiß ich. Obwohl du kein geborener Korse bist, hast du die Seele eines Korsen. Du bist ein wahrhaft Glaubender. Möchtest du etwas trinken, bevor du gehst? Vielleicht einen Schluck Wein?«

»Es ist sechs Uhr morgens.«

Die Alte zuckte mit den Schultern, als wollte sie sagen: *Und wenn schon.*

»Du solltest daheim im Bett sein«, sagte sie. Dann fügte

sie hinzu: »Mit einer Frau. Aber nicht mit einer der Nutten, die Don Orsati für dich kommen läßt. Mit einer richtigen Frau, die dir Kinder schenkt und deinen Haushalt versorgt.«

»Don Orsatis Frauen sind die einzigen, die etwas mit mir zu tun haben wollen.«

»Du glaubst, eine anständige Frau würde dich nicht haben wollen, weil du ein *taddunaghiu* bist?«

Der Engländer verschränkte die Arme.

»Ich will dir eine Geschichte erzählen.«

Er öffnete den Mund, um Einwände zu erheben, aber die Alte war auf den Beinen, bevor er ein Wort sagen konnte, und schlurfte in die Küche, um Wein zu holen. Die Flasche war dunkelgrün und hatte kein Etikett. Die Hand der Alten zitterte heftig, als sie zwei Gläser vollschenkte.

»Mein Mann war ein sehr geschickter Handwerker«, sagte die *signadora.* »Er war Maurer, aber nebenbei auch Schuster. Manchmal hat er für Don Tomasi drüben im nächsten Tal gearbeitet. Du hast von der Familie Tomasi gehört?«

Der Engländer nickte und trank einen kleinen Schluck von seinem Wein. Die Tomasis waren weithin als streitsüchtige Unruhestifter bekannt.

»Don Tomasi hat sich von meinem Mann eine neue Mauer um seinen Garten bauen lassen. Sie war tadellos ausgeführt, das kannst du mir glauben, aber Don Tomasi hat behauptet, sie sei schief und krumm, und sich geweigert, die Arbeit meines Mannes zu bezahlen. Darüber ist es zu einem heftigen Streit gekommen, der damit geendet hat, daß Tomasi zweien seiner Revolvermänner befohlen hat, meinen Mann mit Gewalt von seinem Besitz zu entfernen. Sie steht übrigens immer noch.«

»Die Mauer um den Garten?«

»Allerdings!« Die Alte trank einen Schluck Wein und sammelte sich, um ihre Geschichte zu Ende zu erzählen. »Mein Mann war nicht nur ein guter Arbeiter, sondern auch ein herzensguter, sanftmütiger Mensch – ein *agnello*. Du kennst diesen Ausdruck?«

»Ein Lamm.«

Die *signadora* nickte. »Er war kein Mann, der mit den Fäusten oder mit einem Messer kämpft. Die Geschichte, wie Don Tomasi ihn behandelt hatte, hat hier wie ein Lauffeuer die Runde gemacht. Mein Mann wurde zum Gespött aller. Am zweiten Abend nach diesem Vorfall hat er sich auf dem Dorfplatz zu einer tätlichen Auseinandersetzung provozieren lassen. Dabei hat er ein Messer in den Bauch bekommen und ist an dieser Wunde gestorben.«

In den Augen der Alten blitzte etwas auf. Zorn. Haß.

»Hier mußte Blutrache geübt werden, das war klar«, sagte sie ruhig. »Aber an wem? An dem Dummkopf, der meinem Mann die Verletzung beigebracht hatte? Er war nicht *wirklich* für seinen Tod verantwortlich. Nein, Don Tomasi hatte sein Blut an seinen Händen. Aber wie sollte ich ihn töten? Er lebte in seinem großen Haus auf einem Hügel, war von scharfen Hunden und bewaffneten Männern umgeben. Ich konnte unmöglich an ihn herankommen! Deshalb bin ich zu Antonio Orsatis Vater gegangen und habe einen *taddunaghiu* engagiert, damit er für mich Blutrache übt. Das hat mich alles gekostet, was ich an Geld besaß, aber es hat sich gelohnt. Der *taddunaghiu* ist durch Don Tomasis Verteidigungsgürtel geschlüpft und hat ihm im Schlaf die Kehle durchgeschnitten – hat ihn wie das Schwein abgeschlachtet, das er war. So war der Gerechtigkeit Genüge getan.«

Der Engländer ergriff ihre Hand und legte sie auf seinen Handrücken.

»Manchmal, Christopher, kann ein *taddunaghiu* Gutes

tun. Manchmal kann er auch schreckliches Unrecht tun. Manchmal kann er nicht nur ein Werkzeug der Gerechtigkeit, sondern auch der Rache sein. Beherzige, was ich dir gesagt habe.«

»Das tue ich«, sagte er.

Er drückte ihr eine dicke Rolle Geldscheine in die Hand. »Das ist zuviel«, sagte die Alte, ohne das Geld anzusehen. »Du gibst mir immer zuviel.«

»Du schenkst mir Frieden. Frieden ist unbezahlbar.«

Er stand auf und wollte gehen, aber sie hielt ihn mit unerwartet kräftigem Griff am Handgelenk fest. »Leiste mir Gesellschaft, während ich meinen Wein trinke. Mein Mann fehlt mir noch immer, weißt du. Selbst nach all diesen Jahren.«

Und so blieb er am Tisch sitzen und beobachtete, wie der Kerzenschein über ihr runzliges Gesicht flackerte, während sie die Weinflasche allein leerte. Dann fielen ihr die Augen zu, und ihr Kinn sank auf die Brust herab.

Der Engländer trug sie nach oben und legte sie sanft auf ihr Bett. Sie wachte noch einmal kurz auf. Ihre Hand griff nach oben und betastete den Talisman, den er an einer Kette um den Hals trug: die rote Korallenhand. Dann berührte sie sein Gesicht und versank wieder in unruhigen Schlaf.

Er verließ das Haus, stieg in seinen Jeep, fuhr nach Calvi und ging an Bord der nächsten Fähre nach Marseille. Dort holte er sich den Wagen, den Antonio Orsati in einer Straße am Hafen für ihn hatte bereitstellen lassen, und verließ die Stadt, um nach Venedig zu fahren.

36

Venedig

Die italienische Presse hatte ein neues Thema. Sie erging sich in endlosen Spekulationen über das noch nicht bekannte Programm von Anna Rolfes Konzert. Würde sie versuchen, ihr Erkennungsstück, Giuseppe Tartinis dämonische Sonate »Der Teufelstriller«, zu spielen? Bestimmt, vermuteten viele Musikkritiker, würde Signorina Rolfe sich dieses schwierige Stück nach so langer Abwesenheit vom Konzertpodium nicht gleich wieder zumuten.

Es gab wiederholte Appelle, das Konzert in einen größeren Raum zu verlegen. Es sollte im oberen Saal der Scuola Grande di San Rocco stattfinden, der nur sechshundert Plätze hatte, und die Konkurrenz um Eintrittskarten war unter den Reichen Venedigs zu einer Art Rangelei ausgeartet. Der Konzertveranstalter Zaccario Cordoni weigerte sich, das Konzert zu verlegen, aber um es sich mit den Venezianern nicht zu verderben, schob er die Schuld geschickt Anna Rolfe in die Schuhe. Signorina Rolfe habe einen kleinen Saal verlangt, behauptete er, und er sei den Wünschen der Künstlerin machtlos ausgeliefert. Ein sozialistisch angehauchtes Stadtmagazin brachte einen hysterischen Leitartikel, in dem argumentiert wurde, die Musik sei wieder einmal von den besitzenden Klassen okkupiert worden. Das Magazin rief zu einer Demonstration am Abend des Konzerts vor der Scuola Grande di San Rocco auf. Fiona

Richardson, Anna Rolfes Agentin und Managerin, gab in London in einer Pressemitteilung bekannt, Miss Rolfe werde ihr beträchtliches Honorar zur Erhaltung der *scuola* und ihrer Kunstschätze spenden. Ganz Venedig seufzte angesichts dieser Geste erleichtert auf, und die Kontroverse verlief sich so sanft wie eine Nippflut.

Spekuliert wurde auch darüber, wo Anna Rolfe in Venedig absteigen würde. Das Blatt *Il Gazzettino* berichtete, die Hotels Monaco, Canal Grande und Palazzo Gritti lieferten sich einen Titanenkampf, um die Künstlerin zu sich zu locken, während die Zeitung *La Nuova Venezia* mutmaßte, Signorina Rolfe werde allem Hoteltrubel dadurch entgehen, daß sie eine Einladung in einen privaten Palazzo annehme. Wie sich herausstellen sollte, hatten beide Zeitungen sich geirrt, denn an einem regnerischen Freitag, einen Tag vor dem Konzert, legten Anna und Gabriel gegen Mittag mit einem Wassertaxi am Privatsteg des Luna-Hotels Baglioni an, einem ruhigen Haus in der Calle San Marco, nicht weit vom Touristengewimmel auf dem Markusplatz entfernt.

Anna Rolfe erschien kurz an der Rezeption und wurde von dem strahlenden Empfangschef und seinen engsten Mitarbeitern begrüßt. Sie stellte Gabriel als Monsieur Michel Dumont, ihren Freund und persönlichen Assistenten, vor. Um dieses Image zu festigen, achtete Gabriel darauf, ihre beiden Geigenkästen in die Hotelhalle zu tragen. In französisch gefärbtem Englisch wiederholte er Miss Rolfes Wunsch nach völliger Geheimhaltung ihrer Anwesenheit. Signor Brunetti, der weltmännische Chefportier, versicherte ihm, Miss Rolfes Aufenthalt im Baglioni werde das bestgehütete Geheimnis Venedigs sein. Gabriel dankte ihm herzlich, dann trug er Anna und sich ins Gästebuch ein.

»Miss Rolfe hat die Giorgione-Suite im vierten Stock.

Das ist eine unserer besten Suiten. Ihr Zimmer liegt unmittelbar daneben. Ich denke, das ist Ihnen sicher recht?«

»Ja, vielen Dank.«

»Gestatten Sie mir, Miss Rolfe und Sie persönlich hinaufzubegleiten.«

»Danke, das ist nicht nötig.«

»Brauchen Sie Hilfe mit Ihrem Gepäck, Monsieur Dumont?«

»Nein, ich komme allein zurecht, danke.«

»Wie Sie wünschen«, sagte der Chefportier enttäuscht und händigte ihm die Schlüssel aus.

In einem stillen Winkel des Gäßchengewirrs im Stadtbezirk San Marco lag das kleine, aber feine Juweliergeschäft Rossetti & Rossetti, das auf antiken Schmuck und kostbare Einzelstücke spezialisiert war. Wie die meisten venezianischen Geschäftsinhaber schloß Signor Rossetti seinen Laden mittags um 13 Uhr und öffnete ihn erst um 16 Uhr wieder fürs Abendgeschäft. Der Engländer, dem diese Tatsache bekannt war, drückte um 12 Uhr 57 auf den Klingelknopf und wartete darauf, daß der Juwelier den elektrischen Türöffner betätigte.

Das Juweliergeschäft war winzig, nicht größer als die Küche der korsischen Villa des Engländers. Trat man über die Schwelle, stand man sofort vor einem hufeisenförmigen Ladentisch, unter dessen Glasplatte kostbarer Schmuck ausgestellt war. Als die Tür sich mit hörbar einrastendem Sperriegel hinter dem Engländer schloß, hatte er das Gefühl, in einem kristallenen Gefängnis eingesperrt zu sein. Er knöpfte seinen Trenchcoat auf und stellte seinen Aktenkoffer auf den Parkettboden.

Signor Aldo Rossetti, der einen eleganten Zweireiher und eine dezente Bankierskrawatte trug, stand bewegungslos wie eine Statue hinter dem Ladentisch. Eine goldgeränderte Lesebrille saß auf der Spitze seiner königlichen Nase. Hinter ihm ragte ein wandhoher Schrank aus dunklem Mahagoni mit zahllosen flachen Schubladen und kleinen Messingknöpfen auf. Aus Rossettis kompromißloser Haltung hätte man schließen können, dieser Schrank enthalte Geheimdokumente, die er unter Einsatz seines Lebens zu verteidigen geschworen habe. Die tiefe Stille in dem kleinen Raum wurde nur durch das Ticken einer antiken Uhr unterbrochen. Rossetti schüttelte dem Engländer traurig die Hand, als sei dieser gekommen, um unverzeihliche Sünden zu bekennen.

»Ich wollte eben zum Mittagessen gehen«, sagte Rossetti, und wie um seine Aussage zu bestätigen, schlug die antike Wanduhr hinter ihm ein Uhr.

»Ich halte Sie nicht lange auf. Ich bin hier, um den Siegelring für Signor Bull abzuholen.«

»Den Siegelring?«

»Ganz recht.«

»Für Signor Bull?«

»Soviel ich weiß, hat er Sie benachrichtigt, daß ich kommen werde.«

Rossetti legte den Kopf zurück und musterte den Engländer durch seine Lesebrille wie einen Gegenstand von zweifelhaftem Wert und ungeklärter Provenienz. Schließlich nickte er zufrieden und kam hinter dem Ladentisch hervor, um das an der Tür hängende Schild umzudrehen, so daß es nicht mehr GEÖFFNET, sondern GESCHLOSSEN anzeigte. Dann bat er den Engländer, ihm über die Wendeltreppe in einer Ecke des Ladens nach oben zu folgen.

Im ersten Stock über dem Laden lag ein kleines Büro. Rossetti setzte sich hinter den Schreibtisch und lud den Engländer mit einer Handbewegung ein, in dem Besuchersessel am Fenster Platz zu nehmen.

»Vor kurzem habe ich einen Anruf von einem Pagen des Luna-Hotels Baglioni bekommen«, sagte Rossetti. »Die Geigerin und ihr Freund sind soeben dort abgestiegen. Kennen Sie das Baglioni?«

Der Engländer schüttelte den Kopf.

Wie viele Venezianer hatte Rossetti stets einen Stadtplan griffbereit – schon allein, um Touristen, die sich im Gassengewirr seiner Stadt hoffnungslos verirrt hatten, weiterhelfen zu können. Sein Exemplar sah aus, als sei es in der Regierungszeit des letzten Dogen gekauft worden: vor Alter verblichen, zerfleddert und vielfach eingerissen, die Knickfalten mit durchsichtigem Klebeband verstärkt. Rossetti breitete den Plan auf seinem Schreibtisch aus und strich ihn mit beiden Händen glatt, als handle es sich um eine Piratenkarte mit Angaben über vergrabene Schätze.

»Das Luna-Hotel Baglioni liegt hier ...« Ein schlanker Zeigefinger tippte auf den uralten Stadtplan. »... in der Calle San Marco, nur wenige Schritte von der *Vaporetto*-Anlegestelle San Marco entfernt. Die Calle San Marco ist sehr schmal, nicht breiter als diese Gasse hier. Das Hotel hat eine private Anlegestelle am Rio della Zecca. Sie können die Vorder- und Rückseite des Hotels unmöglich allein überwachen.«

Der Engländer beugte sich über den Stadtplan, um die Lage des Hotels zu begutachten. »Haben Sie einen Vorschlag?«

»Ich könnte veranlassen, daß die Geigerin überwacht wird. Sobald sie das Baglioni verläßt, würde ich Sie benachrichtigen.«

»Sie haben jemanden im Hotel?«

Rossetti zog die Augenbrauen hoch und senkte den Kopf – eine neutrale Geste, weder bejahend noch verneinend, die nur erkennen ließ, daß er über diesen Punkt nicht weiter diskutieren wollte.

»Vermute ich richtig, daß für diesen Service ein zusätzliches Honorar fällig würde?«

»Für Don Orsati? Es wäre mir ein Vergnügen, ihm diese Gefälligkeit zu erweisen.«

»Erzählen Sie mir, wie das funktionieren könnte.«

»In der Nähe des Hotels gibt es genügend Orte, an denen Sie warten können, ohne Aufmerksamkeit zu erregen. Vor allem natürlich auf dem Markusplatz. In den Cafés an der Calle Marzo. Auf der Fondamenta delle Farine mit Blick auf den Canal Grande.« Rossettis Zeigefinger tippte jeden dieser Punkte leicht an. »Sie haben vermutlich ein Handy?«

Der Engländer klopfte auf seine Brusttasche.

»Geben Sie mir die Nummer und bleiben Sie in der Nähe des Hotels. Sobald die beiden es verlassen, werden Sie angerufen.«

Er zögerte, sich auf eine Partnerschaft mit Rossetti einzulassen, aber leider hatte der Italiener recht: Er konnte das Hotel unmöglich allein überwachen. Also nannte er seine Handynummer, und Rossetti notierte sie sich.

»Natürlich besteht die Möglichkeit, daß die Geigerin in ihrem Hotel bleibt, bis es Zeit wird, sich zum Konzert in die Scuola Grande di San Rocco zu begeben«, sagte Rossetti. »In diesem Fall bliebe Ihnen nichts anderes übrig, als Ihren Auftrag dort auszuführen.«

»Haben Sie eine Eintrittskarte für mich?«

Rossetti nahm die Konzertkarte aus der mittleren Schreibtischschublade und legte sie sorgfältig vor sich hin. Dann benützte er Daumen und Mittelfinger der rechten Hand, um sie über die Schreibtischplatte zu schieben. Der Engländer griff danach, betrachtete sie von beiden Seiten. Rossetti sah aus dem Fenster, während der Kunde die Ware begutachtete, denn er war sich sicher, daß diese Prüfung zur vollen Zufriedenheit ausfallen würde.

»Die Karte ist echt? Keine Fälschung?«

»O ja, völlig echt, das dürfen Sie mir glauben. Und verdammt schwierig zu bekommen. Ich war sogar versucht, sie für mich zu behalten. Ich bin ein großer Verehrer von Anna Rolfe, müssen Sie wissen. Diese Leidenschaft! Jammerschade, daß sie bald nicht mehr ...« Er wechselte rasch das Thema. »Kennen Sie die San Rocco?«

Der Engländer steckte die Konzertkarte ein und schüttelte den Kopf. Rossetti tippte erneut auf seinen Stadtplan. »Die Scuola di San Rocco liegt hier – jenseits des Canal Grande an der Grenze der Stadtbezirke San Polo und Santa Croce, unmittelbar westlich der Kirche Santa Maria Gloriosa dei Frari. San Rocco war der Schutzheilige aller, die an ansteckenden Krankheiten litten, und die *scuola* stellte eine Wohlfahrtseinrichtung für solche Kranken dar. Ihr Bau wurde durch Spenden reicher Venezianer ermöglicht, die glaubten, dem Schwarzen Tod entrinnen zu können, indem sie großzügig für die *scuola* gaben.«

Falls der Berufskiller diesen Ausflug in die Geschichte Venedigs auch nur im geringsten interessant fand, ließ er sich nichts davon anmerken. Aber der italienische Juwelier legte die Fingerspitzen beider Hände zusammen und dozierte unbeirrbar weiter.

»Die *scuola* hat zwei Hauptgeschosse, in denen der untere und der obere Saal liegen. Im Jahr 1564 erhielt Tintoretto den Auftrag, Wände und Decken des Gebäudes auszumalen. Dafür brauchte er dreiundzwanzig Jahre.« Rossetti machte eine kurze Pause, um über diese Tatsache nachzudenken, dann fügte er hinzu: »Können Sie sich einen Mann mit so viel Geduld vorstellen? Ich würde mich mit niemandem anlegen wollen, der so geduldig ist.«

»Wo findet das Konzert statt? Im unteren oder im oberen Saal?«

»Natürlich im oberen Saal. Man erreicht ihn über eine von Scarpagnino entworfene und ausgeführte breite Marmortreppe. Die dortigen Wandgemälde stellen den Schwarzen Tod dar. Sehr bewegend.«

»Und wenn ich gezwungen bin, den Auftrag im oberen Saal auszuführen?«

Rossetti drückte seine Fingerspitzen an die Lippen, als schicke er ein stummes Bittgebet gen Himmel. »Bleibt Ihnen nichts anderes übrig, wird es Ihnen nicht schwerfallen, über die Treppe und den Hauptausgang zu entkommen. Draußen können Sie im Gassengewirr von San Polo verschwinden, ohne irgendeine Spur zu hinterlassen.« Wieder eine kurze Pause, dann fügte er hinzu: »Als Venezianer flehe ich Sie jedoch an, eine andere Möglichkeit zu finden. Es wäre eine Tragödie, wenn Sie einen der unteren Tintorettos beschädigen würden.«

»Beschreiben Sie mir das Gebiet um San Rocco.«

»Kirche und Scuola di San Rocco liegen an einem kleinen Platz. Hinter ihnen liegt ein Kanal, der Rio della Frescada, auf dem beide Gebäude zu erreichen sind. Miss Rolfe hat nur zwei Möglichkeiten, zum Konzertsaal zu gelangen: zu Fuß oder mit einem Wassertaxi. Geht sie zu Fuß, haben Sie reichlich Zeit und Gelegenheit, Ihren Auftrag auszuführen. Außerdem muß sie irgendwann den Canal Grande überqueren – mit einem *vaporetto* oder *traghetto.«*

»Könnte sie ihn auf einer Brücke überqueren?«

Rossetti erwog diese Frage sorgfältig. »Nun, sie könnte die Rialtobrücke oder die Akademiebrücke benützen, aber das würde ihren Weg beträchtlich verlängern. Wäre ich ein Spielertyp, würde ich darauf setzen, daß Miss Rolfe vom Baglioni aus mit einem Wassertaxi direkt zum Campo San Rocco fährt.«

»Und wenn sie das tut?«

»Der Rio della Frescada ist ein sehr schmaler Kanal. Zwischen seiner Einmündung in den Canal Grande und der Anlegestelle am San Rocco gibt es vier Brücken. Dort böte sich Ihnen reichlich Gelegenheit, den Anschlag zu verüben. Ein Kinderspiel, wenn Sie mich fragen.«

Der Engländer warf dem Italiener einen abschätzigen Blick zu, als wolle er sich dagegen verwahren, daß sein Auftrag so primitiv charakterisiert wurde – erst recht im vorliegenden Fall, in dem die Zielperson unter professionellem Schutz stand.

»Don Orsati hat mitgeteilt, daß Sie Waffen brauchen werden. Eine Pistole und vielleicht eine Waffe mit etwas mehr Feuerkraft für den Fall, daß nicht alles so klappt wie geplant.«

Rossetti stand auf und trat an den altehrwürdigen Panzerschrank in einer Ecke seines Büros, um die Kombination einzustellen und die schwere Tür aufzuziehen. Er nahm einen Aktenkoffer heraus, legte ihn auf die Schreibtischplatte und setzte sich wieder. Dann klappte er den Deckel auf und nahm zwei in dünnes Filztuch gehüllte Waffen heraus. Er packte die erste aus und gab sie dem Engländer: eine 9-mm-Tanfoglio Modell S mit pechschwarzem Lauf und Griffschalen aus Walnußholz. Sie roch nach sauberem Waffenöl. Der Berufskiller zog den Schlitten zurück, wog die Pistole prüfend in der Hand, um ein Gefühl für Gewicht und Balance zu bekommen, und begutachtete den Zustand der Züge des Laufs, indem er die Mündung ans Licht hielt.

»Sie hat ein Magazin mit fünfzehn Schuß und ist wegen des längeren Laufs sehr treffsicher«, sagte Rossetti. »Ihr Platz im Konzert ist in der vorletzten Reihe. Weiter vorn war leider nichts mehr zu bekommen. Aber selbst aus dieser Entfernung dürfte ein Mann mit Ihrer Ausbildung keine Mühe haben, sein Ziel mit der Tanfoglio zu treffen.«

»Ich nehme sie. Und ein zusätzliches Magazin.«

»Selbstverständlich.«

»Und die zweite Waffe?«

Rossetti wickelte sie aus und übergab sie dem Profi: eine leichte Maschinenpistole aus österreichischer Produktion. Der Engländer begutachtete die Waffe von allen Seiten.

»Ich habe ausdrücklich eine Heckler & Koch MP5 verlangt«, stellte er fest.

»Ja, ich weiß, aber ich konnte so schnell keine beschaffen. Mit der Steyr-Mannlicher werden Sie zufrieden sein, davon bin ich überzeugt. Sie ist leicht und läßt sich gut verstecken. Außerdem ist sie nur für den äußersten Notfall gedacht.«

»Sie wird genügen müssen, denke ich.«

»Sie haben wohl eine besondere Vorliebe für die Heckler & Koch?«

Die hatte der Engländer. Die MP5 war seine Waffe gewesen, als er beim SAS gedient hatte, aber er dachte nicht daran, das Rossetti anzuvertrauen. Er wickelte beide Waffen wieder ein und legte sie mitsamt den Reservemagazinen und Patronenschachteln sorgfältig in seinen eigenen Aktenkoffer.

»Brauchen Sie sonst noch etwas?«

Als der Berufskiller den Kopf schüttelte, begann Rossetti, auf einem kleinen Notizblock den Gesamtbetrag auszurechnen: Waffen, die Konzertkarte, persönlich erbrachte Dienstleistungen. Als er den Betrag in Euro ermittelt hatte, schob er dem Engländer den Block mit dem unterstrichenen Endbetrag hin. Der Killer sah erst die Zahl, dann Rossetti an.

»Kann ich mit Dollar zahlen?«

Rossetti lächelte, dann rechnete er den Betrag zum Tageskurs in Dollar um. Der Engländer zählte ihn in druckfrischen Fünfzigern ab und legte fünfhundert Dollar als Bonus darauf. Signor Rossetti zuckte mit den Schultern, als wollte er sagen, ein Bonus sei nicht nötig, aber der Killer bestand darauf, und Rossetti steckte das Geld diskret ein.

Unten verließen Rossetti und der Engländer gemeinsam den Laden, und der Juwelier sperrte hinter ihnen ab. Ein Wolkenbruch empfing sie: Gewaltige Ströme von Regen, die in die kleine Gasse fielen und als Sturzbäche in die Gullys liefen. Der Italiener hatte klugerweise wadenhohe Gummistiefel angezogen; der Engländer mit seinen Wildlederslippern mußte versuchen, über die größten Pfützen zu springen. Das amüsierte den venezianischen Juwelier.

»Sie sind zum erstenmal in Venedig.«

»Ja, leider.«

»So ist das Wetter nun schon seit über zwei Wochen, aber die Touristen kommen trotzdem noch. Wir brauchen sie – Gott weiß, daß ich ohne sie mein Geschäft zumachen könnte – doch manchmal wird ihr Ansturm selbst mir zuviel.«

An einer *Vaporetto*-Haltestelle gaben sie sich die Hand.

»Ich muß sagen, daß ich Ihren Auftrag schrecklich finde, aber Sie müssen tun, wofür Sie bezahlt werden, nehme ich an. Eine Geigerin ...« Er hob die Hände in einer typisch italienischen Geste. »... eine Geigerin läßt sich ersetzen. Aber die *Tintorettos* ... die Tintorettos sind unersetzlich. Bitte, ich würde es mir nie verzeihen, wenn ich bei ihrer Zerstörung eine Rolle gespielt hätte.«

»Ich versichere Ihnen, Signor Rossetti, daß ich mir größte Mühe geben werde, sie möglichst nicht zu beschädigen.«

Der Italiener lächelte. »Ich vertraue darauf, daß Sie das tun werden. Können Sie sich außerdem vorstellen, welcher Fluch einen Mann verfolgen würde, der den Heiland oder die Muttergottes mit einer Kugel durchlöchert?«

Der Juwelier bekreuzigte sich; dann wandte er sich ab und verschwand in der nächsten Gasse.

37

Venedig

An diesem Nachmittag versammelte Gabriels Team sich im Wohnzimmer von Anne Rolfes Suite. Die Angehörigen des Teams waren auf unterschiedlichen Routen, mit Reisepässen verschiedener Staaten und mit unterschiedlichen Legenden nach Venedig gekommen. Nach einem bewährten Prinzip des Dienstes gaben sie sich alle als Paare aus. Ihr Unternehmen war so hastig ausgearbeitet und in die Tat umgesetzt worden, daß es nicht einmal einen richtigen Decknamen bekommen hatte. Da Anna hier die Giorgione-Suite bewohnte, übernahm Gabriels Team in Venedig den Namen dieses berühmten venezianischen Malers als Decknamen.

Zu dem Team gehörten Schimon und Ilana. In ihrer Rolle als französisches Paar auf der Hochzeitsreise waren sie von der Côte d'Azur mit dem Auto nach Venedig gefahren. Die beiden hatten schwarze Augen und einen dunklen Teint; sie waren gleich groß und fast gleich schön. Sie waren miteinander auf der Geheimdienstakademie gewesen, aber ihre Beziehung wäre beinahe zerbrochen, als Ilana auf dem Schießstand besser als Schimon war und ihm beim Kung-Fu-Training in der Turnhalle ein Schlüsselbein brach.

Ebenfalls dazugehörten Itzhak und Mosche. Als Konzession an den Zeitgeist, der neue Beziehungsarten tolerierte, gaben die beiden sich als schwules Paar aus dem Londoner Stadtteil Notting Hill aus, obwohl sie durchaus heterosexuell waren – Itzhak sogar ein ausgesprochener Schürzenjäger.

Dann kam Deborah von ihrer Station im kanadischen Ottawa. Gabriel hatte während des Unternehmens gegen Tariq mit ihr zusammengearbeitet und war so von ihrer Leistung beeindruckt gewesen, daß er darauf bestand, sie für sein Team in Venedig anzufordern. Schamron hatte zunächst gemauert, aber als Gabriel nicht lockerließ, hatte der Alte sie mit dem nächsten Flugzeug kommen lassen und ihrem Sektionschef eine plausible Lüge vorgesetzt.

Neben ihr auf dem Sofa, über dessen Lehne er lässig sein rechtes Bein gehängt hatte, saß Jonathan. Er war schweigsam, langweilte sich sichtlich und machte den Eindruck eines Mannes, der bei einem Arzt auf eine Routineuntersuchung wartet, die er nicht braucht. Er war eine jüngere Version Gabriels – vielleicht von Gabriel vor Wien. »Jonathan nimmt jeden Mordauftrag ernst«, hatte Schamron gesagt, »aber er ist kein Revolverheld. Er hat ein Gewissen – genau wie Sie. Wenn diese Sache vorbei ist und alle in Sicherheit sind, sucht er sich eine hübsche Toilette, auf der er in aller Ruhe kotzen kann.« Wie Schamron vorausgesehen hatte, fand Gabriel diesen Charakterzug Jonathans beruhigend.

Die Besprechung dauerte genau eineinviertel Stunden, aber Gabriel wußte danach nicht mehr, weshalb er auf die Zeit geachtet hatte. Er hatte beschlossen, den heutigen Probelauf im Stadtbezirk Castello unmittelbar östlich der Markuskirche und des Dogenpalasts stattfinden zu lassen. Dort hatte er in seiner Lehrzeit bei Umberto Conti gelebt, so daß er sich in dem Gewirr aus Sträßchen und Gassen bestens auskannte. Jetzt benützte er einen Hotelbleistift als Zeigestab, während er ihre für heute vorgesehene Route erläuterte und die Bewegungen seines Teams choreographierte.

Um seine Anweisungen zu übertönen, ließ Gabriel eine CD mit den *Deutschen Tänzen* von Mozart laufen. Dadurch schien sich Jonathans Laune zu verschlechtern. Jonathan haßte alles Deutsche. Noch mehr als die Deutschen haßte er tatsächlich nur die Schweizer. Während des Krieges hatte sein Großvater sein Vermögen und Erbstücke der Familie retten wollen, indem er seinen gesamten Besitz einem Schweizer Bankier anvertraute. Als Jonathan fünfzig Jahre später versucht hatte, Zugang zu diesem Konto zu erhalten, hatte ein beflissener Bankangestellter ihm mitgeteilt, die Bank brauche als erstes einen Beweis dafür, daß sein Großvater wirklich tot sei. Jonathan hatte ihm erklärt, sein Großvater sei in Treblinka ermordet worden – mit Gas aus der Produktion eines Schweizer Chemiekonzerns, war er hinzuzufügen versucht gewesen –, und obwohl die Nazis es mit ihrem Papierkram sehr genau nahmen, hätten sie leider nicht daran gedacht, einen Totenschein auszustellen. Bedaure, hatte der Bankangestellte gesagt. Kein Totenschein, kein Geld.

Nachdem Gabriel seine Anweisungen erteilt hatte, klappte er einen großen Aluminiumkoffer auf und gab jedem Angehörigen des Teams ein abhörsicheres Handy und eine 9-mm-Beretta. Sobald die Waffen weggesteckt waren, holte er Anna zu ihrer ersten Begegnung mit dem Team Giorgione aus dem Schlafzimmer herunter. Schimon und Ilana erhoben sich und applaudierten ihr gedämpft. Itzhak und Mosche, die bereits anfingen, ihre Rolle zu spielen, kommentierten den Schnitt ihrer modischen Lederstiefel. Deborah musterte sie eifersüchtig von oben bis unten. Nur Jonathan schien sich nicht für sie zu interessieren, aber das mußte man ihm nachsehen, denn Jonathan dachte nur noch an den als »der Engländer« bekannten Berufskiller.

Zehn Minuten später schlenderten Gabriel und Anna die Calle San Marco entlang. Die anderen Mitglieder des Teams waren vor ihnen aufgebrochen und hatten ihre Positionen eingenommen: Jonathan an der *Vaporetto*-Anlegestelle San Marco; Schimon und Ilana auf einem Schaufensterbummel in der Calle Frezzeria; Itzhak und Mosche an einem Tisch im Café Quadri am Markusplatz. Deborah, das Nesthäkchen der Gruppe, hatte den wenig beneidenswerten Auftrag, die Tauben im Schatten des Glockenturms der Markuskirche mit Popcorn zu füttern. Mit bewundernswürdiger Geduld ertrug sie, daß die Vögel sich auf ihre Schultern setzten und an ihren Haaren zupften. Sie fand sogar einen gutaussehenden *carabiniere,* der sie mit der Wegwerfkamera aufnahm, die sie an einem Kiosk in der Mitte des Platzes gekauft hatte.

Als Gabriel und Anna den Markusplatz betraten, fiel leichter Nieselregen wie Nebel aus einem Zerstäuber. Laut Wetterbericht sollte es morgen und übermorgen durchregnen, so daß wieder einmal Hochwassergefahr bestand. Arbeiterkolonnen errichteten ein Netzwerk aus erhöhten Holzstegen, damit der Touristenstrom weiterfließen konnte, wenn der steigende Wasserstand der Lagune den Markusplatz in einen seichten See verwandelte.

Anna trug einen dreiviertellangen Daunenmantel, der weit genug war, um die schußsichere Kevlar-Weste darunter zu verbergen. Sie hatte die Kapuze hochgeklappt und trug trotz des bewölkten Nachmittagshimmels eine Sonnenbrille. Gabriel war sich vage bewußt, daß Jonathan sich irgendwo hinter ihnen befand und einen aufgeschlagenen Reiseführer in den Händen hielt, während seine Augen den Markusplatz absuchten. Er blickte nach links und beobachtete, wie Schimon und Ilana unter den Arkaden vorbeischlenderten. Vor ihnen erhob sich die

Markuskirche, deren große Kuppeln in den bleigrauen Himmel aufragten.

Anna hängte sich bei Gabriel ein. Das war eine ganz spontane Geste, weder zu intim noch zu distanziert. Die beiden konnten Freunde oder Kollegen sein; sie konnten ein Liebespaar sein, das gerade aus dem Bett kam. Aus der Art ihrer Berührung hätte niemand erraten können, was sie dabei empfand. Das konnte nur Gabriel – aber auch nur, weil er das leichte Zittern ihres Körpers fühlte und zugleich spürte, wie die kräftigen Finger ihrer linken Hand sich in die Muskeln und Sehnen seines Arms gruben.

Sie setzten sich im Café Florian an einen Tisch im Schutz der Arkade. Ein Streichquartett mißhandelte Vivaldi, so daß Anna aufatmete, als die Straßenmusiker weiterzogen. Schimon und Ilana hatten ihren Rundgang um den Platz beendet und gaben vor, sich für die Löwen auf der Piazzetta dei Leoncini zu interessieren. Itzhak und Mosche blieben an ihrem Tisch auf der anderen Seite des Markusplatzes, während Deborah weiter die zudringlichen Tauben fütterte. Auch Jonathan fand im Café Florian einen Tisch unter der Arkade.

Anna bestellte zweimal Kaffee. Gabriel holte sein Handy heraus und meldete sich bei allen Mitgliedern seines Teams, wobei er mit Itzhak begann und mit der frustrierten Deborah aufhörte. Dann steckte er sein Handy wieder ein, begegnete Jonathans Blick und schüttelte kaum merklich den Kopf.

Alle blieben auf ihren Posten, bis Anna ihren Kaffee getrunken hatte. Als Gabriel dann zahlte, wußte das Team, daß der zweite Akt in Kürze beginnen würde. Auch Jonathan zahlte. Obwohl er alles von Schamrons Spesenkonto absetzen konnte, verriet seine Miene Empörung darüber, was sie hier für einen Cappuccino und eine Flasche Mineralwasser verlangten.

Fünf Minuten später schlenderte das Team Giorgione paarweise über die Pagliabrücke in den Stadtbezirk Castello hinüber – Schimon und Ilana voraus, dann Itzhak und Mosche, zuletzt Gabriel und Anna. Jonathan, der Gabriel ständig dicht auf den Fersen blieb, hatte seinen Reiseführer jetzt eingesteckt und hielt statt dessen krampfhaft den Griff seiner Beretta umklammert.

Und vierzig Meter hinter ihnen allen folgte der Engländer, den hauptsächlich zwei Fragen beschäftigten: Warum ging die junge Frau, die vorhin die Tauben auf dem Markusplatz gefüttert hatte, jetzt zehn Schritte hinter Gabriel Allon? Und warum ging der Mann, der im Café Florian in Allons Nähe gesessen hatte, jetzt fünf Schritte vor ihr her?

Der Engländer verstand sich ausgezeichnet auf die Kunst, wirkungsvolle Maßnahmen gegen eine Überwachung zu treffen. Anna Rolfe stand unter dem Schutz einer erfahrenen, professionell arbeitenden Organisation. Aber das war bei Allon zu erwarten gewesen. Der Engländer hatte ihn und seinen Dienst studiert; er wußte, wie beide dachten. Der Gabriel Allon, den der Engländer in Tel Aviv kennengelernt hatte, hätte nie einen Spaziergang gemacht, hinter dem sich nicht irgendein Zweck verbarg. Und der Zweck des heutigen Spaziergangs war, den Engländer zu enttarnen.

Am Riva degli Schiavoni kaufte der Engländer an einem Touristenkiosk eine Ansichtskarte und beobachtete, wie Allon und Anna Rolfe im Straßengewirr des Stadtbezirks Castello verschwanden. Dann wandte er sich ab und verbrachte die folgenden zwei Stunden damit, langsam zu seinem Hotel zurückzuschlendern.

Venedig ist eine Stadt, in der die gewöhnlichen Regeln von Überwachung und Gegenüberwachung außer Kraft gesetzt sind. Sie ist ein Virtuosenstück, das die sichere Hand eines Virtuosen verlangt. In der Stadt gibt es keine Autos, keine Busse oder Straßenbahnen. Nur an sehr wenigen Stellen lohnt es sich, einen festen Beobachtungsposten einzurichten. Es gibt Straßen und Gassen, die im Nichts enden – an einem Kanal oder in einem Innenhof, der eine Sackgasse bildet. Venedig ist eine Stadt, in der alle Vorteile auf der Seite des Verfolgten liegen.

Die Angehörigen des Teams Giorgione waren sehr gut. Sie waren von den Überwachungskünstlern des Dienstes ausgebildet worden und hatten ihre Fertigkeiten auf den Straßen Europas und des Nahen Ostens weiter verfeinert. Sie verständigten sich wortlos, bewegten sich auf wechselnden Kreisbahnen um Gabriel und tauchten immer wieder aus verschiedenen Richtungen auf. Allein Jonathan behielt ständig seine Position bei: fünf Schritte hinter Gabriels Rücken – wie ein Satellit auf einer stationären Umlaufbahn.

Sie bewegten sich über eine Reihe von Kirchenvorplätzen nach Norden und setzten sich dann in ein kleines Café am Rand des großen Platzes vor der Kirche Santa Maria della Formosa. Gabriel und Anna nahmen an einem Tisch Platz, während Jonathan sich unter eine Gruppe von Männern an der Bar mischte. Durch die Fenster konnte Gabriel immer wieder kurze Blicke auf Mitglieder seines Teams werfen. Schimon und Ilana waren dabei, sich an einem Stand in der Platzmitte ein Eis zu kaufen. Itzhak und Mosche gaben vor, die schlichte Fassade der Kirche Santa Maria della Formosa zu bewundern. Und Deborah, deren Unternehmungslust zurückgekehrt war, spielte mit einer Gruppe italienischer Schuljungen Fußball.

Diesmal übernahm es Jonathan, die Angehörigen des Teams über ihre abhörsicheren Handys abzufragen. Als er damit fertig war, wandte er sich Gabriel zu und bildete mit den Lippen drei Wörter: *Ihr seid sauber.*

Am späten Abend, als die Mitglieder des Teams Giorgione nach einer Abschlußbesprechung in ihre jeweiligen Hotels zurückgekehrt waren, saß Gabriel noch in dem behaglichen Wohnzimmer von Annas Suite und starrte Photos an, die Christopher Keller zeigten. Oben im Schlafzimmer verstummte die Violine. Gabriel hörte, wie Anna sie in den Geigenkasten zurücklegte und die Schlösser zuschnappen ließ. Im nächsten Augenblick kam sie die Treppe herunter. Gabriel sammelte die Photos vom Tisch ein und steckte sie in den festen braunen Umschlag zurück. Anna ließ sich ihm gegenüber in einen Sessel fallen und zündete sich eine Zigarette an.

»Willst du ihn versuchen?« fragte Gabriel.

»Den ›Teufelstriller‹?«

»Ja.«

»Weiß ich noch nicht.«

»Was spielst du, wenn du glaubst, daß du vielleicht doch zu unsicher bist?«

»Als Ersatz spiele ich solo zwei Sonaten von Bach für Violine. Sie sind schön und auch schwierig, aber eben nicht der ›Teufelstriller‹. Die Kritiker werden sich fragen, warum ich auf ihn verzichtet habe. Sie werden darüber spekulieren, ob ich nicht doch zu früh aufs Konzertpodium zurückgekehrt bin. Das wird lustig!«

»Was du auch spielst – du wirst dein Publikum wie immer begeistern.«

Ihr Blick fiel auf den braunen Umschlag auf dem Couchtisch zwischen ihnen.

»Warum hast du das getan?«

»Was getan?«

»Warum hast du die Photos von ihm versteckt, als ich

die Treppe heruntergekommen bin? Warum willst du nicht, daß ich ihn sehe?«

»Mach du dir Sorgen wegen des ›Teufelstrillers‹, und ich mache mir Sorgen wegen des Mannes mit der Waffe.«

»Erzähl mir von ihm.«

»Es gibt Dinge, die du nicht zu wissen brauchst.«

»Daß er versuchen wird, mich morgen abend umzubringen, ist ziemlich wahrscheinlich. Also habe ich ein Recht darauf, etwas über ihn zu erfahren.«

Gegen diese Argumentation war Gabriel machtlos, also erzählte er alles, was er über Christopher Keller wußte.

»Ist er wirklich irgendwo dort draußen unterwegs?«

»Davon müssen wir ausgehen.«

»Interessant, nicht wahr?«

»Was findest du daran interessant?«

»Er kann seine Stimme und sein Aussehen beliebig verändern, und er ist in der irakischen Wüste unter Feuer und Blut verschwunden. Ich finde, das klingt ganz so, als ob er der Leibhaftige wäre.«

»Er *ist* ein Teufel.«

»Schön, ich spiele ihm also seine Sonate. Dann kannst du ihn in die Hölle zurückschicken.«

38

Venedig

Am Spätnachmittag des folgenden Tages war der Engländer auf der Calle della Passion unterwegs, auf der er den hohen gotischen Campanile der Kirche Santa Maria Gloriosa dei Frari vor sich hatte. Er schlängelte sich durch eine Gruppe von Touristen und veränderte dabei immer wieder geschickt seine Kopfhaltung, um ihren Schirmen auszuweichen, die wie mit der Flut treibende Quallen auf und ab tanzten. Auf dem Platz vor der Kirche betrat er ein Café. Er bestellte einen Cappuccino und breitete einen Stadtplan und seine Reiseführer auf dem kleinen Tisch aus. Falls jemand ihn dabei beobachtete, würde er ihn für einen gewöhnlichen Touristen halten, was dem Engländer nur recht war.

Er war seit dem frühen Morgen unterwegs. Schon kurz nach dem Frühstück hatte er sein Hotel im Stadtbezirk Santa Croce mit Stadtplan und Reiseführern in der Hand verlassen, war stundenlang durch die Stadtbezirke San Marco und San Polo gewandert und hatte sich ihre Straßen und Brücken eingeprägt – wie er es früher, in einem anderen Leben, in West-Belfast getan hatte. Besonders genau hatte er sich die Straßen und Kanäle um die Kirche Santa Maria Gloriosa dei Frari und die Scuola Grande di San Rocco angesehen. Und er hatte ein Spiel mit sich selbst gespielt, indem er kreuz und quer durch San Polo geschlendert war, bis er sich absichtlich verlaufen hatte. Danach hatte er versucht, auf dem kürzesten Weg zu der

Kirche zurückzukehren, und unterwegs sein Gedächtnis für Straßennamen auf die Probe gestellt. In der *scuola* verbrachte er ein paar Minuten in der großen Eingangshalle und gab vor, zu den riesigen Tintorettos aufzusehen, während er sich in Wirklichkeit mehr für die Lage des Treppenhauses im Hinblick auf den Haupteingang interessierte. Dann ging er in den ersten Stock hinauf, besichtigte den oberen Saal und stellte ungefähr fest, wo er während des Konzerts sitzen würde. Rossetti hatte recht: Selbst von einem der hinteren Plätze aus würde es für einen Profi ein leichtes sein, die Geigerin mit der Tanfoglio zu erschießen.

Der Engländer sah auf seine Armbanduhr: wenige Minuten nach siebzehn Uhr. Das Konzert würde um 20 Uhr 30 beginnen. Bis dahin hatte er noch eine letzte Sache zu erledigen. Er zahlte, verließ das Café und ging bei herabsinkender Abenddämmerung in Richtung Canal Grande davon. Unterwegs betrat er ein Geschäft für Männermode und kaufte sich eine neue Jacke: eine Steppjacke aus schwarzem Nylonmaterial mit Cordsamtkragen. Solche Jacken schienen in Venedig derzeit groß in Mode zu sein; er hatte sie tagsüber zu Dutzenden gesehen.

Nachdem er mit einem *traghetto* über den Canal Grande gefahren war, ging er zu Signor Rossettis Geschäft im Stadtbezirk San Marco weiter. Der Juwelier stand hinter seinem Ladentisch und wollte eben schließen. Der Engländer folgte ihm erneut die knarrende Wendeltreppe in sein Büro hinauf.

»Ich brauche ein Boot.«

»Das dürfte kein Problem sein. Wann soll es zur Verfügung stehen?«

»Möglichst sofort.«

Der Juwelier kratzte sich am Kinn. »Ich kenne einen

jungen Mann … Er heißt Angelo und besitzt ein Wassertaxi. Sehr umsichtig, sehr zuverlässig.«

»Er ist nicht der Typ, der unbequeme Fragen stellt?«

»Überhaupt nicht. Er hat schon mehrmals vertrauliche Aufträge ausgeführt.«

»Können Sie ihn kurzfristig erreichen?«

»Ich denke schon, ja. Wann bräuchten Sie ihn denn?«

»Ich möchte, daß er auf dem Rio di San Polo beim Goldoni-Museum auf mich wartet.«

»Ja, ich verstehe. Das dürfte kein Problem sein, aber für Nachtfahrten wäre ein Zuschlag zu entrichten. Das ist in Venedig so üblich. Einen Augenblick, bitte. Ich will sehen, ob ich ihn erreichen kann.«

Rossetti suchte die Nummer aus einem in Leder gebundenen Telefonverzeichnis heraus und wählte sie. Ein kurzes Gespräch genügte, um die nötigen Vereinbarungen zu treffen. Angelo würde in spätestens einer halben Stunde am Goldoni-Museum sein und dort warten.

»Vielleicht wär's einfacher, wenn Sie gleich bei mir zahlen würden«, schlug Rossetti vor. »Ich rechne dann mit dem Jungen ab.«

Auch diese Transaktion wurde in Dollar abgewickelt, nachdem Rossetti den Betrag auf seinem Notizblock umgerechnet hatte. Der Engländer verließ das Geschäft und ging zu einem Restaurant in der Calle della Verona, wo er ein einfaches Abendessen aus Gemüsesuppe und Fettucine mit Pilzen zu sich nahm. Beim Essen achtete er nicht auf den in dem kleinen Restaurant herrschenden heiteren Lärm, sondern glaubte wieder, das Gespräch zu hören, das auf dem aus Emil Jacobis Wohnung entwendeten Tonband aufgezeichnet war – das Gespräch zwischen dem Schweizer Professor und Gabriel Allon über die Verfehlungen eines Mannes namens Augustus Rolfe. Des Vaters der Frau, die der Engländer liquidieren sollte.

Als er wenig später seinen Espresso bestellte, bat er den Ober um ein Stück Papier. Er schrieb ein paar Worte auf den Zettel, dann steckte er ihn ein. Nach dem Essen ging er zum Canal Grande zurück und fuhr mit einem *traghetto* zur Scuola Grande di San Rocco hinüber.

Der gewaltige Donnerschlag eines in der Nähe herabzukkenden Blitzes zerstörte die gelassene Ruhe in der Halle des Luna-Hotels Baglioni. Die Lichter wurden flackernd dunkler, erholten sich und flammten dann wieder auf. Signor Brunetti, der Chefportier, faltete die Hände und murmelte ein stummes Dankgebet.

Gabriel begleitete Anna durch die Hotelhalle zur Anlegestelle hinaus. Jonathan ging einige Schritte vor ihnen her; Deborah folgte ihnen mit der Guarneri in der linken und der Stradivari in der rechten Hand mit einigen Schritten Abstand. Brunetti hob grüßend die Rechte und wünschte Anna alles Gute und viel Erfolg. Die anderen Hotelangestellten applaudierten ihr diskret. Anna lächelte dankend und schlug die Kapuze ihres Mantels hoch.

Am Bootssteg des Hotels warteten drei Wassertaxis, deren regennasse, dunkel lackierte Rümpfe im Scheinwerferlicht glänzten, mit im Leerlauf tuckernden Motoren. Jonathan trat als erster ins Freie, dann folgte Gabriel. Ein Blick nach rechts zeigte ihm Mosche und Itzhak, die auf der Fußgängerbrücke an der Einmündung zum Canal Grande standen. Itzhak signalisierte Gabriel mit hochgerecktem Daumen, bei ihnen sei alles in Ordnung. Mosche sah in die entgegengesetzte Richtung; er behielt die Menge an der *Vaporetto*-Anlegestelle San Marco im Auge.

Gabriel drehte sich um und machte Anna ein Zeichen, sie könne jetzt nachkommen. Er ließ zu, daß der Führer des zweiten Wassertaxis ihr an Bord half, und folgte ihr in die Kabine. Jonathan und Deborah stiegen ins erste Wassertaxi. Mosche und Itzhak blieben auf der Brücke, bis die Boote unter ihr hindurchgefahren waren. Dann gingen sie eine Treppe hinunter und bestiegen das dritte Wassertaxi.

Gabriel sah auf seine Armbanduhr: 19 Uhr 30.

Der Canal Grande schlängelt sich in einem ehemaligen Flußbett, das dem umgekehrten S eines Kleinkindes gleicht, träge durch Venedig. Auf Gabriels Anweisung hielten die drei Wassertaxis sich in der Kanalmitte und folgten der weiten, sanften Biegung nach Nordwesten.

Gabriel blieb mit Anna bei zugezogenen Vorhängen und ausgeschalteter Beleuchtung in der Kabine. Im ersten Wassertaxi stand Jonathan neben dem Führer am Bug und beobachtete die Wasserfläche vor ihnen. Im dritten Boot erfüllten Itzhak und Mosche dieselbe Aufgabe. Alle drei waren bis auf die Haut durchnäßt, als die Wassertaxis zehn Minuten später auf den Rio della Frescada abbogen.

Hier begann das Teilstück, das Gabriel die größten Sorgen bereitete. Auf dem engen Nebenkanal würden die Boote ihre Fahrt dramatisch verlangsamen, und zwischen Canal Grande und San Rocco überspannten vier Brücken den schmalen Wasserlauf. Auf dieser Etappe herrschten ideale Voraussetzungen für einen Mordanschlag.

Gabriel klappte sein Handy auf und tippte Jonathans Kurzwahlnummer ein. Anna drückte seinen Arm.

Zaccaria Cordoni tigerte in einem schwarzen Anzug, zu dem er sein Markenzeichen – einen kastanienbraunen Seidenschal – trug, und mit einer unangezündeten Zigarette zwischen den Fingern in der Eingangshalle der

Scuola Grande di San Rocco auf und ab. Fiona Richardson, Annas Managerin, hatte Mühe, mit ihm Schritt zu halten.

»Wo bleibt sie bloß?« fragte Cordoni.

»Sie ist hierher unterwegs.«

»Wissen Sie das bestimmt?«

»Sie hat mich angerufen, bevor sie das Baglioni verlassen hat.«

»Sie kneift doch nicht etwa, Fiona?«

»Nur keine Angst, sie kommt.«

»Das will ich hoffen! Versetzt Sie mich heute, sorge ich dafür, daß sie in ganz Italien boykottiert wird.«

»Sie kommt rechtzeitig, Zaccaria.«

Im nächsten Augenblick betrat Anna von Gabriels Team umringt die Eingangshalle.

»Anna! *Carissima!«* rief Cordoni strahlend aus und küßte sie zur Begrüßung auf beide Wangen. »Sie sehen heute wieder bezaubernd aus! Was können wir noch für Sie tun, damit dieser Abend ein grandioser Erfolg wird?«

»Ich würde mir gern den Saal ansehen, bevor das Publikum eingelassen wird.«

Cordoni deutete mit großer Geste auf die Marmortreppe.

»Bitte, hier geht's nach oben!«

Obwohl Anna schon früher zwei Abende in der Scuola Grande di San Rocco gegeben hatte, behielt sie auch hier ihr vor Konzerten übliches Ritual bei und machte einen langsamen Rundgang durch den Saal, um sich zu vergewissern, daß alles ihren Vorstellungen entsprach: ihr Platz auf dem Podium, die Aufstellung des Konzertflügels, die Anordnung der Sitzreihen, die Beleuchtung. Auch Gabriel machte einen Rundgang durch den Saal – aber aus ganz anderen Gründen.

Nachdem Anna alles begutachtet hatte, führte Cordoni sie durch eine Tür hinter dem Podium in eine große Galerie mit dunklem Parkett und riesigen Gobelins. An die Galerie schloß sich ein kleiner Salon an, der als Künstlergarderobe dienen würde. Bewacht wurde die Tür des Salons von einem Wachmann der *scuola*, der einen weinroten Blazer trug.

»Ich habe für heute abend zwei Programme drucken lassen«, sagte Cordoni vorsichtig. »Eines mit dem ›Teufelstriller‹, eines ohne ihn. Der Einlaß beginnt in fünf Minuten.«

Anna sah erst zu Gabriel, dann zu Fiona Richardson hinüber. »Ich glaube, ohne Tartini wäre ein Konzertabend in Venedig unvollständig. Lassen Sie das Programm mit dem ›Teufelstriller‹ verteilen.«

»Bist du dir deiner Sache sicher, Anna?« fragte Fiona.

»Todsicher.«

»Wie Sie wünschen«, sagte Zaccaria Cordoni.

Sobald der Konzertveranstalter und ihre Managerin gegangen waren, zog Anna ihren Mantel aus und ließ die Schlösser des Geigenkastens der Guarneri aufschnappen. Als Gabriel sich in einen Sessel fallen ließ, stemmte sie ihre Arme in die Hüften und funkelte ihn an.

»Was hast du vor, mein Lieber?«

»Ich bleibe hier bei dir.«

»Kommt nicht in Frage! Ich muß mich auf meinen Auftritt konzentrieren. Ich kann's nicht haben, daß du hier herumhockst und mich ablenkst.«

»Heute abend wirst du eine Ausnahme machen müssen, fürchte ich.«

»Beantworte mir eine Frage, Gabriel. Nehmen wir mal an, du würdest einen der Tintorettos dort draußen restaurieren – wär's dir dann recht, wenn ich dir dabei über die Schulter sähe?«

»Ich verstehe, was du meinst.«
»Gut. Und jetzt verschwinde!«

Anna besaß eine spezielle Gabe: die Fähigkeit, alle Störungen auszublenden; die Kraft, sich mit einer undurchdringlichen Sphäre aus Stille zu umgeben, sich in einem Kokon einzuschließen. Diese Fähigkeit hatte sie am Morgen nach dem Selbstmord ihrer Mutter entdeckt. Eine einfache Tonleiter – g-moll, über zwei Oktaven gespielt, hinauf und wieder hinunter – reichte aus, um sie durch ein mystisches Portal in ein anderes Raum-Zeit-Kontinuum eintreten zu lassen. Leider erstreckte ihre Fähigkeit, eine mustergültig geordnete Sphäre der Stille zu schaffen, sich nur auf ihr Geigenspiel, so daß es in ihrem übrigen Leben weiß Gott immer ziemlich chaotisch zuging.

Sie kannte Musiker, die ihr Instrument im Lauf der Zeit hassen gelernt hatten. Für Anna war das eine undenkbare Vorstellung. Ihre Violine war der Anker, der verhinderte, daß sie an den Felsen strandete – eine Rettungsleine, die sie jedesmal in Sicherheit zog, wenn sie zu ertrinken drohte. Solange sie ihre Violine in den Händen hielt, passierte nur Gutes. Erst wenn sie ihr Instrument weglegte, gerieten die Dinge außer Kontrolle.

Aber sie entstand nicht von selbst, diese mystische Sphäre. Sie mußte heraufbeschworen werden. Anna drückte ihre Zigarette aus und hängte ihren Mantel über die Lehne eines Rokokostuhls. Dann streifte sie ihre Armbanduhr ab und ließ sie in ihre Umhängetasche fallen. Sie brauchte nicht mehr zu wissen, wie spät es genau war – sie würde sich für einen Augenblick ihre eigene Zeit erschaffen, für einen Augenblick, der nur einmal existieren und nie wiederkehren würde.

Anna hatte beschlossen, heute abend auf der Guarneri zu spielen. Das erschien ihr nur passend, denn schließlich war dieses Instrument vor zweihundertfünfzig Jahren vermutlich in einer Werkstatt im oberitalienischen Cremona gebaut worden. Sie klappte den Geigenkasten auf und ließ einen Zeigefinger über das leuchtend goldbraune Instrument gleiten: die Schnecke, den Hals, den Steg, den Resonanzkörper. Sie war eine Dame, die Guarneri Anna Rolfes. Würdevoll und elegant, ohne Fehler oder Makel, ohne Narben.

Sie nahm die Violine aus dem Kasten und klemmte sich die Kinnstütze unters Kinn, so daß der Untersattel gegen die vertraute Stelle über ihrem linken Schlüsselbein drückte. Ihr Kleid war trägerlos, denn sie mochte nichts zwischen ihrem Körper und ihrem Instrument haben. Anfangs fühlte die Violine sich auf Annas Haut kühl an, aber ihre Körperwärme teilte sich bald dem Holz mit. Sie legte den Bogen auf die g-Saite und spielte sie an. Die Violine reagierte mit vollem, nachhallendem Ton. Mit ihrem Ton. Anna Rolfes Ton. Das Portal zu ihrer mystischen Sphäre stand jetzt offen.

Einmal gestattete sie sich einen Blick auf ihre Hand. Die Narben waren so häßlich. Anna wünschte sich, sie könnte sie irgendwie verbergen. Dann verdrängte sie diesen Gedanken wieder. Schließlich spielte nicht ihre Hand die Violine; ihr Spiel kam aus dem Kopf. Ihre Finger würden ihrem Gehirn gehorchen.

Anna knipste das Licht aus, schloß die Augen und führte den Bogen langsam über die Saiten. Sie spielte keine Tonleitern, machte keine Fingerübungen, übte keinen Teil der Kompositionen, die sie heute abend vortragen würde. Zu diesem Zeitpunkt gab es nichts mehr, womit sie sich noch hätte vorbereiten können. Die Stücke waren so in ihre Gehirnzellen eingegraben, daß Anna sie nicht auswendig, sondern *instinktiv* spielen würde. Jetzt brachte sie einfach nur die Violine zum Klingen und ließ die

Klangwellen durch ihren Körper fluten. *Nur du und ich, meine Fiedel,* dachte sie dabei. *Nur wir allein. Augenblicke, in denen die Zeit stillsteht.*

Sie konnte Stimmen hören, die vor der geschlossenen Tür des Salons halblaut miteinander sprachen. Aber sie legte in Gedanken einen Schalter um, und die Stimmen wurden ausgeblendet. Durch die dicken Mauern drang das Gemurmel des Publikums, das allmählich den Saal füllte. Sie legte einen weiteren Schalter um und blendete es ebenfalls aus.

Nur du und ich, meine Fiedel. Nur du und ich …

Sie dachte an den Mann auf Gabriels Photos, den als »der Engländer« bekannten Berufskiller. Es war lange, sehr lange her, daß sie das Gefühl gehabt hatte, einem Mann vertrauen zu dürfen. Wahrscheinlich hatte der Verrat ihres Vaters – die Lügen, die er ihr in bezug auf den Selbstmord ihrer Mutter erzählt hatte – ihr das Vertrauen zu *allen* Männern geraubt. Aber heute abend würde sie ihr Leben in Gabriel Allons Hände legen. Ihr Vater hatte einen Plan in die Wege geleitet, um Wiedergutmachung für seine schlimmen Verfehlungen zu leisten. Er war ermordet worden, bevor er vollenden konnte, was er begonnen hatte. Gabriel würde es für ihn zu Ende bringen müssen. Und Anna würde ihm dabei auf die einzige Weise helfen, die ihr zu Gebote stand – indem sie ihre Violine spielte. Innig und schön.

Die mystische Sphäre begann sie zu umschließen, sie einzuhüllen. Es gab keinen Killer, kein Photo ihres Vaters mit Adolf Hitler, keinen Gabriel Allon mehr. Nur noch sie und ihre Violine.

Dann wurde dezent an die Salontür geklopft. Annas Bogen hielt sofort inne.

»Fünf Minuten, Miss Rolfe.«

»Danke.«

Der Bogen glitt erneut über die Saiten. Klangwogen durchfluteten ihren Körper. Die Violine schien ihr die Haut zu verbrennen. Die Sphäre umschloß sie wieder. Anna verlor alles Gefühl für Raum und Zeit. Wenig später wurde die Salontür geöffnet, und Anna schwebte den Korridor im Obergeschoß entlang. Als sie den Saal betrat, wurde sie vermutlich mit Applaus empfangen – das wußte sie nur aus Erfahrung, nicht aus irgendwelchen Eindrükken, die ihre Sinne ihr übermittelten. Sie konnte das Publikum nicht sehen, sie konnte es auch nicht hören.

Anna senkte den Kopf und wartete einen Augenblick, bevor sie ihre Guarneri hob und unters Kinn nahm. Dann setzte sie den Bogen an, zögerte kaum merklich und begann zu spielen.

Gabriel hatte sich unter Tintorettos *Die Versuchung Christi* postiert. Sein Blick glitt über die Reihen der Konzertbesucher hinweg. Er suchte ein Gesicht nach dem anderen ab, um vielleicht den Mann auf dem Photo zu entdecken. Aber falls der Killer im Saal war, konnte Gabriel ihn nicht entdecken.

Dann kontrollierte er die Verteilung seines Teams. Itzhak war genau gegenüber auf der anderen Seite des Konzertsaals postiert. Einige Meter von ihm entfernt stand Mosche an der zum Podium hinaufführenden Treppe. Schimon und Ilana hielten an der Rückwand des Saals Wache, und wenige Meter rechts von Gabriel stand Jonathan, der die Arme verschränkt hatte, während seine dunklen Augen den Saal absuchten.

Er gestattete sich einige Sekunden lang, Anna zu beobachten. Sie spielte den »Teufelstriller« wie von Giuseppe Tartini vorgegeben ohne Begleitung. Der erste Satz war faszinierend – die nur scheinbar einfache, ätherisch schwebende, distanzierte Melodie, die angedeuteten barocken Ausschmückungen, das wiederholte Auftreten des beunruhigenden Doppelgriffs es und g. Der Teufelsakkord.

Anna spielte mit geschlossenen Augen und leicht schwankendem Körper, als entlocke sie ihrem Instrument die Töne auch durch körperliche Anstrengung. Sie stand keine zehn Meter von ihm entfernt, aber Gabriel wußte, daß sie im Augenblick für ihn unerreichbar war. Sie gehörte jetzt ganz der Musik, und falls irgendein Band zwischen ihnen existiert hatte, war es jetzt gerissen.

Er sah Anna jetzt als Bewunderer … und vage, so erschien es ihm, auch als Restaurator. Er hatte ihr geholfen, die Wahrheit über ihren Vater zu entdecken und mit der Vergangenheit ihrer Familie ins reine zu kommen. Die Beschädigungen waren noch da, das wußte er, aber sie waren nun verborgen, wie bei einer perfekten Restaurierung mit bloßem Auge nicht mehr sichtbar.

Jetzt spielte sie die tückische absteigende chromatische Tonleiter, die den ersten Satz beschloß. Nach kurzer Pause begann sie den schalkhaften zweiten Satz, der schneller und voller schwieriger Griffwechsel war, bei denen Annas Hand mehrfach von der ersten in die fünfte Stellung und von der g-Saite zur e-Saite wechseln mußte. Als sich dann achtzehn Minuten später der dritte Satz in dem Arpeggio-Schlußakkord in g-moll auflöste, brach das Publikum in jubelnden Beifall aus.

Anna ließ ihre Violine sinken und atmete mehrmals tief durch. Erst dann öffnete sie die Augen. Sie bedankte sich mit einer angedeuteten Verbeugung für den Beifall. Falls sie dabei zu Gabriel hinübersah, nahm er nichts davon wahr, denn er hatte ihr den Rücken zugekehrt, suchte erneut den Saal ab und hielt Ausschau nach einem Mann mit einer Schußwaffe.

39

Venedig

Der Campo San Rocco lag in stetigem Regen. Aber selbst das miserable Wetter konnte die Begeisterung der vielen Menschen nicht dämpfen, die dort lange nach dem Konzert ausharrten, weil sie hofften, noch einen letzten Blick auf Anna Rolfe zu erhaschen. Die Atmosphäre war wie elektrisch geladen. Nach Tartinis »Teufelstriller« war Annas langjährige Begleiterin, die Pianistin Nadine Rosenberg, mit aufs Podium gekommen, und die beiden hatten Johannes Brahms' *Sonate Nr. 1 für Violine und Klavier in d-Moll* und Pablo Sarasates *Zigeunerweisen* gespielt. Das letzte Werk des Abends, Nicolo Paganinis dämonisches Solo *Capriccio Nr. 24,* hatte das Konzertpublikum zu Beifallsstürmen hingerissen.

Anna Rolfe wußte nichts von der Menge, die unten auf dem Platz ausharrte. In diesem Augenblick stand sie mit Zaccaria Cordoni und Fiona Richardson in der Galerie hinter dem Saal. Fiona hatte ihr Handy am Ohr und telefonierte angeregt auf deutsch. Anna rauchte eine wohlverdiente Gitane und versuchte, von dem Hochgefühl ihres Auftritts herunterzukommen. Sie hielt weiter ihre Violine unter dem Arm. Die alte Guarneri war heute abend gut zu ihr gewesen. Deshalb wollte Anna sie noch etwas länger bei sich haben.

Gabriel, der sich diskret im Hintergrund hielt, beobachtete sie aufmerksam. Anna lächelte, als sie seinem Blick begegnete. Sie sagte unhörbar: *Danke!* und warf ihm eine Kußhand zu. Fiona beendete ihr Gespräch und ließ das Handy in ihre Handtasche gleiten.

»Dein heutiger Erfolg hat sich schnell herumgesprochen, meine Liebe. Du hast einen ziemlich hektischen Winter vor dir. Paris, Brüssel, Stockholm und Berlin. Und das ist nur die erste Woche!«

»Ich weiß nicht recht, ob ich wirklich schon soweit bin, daß ich wieder aufs Karussell steigen kann, Fiona.«

Zaccaria Cordoni legte ihr väterlich eine Hand auf die Schulter. »Wenn ich mir ein Urteil gestatten darf, sind Sie eindeutig wieder soweit. Der heutige Abend war sensationell. Sie haben wie eine Besessene gespielt.«

»Vielleicht bin ich besessen«, sagte sie schalkhaft.

Fiona sah zu Gabriel hinüber und lächelte. »Willst du uns nicht mehr über deinen geheimnisvollen Franzosen erzählen – den gutaussehenden Monsieur Dumont?«

»Was ich wirklich möchte, sind ein paar ruhige Minuten mit ihm allein.«

Sie trat auf Gabriel zu und nahm ihn an der Hand. Fiona und Cordoni sahen ihnen nach, als sie zu dem Salon gingen, der Anna als Garderobe diente. Fiona runzelte die Stirn.

»Ich will nur hoffen, daß dieser Monsieur Dumont – wer immer er sein mag – ihr nicht wie die anderen Kerle das Herz bricht. Sie gleicht einem feinen Kristallglas: schön, aber sehr zerbrechlich. Und wenn dieser Schweinehund ihr das Herz bricht, bringe ich ihn um!«

Anna schloß die Tür ihrer Garderobe und sank in Gabriels Arme.

»Du hast herrlich gespielt.«

»Ohne dich hätte ich's nicht gekonnt.«

»Ich habe nur aufgepaßt, daß dir nichts passiert. Deinen Erfolg verdankst du dir allein.«

»Ich wollte, wir könnten ihn gemeinsam feiern.«

»Du verläßt die Stadt mit dem nächsten Flugzeug. Und ich habe meinen Auftrag auszuführen.«

»War er heute abend hier?«

»Der Killer?«

Sie nickte mit an seine Brust gepreßtem Kopf.

»Das weiß ich nicht, Anna.«

Plötzlich erschöpft ließ sie sich in einen Sessel sinken. Auf dem niedrigen Tischchen vor ihr lag der Geigenkasten der Guarneri. Sie ließ die Schlösser aufschnappen und klappte den Deckel auf. In dem Kasten lag ein mit dem Namen *Anna* beschrifteter Zettel, der einmal zusammengefaltet war.

Sie sah zu Gabriel auf. »Hast du mir den reingelegt?«

»Wen reingelegt?«

»Diesen Zettel in meinem Geigenkasten. Er war noch nicht darin, als ich den Salon verlassen habe, um aufs Podium zu gehen.«

Anna griff in den Geigenkasten und nahm den Zettel heraus. Dabei rutschte zwischen den beiden Papierlagen ein Gegenstand heraus: ein zu einem Halsband zusammengeknoteter dünner Lederriemen, an dem ein rotes Korallenstück in Form einer Hand hing.

Gabriel fühlte sein Herz gegen seine Rippen hämmern, als er in den Geigenkasten griff und den Anhänger herausnahm. »Was steht auf dem Zettel?«

»›Sie haben ihn nötiger als ich. Richten Sie Gabriel aus, daß er mir etwas schuldig ist. Mit besten Empfehlungen.‹«

Er zog seine Beretta, öffnete die massive Salontür einen Spalt weit und spähte hinaus. Zaccaria Cordoni sah ihn und hastete auf dem Korridor heran, um zu fragen, was passiert sei. Gabriel steckte die Beretta wieder weg.

»Wo ist der Mann, der vor dem Konzert an dieser Tür postiert war?«

»Welcher Mann?«

»Der Wachmann in dem weinroten Blazer. Wo ist er geblieben?«

»Keine Ahnung. Warum?«

»Weil jemand während des Konzerts in Annas Garderobe gewesen sein muß.«

»Ist irgendwas entwendet worden?«

»Er hat einen Zettel dagelassen.« Gabriel hob den Korallentalisman hoch. »Und das hier.«

»Darf ich den mal sehen?«

Gabriel gab ihn Cordoni, der den Anhänger in der Hand wog und dabei lächelte.

»Sie wissen, was das ist?«

»Ja, ich denke schon. Es ist harmlos.«

»Was ist es also?«

»Wir Cordonis waren ursprünglich Korsen. Mein Ur-Urgroßvater ist nach Italien ausgewandert und hat den venezianischen Zweig der Familie begründet, aber ich habe noch immer entfernte Verwandte, die in einem abgelegenen Tal im Süden der Insel leben.«

»Was hat das mit diesem Anhänger zu tun?«

»Der ist ein Talisman, ein korsischer Glücksbringer, der auf der Insel von Männern getragen wird. Sie glauben, daß er gegen den bösen Blick hilft – gegen den *occhju,* wie die Korsen ihn nennen.« Cordoni gab ihn Gabriel zurück. »Er ist wie gesagt harmlos. Irgend jemand wollte Miss Rolfe nur ein Geschenk machen.«

»Ich wollte, die Sache wäre so einfach.« Gabriel steckte den Talisman in die Tasche zu seiner Beretta, dann sah er wieder Cordoni an. »Wo ist der Mann, der vor dieser Tür gestanden hat?«

Der Engländer entdeckte sein Wassertaxi, das im Schutz einer Fußgängerbrücke auf dem Rio di San Polo dümpelte. Rossettis Mann saß in einem Anorak mit hochgeschlagener Kapuze am Ruder. Der Engländer ging an Bord des Taxis und verschwand in der Kabine.

Rossettis Mann machte die Bugleine los, legte ab und gab Gas. Das Boot rumpelte und zitterte, dann nahm es Fahrt auf. Wenig später waren sie mit hoher Fahrt auf dem Canal Grande unterwegs. Der Engländer rieb einen handtellergroßen Fleck der beschlagenen Seitenscheibe trocken und betrachtete einige Augenblicke lang die vorbeiziehende Stadtlandschaft. Dann schloß er die Vorhänge.

Er zog seine schwarze Steppjacke aus, schlüpfte aus dem weinroten Blazer, den er darunter trug, und rollte ihn zu einer Kugel zusammen. Zehn Minuten später öffnete er das Kabinenfenster und warf den Blazer ins tintenschwarze Wasser der Lagune.

Er machte es sich auf der Sitzbank bequem und dachte über die Geschichte nach, die er Antonio Orsati auftischen würde. Dabei griff er sich an den Hals, um seinen Talisman zu berühren. Ohne ihn fühlte er sich nackt. Morgen, wenn er nach Korsika zurückgekehrt war, würde er die alte *signadora* aufsuchen und von ihr einen neuen bekommen.

40

Zürich

Gerhardt Petersons Dienstzimmer lag im Dunkeln bis auf den Lichtkreis, den eine kleine Halogenlampe auf seinen Schreibtisch warf. Er war heute lange im Büro geblieben, weil er auf einen Anruf gewartet hatte. Wer ihn anrufen würde, war ungewiß – vielleicht die Stadtpolizei Venedig, vielleicht die *carabinieri* –, aber er hatte fest mit diesem Anruf gerechnet. *Entschuldigen Sie die späte Störung, Herr Peterson, aber die Geigerin Anna Rolfe ist heute abend in Venedig das Opfer einer schrecklichen Tragödie geworden ...*

Peterson sah von seinen Akten auf. Der in die Bücherwand eingebaute Fernseher lief ohne Ton. Die Schweizer Spätnachrichten waren fast zu Ende. Die wichtigsten Ereignisse aus dem In- und Ausland waren längst abgehakt, und die Sendung war in eine Mischung aus seichten Berichten und hirnlosem Klatsch abgeglitten, die Peterson normalerweise ignorierte. Heute abend stellte er den Ton jedoch lauter. Wie erwartet kam ein Kurzbericht über den Triumph, den Anna Rolfe an diesem Abend in Venedig bei ihrer Rückkehr aufs Konzertpodium gefeiert hatte.

Nach diesem Beitrag schaltete Peterson den Fernseher aus und schloß seine Akten in seinem persönlichen Safe ein. Vielleicht hatte Antonio Orsatis Killer seinen Auftrag nicht ausführen können, weil Anna Rolfe wirkungsvoll beschützt wurde. Vielleicht hatte er kalte Füße bekommen. Oder vielleicht waren die beiden tot, aber ihre Leichen waren noch nicht aufgefunden worden. Sein

Instinkt sagte Peterson, daß das nicht der Fall war. Sein Instinkt sagte ihm, daß in Venedig irgend etwas schiefgegangen war. Morgen früh würde er sich auf dem üblichen Weg mit Orsati in Verbindung setzen, um herauszubekommen, was passiert war.

Er steckte einige Papiere in seine Aktentasche, knipste die Schreibtischlampe aus und ging hinaus. Seine gehobene Dienststellung verschaffte ihm das Privileg, seinen Mercedes auf dem gepflasterten Innenhof des Gebäudes parken zu dürfen, statt den Personalparkplatz neben dem Güterbahnhof benützen zu müssen. Er hatte das Wachpersonal angewiesen, seinen Wagen besonders im Auge zu behalten. Einen Grund dafür hatte er nicht genannt.

Peterson fuhr die Sihl entlang nach Süden. Um diese Zeit waren die Straßen fast menschenleer: hier ein einzelnes Taxi; dort drei Gastarbeiter, die auf die Tram warteten, um in ihre beengten Unterkünfte in Außersihl oder dem Industriequartier zurückzukehren. Zu den Aufgaben von Petersons Mitarbeitern gehörte es, dafür zu sorgen, daß diese Leute hierzulande keine Schwierigkeiten machten. Keine Verschwörungen gegen den Despoten in der Heimat. Keine Demonstrationen gegen Schweizer Behörden. Tut einfach eure Arbeit, kassiert euren Lohn und haltet die Klappe. Peterson betrachtete die Gastarbeiter als notwendiges Übel. Die Schweizer Wirtschaft hätte ohne sie nicht überleben können, aber manchmal schien es doch, als seien die verdammten Pakistanis und Portugiesen in Zürich bereits in der Überzahl.

Er sah nochmals in seinen Rückspiegel. Anscheinend wurde er nicht beschattet, aber das brauchte nicht zu stimmen. Er wußte, wie man jemanden observierte, aber seine Ausbildung darin, wie man eine Überwachung entdeckte und sich ihr entzog, war ziemlich rudimentär gewesen.

Peterson fuhr zwanzig Minuten lang kreuz und quer durch Wiedikon und erst dann an den Zürichsee und in die Tiefgarage seines Apartmenthauses. Während das Gittertor sich langsam wieder schloß, machte er unmittelbar dahinter halt, um sich zu vergewissern, daß niemand ihm zu Fuß folgte. Danach fuhr er die Wendelrampe zu seinem reservierten Stellplatz hinunter. An der Wand davor stand groß 6 c, die Nummer seines Apartments. Peterson parkte rückwärts ein, schaltete die Scheinwerfer aus und stellte den Motor ab. Und dann blieb er lange sitzen, hielt das Lenkrad mit beiden Händen umklammert und spürte sein Herz etwas schneller schlagen, als für einen Mann seines Alters normal gewesen wäre. Jedenfalls war ein sehr großer Drink angebracht.

Er ging langsam durch die Tiefgarage, hörte seine Schritte gedämpft von den Betonwänden widerhallen und war plötzlich hundemüde. Hinter einer Brandschutztür lag der kleine Vorraum, von dem aus der Lift ihn in sein Stockwerk hinaufbringen würde. Vor den geschlossenen Aufzugtüren aus Edelstahl stand eine Frau, die mit leicht schiefgelegtem Kopf die Lichtpunkte der Stockwerksanzeige verfolgte.

Sie drückte mehrmals auf den Rufknopf und fluchte dabei laut vor sich hin. Dann reagierte sie auf Petersons Anwesenheit, indem sie sich zu ihm umdrehte und entschuldigend lächelte. »Sorry, aber ich warte seit fünf Minuten auf den verdammten Aufzug. Das blöde Ding ist kaputt, glaub ich.«

Akzentfreies *Züridütsch,* dachte Peterson. Sie war jedenfalls keine Ausländerin. Peterson begutachtete sie rasch mit geübtem Blick. Die Unbekannte war schwarzhaarig und hellhäutig – eine Kombination, die ihn schon immer schrecklich angemacht hatte. Sie trug hautenge Jeans, die ihre langen Beine wirkungsvoll betonten. Unter ihrer Lederjacke hatte sie eine schwarze Bluse an, die eben weit genug aufgeknöpft war, um den Spitzenrand ihres schwarzen BHs sehen zu lassen. Attraktiv, mit fein geschnittenen Zügen, aber keine ausgesprochene Schönheit, nach der sich auf der Bahnhofstraße die Männer umgedreht hätten. Jugendlich, aber nicht unpassend jung. Anfang Dreißig, höchstens fünfunddreißig.

Sie schien Petersons sorgfältige Begutachtung zu spüren, denn sie erwiderte seinen Blick mit einem schalkhaften Aufblitzen ihrer grauen Augen. Seine letzte Affäre lag ein gutes halbes Jahr zurück, und er fand, es werde Zeit für eine neue. Seine letzte Geliebte war die Ehefrau eines entfernten Kollegen aus der Abteilung Wirtschaftskriminalität gewesen. Diese Affäre hatte Peterson sehr gut gemanagt. Sie war für gewisse Zeit angenehm und lohnend gewesen, und als es dann Zeit geworden war, sich zu trennen, waren seine Geliebte und er ohne Groll oder Bedauern auseinandergegangen.

Er rang sich trotz seiner Übermüdung ein Lächeln ab. »Der Aufzug kommt bestimmt gleich.«

»Das glaub ich nicht. Ich wette, daß wir die ganze Nacht hier unten festsitzen.«

Die Anzüglichkeit ihrer Bemerkung war unmöglich zu überhören. Peterson beschloß mitzuspielen, um zu sehen, wie weit die Sache gehen würde. »Wohnen Sie auch hier?«

»Mein Freund.«

»Glauben Sie nicht, daß Ihr Freund Ihnen irgendwann Hilfe schicken wird?«

»Er ist heute geschäftlich in Genf. Ich übernachte nur in seiner Wohnung.«

Peterson fragte sich, wer ihr Freund sein mochte und in welcher Wohnung sie übernachten würde. Er gestattete sich, sich ein flüchtiges, viel zu hastiges sexuelles Abenteuer auszumalen. Aber dann machte seine Müdigkeit sich wieder bemerkbar und vertrieb alle Gedanken an eine Eroberung. Diesmal war es Peterson, der den Rufknopf des Aufzugs drückte, und Peterson, der einen Fluch murmelte.

»Der kommt nie mehr.« Sie holte eine Schachtel Zigaretten aus ihrer Lederjacke, nahm eine Zigarette zwischen die Lippen und betätigte ihr Feuerzeug. Als keine Flamme kam, betätigte sie es noch mehrmals und schimpfte dann: »Mist, heute funktioniert einfach nichts.«

»Oh, bitte sehr.« Aus Petersons Feuerzeug stieg eine lange blaugelbe Flammenzunge auf. Er hielt es mit angewinkeltem Arm hoch, um der Unbekannten Feuer zu geben. Während sie das Ende ihrer Zigarette in die Flamme hielt, lagen ihre Finger leicht auf seinem Handrücken. Das war eine absichtlich intime Berührung, die einen Stromstoß durch seinen Arm zu schicken schien.

Die Wirkung dieser Geste war so stark, daß Peterson nicht wahrnahm, daß die Frau ihr eigenes Feuerzeug sehr dicht an sein Gesicht hob. Als sie die Taste drückte, die normalerweise Propan austreten ließ, füllte eine Wolke einer süßlich riechenden Chemikalie seine Lunge. Er riß den Kopf hoch und starrte die Frau mit großen Augen an, ohne wirklich zu begreifen, was vor sich ging. Sie ließ die Zigarette achtlos fallen und zog eine Pistole aus ihrer Handtasche.

Die Pistole war überflüssig, denn die Chemikalie wirkte wie vorgesehen. Peterson bekam sekundenschnell weiche Knie, der kleine Raum schien sich um ihn zu drehen, und dann kam ihm plötzlich der Fußboden entgegen. Er fürchtete, er könnte sich den Kopf anschlagen, aber bevor seine Knie unter ihm einknickten, tauchte hinter ihm ein Mann auf, dem er praktisch in die Arme fiel.

Während Peterson aus dem Vorraum geschleppt und in einen Lieferwagen gestoßen wurde, gelang es ihm, einen Blick ins Gesicht seines Retters zu werfen. Es wirkte gelehrt wie ein Rabbiner und eigenartig sanftmütig. Peterson wollte sich bei ihm bedanken, aber als er den Mund öffnete, um zu sprechen, verlor er das Bewußtsein.

41

Malles Venosta, Italien

Gerhardt Peterson kam sich vor, als tauche er aus den Tiefen eines Bergsees auf. Er stieg durch verschiedene Bewußtseinsebenen, durch kalte und warme Wasserschichten höher und höher, bis sein Gesicht die Wasseroberfläche durchbrach und er wieder frei atmen konnte.

Er befand sich jedoch nicht in dem Bergsee seiner Träume, sondern in einem Kellerraum mit Terrakottafliesen und grob verputzten weißen Wänden. Über seinem Kopf war ein vergittertes kleines Fenster, das in einen Lichtschacht auf Bodenniveau hinausführte, durch den rötliches Tageslicht einfiel. Einige Augenblicke lang kämpfte er damit, sich in Raum und Zeit zu orientieren. Dann erinnerte er sich an die Schwarzhaarige vor dem Aufzug; ihren Trick mit der Zigarette; ihre Hand auf seiner, als sie ihm ein Betäubungsmittel ins Gesicht sprühte. Das alles war ihm auf einmal peinlich. Wie konnte er nur so schwach gewesen sein? So verwundbar? Welche Signale hatte er ausgesandt, daß diese Leute ihn mit einer Frau geködert hatten?

Seine pochenden Kopfschmerzen waren eine völlig neue Erfahrung, die irgendwo zwischen einem Trauma und einem gewaltigen Kater angesiedelt war. Sein Mund schien mit Sand angefüllt zu sein, und er hatte schrecklichen Durst. Jemand hatte ihn bis auf die Unterhose ausgezogen, seine Knöchel und Handgelenke mit Paketband gefesselt und ihn mit nacktem Rücken in sitzender Haltung an die Wand gelehnt. Das gebrechliche Aussehen seines eigenen Körpers schockierte ihn. Seine blassen, unbehaarten Beine waren vor ihm ausgestreckt – wie die Beine eines Sterbenden mit nach innen gedrehten Zehen. Über den Gummirand seiner Unterhose quoll eine Speckfalte. Er fror jämmerlich.

Man hatte ihm seine Armbanduhr gelassen, aber das Glas war zertrümmert, und sie ging nicht mehr. Er studierte das durchs Kellerfenster einfallende Licht und gelangte zu dem Schluß, es sei rötlich, weil die Sonne untergehe. Daraus berechnete er die Zeit, obwohl schon diese einfache Aufgabe ihm dumpf dröhnende Kopfschmerzen verursachte. Er war kurz vor Mitternacht überfallen und entführt worden. Jetzt mußte es siebzehn oder achtzehn Uhr am folgenden Tag sein. *Achtzehn Stunden.* War er achtzehn Stunden lang bewußtlos gewesen? Das wäre eine Erklärung für seinen Durst und die schmerzhafte Steifheit seines Rückens und seiner Gelenke.

Er fragte sich, wohin sie ihn verschleppt haben mochten. Licht und Luft waren hier spürbar anders als in der Schweiz. Einen Augenblick lang fürchtete er, sie hätten ihn heimlich nach Israel gebracht. Nein, in Israel hätte er nicht in einem Keller, sondern in einer richtigen Gefängniszelle gesessen. Er war nicht weit von der Schweiz entfernt. Vielleicht in Frankreich. Vielleicht in Italien. Die Juden hatten eine Vorliebe für Südeuropa. Dort konnten sie sich bewegen, ohne aufzufallen.

Als nächstes nahm er einen weiteren Geruch wahr, den er nicht gleich einordnen konnte: Myrrhe und Sandelholz, ein ausgefallenes Parfüm. Und dann erinnerte er sich an die Szene vor dem Aufzug in seinem Haus, an die Hand der Frau, die ihn betäubt hatte. Aber warum hatte er ihren Duft an sich? Er sah an sich herab und entdeckte auf der Haut über seinen Rippen vier quer verlaufende rote Spuren: Kratzer. Seine Unterhose war fleckig, und er spürte eine knisternde Klebrigkeit zwischen den Beinen. Was hatten sie mit ihm angestellt? *Achtzehn Stunden, starke Drogen …*

Peterson sank zur Seite, bis seine rechte Gesichtshälfte auf den kalten Terrakottafliesen lag. Er würgte. Er brachte nichts herauf, aber ihm war entsetzlich schlecht. Seine eigene Schwäche widerte ihn an. Er kam sich plötzlich wie ein reicher Mann vor, der in einem Armenviertel in Schwierigkeiten gerät. All sein Geld, all seine Kultiviertheit und Überlegenheit – sein *Schweizertum* – bedeuteten hier nichts. Er befand sich außerhalb der Schutzwälle seiner Alpenfestung. Er war in die Hände von Leuten gefallen, die das Spiel nach ganz anderen Regeln spielten.

Dann hörte er Schritte auf der Treppe. Ein Mann kam herein, klein und schwarzhaarig, mit flinker Beweglichkeit, die verborgene Kraft ahnen ließ. Er wirkte ärgerlich, als er Peterson bei Bewußtsein vorfand. In einer Hand trug er einen silbrig verzinkten Blecheimer. Er hob den Eimer mit beiden Händen hoch und übergoß Peterson mit einem Schwall eiskaltem Wasser.

Der jähe Schmerz war so durchdringend, daß Peterson wider Willen laut aufschrie. Der kleine Mann kniete bei ihm nieder und rammte die Nadel einer Injektionsspritze so tief in seinen Oberschenkel, daß sie den Knochen zu treffen schien, und Peterson versank gnädigerweise wieder in den Wassern seines Sees.

In seiner Jugend hatte Gerhardt Peterson die Geschichte von den Juden gehört, die während des Kriegs in sein Heimatdorf gekommen waren. Jetzt, in einem durch Drogen bewirkten Koma, träumte er wieder von den Juden. Die Geschichte handelte von einer jüdischen Familie, zwei

Erwachsenen und drei Kindern, die aus dem unbesetzten Frankreich in die Schweiz geflohen waren. Ein Bauer hatte Mitleid mit den Flüchtlingen und gewährte ihnen auf seinem Hof Unterschlupf in einem winzigen Nebengebäude. Der Dorfpolizist wußte zwar, daß sich im Dorf Juden versteckt hielten, erklärte sich jedoch bereit, ihre Anwesenheit geheimzuhalten. Aber irgend jemand aus dem Dorf meldete den Fall der Kantonspolizei, die am nächsten Tag auf dem Bauernhof anrückte und die Juden festnahm. Die zuständigen Schweizer Stellen hatten Anweisung, illegale Einwanderer über die Grenze abzuschieben, über die sie in die Schweiz gelangt waren. Aber obwohl diese Juden aus dem unbesetzten Süden Frankreichs in die Schweiz gekommen waren, wurden sie an die Grenze zum besetzten Frankreich gebracht und einer deutschen Streife in die Arme getrieben. Sie wurden verhaftet, in einen Zug nach Auschwitz gesetzt und vergast.

Gerhardt Peterson hatte sich anfangs geweigert, diese Geschichte zu glauben. Schließlich hatte er in der Schule gelernt, die in diesem Krieg neutrale Schweiz habe Flüchtlingen und verwundeten Soldaten ihre Grenzen geöffnet – sie sei die barmherzige Schwester Europas, ein sicherer Hort inmitten eines von Kriegswirren erschütterten Kontinents gewesen. Er ging zu seinem Vater und fragte ihn, ob die Geschichte mit den Juden wahr sei. Anfangs wollte sein Vater nicht darüber reden. Als Gerhardt jedoch nicht lockerließ, gab er zuletzt nach. Ja, sie sei wahr, bestätigte er.

»Warum redet dann niemand darüber?«

»Wozu sollten wir darüber reden? Das liegt alles weit zurück. Was geschehen ist, läßt sich nicht mehr ändern.«

»Aber sie sind ermordet worden! Sie sind durch die Schuld von irgend jemandem aus unserem Dorf umgekommen.«

»Sie waren *illegal* hier. Sie hatten keine Aufenthaltserlaubnis. Außerdem haben nicht wir sie umgebracht, Gerhardt. Die Nazis haben sie ermordet. Nicht wir!«

»Aber, Papa …«

»Schluß damit, Gerhardt! Du hast mich gefragt, ob die Geschichte stimmt, und ich habe dir die Wahrheit gesagt. Jetzt will ich nie wieder etwas davon hören.«

»Warum nicht, Papa?«

Sein Vater gab keine Antwort. Aber Gerhardt Peterson kannte die Antwort schon damals. Er sollte nicht wieder davon anfangen, weil man in der Schweiz nicht über unangenehme Ereignisse aus der Vergangenheit sprach.

Peterson schrak hoch, als ein weiterer Eimer Eiswasser über ihn ausgekippt wurde. Er öffnete die Augen und wurde sofort durch ein gleißend helles weißes Licht geblendet. Als er die Augen zusammenkniff, konnte er undeutlich zwei über ihm stehende Gestalten erkennen: den koboldartigen kleinen Mann mit dem Eimer und den etwas freundlicher wirkenden Gelehrtentyp, der ihn in seinem Haus vor dem Lift aufgefangen hatte, nachdem die Frau ihn betäubt hatte.

»Aufwachen!«

Der Troll kippte noch einen Schwung Eiswasser über Peterson. Sein Körper zuckte heftig, und er schlug sich den Kopf an der Wand an. Dann lag er völlig durchnäßt und vor Kälte zitternd auf dem Boden.

Der Kobold trampelte die Treppe hinauf und verschwand. Der freundlicher wirkende Mann ging neben Peterson in die Hocke und sah ihn traurig an. Peterson, der kurz davor war, wieder das Bewußtsein zu verlieren, verwechselte die Realität mit seinen Träumen. Für Peterson war dieser kleine Mann der Jude aus seinem Dorf, der mit seiner Familie nach Frankreich abgeschoben worden war.

»Tut mir alles leid«, ächzte Peterson, dem vor Kälte die Zähne klapperten.

»Ja, ich weiß«, sagte der Mann neben ihm. »Ich weiß, daß es Ihnen leid tut.«

Peterson begann zu husten. Er hatte einen würgenden Hustenanfall, der seinen Mund mit Schleim und Speichel füllte.

»Sie bekommen jetzt den Chef zu sehen, Gerhardt. Das hier tut vielleicht ein bißchen weh, aber es hilft, damit Sie einen klaren Kopf bekommen.« Eine weitere Injektion – diesmal jedoch in eine Armvene, mit klinischer Präzision verabfolgt. »Sie müssen klar im Kopf sein, wenn Sie mit dem Chef reden, Gerhardt. Fühlen Sie sich schon besser? Gehen die Spinnweben allmählich weg?«

»Ja, ich denke schon.«

»Das ist gut. Sie dürfen keine Spinnweben im Kopf haben, wenn Sie mit dem Chef reden. Er will alles erfahren, was Sie wissen. Ihr Verstand muß scharf wie ein Rasiermesser sein.«

»Ich habe Durst.«

»Das kann ich mir denken. Sie waren in letzter Zeit sehr fleißig, Gerhardt, aber Sie haben auch allerhand angestellt. Der Chef gibt Ihnen bestimmt zu trinken, wenn Sie sich kooperativ verhalten. Falls nicht ...« Er zuckte mit den Schultern und schob die Unterlippe vor. »... dann landen Sie wieder hier unten, und nächstes Mal setzt mein Freund andere Mittel als ein bißchen Wasser ein.«

»Mir ist kalt.«

»Auch das kann ich mir denken.«

»Alles tut mir leid.«

»Ja, ich weiß, daß es Ihnen leid tut. Entschuldigen Sie sich beim Chef und erzählen ihm alles, was Sie wissen, dann läßt er Ihnen zu trinken und warme Sachen bringen.«

»Ich will mit ihm reden.«
»Mit wem wollen Sie reden?«
»Ich will mit dem Chef reden.«
»Sollen wir raufgehen und ihn suchen?«
»Alles tut mir leid. Ich will mit dem Chef reden.«
»Kommen Sie, Gerhardt. Hier, nehmen Sie meine Hand. Lassen Sie sich von mir helfen.«

42

Malles Venosta, Italien

Gabriel trug eine frischgebügelte Khakihose, ein dezent gestreiftes Baumwollhemd und einen beigen Kaschmirpullover, der von den Schultern bis zur Taille perfekt saß. Seine ganze Erscheinung kündete von Behaglichkeit und Zufriedenheit, was genau der Eindruck war, den er erwecken wollte. Eli Lavon trieb Peterson herein und stieß ihn auf einen unbequemen Holzstuhl. Dort saß er wie ein Mann vor einem Erschießungskommando und starrte die gegenüberliegende Wand an.

Lavon verließ den Raum. Gabriel blieb mit gesenktem Blick sitzen. Er hatte nie zu den Leuten gehört, die Siege feierten. Er wußte besser als die meisten, wie vergänglich Siege in der Welt der Geheimdienste sein konnten. Manchmal sahen sie nach einiger Zeit gar nicht mehr wie Siege aus. Trotzdem gestattete er sich jetzt einige Augenblicke lang, die völlige Umkehrung des Verhältnisses zwischen ihnen zu genießen. Noch vor kurzem war Gabriel inhaftiert gewesen, und Peterson hatte ihn verhört – Peterson in einem grauen Maßanzug und mit seiner weltmännischen Schweizer Arroganz. Jetzt saß er in der Unterhose vor Gabriel und zitterte vor Kälte.

Die weißbeschichtete Tischplatte zwischen ihnen war leer bis auf ein schmales Dossier und Gabriels dampfenden Kaffeebecher. Wie Petersons improvisierte Zelle im Keller hatte auch dieser Raum einen Terrakottaboden und grobverputzte Wände. Die Lamellenjalousien vor den Fenstern waren geschlossen. Von kräftigen Windböen an die Scheiben getriebener Regen sorgte für einen lästigen Hintergrundrhythmus.

Gabriel musterte Peterson mit angewiderter Miene und verharrte in nachdenklichem Schweigen. So saßen sie einige Minuten lang da wie Reisende, die auf einem Bahnsteig auf verschiedene Züge warten.

»Damit kommen Sie nicht durch!«

Es war Peterson, der das Schweigen als erster brach. Er hatte englisch gesprochen, aber Gabriel wechselte sofort ins Deutsche: ins sorgfältig betonte, grammatikalisch korrekte Hochdeutsch seiner Mutter. So wollte er auf die Laxheit von Petersons *Schwyzerdütsch* hinweisen. Petersons *Schweizertum* unterstreichen. Ihn damit isolieren.

»Womit durchkommen, Gerhardt?«

»Mich zu entführen, verdammter Dreckskerl!«

»Aber damit sind wir schon durchgekommen.«

»Die Tiefgarage meines Hauses ist mit Überwachungskameras gesichert. Dieser Trick mit Ihrer Nutte ist auf Videofilm aufgezeichnet worden. Wahrscheinlich hat die Züricher Polizei ihn bereits.«

Gabriel lächelte gelassen. »Wir haben die Überwachungskameras stillgelegt, genau wie Sie die Kameras in Rolfes Villa in der Nacht stillgelegt haben, in der sie ihn ermordet und seine Gemälde gestohlen haben.«

»Was faseln Sie da?«

»Ich rede von den Bildern in Rolfes Geheimsammlung. Von der Sammlung, die er im Krieg als Dank für seine den Nazis erwiesenen Dienste spottbillig zusammenkaufen durfte. Von den Gemälden, die er zurückgeben wollte.«

»Ich weiß überhaupt nicht, wovon Sie reden. Ich weiß von keiner Geheimsammlung, und ich habe absolut nichts mit dem Mord an Augustus Rolfe zu schaffen! Kein

Mensch würde jemals glauben, ich könnte das geringste mit seinem Tod zu tun gehabt haben.«

»Sie haben Augustus Rolfe ermordet. Danach haben Sie Werner Müller in Paris umgebracht. Dann Emil Jacobi in Lyon. In Zürich haben Sie versucht, mich zu ermorden. Sie haben einen Mann nach Venedig geschickt, der Anna Rolfe töten sollte. Das macht mich zornig, Gerhardt.«

»Sie sind verrückt!«

Gabriel merkte, daß Petersons künstliche Trotzhaltung bereits zu bröckeln begann.

»Sie sind nun schon lange nicht mehr zum Dienst gekommen. Ihre Vorgesetzten möchten Sie dringend sprechen, aber leider können sie Herrn Peterson nirgends finden. Natürlich wüßte auch Ihre Frau gern, wo zum Teufel Sie stecken. Sie ist ganz krank vor Angst um Sie.«

»Mein Gott, was haben Sie getan? Was um Himmels willen haben Sie *getan*?«

Peterson schien nicht mehr stillsitzen zu können. Er zitterte unkontrollierbar und wiegte sich auf seinem Stuhl vor und zurück. Gabriel kostete einen kleinen Schluck Kaffee und verzog das Gesicht, als sei er zu heiß. Dann schlug er den Ordner auf und begann, Photos herauszunehmen. Er zog ein Bild nach dem anderen heraus und betrachtete es kurz, bevor er es über den Tisch schob, damit Peterson es sehen konnte.

»Sie ist sehr photogen, finden Sie nicht auch, Gerhardt? Du meine Güte, hier scheinen Sie sich großartig zu amüsieren. Und sehen Sie sich diese Aufnahme an! Die möchte ich Ihrer Frau nicht erklären müssen. *Und* den Medien. *Und* Ihrem Minister in Bern.«

»Sie schäbiger kleiner Erpresser! Diese gestellten Photos nimmt Ihnen kein Mensch ab. Jeder erkennt sie sofort als billige Fälschungen eines billigen Erpressers. Aber Erpressung und Mord sind die in Ihrem Dienst üblichen Methoden, nicht wahr? Darauf verstehen Sie sich wirklich.«

Gabriel ließ die Photos offen sichtbar auf dem Tisch liegen. Peterson bemühte sich tapfer, sie nicht anzustarren.

»Das wollen Sie also Ihrer Frau und Ihren Vorgesetzten erzählen? Daß Sie das unschuldige Opfer von Erpressern sind? Daß der israelische Geheimdienst sie entführt und unter Drogen gesetzt hat? Wissen Sie, was Ihre Vorgesetzten Sie fragen werden? Sie werden sagen: ›Wieso hat der israelische Geheimdienst sich ausgerechnet Sie vorgeknöpft, Gerhardt? Was haben Sie getan, um diese Behandlung zu verdienen?‹ Und Sie werden darauf antworten müssen.«

»Kein Problem.«

»Wissen Sie das bestimmt? Das dürfte schwieriger werden, als Sie denken, weil einige der angesehensten Zeitungen der Welt täglich weitere interessante Details dieser Geschichte ausgraben werden. Das ist dann wie eine Wasserfolter, wenn Sie den Ausdruck entschuldigen wollen. Sie persönlich werden überleben, aber mit Ihrer Karriere ist Schluß. Ihr Traum, eines Tages das Justiz- und Polizeidepartement zu leiten, wird genau das bleiben – ein Traum. Die Politik bleibt Ihnen versperrt. Die Wirtschaft ebenfalls. Glauben Sie, daß Ihre Freunde aus dem Bankensektor Ihnen zu Hilfe kommen werden? Nein, das bezweifle ich, denn Sie haben ihnen nichts mehr zu bieten. Stellen Sie sich das vor: keine Arbeit, keine Pension, keine finanzielle Unterstützung durch Ihre Freunde.«

Gabriel machte eine Pause, schlug das Dossier erneut auf und nahm ein weiteres halbes Dutzend Photos heraus: Überwachungsaufnahmen von Petersons Frau und seinen

Kindern. Er legte sie bedächtig neben die Photos, die Peterson mit der Schwarzhaarigen zeigten.

»Wer wird für Ihre Frau sorgen? Wer wird für Ihre Kinder sorgen? Wer wird die Miete für Ihre Luxuswohnung mit Blick über den Zürichsee zahlen? Wer wird die Leasingraten für Ihren großen Mercedes übernehmen? Recht unerfreuliche Vorstellungen, nicht wahr, aber so braucht es nicht zu kommen. Ich mag keine Mörder, Gerhardt, vor allem nicht, wenn sie im Auftrag einer Bank morden, aber ich biete Ihnen trotzdem einen Ausweg. Ich rate Ihnen, mein Angebot anzunehmen, bevor es zu spät ist.«

»Was wollen Sie von mir?«

»Sie arbeiten ab sofort für mich.«

»Ausgeschlossen!«

»Sie helfen mir, Rolfes Gemälde zurückzuholen.« Gabriel zögerte, weil er damit rechnete, daß Peterson leugnen würde, von irgendwelchen Gemälden zu wissen, aber diesmal blieb der erwartete Widerspruch aus. »Wir gehen durchaus diskret vor – eben nach *Schweizer* Art. Danach helfen Sie mir, weitere Dinge zurückzuholen. Sie helfen mir, ein trauriges Kapitel der Schweizer Geschichte zu korrigieren. Gemeinsam können wir Berge versetzen, Gerhardt!«

»Und wenn ich mich weigere?«

»Sie können mit meinem Freund in den Keller zurückgehen und darüber nachdenken. Anschließend reden wir weiter.«

»Tun Sie diese verdammten Photos weg!«

»Sagen Sie mir, wofür Sie sich entscheiden, dann tue ich sie weg.«

»Sie begreifen anscheinend nicht, daß ich so oder so erledigt bin. Die Frage ist nur, für welchen Giftbecher ich mich entscheide.« Peterson ließ den Kopf sinken und schloß die Augen. »Ich habe Durst.«

»Beantworten Sie meine Fragen, dann hole ich Ihnen etwas zu trinken.«

Auf dem Gang außerhalb des Raums hockte Eli Lavon auf dem kalten Fußboden, lehnte mit dem Rücken an der Wand und hielt die Augen geschlossen. Nur seine rechte Hand verriet, welcher Aufruhr in seinem Inneren herrschte. Sie hielt krampfhaft sein Feuerzeug umklammert. Obwohl Lavon in Wien lebte, sträubten sich ihm beim Klang einer Männerstimme, die zornig deutsche Sätze brüllte, noch immer die Nackenhaare.

Einzelne Risse waren schon da, aber Petersons Widerstand war noch nicht gebrochen. Trotzdem wußte Lavon, daß er nicht mehr lange durchhalten würde. Die Drogen, das Eiswasser, die kompromittierenden Photos … die Angst davor, was hinter der nächsten Straßenecke auf ihn warten mochte. Das alles setzte ihm zu. Peterson stand kurz vor dem Zusammenbruch. Eli Lavon hoffte, daß er bald aufgeben würde.

Er hatte Gabriel noch nie so erlebt. Ihn noch nie so zornig gesehen. Ihn noch nie so brüllen gehört. Irgend etwas an diesem Fall hatte seine alten Wunden allesamt wieder aufgerissen. Leah. Tariq. Schamron. Sogar seine Eltern. Gabriel war ein Mann, der jederzeit explodieren konnte.

Geben Sie auf, Herr Peterson, dachte Lavon. *Sagen Sie ihm alles, was er wissen will. Tun Sie genau, was er verlangt. Tun Sie's nämlich nicht, fürchte ich, daß mein guter Freund Gabriel mit Ihnen in die Berge fährt und Sie als Zielscheibe benützt. Und damit ist keinem geholfen. Ihnen nicht. Und vor allem Gabriel nicht.* Aus Peterson machte Lavon sich nichts. Ihm bedeutete allein Gabriel etwas. Er wollte nicht, daß Gabriel Allon seine Hände wieder mit Blut besudelte.

Deshalb war niemand erleichterter als Lavon, als das Gebrüll endlich verstummte. Dann kam das vereinbarte Zeichen: Gabriel hämmerte mit einer seiner noch immer verbundenen Fäuste an die Wand. Ohne aufzustehen, streckte Lavon eine Hand aus und öffnete die Tür einen Spaltbreit. Gabriel sprach ihn auf hebräisch an. In Lavons Ohren hatte diese Sprache noch nie so freundlich geklungen, obwohl er sich vorstellen konnte, wie einschüchternd sie auf Gerhardt Peterson wirken mußte. »Bring ihm ein paar Klamotten, Eli. Auch was zu essen und zu trinken. Herr Peterson friert und hat Hunger und Durst. Herr Peterson möchte uns einiges erzählen.«

Der blaue Trainingsanzug saß katastrophal, was durchaus beabsichtigt war. Das Oberteil war zu groß, die Hosenbeine waren zu kurz. Gerhardt Peterson sah darin wie ein Mann in den Klauen einer Midlife-crisis aus, der alte Sportsachen ausgegraben hat, um einen lebensbedrohenden Dauerlauf im Park zu machen. Das Essen war nicht viel besser: ein Kanten trockenes Brot, ein Suppenteller klare Fleischbrühe. Oded brachte auch einen Krug Eiswasser. Er sorgte dafür, daß etwas Wasser auf Petersons Hand schwappte, um ihn daran zu erinnern, was ihm bevorstand, wenn er nicht auspackte. Gabriel aß nichts. Er hatte nicht die Absicht, sich ein Mahl mit Gerhardt Peterson zu teilen. Der Schweizer aß stetig, aber langsam, als wolle er das Unvermeidliche möglichst lange hinausschieben. Gabriel drängte ihn nicht zur Eile. Peterson löffelte die Fleischbrühe aus und nahm den Rest mit einem Stück Brotrinde auf.

»Wo sind wir hier übrigens?«

»Tibet.«

»Dies ist meine erste Tibetreise.« Peterson rang sich ein schmerzliches Lächeln ab. Als Gabriel sich weigerte, darauf zu reagieren, verblaßte es rasch. »Ich hätte gern eine Zigarette.«

»Sie können keine haben.«

»Warum nicht?«

»Ich mag keinen Zigarettenqualm.«

Peterson schob seinen leeren Teller weg.

Wäre Gabriel Allon kein Profikiller geworden, hätte er einen idealen Vernehmer abgegeben. Er war ein geborener Zuhörer: ein Mann, der nur sprach, wenn es unbedingt notwendig war; der nicht den Drang hatte, den Klang der eigenen Stimme zu hören. Wie ein Jäger auf der Pirsch besaß er auch die Fähigkeit, fast unnatürlich stillzuhalten. Gabriel berührte nie sein Haar oder sein Gesicht, er machte keine Handbewegungen oder rutschte auf seinem Stuhl hin und her. Im Verein mit seinem Schweigen und seiner unerschütterlichen Geduld machte diese statuenhafte Ruhe ihn zu einem beängstigenden Opponenten, wenn man ihm an einem kahlen Tisch gegenübersaß. Trotzdem staunte selbst Gabriel über Gerhardt Petersons plötzliche Bereitschaft, rückhaltlos auszupacken.

»Woher ich von Rolfes Geheimsammlung gewußt habe?« fragte Peterson, der damit Gabriels erste Frage wiederholte. »Also, in Zürich passiert verdammt wenig, ohne daß ich davon erfahre. Obgleich Zürich die größte Stadt der Schweiz ist, bleibt es doch eine Kleinstadt. Wir haben überall unsere Informanten: bei den Banken, in der Wirtschaft, unter Gastarbeitern, bei den Medien.«

Da Gabriel nicht wollte, daß Peterson sich wieder Selbstbewußtsein verschaffte, indem er mit seinen beruflichen Leistungen angab, unterbrach er ihn rasch. »Das ist alles sehr interessant, aber wie haben Sie von Rolfes geheimer Sammlung erfahren?«

»Rolfe war ein kranker alter Mann – das war auf der Bahnhofstraße und am Paradeplatz allgemein bekannt. Jeder wußte, daß er nicht mehr lange zu leben hatte. Dann kamen plötzlich Gerüchte auf. Rolfe verliert allmählich den Verstand. Rolfe will früheres Unrecht wiedergutmachen, bevor er vor den großen Bankier im Himmel tritt. Rolfe will reinen Tisch machen. Augustus Rolfe war über Jahrzehnte einer der prominentesten Züricher Bankiers. Will jemand wie er plötzlich reden, kann nichts Gutes dabei herauskommen.«

»Also haben Sie ihn unter Überwachung gestellt.«

Peterson nickte.

»Seit wann ist es in der Schweiz strafbar, Redefreiheit in Anspruch zu nehmen?«

»Das ist nicht strafbar, aber es wird höchst ungern gesehen – vor allem, wenn dadurch vor aller Welt weniger schmeichelhafte Episoden aus unserer Vergangenheit preisgegeben werden. Über unangenehme Familiengeschichten reden wir Schweizer nicht gern vor Fremden.«

»Haben Ihre Vorgesetzten gewußt, daß Sie Rolfe überwachen lassen? Hat Ihr Minister in Bern davon gewußt?«

»Einen ›Fall Rolfe‹ hat es nie offiziell gegeben.«

Dabei fiel Gabriel ein Satz aus Rolfes Brief ein: *In der Schweiz gibt es Leute, die unbedingt wollen, daß die Vergangenheit dort bleibt, wo sie jetzt ist – in Banktresoren begraben –, und die vor nichts zurückschrecken, um ihr Ziel zu erreichen.*

»Wenn die Sache nicht amtlich war, in wessen Auftrag haben Sie Rolfe dann überwachen lassen?«

Als Peterson einen Augenblick zögerte, fürchtete Gabriel schon, er werde verstummen. Aber dann sagte er: »Sie sind im sogenannten Rütlirat zusammengeschlossen.«

»Erzählen Sie mir von diesen Leuten.«

»Lassen Sie mir noch etwas von der dünnen Suppe bringen, dann erzähle ich Ihnen alles, was Sie wissen wollen.«

Gabriel beschloß, Peterson diesen kleinen Sieg zu gönnen. Er hob eine Hand und schlug mit der Handfläche dreimal an die Wand. Oded steckte seinen Kopf zur Tür herein, als rieche er Rauch. Gabriel murmelte einige Worte Hebräisch. Oded reagierte darauf, indem er die Unterlippe vorschob und mißbilligend die Stirn runzelte.

»Und Brot«, sagte Peterson, als Oded gehen wollte. »Ich möchte noch etwas Brot zu meiner Suppe.«

Oded sah Gabriel fragend an.

»Bring ihm einen Kanten von dem verdammten Brot.«

Diesmal gab es keine Essenspause, so daß Peterson gezwungen war, seinen Vortrag über den Rütlirat mit dem Löffel in einer Hand und einem Kanten Brot in der anderen zu halten. Er sprach zehn Minuten lang und machte nur manchmal eine kurze Pause, um einen Löffel Suppe zu schlürfen oder einen Bissen Brot zu nehmen. Die Entstehung des Rütlirats, seine Ideale und Ziele, die Macht seiner Mitglieder – alle diese Themen behandelte Peterson ziemlich ins Detail gehend. Als er fertig war, fragte Gabriel ihn: »Sind Sie Mitglied?«

Diese Frage schien Peterson zu amüsieren. »Ich? Der Sohn eines kleinen Lehrers aus dem Berner Oberland …«, er tippte mit dem Brot an seine Brust, um zu verdeutlichen, von wem er sprach, »… ein Mitglied des Rütlirats? Nein, Gabriel, ich bin kein Mitglied des Rats, ich bin nur einer seiner vielen treuen Diener. Das sind wir Schweizer alle – Diener. Diener der Ausländer, die ihr Geld auf unseren Banken anlegen. Diener der herrschenden Oligarchie. *Diener.*«

»Welche Dienste stellen Sie zur Verfügung?«

»Sicherheit und Informationen.«

»Und was bekommen Sie dafür?«

»Geld und Karrierechancen.«

»Sie haben dem Rat also berichtet, was Sie in bezug auf Rolfe erfahren hatten?«

»Richtig. Und der Rat hat mir mitgeteilt, was er in seiner Villa versteckt hielt.«

»Eine Sammlung von Gemälden, deren Erwerb zu Spottpreisen ihm die Nazis zum Dank für Bankdienstleistungen während des Kriegs ermöglicht hatten.«

Peterson nickte kaum merklich. »Herr Rolfe hat eine wertvolle Kunstsammlung und eine kontroverse Geschichte unter Verschluß gehalten – eine aus der Sicht des Rats höchst besorgniserregende Kombination.«

»Welche Weisungen hat der Rat Ihnen daraufhin erteilt?«

»Die Überwachung zu verstärken, um sicherzustellen, daß Herr Rolfe in den letzten Monaten seines Lebens keine Dummheiten macht. Aber es gab beunruhigende Signale. Rolfe empfing in seiner Bank einen Besucher – einen Repräsentanten einer international tätigen jüdischen Vereinigung, die bei der Suche nach ›nachrichtenlosen‹ Bankkonten von Holocaust-Opfern aktiv ist.«

Die Nonchalance, mit der Peterson das sagte, war Gabriel sehr zuwider.

»Dann fingen wir eine Serie von Faxen ab. Rolfe schien im Begriff zu sein, einen Gemälderestaurator zu engagieren. Ich stellte mir eine sehr einfache Frage: Weshalb vergeudet ein Todkranker seine Zeit damit, seine Gemälde restaurieren zu lassen? Meiner Erfahrung nach überlassen Sterbende solche Dinge im allgemeinen ihren Erben.«

»Sie haben also den Verdacht gehegt, Rolfe könnte beabsichtigen, die Gemälde zurückzugeben?«

»Oder Schlimmeres.«

»Was könnte schlimmer sein?«

»Ein öffentliches Geständnis in bezug auf seine engen Beziehungen zu Nazibonzen und deutschen Abwehroffizieren. Können Sie sich vorstellen, was für ein Spektakel dieses Eingeständnis ausgelöst hätte? Es wäre wie ein Orkan über unser Land hinweggefegt. Es hätte die Kontroverse um ruhende Bankkonten als Sturm im Wasserglas erscheinen lassen.«

»War das alles, was der Rat befürchtet hat?«

»Reicht das denn nicht aus?«

Gabriel hörte jedoch nicht Gerhardt Peterson, sondern Augustus Rolfe zu: *Diese Männer habe ich einst für Freunde gehalten – ein weiterer meiner vielen Fehler.*

»Die anderen hatten Angst, Rolfe würde die Existenz des Rats preisgeben. Er wußte von dem Rat, weil er Mitglied war, nicht wahr?«

»Rolfe? Er war nicht nur Mitglied des Rats, sondern eines der Gründungsmitglieder.«

»Sie haben ihn also aufgesucht?«

»Ich erzählte ihm, daß mir verschiedene Dinge zu Ohren gekommen seien – nichts Spezifisches, verstehen Sie, alles sehr subtil. Rolfe war zwar alt, aber sein Verstand war noch immer hellwach, und er wußte genau, was ich ihm zu sagen versuchte. Er war schließlich ein Schweizer Bankier, verdammt noch mal! Er wußte, wie man Gespräche mit doppeltem Boden führt. Als ich die Villa verließ, war ich der Überzeugung, daß der Rat vor großen Problemen steht.«

»Was haben Sie daraufhin getan?«

»Ich habe auf Plan B zurückgegriffen.«

»Und der wäre?«

»Die Scheißbilder zu klauen. Keine Gemälde, keine Story.«

Peterson weigerte sich, ohne eine Zigarette weiterzureden, und Gabriel gab widerstrebend nach. Er schlug wieder mit der Handfläche an die Wand, und Oded steckte wieder seinen Kopf zur Tür herein. Oded bot Peterson eine Zigarette aus seiner eigenen Schachtel an. Als er ihm dann Feuer geben wollte, zuckte Peterson so heftig zurück, daß er fast vom Stuhl gefallen wäre. Oded bog sich vor Lachen, als er hinausging. Peterson zog vorsichtig an der Zigarette, als fürchte er, sie könnte vor seinem Gesicht explodieren, und Gabriel hob alle paar Sekunden eine Hand, um den Rauch wegzuwedeln.

»Erzählen Sie mir von Werner Müller«, verlangte Gabriel.

»Er hat eine Schlüsselrolle gespielt. Wollten wir an Rolfes Geheimsammlung herankommen, brauchten wir Müllers Hilfe. Müller hatte die raffinierte Alarmanlage entworfen, mit der die Sammlung gesichert war. Also habe ich meine Leute alles ausgraben lassen, was sich an belastendem Material über Müller finden ließ. Auch Werner Müller hatte keine blütenweiße Weste – aber die hat wohl keiner von uns, stimmt's?« Als Gabriel sich nicht dazu äußerte, fuhr Peterson fort: »Ich bin nach Paris gereist, um mit Müller zu plaudern. Natürlich war er gern bereit, für unsere Sache zu arbeiten.«

Peterson rauchte seine Zigarette bis fast zum Filter auf, dann drückte er sie mürrisch in dem leeren Suppenteller aus.

»Unser Einbruch wurde für die folgende Nacht vorbereitet. Rolfe mußte geschäftlich nach Genf und wollte in seiner dortigen Wohnung übernachten. Der Restaurator sollte am nächsten Morgen eintreffen. Das Team ist in die Villa eingedrungen, und Müller hat es ins Schatzgewölbe geführt.«

»Haben Sie zu dem Team gehört?«

»Nein, ich hatte lediglich dafür zu sorgen, daß nicht etwa die Züricher Polizei aufkreuzt, wenn die Gemälde abtransportiert werden.«

»Bitte weiter.«

»Müller hat die Alarmanlage stillgelegt und die Kameras abgeschaltet. Dann sind sie in die unterirdische Galerie eingedrungen – und wen treffen sie dort an?«

»Augustus Rolfe.«

»Höchstpersönlich. Es ist drei Uhr morgens, und der Alte sitzt dort inmitten seiner Scheißbilder. Müller gerät in Panik. Die Einbrecher kennt Rolfe nicht, aber Müller und der Alte sind seit langem Geschäftsfreunde. Geht der Alte jetzt zur Polizei, bleibt alles an Müller hängen. Also reißt er einem der Männer des Teams, das der Rat entsandt hat, die Pistole weg, treibt den Alten vor sich her nach oben in den Salon und jagt ihm eine Kugel durch den Kopf.«

»Sechs Stunden später bin ich aufgekreuzt.«

Peterson nickte. »Die Leiche hat uns Gelegenheit gegeben, die Echtheit des Restaurators zu testen. Entdeckt er den Toten und verständigt die Polizei, ist er wahrscheinlich wirklich nur ein Restaurator. Findet er die Leiche und versucht, sich aus Zürich abzusetzen …«

Peterson hob die Hände, als sei keine weitere Erklärung notwendig.

»Sie haben also dafür gesorgt, daß ich verhaftet werde, obwohl Sie genau gewußt haben, daß Rolfe nicht auf mein Konto ging.«

»Richtig.«

»Was war mit dem Kriminalbeamten, der mich zuerst vernommen hat?«

»Baer? Baer war ahnungslos. Baer hat Sie nur verdächtigt, einen Schweizer Bankier ermordet zu haben.«

»Warum haben Sie sich die Mühe gemacht, mich verhaften zu lassen? Warum haben Sie mich nicht einfach laufenlassen?«

»Ich wollte Ihnen eine Heidenangst einjagen, damit Sie in Zukunft einen weiten Bogen um die Schweiz machen.«

»Aber damit war die Sache noch nicht zu Ende.«

Peterson schüttelte den Kopf. »Nein, das war leider erst der Anfang.«

Den Rest der Geschichte kannte Gabriel, weil er ihn größtenteils selbst miterlebt hatte. Petersons stakkatoartig vorgetragener Bericht diente nur dazu, seine Überzeugungen zu bestätigen oder einzelne Lücken zu füllen.

Wie Peterson erwartet hatte, zeigte Anna Rolfe den Diebstahl der Geheimsammlung ihres Vaters nicht an. Peterson stellte sie sofort unter Überwachung. Diesen Job übernahmen Leute, die für den Rütlirat arbeiteten, und Angehörige des Schweizer Sicherheitsdienstes, die Peterson treu ergeben waren. Peterson wußte, daß Gabriel eine Woche nach Rolfes Beisetzung in Portugal war, um Anna Rolfe aufzusuchen, und er wußte auch, daß sie gemeinsam nach Zürich gereist und in der Villa Rolfe gewesen waren.

Von diesem Augenblick an wurde auch Gabriel überwacht: in Rom, Paris, London und Lyon. Der Rat heuerte einen Berufskiller an. In Paris liquidierte er Müller und zerstörte seine Galerie. In Lyon ermordete er Emil Jacobi.

»Wer waren die Männer, die mir nachts in der Villa Rolfe aufgelauert haben?«

»Die haben für den Rat gearbeitet. Für Auslandseinsätze haben wir immer einen Profi engagiert.« Peterson machte eine Pause. »Sie haben übrigens beide erschossen. Eine sehr eindrucksvolle Leistung. Und danach haben wir Sie für sechsunddreißig Stunden aus den Augen verloren.«

Wien, dachte Gabriel. Mein Treffen mit Lavon. Meine Konfrontation mit Anna wegen der Vergangenheit ihres Vaters. Genau wie Gabriel vermutet hatte, nahm Peterson am nächsten Tag im Züricher Bankenviertel ihre Spur wieder auf. Als Anna Rolfes Wagen unweit der deutschen Grenze verlassen aufgefunden wurde, geriet der Rat in Panik und beschloß Notmaßnahmen. Der Berufskiller wurde beauftragt, Gabriel Allon und Anna Rolfe aufzuspüren und bei erster Gelegenheit zu ermorden. Das hätte in Venedig geschehen sollen …

Petersons Kopf sank auf die Tischplatte, als die Wirkung der injizierten Stimulanzien abklang. Peterson brauchte dringend Schlaf – natürlichen Schlaf, nicht wieder die Art, die aus einer Spritze kam. Gabriel hatte nur noch eine Frage, und er brauchte eine Antwort, bevor Peterson hinausgetragen und mit Handschellen an ein Bett gefesselt werden konnte. Als er sie stellte, hatte Peterson die Arme auf den Tisch gelegt, ließ den Kopf darauf ruhen und hielt die Augen geschlossen. »Die Gemälde«, wiederholte Gabriel eindringlich leise. »Wo sind die Gemälde jetzt?« Peterson brachte nur zwei Wörter heraus, bevor er das Bewußtsein verlor.

Otto Gessler.

43

Malles Venosta, Italien

In dieser Nacht schlief einzig Gerhardt Peterson. Eli Lavon klingelte seine Sekretärin in Wien aus dem Bett und ließ sie um zwei Uhr morgens in sein Büro im jüdischen Viertel fahren und in seinem staubigen Archiv stöbern. Eine Stunde später ratterte das Ergebnis ihrer Nachforschungen aus dem Faxgerät – so mager, daß es auf der Rückseite einer Ansichtskarte von Wien Platz gehabt hätte. Die Abteilung Recherche in Tel Aviv steuerte ein schmales, praktisch wertloses Dossier bei, während Oded auf der Suche nach Cyberklatsch die abgelegensten Winkel des Internets durchforstete.

Otto Gessler war ein Schemen. Kaum mehr als ein Gerücht. Die Wahrheit über ihn herauszubekommen, sagte Lavon, gleiche dem Versuch, Nebel in einer Flasche einzufangen. Sein Alter ließ sich nur vermuten. Sein Geburtsdatum war ebenso unbekannt wie sein Geburtsort. Es gab keine Photos von ihm. Er lebte nirgends und überall, hatte weder Eltern noch Kinder. »Wahrscheinlich stirbt er nie«, meinte Lavon und rieb sich verdutzt die Augen. »Wenn's eines Tages mal soweit ist, verschwindet er einfach.«

Über Gesslers geschäftliche Aktivitäten war nur wenig bekannt; dafür rankten sich um so mehr Spekulationen um sie. Allgemein wurde vermutet, er sei mehrheitlich an einer Vielzahl von Privatbanken, Holdinggesellschaften und Großkonzernen beteiligt. Um welche Privatbanken, Holdinggesellschaften und Großkonzerne es sich handelte, wußte kein Mensch, denn Gessler wickelte seine Geschäfte grundsätzlich über Strohmänner und anonyme Offshorefirmen ab. Schloß Gessler einen Deal, hinterließ er keine physischen Spuren – keine Fingerabdrücke, keine Fußabdrücke, keine DNS –, und seine Bücher waren dichter versiegelt als ein Sarkophag.

Im Lauf der Jahre war sein Name mehrfach im Zusammenhang mit Geldwäsche und weiteren zweifelhaften Handelspraktiken genannt worden. Otto Gessler, so wurde kolportiert, habe die Vorräte auf Rohstoffmärkten aufgekauft, Diktatoren Kanonen und Butter verkauft, ohne sich um international verhängte Sanktionen zu scheren, und Gewinne aus dem Drogenhandel in ehrbaren Immobilienbesitz umgewandelt. Aber trotz intensiver Ermittlungen hatten die Strafverfolgungsbehörden dieser Welt Gessler nie zu fassen bekommen. Dank einer Legion von Anwälten, die in New York, London und Zürich für ihn arbeiteten, hatte Otto Gessler nie einen Rappen Geldstrafe zahlen müssen und keinen einzigen Tag hinter Gittern verbracht.

Oded entdeckte jedoch eine interessante Anekdote, die in einem hochspekulativen US-Magazinprofil versteckt war. Einige Jahre nach Kriegsende hatte Gessler eine Schweizer Firma aufgekauft, die Waffen für die Wehrmacht hergestellt hatte. In einem Lagerhaus außerhalb von Luzern hatte er fünftausend Geschütze entdeckt, die nach dem Zusammenbruch des Dritten Reichs in der Schweiz zurückgeblieben waren. Da Gessler keine unverkäuflichen Lagerbestände in seinen Büchern duldete, machte er sich auf die Suche nach einem Käufer und fand ihn in einem rebellischen Winkel Asiens. Die zu Ladenhütern gewordenen Geschütze halfen mit, ein Land vom Joch einer Kolonialherrschaft zu befreien, und Gessler verdoppelte den Gewinn, den er in Berlin erzielt hätte.

Als die Sonne hinter den Zypressen aufging, die den Garten des Landhauses umgaben, förderte Lavon wenigstens einen positiven Charakterzug Otto Gesslers zutage: Gessler schien jedes Jahr viele Millionen Dollar für medizinische Forschung zu spenden.

»Gegen welche Krankheit?« fragte Gabriel.

»Raffsucht?« schlug Oded vor, aber Lavon schüttelte verwundert den Kopf. »Darüber steht hier nichts. Der alte Hundesohn verschenkt jedes Jahr Millionen von Dollar, aber sogar das hält er geheim. Der ganze Mann ist ein Rätsel. Otto Gessler verkörpert geradezu die Schweiz.«

Gerhardt Peterson schlief bis zehn Uhr durch. Gabriel ließ ihn ein Bad nehmen, nach dem er sich unter Aufsicht rasieren durfte, und seine inzwischen von Eli Lavon gewaschenen und gebügelten Sachen anziehen, die er bei seiner Entführung getragen hatte. Da Gabriel glaubte, die frische Gebirgsluft werde Petersons Aussehen guttun, machten sie nach dem Frühstück einen Spaziergang über die Hügel in der Umgebung des Hauses. Der Schweizer war einen Kopf größer und besser angezogen als seine Begleiter, so daß es aussah, als sei er der Grundbesitzer, der einer kleinen Gruppe von Tagelöhnern Anweisungen erteilte.

Peterson bemühte sich, ihr skizzenhaftes Porträt von Otto Gessler zu vervollständigen, aber dabei stellte sich rasch heraus, daß er kaum mehr wußte als sie. Er beschrieb ihnen die genaue Lage von Gesslers Chalet, schilderte die Sicherheitsvorkehrungen und erzählte, wie seine Gespräche mit Gessler stattgefunden hatten.

»Sie haben sein Gesicht also noch nie gesehen?« fragte Oded.

Peterson schüttelte den Kopf und sah weg. Er haßte

Oded wegen der Eiswassergüsse im Keller und weigerte sich, ihn jetzt anzusehen.

»Sie werden mich zu ihm bringen«, sagte Gabriel. »Und Sie werden mir helfen, die Gemälde zurückzubekommen.«

Peterson lächelte – das kalte, blutleere Lächeln, das Gabriel nach seiner Verhaftung in Zürich bei ihm gesehen hatte. »Otto Gesslers Chalet gleicht einer Festung. Sie können nicht einfach reingehen und ihn unter Druck setzen.«

»Ich will ihn nicht unter Druck setzen.«

»Was haben Sie sonst vor?«

»Ich will Gessler einen Deal anbieten. Das ist die einzige Sprache, die er versteht. Er gibt die Gemälde zurück und erhält dafür einen ansehnlichen Finderlohn und mein Versprechen, daß seine Rolle in dieser Sache niemals publik gemacht wird.«

»Otto Gessler macht es sich zur Gewohnheit, nur aus einer Position der Stärke heraus zu verhandeln. Er läßt sich nicht einschüchtern – und noch mehr Geld braucht er ganz bestimmt nicht. Versuchen Sie's damit, gehen Sie dort mit leeren Händen weg, falls Sie überhaupt weggehen.«

»Natürlich gehe ich wieder weg.«

»Da wäre ich mir nicht so sicher.«

»Ich gehe wieder weg, weil *Sie* dafür verantwortlich sind, daß mir nichts zustößt. Wir wissen, wo Sie wohnen, wir wissen, welche Schule Ihre Kinder besuchen, und wir wissen immer, wo Sie zu finden sind.«

Petersons Lippen verzogen sich wieder zu seinem arroganten Lächeln.

»Ich hätte nicht gedacht, daß ein Mann mit Ihrer Vergangenheit die Familie eines anderen bedrohen würde. Aber verzweifelte Situationen erfordern verzweifelte Mittel, nicht wahr? Also gut, bringen wir's hinter uns. Ich will dieses verdammte Haus nicht mehr sehen.«

Peterson machte kehrt und ging hügelaufwärts zu dem Landhaus zurück. Oded blieb ihm schweigend auf den Fersen. Lavon legte Gabriel eine schmale Hand auf die Schulter. »Vielleicht hat er recht. Vielleicht solltest du dich nicht in die Höhle des Löwen begeben.«

»Keine Angst, *er* sorgt dafür, daß ich dort heil rauskomme. Außerdem hat Gessler nichts davon, wenn er mich jetzt umbringen läßt.«

»Trotzdem hat er recht: Verzweifelte Situationen erfordern verzweifelte Mittel. Laß lieber die Finger davon.«

»Ich will nicht, daß sie Sieger bleiben, Eli.«

»Leute wie Otto Gessler bleiben immer Sieger. Wo zum Teufel willst du außerdem das Geld hernehmen, um die Bilder von ihm zurückzukaufen? Von Schamron? Ich kann's kaum erwarten, das Gesicht des Alten zu sehen, wenn du den Kaufpreis auf Spesen abrechnen willst!«

»Ich brauche kein Geld von Schamron. Ich bekomme es von dem Mann, der die Gemälde ursprünglich gestohlen hat.«

»Augustus Rolfe?«

»Natürlich.«

»Wiedergutmachung, ja?«

»Vergebung, Eli, hat manchmal einen hohen Preis.«

Am Spätvormittag fuhren sie endlich ab. Peterson wirkte verärgert, als er auf der Kiesfläche vor dem Haus seinen Mercedes neben dem vw-Kastenwagen stehen sah, in dem er entführt worden war. Er stieg vorn rechts ein und ließ widerstrebend zu, daß Oded sein rechtes Handgelenk mit Handschellen an die Armstütze der Türverkleidung fesselte. Gabriel setzte sich ans Steuer und ließ den Motor für Petersons Begriffe etwas zu aggressiv aufheulen. Oded machte es sich auf dem Rücksitz bequem, legte die Füße aufs hellbeige Leder und behielt die Beretta auf seinem Schoß.

Das Landhaus war nur fünfundzwanzig Kilometer von der Schweizer Grenze entfernt. Gabriel fuhr mit dem Mercedes voraus, und Eli Lavon folgte ihnen mit seinem Volkswagen. Am Grenzübergang herrschte wenig Betrieb, und ein gelangweilter Zollbeamter winkte sie nach flüchtiger Paßkontrolle durch. Gabriel hatte Peterson vorübergehend die Handschellen abgenommen, aber einen Kilometer hinter der Grenze hielt er an einem Rastplatz und fesselte ihn wieder an die Armstütze.

Von dort aus fuhren sie in nordwestlicher Richtung nach Davos, dann weiter nach Reichenau und von dort aus nach Westen ins Herz der Innerschweiz. Am Grimselpaß begann es zu schneien. Gabriel fuhr etwas langsamer, damit Lavon mit seinem klapprigen Kastenwagen nachkam.

Peterson wurde mit zunehmender Fahrtdauer merklich unruhiger. Er gab Gabriel Anweisungen, wie er fahren mußte, als führe er ihn zu einer vergrabenen Leiche. Als er verlangte, die Handschellen abgenommen zu bekommen, lehnte Gabriel ab.

»Sie sind ein Liebespaar?« fragte Peterson.

»Oded und ich? Er ist nett, aber leider nicht mein Typ.«

»Ich spreche von Anna Rolfe.«

»Ich weiß, von wem Sie sprechen. Ich dachte, ein bißchen Humor könnte die Situation entschärfen. Sonst wäre ich vielleicht versucht, Ihnen einen Kinnhaken zu verpassen.«

»Natürlich sind Sie ihr Liebhaber. Warum wären Sie sonst in diese Sache verwickelt? Sie hat schon viele Liebhaber gehabt, und Sie sind bestimmt nicht der letzte. Falls ihr Dossier Sie interessiert, zeige ich's Ihnen gern – als Gefälligkeit unter Kollegen, versteht sich.«

»Tun Sie irgendwas aus Prinzip, Gerhardt, oder machen Sie alles nur für Geld? Weshalb arbeiten Sie beispielsweise für den Rütlirat? Nur wegen des Geldes, oder sind Sie von der Richtigkeit dessen überzeugt, was diese Leute tun?«

»Beides.«

»Ach, wirklich? Welches Prinzip bringt Sie dazu, für Otto Gessler zu arbeiten?«

»Ich arbeite für Otto Gessler, weil ich's satt habe, mit ansehen zu müssen, wie mein Land von einer Bande verdammter Ausländer wegen Dingen, die sich vor meiner Geburt ereignet haben, durch den Dreck gezogen wird.«

»Ihr Land hat von den Nazis geraubtes Gold in harte Devisen umgetauscht. Es hat das Zahngold und die Eheringe ermordeter Juden in Devisen umgetauscht. Tausende von verängstigten Juden haben ihre gesamten Ersparnisse auf Schweizer Banken deponiert, bevor sie in die Todeslager abtransportiert wurden, und Ihre Banken haben dieses Geld behalten, statt es den rechtmäßigen Erben auszuzahlen.«

»Was hat das mit mir zu tun? Sechzig Jahre! Das alles ist sechzig Jahre her! Wieso können wir nicht endlich einen Schlußstrich ziehen? Warum müßt ihr mein Land wegen des Fehlverhaltens einiger geldgieriger Bankiers vor sechs Jahrzehnten zu einem Paria innerhalb der Staatengemeinschaft machen?«

»Weil ihr euer Unrecht eingestehen müßt. Und dann müßt ihr Wiedergutmachung leisten.«

»Geld? Ja? Ihr wollt Geld? Ihr kritisiert uns Schweizer wegen unserer angeblichen Geldgier, aber in Wirklichkeit wollt ihr nur Geld von uns, als ob ein paar Dollar alles in der Vergangenheit verübte Unrecht sühnen könnten.«

»Das ist nicht *euer* Geld. Es hat dazu beigetragen, dieses Binnenland von der Größe eines Vergnügungsparks zu einem der reichsten Länder der Welt zu machen, aber es ist nicht *euer* Geld.«

In der Hitze des Streits war Gabriel so schnell gefahren, daß Lavons Abstand sich auf einige hundert Meter vergrößert hatte. Er gab weniger Gas, damit Lavon wieder aufschließen konnte, und ärgerte sich über sich selbst. Wie konnte er nur so dämlich sein, jetzt mit Gerhardt Peterson über moralische Fragen der Schweizer Geschichte zu debattieren?

»Bevor wir mit Gessler reden, brauche ich noch eine Auskunft von Ihnen.«

»Sie wollen wissen, woher ich wußte, daß Sie an der Ermordung Hamidis beteiligt waren.«

»Ja.«

»Vor einigen Jahren – acht oder neun, das weiß ich nicht mehr – hat ein Palästinenser mit dubioser Vergangenheit eine Aufenthaltsgenehmigung beantragt, um vorübergehend in Genf leben zu können. Für diese Genehmigung und unsere Zusicherung, den Mossad nicht über seinen Aufenthalt in der Schweiz zu informieren, wollte der Palästinenser sich revanchieren, indem er sich erbot, uns den Namen des israelischen Agenten zu nennen, der Hamidi liquidiert hatte.«

»Wie hat dieser Palästinenser geheißen?« fragte Gabriel, obwohl er Petersons Antwort nicht abzuwarten brauchte. Er wußte, wie er hieß. Er hatte es vermutlich von Anfang an gewußt.

»Tariq al-Hourani. Er hat in Wien den Sprengsatz unter Ihrem Auto angebracht, stimmt's? Er hat Ihre Familie ausgelöscht.«

Etwa acht Kilometer vor Otto Gesslers Chalet hielt Gabriel unter den ersten Bäumen eines dichten Tannenwalds am Straßenrand und stieg aus. Inzwischen war es später Nachmittag, das Tageslicht schwand rasch, und die Temperatur lag einige Grad unter dem Gefrierpunkt. Über ihnen ragte ein teilweise in Wolken gehüllter Berggipfel auf. Welcher aus dem berühmten Trio? fragte Gabriel sich. Mönch, Eiger oder Jungfrau? Aber eigentlich kümmerte ihn das nicht. Er wollte die Sache nur zu Ende bringen und dann aus diesem Land verschwinden, um es nie mehr zu betreten.

Als er durch fünfzehn Zentimeter Naßschnee ums Heck des Mercedes herumstapfte, stellte er sich eine Szene vor: Tariq erzählte Peterson mit triumphierendem Grinsen von dem Bombenanschlag in Wien. Er mußte sich gewaltig beherrschen, um Peterson nicht aus dem Wagen zu zerren und bewußtlos zu prügeln. In diesem Augenblick wußte er nicht genau, wen er mehr haßte – Tariq oder Peterson.

Gabriel öffnete die Handschellen und ließ Peterson über die Mittelkonsole kriechen, damit er ans Steuer kam. Oded stieg aus, ging nach hinten und setzte sich zu Eli Lavon in den Kastenwagen. Gabriel nahm Petersons bisherigen Platz auf dem Beifahrersitz ein und stieß ihm die Mündung der Beretta in die Rippen, um ihn zum Weiterfahren aufzufordern.

Im Tal vor ihnen wurde es langsam dunkel. Peterson fuhr mit beiden Händen am Lenkrad, und Gabriel ließ ihn weiter die Beretta sehen. Etwa drei Kilometer vor Gesslers Chalet bremste Lavon und hielt am Straßenrand. Gabriel drehte sich um und beobachtete, wie die Scheinwerfer des Kastenwagens erloschen. Jetzt waren sie allein.

»Erzählen Sie mir den Ablauf noch mal«, verlangte Gabriel und brach damit das Schweigen.

»Den haben wir schon ein Dutzend Mal durchgesprochen«, wandte Peterson ein.

»Ist mir egal. Ich will noch mal alles von Ihnen hören.«

»Sie sind Herr Meyer.«

»Was tue ich?«

»Sie sind einer meiner Mitarbeiter in der Sektion Auswertung/Abwehr.«

»Warum nehmen Sie mich ins Chalet mit?«

»Weil Sie wichtige Erkenntnisse über die Aktivitäten des lästigen Juden Gabriel Allon haben. Herr Gessler soll die Möglichkeit erhalten, sich darüber aus erster Hand zu informieren.«

»Und was tue ich, wenn Sie in irgendeinem Punkt von diesem Drehbuch abweichen?«

»Das sage ich nicht noch mal.«

»Los, sagen Sie's!«

»Sie können mich mal!«

Gabriel hielt ihm die Beretta unter die Nase, bevor er sie in seinen Hosenbund steckte. »Ich jage Ihnen eine Kugel in den Kopf. Und dem Wachmann verpasse ich auch eine. Genau das tue ich.«

»Davon bin ich überzeugt«, sagte Peterson. »Das ist das einzige, worauf Sie sich verstehen.«

Anderthalb Kilometer weiter kamen sie an eine Privatstraße ohne Wegweiser. Peterson schaltete herunter und nahm die Kurve recht gekonnt in solchem Tempo, daß Gabriel durch die Fliehkraft an seine Tür gedrückt wurde. Er fürchtete einen Augenblick lang, Peterson wolle Dummheiten machen, aber dann wurde der Wagen langsamer, und sie glitten die schmale Straße entlang, auf der am Beifahrerfenster Bäume vorbeihuschten wie Überlebende, die aus einem Katastrophengebiet flüchten.

Die Privatstraße endete an einem Eisentor zwischen Steinsäulen, das so massiv aussah, als könnte es einen gepanzerten Mannschaftstransportwagen aufhalten. Als sie darauf zufuhren, trat ein Wachmann ins Scheinwerferlicht und schwenkte die Arme, um ihnen zu signalisieren, sie sollten anhalten. Er trug einen unförmigen blauen Anorak, der nicht verbergen konnte, daß er gut bewaffnet war, und eine mit Schnee bedeckte Wollmütze.

Peterson ließ sein Fenster herab. »Mein Name ist Gerhardt Peterson. Ich möchte zu Herrn Gessler. Ich muß ihn in einer dringenden Angelegenheit sprechen.«

»Gerhard Peterson?«

»Ganz recht.«

»Und wer ist Ihr Begleiter?«

»Sein Name ist Meyer, ein Kollege aus dem Dienst. Ich kann mich für ihn verbürgen.«

Der Wachmann murmelte ein paar unverständliche Sätze in sein Handfunkgerät. Im nächsten Augenblick öffnete sich das Tor automatisch, und der Mann trat beiseite und winkte sie durch.

Peterson fuhr in mäßigem Joggingtempo weiter. Gabriel sah neugierig nach vorn: Halogenscheinwerfer in den Bäumen, ein weiterer Wachmann in Blau, der mit einem wild an der Leine zerrenden Schäferhund unter den Bäumen Streife ging. *Großer Gott,* dachte er, *hier sieht's aus wie in Hitlers »Wolfsschanze«. Noch etwas Bandstacheldraht und ein paar Minenfelder, dann wäre die Illusion komplett.*

Vor ihnen hörten die Bäume auf, und die Lichter des Chalets tauchten durch dünne weiße Schneeschleier gedämpft auf. Als Peterson auf den Besucherparkplatz fahren wollte, vertrat ein weiterer Wachmann ihnen den Weg. Dieser Mann machte keinen Versuch, die vor seiner Brust hängende kompakte Maschinenpistole zu verbergen. Peterson ließ erneut sein Fenster herunter, und der Wachmann steckte sein breites, gerötetes Gesicht in den Wagen.

»Guten Abend, Herr Peterson. Herr Gessler ist gerade zur Schwimmhalle unterwegs. Er wird Sie dort empfangen.«

»Schön.«

»Sind Sie bewaffnet, Herr Peterson?«

Peterson schüttelte den Kopf. Der Wachmann sah zu Gabriel hinüber. »Und was ist mit Ihnen, Herr Meyer? Sind Sie heute abend bewaffnet?«

»Nein.«

»Gut, dann kommen Sie bitte mit«, forderte der Wachmann sie auf.

Eine Kette von winzigen Lampen auf nur kniehohen Säulen markierte den Verlauf des Fußwegs. Hier lag viel mehr Schnee als unten im Tal – Gabriel schätzte, daß es über einen Viertelmeter geschneit hatte –, und jede vierte oder fünfte Lampe verschwand unter einer kleinen Schneewehe.

Peterson ging neben Gabriel her. Der stämmige Wachmann, der sie auf dem Besucherparkplatz in Empfang genommen hatte, ging jetzt voraus. Irgendwann war ein weiterer Mann hinter ihnen aufgetaucht. Gabriel glaubte, den heißen Atem eines Schäferhunds in einer Kniekehle zu spüren. Als das Tier seine Schnauze in Gabriels Hand steckte, riß der Hundeführer es an der Leine zurück. Der Wachhund reagierte mit einem Knurren – einem heiseren, bösartigen Knurren, von dem die Luft zwischen ihnen zu vibrieren schien. *Braver Hund,* dachte Gabriel. *Tu bloß nichts, was den Scheißköter aufregen könnte.*

Vor ihnen wurde die Schwimmhalle sichtbar: lang und niedrig, mit reichverzierten Kugellampen, die durch den aufsteigenden Nebel leuchteten. Auch drinnen hielten Männer Wache; durch die beschlagenen Scheiben konnte Gabriel sie schemenhaft erkennen. Einer von ihnen schien eine winzige Gestalt in einem Bademantel am Arm zu führen.

Und dann spürte Gabriel einen brennenden Schmerz in der rechten Niere. Er machte ein Hohlkreuz, warf seinen Kopf in den Nacken und sah für einige Augenblicke die verschneiten Tannenwipfel in einen Himmel aufragen, den er in seiner Qual als van Goghsche Orgie aus Farben und Licht und Bewegung wahrnahm. Dann traf ihn ein zweiter Schlag, diesmal auf den Hinterkopf. Der Himmel wurde schwarz, und er fiel nach vorn in den Schnee.

44

Nidwalden, Schweiz

Gabriel öffnete ein Auge; dann folgte langsam das zweite. Er hätte sie ebensogut geschlossen lassen können, denn das Dunkel, das ihn umgab, war vollkommen. *Absolute Schwärze,* dachte er. *Theoretische Schwärze.*

Der Raum, in dem er sich befand, war bitter kalt, der Boden rauher Beton, die Luft mit Schwefelgeruch und Feuchtigkeit geschwängert. Seine Hände waren hinter seinem Rücken mit nach außen gedrehten Handflächen mit Handschellen gefesselt, so daß die Schultermuskeln von aufgestauter Milchsäure brannten. Gabriel versuchte, sich die unnatürlich verkrümmte Haltung seines Körpers und seiner Gliedmaßen vorzustellen: rechte Gesichtshälfte und rechte Schulter flach auf dem Beton; linke Schulter hochgereckt; Becken verdreht; Beine ineinander verschlungen. Das erinnerte ihn an die Kunstakademie, wo manche Dozenten die Gliedmaßen von Aktmodellen verdreht hatten, um Muskeln und Sehnen und Formen zu verdeutlichen. Vielleicht war er nur ein Modell für irgendein expressionistisches Schweizer Gemälde. *Mann in einer Folterkammer* – Künstler unbekannt.

Gabriel schloß die Augen und versuchte sich aufzusetzen, aber schon die geringste Anspannung der Rückenmuskeln ließ seine rechte Niere wie Feuer brennen. Trotzdem kämpfte er gegen die Schmerzen an und schaffte es schließlich, sich aufzusetzen. Als er den Kopf an die Wand lehnte, zuckte er vor Schmerzen zusammen. Von dem zweiten Schlag war eine Beule von der Größe eines Hühnereis an seinem Hinterkopf zurückgeblieben.

Er tastete mit den Fingerspitzen die Wand hinter sich ab: nackter Stein, vermutlich Granit. Feucht und teilweise glitschig bemoost. Eine Höhle? Irgendeine Art Grotte? Oder nur eine weitere Schatzkammer? Die Schweizer und ihre verdammten Tresorräume! Er fragte sich, ob sie ihn wie einen Goldbarren oder ein Louis-Quinze-Möbel für immer hierlassen würden.

Die Stille war so absolut wie die Dunkelheit. Nichts von oben oder unten. Keine Stimmen, kein Hundegebell, weder Wind noch Regen; nur diese Stille, die in seinem Ohr wie der Ton einer Stimmgabel vibrierte.

Wie mochte Peterson das geschafft haben? Wie hatte er dem Wachmann signalisiert, daß Gabriel ein unbefugter Eindringling war? Durch ein Codewort am Tor? Ein fehlendes Kennwort? Und was war mit Eli Lavon und Oded? Saßen sie weiterhin vorn in ihrem VW-Kastenwagen? Oder befanden sie sich in derselben Lage wie er – oder in einer schlimmeren? Gabriel dachte an Lavons Warnung im Garten des italienischen Landhauses: *Leute wie Otto Gessler bleiben immer Sieger.*

Irgendwo wurde eine dicht schließende Tür geöffnet, und Gabriel konnte die Schritte mehrerer Leute hören. Zwei Stablampen wurden eingeschaltet, und ihre hellen Strahlen suchten den Raum ab, bis sie sein Gesicht fanden. Gabriel kniff die Augen zusammen und versuchte, den Kopf vom Licht wegzudrehen, aber diese jähe Bewegung verursachte ihm heftig pochende Kopfschmerzen.

»Stellt ihn auf die Füße.«

Petersons Stimme: energisch, befehlsgewohnt. Peterson in seinem Element.

Zwei Händepaare packten Gabriel an den Armen, rissen ihn hoch. Die Schmerzen waren entsetzlich, und er fürchtete, die Schultergelenke könnten aus ihren Pfannen springen. Peterson holte mit geballter Faust aus und vergrub sie in seinem Unterleib. Gabriel sackte nach vorn, als seine Knie nachgaben. Petersons hochgerissenes Knie traf ihn im Gesicht. Als die Wachmänner ihn losließen, brach er zusammen und blieb in derselben verkrümmten Haltung liegen, in der er vorhin zu sich gekommen war.

Mann in einer Folterkammer von Otto Gessler.

Sie arbeiteten als Team zusammen: Einer hielt ihn fest, der andere schlug auf ihn ein. Sie arbeiteten effizient und stetig, aber ohne Engagement oder Begeisterung. Sie hatten einen Auftrag erhalten – in jedem Muskel seines Körpers Blutergüsse hervorzurufen, ihm das Gesicht blutig zu schlagen – und führten ihn auf höchst professionelle und bürokratische Art aus. In regelmäßigen Abständen verließen sie den Raum zu einer Zigarettenpause. Das wußte Gabriel, denn er roch frischen Tabakrauch, wenn sie zurückkamen. Er versuchte sie zu hassen, diese blauuniformierten Krieger des Bankhauses Gessler, aber das gelang ihm nicht. Peterson war der Mann, den er haßte.

Nach etwa einer Stunde kam Peterson zurück.

»Wo sind die Gemälde, die Sie aus Rolfes Bankschließfach in Zürich geholt haben?«

»Welche Gemälde?«

»Wo ist Anna Rolfe?«

»Wer?«

»Nehmt ihn euch noch mal vor. Vielleicht hilft das seinem Gedächtnis auf die Sprünge.«

Und so ging es weiter, ohne daß Gabriel hätte abschätzen können, für wie lange. Er wußte nicht, ob es Tag oder Nacht war, ob er seit Stunden oder Tagen gefangengehalten wurde. Wie die Zeit verstrich, merkte er nur am Rhythmus ihrer Schläge und dem regelmäßigen Auftauchen Petersons.

»Wo sind die Gemälde, die Sie aus Rolfes Bankschließfach in Zürich geholt haben?«

»Welche Gemälde?«

»Wo ist Anna Rolfe?«

»Wer?«

»Also gut, seht zu, ob er noch etwas mehr aushält. Aber bringt ihn nicht um.«

Wieder Schläge. Diesmal anscheinend nicht ganz so lange, obwohl Gabriel das nicht sicher beurteilen konnte, weil er zwischendurch mehrmals bewußtlos wurde.

»Wo sind die Gemälde?«

»Welche ... Gemälde?«

»Wo ist Anna Rolfe?«

»Wer?«

»Weitermachen!«

Noch ein äußerst schmerzhafter Schlag auf seine rechte Niere. Noch eine eisenharte Faust in sein Gesicht. Noch ein Tritt in seinen Unterleib.

»Wo sind die Gemälde?«

Schweigen ...

»Wo ist Anna Rolfe?«

Schweigen ...

»Der ist vorläufig erledigt. Laßt ihn liegen.«

Er suchte die Räume seiner Erinnerung nach einem stillen Ruheplatz ab. Hinter allzu vielen Türen entdeckte er Blut und Feuer und konnte keinen Frieden finden. Er umarmte seinen Sohn, er ging mit seiner Frau ins Bett. Der Raum, in dem er ihre nackte Leiche fand, war ihr Schlafzimmer in Wien, und die Begegnung, die er wiedererlebte, war ihre letzte. Er streifte durch Gemälde, die er restauriert hatte – durch Ölfarben, Pigmente und Wüsten aus unbemalter Leinwand –, bis er auf einer Terrasse ankam: auf einer Terrasse über einem Meer aus Blattgold und Aprikosentönen, auf der die im rötlichen Schein der Abendsonne brillante Violinenmusik erklang.

Zwei Wachmänner kamen herein. Gabriel machte sich auf weitere Mißhandlungen gefaßt. Statt dessen nahmen die beiden ihm die Handschellen ab und verbrachten die folgenden zehn Minuten damit, seine Wunden sorgfältig zu säubern und zu verbinden. Sie arbeiteten mit dem Zartgefühl von Leichenbestattern, die einen Toten ankleiden. Aus fast zugeschwollenen Augen beobachtete Gabriel, wie das Wasser in dem mitgebrachten Becken sich von seinem Blut erst rosa, dann rot färbte.

»Hier, schlucken Sie diese Tabletten.«

»Was geben Sie mir da? Zyanid?«

»Etwas gegen die Schmerzen. Danach fühlen Sie sich besser. Vertrauen Sie uns.«

Gabriel tat wie ihm geheißen und schluckte die Tabletten mit einiger Mühe. Die Männer gestatteten ihm, sich ein paar Minuten lang sitzend auszuruhen. Tatsächlich klangen die pochenden Schmerzen in Kopf und Körper überraschend schnell ab. Aber er wußte, daß sie nicht verschwunden, sondern nur betäubt waren.

»Wollen Sie jetzt aufstehen?«

»Das hängt davon ab, wohin Sie mich bringen.«

»Kommen Sie, wir helfen Ihnen.«

Die beiden faßten ihn behutsam an den Armen und zogen ihn hoch.

»Können Sie allein stehen? Können Sie gehen?«

Gabriel setzte den rechten Fuß nach vorn, aber die

starken Prellungen in der Oberschenkelmuskulatur ließen das Bein einknicken. Die Männer konnten ihn eben noch auffangen, bevor er wieder zu Boden ging, und fanden das aus irgendeinem Grund zum Brüllen komisch.

»Langsam, ganz langsam. Kleine Schritte machen.«

»Wohin gehen wir?«

»Das ist eine Überraschung. Aber die tut nicht weh. Unser Ehrenwort!«

Die beiden führten ihn durch die Tür hinaus. Draußen lag ein tunnelartiger Korridor vor ihm: lang und weiß, mit Marmorboden und gewölbter Decke. Die Luft roch schwach nach Chlor. Anscheinend befanden sie sich in der Nähe von Gesslers Swimmingpool.

Auf den ersten Metern war Gabriel noch ganz auf die stützenden Hände angewiesen, aber als das Schmerzmittel durch seinen Körper zirkulierte und er sich an seine wieder senkrechte Haltung gewöhnte, konnte er auch ohne Hilfe mühsam weiterschlurfen – ein vor kurzem operierter Patient bei ersten wackeligen Gehversuchen auf einem Krankenhausflur.

Am Ende des Korridors erreichten sie eine zweiflügelige Tür, die in eine Rotunde mit acht bis zehn Metern Durchmesser unter einer hohen Kuppel führte. Genau in der Mitte des Rundbaus stand ein kleiner alter Mann, der einen weißen Bademantel trug und sein Gesicht hinter einer übergroßen Sonnenbrille verbarg. Als Gabriel näher trat, streckte der Alte ihm seine abgezehrte, purpurrot geäderte Rechte hin. Gabriel ignorierte sie jedoch.

»Ah, Herr Allon, ich freue mich, daß wir uns endlich einmal kennenlernen. Ich bin Otto Gessler. Kommen Sie bitte mit. Ich habe hier ein paar Dinge, deren Besichtigung Ihnen vielleicht Spaß machen wird.«

Hinter ihm öffnete sich eine weitere zweiflügelige Tür – langsam und lautlos wie durch eine gutgeölte

Automatik. Als Gabriel sich in Bewegung setzte, legte Gessler ihm eine knochige Hand auf den Unterarm.

In diesem Augenblick erkannte Gabriel, daß Otto Gessler blind war.

45

Nidwalden, Schweiz

Vor ihnen lag eine riesengroße Ausstellungshalle mit Tonnengewölbe, die an das Pariser Musée d'Orsay erinnerte. Durch großflächige Oberlichter fiel ausgezeichnet imitiertes Tageslicht herein. Auf beiden Seiten der Haupthalle zweigten ein Dutzend Korridore ab, die in Säle führten, in denen unzählige Gemälde hingen. Obwohl die Säle nicht bezeichnet waren, erkannte Gabriel als Fachmann sofort, daß jeder ein bestimmtes Sammelgebiet beherbergte: italienische Kunst, fünfzehntes Jahrhundert; holländische und flämische Kunst, siebzehntes Jahrhundert; französische Kunst, neunzehntes Jahrhundert. Und so ging es weiter, Saal für Saal, ein Privatmuseum verschollener Meisterwerke aus europäischen Sammlungen. Die Wirkung war überwältigend, allerdings offenbar nicht auf den Hausherrn – Gessler konnte nichts davon sehen.

»Tut mir leid, daß meine Männer Sie etwas grob anfassen mußten, aber das haben Sie allein sich selbst zuzuschreiben. Es war sehr töricht von Ihnen, hierherzukommen.«

Er hatte eine brüchige Stimme, dünn und trocken wie Pergament. Die Hand auf Gabriels Unterarm war gewichtslos wie ein Hauch warmer Luft.

»Jetzt weiß ich, weshalb Sie Augustus Rolfe unbedingt zum Schweigen bringen wollten. Wie viele Gemälde besitzen Sie?«

»Um ganz ehrlich zu sein: Ich habe längst den Überblick verloren.«

Sie gingen am Eingang eines weiteren Saals vorbei: spanische Kunst, fünfzehntes Jahrhundert. Ein Wachmann in blauer Jacke ging darin gelangweilt wie ein Museumswärter auf und ab.

»Und Sie können nichts davon sehen?«

»Nein, leider nicht.«

»Warum behalten Sie die Bilder dann?«

»Man könnte meine Situation mit der eines impotenten Mannes vergleichen. Daß ich nicht mit meiner Frau verkehren kann, heißt noch lange nicht, daß ich bereit bin, ihren Körper anderen zur Verfügung zu stellen.«

»Sie sind also verheiratet?«

»Eine raffinierte Frage, Herr Allon, aber in der Schweiz wird das Recht auf Privatleben sehr hochgehalten. Vielleicht habe ich dieses Prinzip ins Extreme überstiegert, aber das ist nun mal mein gewählter Lebensstil.«

»Waren Sie schon immer blind?«

»Sie stellen zu viele Fragen.«

»Ich wollte Ihnen ein Angebot zur Beendigung dieser Sache machen, aber jetzt sehe ich, daß Sie es nie angenommen hätten. Sie sind der Hermann Göring des einundzwanzigsten Jahrhunderts. Ihre Besitzgier ist grenzenlos.«

»Ja, aber im Gegensatz zu Herrn Göring, den ich gut gekannt habe, bin ich kein Kunsträuber.«

»Wie würden Sie sich selbst bezeichnen?«

»Ich bin Sammler. Dies ist eine besondere Sammlung, eine sehr private Sammlung, aber trotzdem eine Sammlung.«

»Ich bin nicht der einzige, der in dieser Sache Bescheid weiß. Anna Rolfe ist ebenso informiert wie mein Dienst. Sie können mich beseitigen, aber irgendwann bekommt doch jemand heraus, was Sie hier versteckt halten.«

Gessler lachte, ein trockenes, humorloses Lachen.

»Herr Allon, niemand wird jemals erfahren, was in diesen Räumen aufbewahrt wird. Wir Schweizer wissen unsere Bürgerrechte zu wahren. Niemand wird jemals imstande sein, diese Türen ohne mein Einverständnis zu öffnen. Um das wirklich unmöglich zu machen, habe ich eine zusätzliche Sicherheitsmaßnahme ergriffen: Ich habe eine weitgehend unbekannte Gesetzeslücke ausgenützt und meinen gesamten Besitz als Privatbank eintragen lassen. Diese Räume sind Bestandteil jener Bank – Tresorräume, wenn Sie so wollen. Folglich fallen die hier lagernden Vermögenswerte unter das strenge Schweizer Bankgeheimnis, und ich kann niemals gezwungen werden, meine Räume zu öffnen oder ihren Inhalt preiszugeben.«

»Und das gefällt Ihnen?«

»Allerdings«, bestätigte Gessler vorbehaltlos. »Auch wenn ich gezwungen würde, diese Räume zu öffnen, könnte man mir keine Straftat nachweisen. Sehen Sie, ich habe jedes einzelne dieser Gemälde nach Schweizer Recht völlig legal erworben. Selbst wenn es jemandem gelänge, zweifelsfrei zu beweisen, daß irgendein Werk in meiner Sammlung einem seiner Vorfahren von den Deutschen geraubt wurde, müßte er mich zum angemessenen Marktwert entschädigen. Da liegt es auf der Hand, daß die Kosten einer solchen Rückführung astronomisch hoch wären. Sie und Ihre Freunde in Tel Aviv können Lärm schlagen, soviel Sie wollen – niemand wird mich je dazu zwingen können, die Stahltüren meiner Galerie zu öffnen.«

»Gessler, Sie sind ein Schwein!«

»Ah, jetzt verfallen Sie auf Beschimpfungen und unflätige Ausdrücke. Sie machen uns Schweizer für eine Situation verantwortlich, für die wir nichts können. Den

Krieg haben die Deutschen angefangen. Wir waren vernünftig genug, uns nicht hineinziehen zu lassen, und dafür wollen Sie uns jetzt bestrafen.«

»Ihr habt euch nicht rausgehalten. Ihr habt mit Hitler kollaboriert! Ihr habt ihm Waffen geliefert, und ihr habt ihm Geld verschafft. Ihr wart seine Diener. Das Dienen liegt euch allen im Blut.«

»Ja, unsere Neutralität hat sich finanziell gelohnt, aber wieso schneiden Sie dieses Thema jetzt an? Nach dem Krieg haben wir uns mit den Alliierten verglichen und Absolution erlangt, weil der Westen unser Geld zum Wiederaufbau Europas brauchte. Dann kam der kalte Krieg, und der Westen brauchte uns wieder. Jetzt ist der kalte Krieg vorbei, und plötzlich drängeln sich alle von beiden Seiten des Eisernen Vorhangs mit der Mütze in der Hand vor der Tür der Schweiz. Alle verlangen eine Entschuldigung. Alle fordern Geld. Aber eines Tages werdet ihr uns wieder brauchen. So war's schon immer. Deutsche Fürsten und französische Könige, arabische Scheichs und amerikanische Steuerhinterzieher, Drogenbarone und Waffenhändler – alles unsere Kunden. Mein Gott, sogar *Ihr* Geheimdienst nutzt unsere Dienstleistungen, wenn's gerade opportun ist! Sie selbst sind im Lauf der Jahre häufig Kunde der Credit Suisse gewesen. Also bitte, Herr Allon – steigen Sie für einen Augenblick von Ihrem moralischen hohen Roß und seien Sie vernünftig.«

»Sie sind ein Dieb, Gessler. Ein gewöhnlicher kleiner Ganove.«

»Ein *Dieb*? Nein, Herr Allon, ich habe nichts gestohlen. Als cleverer Geschäftsmann habe ich nicht nur ein ungeheures Privatvermögen angehäuft, sondern auch eine unvergleichliche Kunstsammlung zusammengetragen. Aber ich bin kein Dieb. Und was ist mit Ihnen und Ihrem Volk? Ihr prangert die angeblichen Verbrechen der

Schweizer an, aber ihr habt euren Staat auf Land gegründet, das ihr anderen gestohlen habt. Gemälde, Möbel, Schmuck – das sind nur Sachen, die sich leicht ersetzen lassen. Land dagegen ist etwas ganz anderes. Land ist etwas für immer. Nein, Herr Allon, ich bin kein Dieb, sondern ein Sieger, genau wie Sie und Ihr Volk.«

»Scheren Sie sich zum Teufel, Gessler.«

»Ich bin Calvinist, Herr Allon. Wir Calvinisten glauben, daß irdischer Reichtum denen gewährt wird, die dereinst ins himmlische Königreich aufgenommen werden. Sollte der Reichtum in diesen Räumen irgendein Anhaltspunkt sein, dürfte ich den Teufel wohl nie zu sehen bekommen. Wie dagegen Ihr nächstes Leben aussehen wird, dürfte ungewisser sein, fürchte ich. Sie können Ihre restliche Lebensspanne weniger unerfreulich gestalten, indem Sie mir eine einfache Frage beantworten: Wo sind die Gemälde, die Sie aus Augustus Rolfes Bankschließfach geholt haben?«

»Welche Gemälde?«

»Diese Gemälde gehören mir. Ich kann durch eine Urkunde beweisen, daß Rolfe sie mir kurz vor seinem Tod übertragen hat. Diese Bilder sind mein rechtmäßiges Eigentum, und ich will sie zurückhaben.«

»Darf ich die Urkunde bitte sehen?«

»Wo sind die Gemälde?«

»Ich weiß nicht, wovon Sie reden.«

Gessler ließ Gabriels Arm los. »Führt ihn bitte ab.«

46

Nidwalden, Schweiz

Die Wirkung des Schmerzmittels klang ab, womit Gabriel gerechnet hatte, und die Schmerzen kehrten noch ungestümer zurück, als hätten sie die Atempause dazu benützt, ihre Kräfte für einen neuen Angriff zu sammeln. Jeder Nerv seines Körpers schien zur selben Zeit Schmerzsignale zu übermitteln. Das überlastete sein Gehirn, und er begann zu zittern – ein heftiges, unkontrollierbares Zittern, das die Schmerzen noch verstärkte. Er war dicht davor, sich zu übergeben, aber er betete darum, daß ihm das erspart bleiben würde; er wußte, daß die damit verbundenen Muskelkontraktionen neue schreckliche Schmerzen ausgelöst hätten.

Gabriel suchte wieder nach einem sicheren Hafen für seine Gedanken, aber jetzt drängten sich die Erinnerungen an Otto Gessler und seine Sammlung störend in den Vordergrund. Der blinde Alte in seinem Bademantel und mit seiner Sonnenbrille; Säle auf Säle mit von den Nazis geraubten Kunstwerken. Er fragte sich, ob das alles wahr oder nur eine Nebenwirkung des Mittels gewesen war, das die Wachmänner ihm zu schlucken gegeben hatten. Nein, dachte er, es ist wahr. Seine Sammlung hängt hier, knapp außerhalb meiner Reichweite. Knapp außerhalb der Reichweite der gesamten Welt.

Dann ging die Tür auf, und Gabriels Körper verkrampfte sich unwillkürlich. Wer war das? Gesslers Schergen, die mit dem Auftrag kamen, ihn zu liquidieren? Gessler selbst, der kam, um ihm weitere Säle voller verloren geglaubter Meisterwerke zu zeigen? Als etwas Licht in seine Zelle fiel, erkannte Gabriel jedoch, daß weder Gessler noch seine Schergen hereinkamen.

Der Besucher war Gerhardt Peterson.

»Können Sie aufstehen?«

»Nein.«

Peterson ging vor ihm in die Hocke. Er zündete sich eine Zigarette an und studierte lange Gabriels Gesicht. Was er darin sah, schien ihn zu betrüben.

»Es ist wichtig, daß Sie aufzustehen versuchen.«

»Warum?«

»Weil sie bald kommen werden, um Sie zu ermorden.«

»Worauf warten sie noch?«

»Dunkelheit.«

»Wozu brauchen sie Dunkelheit?«

»Sie wollen Ihre Leiche auf den Gletscher schaffen und in eine Spalte werfen.«

»Das ist beruhigend. Ich dachte, sie würden mich einfach in eine Stahlkassette stopfen und in einem von Gesslers Bankschließfächern deponieren.«

»Diese Möglichkeit war auch im Gespräch.« Ein humorloses kleines Lachen. »Ich habe Sie davor gewarnt, hierherzukommen. Mit dem werden Sie nicht fertig, habe ich Ihnen gesagt. Sie hätten auf mich hören sollen.«

»Sie haben immer recht, Gerhardt. Sie hatten in jeder Beziehung recht.«

»Nein, nicht in jeder.«

Peterson griff in eine Jackentasche und zog Gabriels Beretta heraus. Er legte die Waffe auf seine Handfläche und hielt sie Gabriel wie eine Opfergabe hin.

»Was soll das?«

»Nehmen Sie sie.« Er bewegte seine Hand etwas. »Na los, nehmen Sie sie schon!«

»Wozu?«

»Weil Sie sie brauchen werden. Ohne sie haben Sie absolut keine Chance, hier lebend rauszukommen. Mit ihr schätze ich Ihre Chancen wegen Ihrer schlechten Verfassung auf nur eins zu drei ein. Trotzdem ist's einen Versuch wert, finden Sie nicht auch? Los, nehmen Sie die Pistole, Gabriel!«

Die Beretta war von Petersons Hand warm. Die Griffschalen aus Walnußholz, der Abzug, der Lauf – alles zusammen ergab den ersten tröstlichen Gegenstand, den er in Gesslers Chalet berührt hatte.

»Tut mir leid, daß die Kerle Sie zusammengeschlagen haben. Das konnte ich nicht verhindern. Als ›Maulwurf‹ muß man manchmal schlimme Dinge tun, um die Leute, die man täuschen will, davon zu überzeugen, daß man's ehrlich meint.«

»Wenn ich mich recht erinnere, haben Sie als erster zugeschlagen.«

»Ich hatte noch nie einen Mann geschlagen. Für mich war das vermutlich schmerzhafter als für Sie. Außerdem brauchte ich Zeit.«

»Zeit wofür?«

»Um die Vorbereitungen für Ihre Flucht zu treffen.«

Gabriel ließ das Magazin in seine Hand gleiten und überzeugte sich davon, daß die Waffe geladen und nicht nur eine weitere Betrügerei Petersons war.

»Gessler hat offenbar eine beachtliche Sammlung«, sagte Peterson.

»Sie haben sie nie gesehen?«

»Nein, dazu hat er mich nie eingeladen.«

»Stimmt das wirklich? Ist sein Chalet tatsächlich eine Bank? Kann hier wirklich niemand rein?«

»Das ganze Land ist eine Bank, Gabriel.« Peterson griff nochmals in seine Jackentasche. Diesmal holte er ein halbes Dutzend Tabletten heraus. »Hier, schlucken Sie die. Schmerztabletten. Die werden Sie brauchen.«

Gabriel würgte alle Tabletten auf einmal hinunter, dann rammte er das Magazin in den Pistolengriff. »Was für Vorbereitungen haben Sie getroffen?«

»Ich habe Ihre beiden Freunde aufgespürt. Sie hatten sich in einem Gasthaus im Dorf verkrochen. Die beiden warten unten an der Grundstücksgrenze in der Nähe der Stelle, wo Sie sich gestern von Ihnen getrennt haben.«

Gestern? Lag das alles erst einen Tag zurück? Gabriel erschien es wie ein Jahr. Wie ein ganzes Leben.

»Vor dieser Tür hält ein einzelner Mann Wache. Den müssen Sie als ersten ausschalten. Lautlos. Schaffen Sie das? Sind Sie stark genug?«

»Ich komme schon zurecht.«

»Folgen Sie dem Korridor nach rechts. An seinem Ende erreichen Sie eine Treppe, die zu einer Tür hinaufführt. Durch sie gelangen Sie ins Freie. Von dort aus gehen Sie einfach bergab weiter, bis Sie auf Ihre Freunde stoßen.«

Zwischen Wachmännern und Schäferhunden hindurch, dachte Gabriel.

»Verlassen Sie die Schweiz auf dem Weg, auf dem wir gestern gekommen sind. Ich sorge dafür, daß es an der Grenze keine Schwierigkeiten gibt.«

»Und was wird aus Ihnen?«

»Ich erzähle ihnen, daß ich bei Ihnen war, um ein letztes Mal zu versuchen, Sie dazu zu überreden, mir zu sagen, wo Rolfes Gemälde versteckt sind. Ich behaupte, Sie hätten mich niedergeschlagen und seien geflüchtet.«

»Wird man Ihnen das glauben?«

»Vielleicht, aber vielleicht ende ich auch in der für Sie reservierten Gletscherspalte.«

»Kommen Sie mit.«

»Meine Frau, meine Kinder.« Dann fügte er hinzu: »Meine Heimat.«

»Weshalb tun Sie das? Warum lassen Sie nicht einfach zu, daß diese Leute mich beseitigen, damit Sie mich vom Hals haben?«

Und daraufhin erzählte Peterson ihm, was sich während des Kriegs in seinem Heimatdorf ereignet hatte – die Geschichte von den Juden, die auf der Suche nach einem sicheren Hafen aus Frankreich in die Schweiz geflüchtet waren, nur um von den Schweizer Behörden über die Grenze in die Arme der wartenden Gestapo abgeschoben zu werden.

»Nach dem Tod meines Vaters habe ich in seinem Arbeitszimmer die nachgelassenen Papiere sortiert, um seine Angelegenheiten zu regeln. Dabei habe ich ein amtliches Schreiben gefunden. Ein Anerkennungsschreiben der Kantonspolizei. Wissen Sie, wofür er belobigt wurde? Mein Vater hatte damals die Anwesenheit einer jüdischen Familie in unserem Dorf gemeldet. Durch die Schuld meines Vaters war sie den Deutschen in die Hände getrieben und ermordet worden. Ich will nicht noch mehr jüdisches Blut an den Händen der Familie Peterson. Ich will, daß Sie hier lebend rauskommen.«

»Wenn der Sturm losbricht, kann's für Sie unangenehm werden.«

»Über die Gipfel unserer Schweizer Berge fegen oft wütende Stürme hinweg. Auf dem Jungfraujoch werden manchmal Windgeschwindigkeiten von über dreihundert Stundenkilometern gemessen. Aber wenn die Stürme Bern und Zürich erreichen, haben sie meistens nicht mehr viel Kraft. Kommen Sie, ich helfe Ihnen auf.«

Peterson zog Gabriel hoch.

»Eins zu drei?«

»Wenn Sie Glück haben.«

Gabriel blieb neben der Tür stehen. Peterson schlug zweimal mit der Faust ans Holz. Einen Augenblick später wurden die Riegel aufgezogen, die Tür ging auf, und der Wachposten trat über die Schwelle. Gabriel baute sich vor ihm auf, mobilisierte seine letzten Kraftreserven und rammte die Mündung der Beretta in die linke Schläfe des Wachmanns.

Peterson bemühte sich vergeblich, an der Halsschlagader einen Puls zu finden. »Sehr eindrucksvoll, Gabriel. Ziehen Sie seine Jacke an.«

»Auf der sind Blutflecken.«

»Los, machen Sie schon! Tragen Sie diese blaue Jacke, zögern die anderen, bevor sie auf Sie schießen, und Sie brauchen sie als Kälteschutz. Nehmen Sie auch seine Maschinenpistole mit – für den Fall, daß Sie eine wirksamere Waffe als Ihre Beretta brauchen.«

Peterson half Gabriel, dem Toten die Jacke auszuziehen. Er wischte das Blut notdürftig auf dem Fußboden ab und zog sie an. Dann hängte er sich die Maschinenpistole über die linke Schulter. Die Beretta behielt er in der rechten Hand.

»Jetzt mich«, sagte Peterson. »Es muß überzeugend wirken, aber nicht ganz so unwiderruflich sein.«

Bevor Peterson sich auf den Schmerz gefaßt machen konnte, traf Gabriel ihn mit dem Griff der Beretta am Wangenknochen, über dem die Haut aufplatzte. Peterson schwankte kurz, blieb jedoch auf den Beinen. Er berührte die Wunde mit den Fingerspitzen, dann betrachtete er das Blut.

»Als Sühne vergossenes Blut, ja?«

»Irgendwas in dieser Art.«

»Los jetzt!«

47

Nidwalden, Schweiz

Die schneidende Kälte, die Gabriel entgegenschlug, als er durch die Tür oben an der Treppe ins Freie trat, war wie ein weiterer Schlag ins Gesicht. Es war später Nachmittag, die Abenddämmerung sank rasch herab, und in den Tannen heulte ein eisiger Wind. Seine Hände begannen vor Kälte gefühllos zu werden. Er hätte die Handschuhe, die der Tote am Gürtel getragen hatte, mitnehmen sollen.

Er hob den Kopf und stellte fest, daß der Jungfraugipfel klar zu sehen war. Die Gipfelflanken waren blaßrosa überhaucht, aber der Rest des Massivs zeigte blaugraue Farbtöne und wirkte gänzlich abweisend. *»Auf dem Jungfraujoch werden manchmal Windgeschwindigkeiten von über dreihundert Stundenkilometern gemessen.«*

Der Eingang bestand aus Beton und Stahl wie der Eingang zu einem Geheimbunker. Gabriel fragte sich, wie viele solcher Bauten auf Gesslers weitläufigem Besitz verstreut sein mochten und welche weiteren Wunder es wohl zu entdecken gäbe, wenn man Zugang zu ihnen hätte. Dann verdrängte er diese Überlegungen und konzentrierte sich erst einmal darauf, sich zu orientieren. Er stand hier keine fünfzig Meter von der Rückseite der Schwimmhalle entfernt und hatte es nicht weit bis unter die Bäume.

»... gehen Sie einfach bergab weiter ...«

Unter den Bäumen war es dunkel, und während Gabriel sich vorantastete, erinnerte er sich an die Nacht in

Zürich, in der er durch die Villa Rolfe geschlichen war und die Photos im Doppelboden der Schreibtischschublade entdeckt hatte.

Mein Führer, ich möchte Ihnen Herrn Rolfe aus dem schönen Zürich vorstellen. Herr Rolfe ist Bankier und als solcher bereit, uns ein paar Gefälligkeiten zu erweisen. Und er ist Kunstsammler wie Sie, mein Führer.

Einen Vorteil hatte die Kälte immerhin: Schon nach wenigen Augenblicken war sein Gesicht gefühllos. Unter den Bäumen lag der Schnee etwas weniger hoch, aber jeder Schritt war ein neues Abenteuer – ein unsichtbar verschneiter Felsbrocken, ein abgebrochener Ast unter dem Weiß oder ein Loch, das irgendein unter der Erde lebendes Tier gegraben hatte. Gabriel verlor viermal das Gleichgewicht, schlug der Länge nach hin und kam jedesmal schwerer hoch. Aber er *kam* hoch, und er stapfte weiter den Hügel hinab auf die Stelle zu, wo Oded und Eli auf ihn warteten.

Gabriel erreichte eine kleine Lichtung, auf der ein Mann Wache hielt. Der Wachposten stand ungefähr zwanzig Meter von ihm entfernt und kehrte ihm halb den Rücken zu, so daß Gabriel ihn im Halbprofil sah. Er traute sich nicht, aus dieser Entfernung zu schießen – nicht mit seiner Gehirnerschütterung und seinen fast zugeschwollenen Augen und seinen kältestarren Händen –, deshalb bewegte er sich in der Hoffnung, die Dunkelheit werde seine abgerissene Erscheinung lange genug tarnen, weiter auf den Mann zu.

Er schaffte nur noch wenige Schritte, bevor er auf einen Ast trat, der unter seinem Gewicht knackend zersplitterte. Der Posten fuhr herum, starrte Gabriel an und wußte nicht recht, was er tun sollte. Gabriel ging ruhig und gleichmäßig weiter, als sei er die Ablösung des Mannes. Als er nur noch drei Schritte von ihm entfernt war, zog er seine rechte Hand mit der Beretta aus der Jacke und zielte damit auf die Brust des Wachpostens. Das Geschoß trat in einer Wolke aus Blut und Gewebe und Polyestergespinst aus seinem Rücken aus.

Als der Schuß durchs Dunkel unter den Bäumen hallte, begann sofort ein Hund zu bellen; dann fiel ein weiterer ein; danach ein dritter. Oben im Chalet flammte Licht auf. Jenseits der Lichtung lag ein schmaler Weg, der eben breit genug für ein kleines Fahrzeug war. Gabriel versuchte zu rennen, aber das gelang ihm nicht. Sein Körper besaß weder die Kraft noch die Koordination, die erforderlich gewesen wären, um einen verschneiten Hang hinunterzurennen. Deshalb ging er nur – und auch das war schon schwierig genug.

Vor ihm war zu ahnen, daß das Gelände flacher zu werden begann, als ginge Gesslers Berg allmählich in den Talboden über. Und dann sah Gabriel den mit Standlicht abgestellten Kastenwagen und zwei Gestalten, kaum mehr als Schatten: Lavon und Oded, die in der Kälte mit den Füßen stampften.

»Können Sie aufstehen?«

»Nein.«

Los, weiter! Beeil dich!

Hinter sich hörte er einen Hund kläffen, dann rief eine Männerstimme: »Halt, Sie da! Stehenbleiben, oder ich schieße!«

Der Lautstärke nach war der Mann mit dem Hund schon ziemlich nahe herangekommen – bestimmt nicht weiter als dreißig Meter entfernt. Gabriel sah nochmals bergab. Oded und Lavon hatten den Anruf ebenfalls gehört, denn sie hatten sich in Bewegung gesetzt und trabten den Weg herauf, um ihm zu Hilfe zu kommen.

Gabriel humpelte weiter

»Halt, sage ich! Stehenbleiben, oder ich schieße!«

Er hörte ein heiseres Knurren und drehte sich eben rechtzeitig um, um zu sehen, daß der Schäferhund, den der Hundeführer von seiner Leine losgehakt hatte, wie eine Lawine auf ihn zudonnerte. Hinter dem Hund war der Wachmann zu sehen, der eine Maschinenpistole in den Händen hielt.

Gabriel zögerte für Bruchteile einer Sekunde. *Wen zuerst? Hund oder Mann?* Der Mann hatte eine Schußwaffe, sein Hund hatte scharfe Reißzähne, die ihn zerfleischen konnten. Als die Bestie ihn ansprang, riß er mit einer Hand seine Beretta hoch und schoß auf den Hundeführer. Der Mann wurde mitten in die Brust getroffen und brach auf dem Weg zusammen.

Dann rammte der Hund seinen Schädel mit solcher Wucht gegen Gabriels Oberkörper, daß er zu Boden ging. Dabei knallte seine rechte Hand auf den hartgefrorenen Weg, und die Beretta glitt ihm aus den vor Kälte steifen Fingern.

Der Schäferhund wollte ihn sofort an der Kehle pakken und verbiß sich dann in dem abwehrend erhobenen linken Arm. Gabriel schrie gellend laut auf, als die scharfen Reißzähne durch den als Schutz wertlosen Jackenärmel drangen und sich ins Fleisch seines Unterarms gruben. Mit wütendem Knurren schlenkerte der Hund seinen mächtigen Schädel und versuchte, Gabriels Arm wegzuziehen, um ans weiche Fleisch seiner Kehle heranzukommen. Gabriel tastete mit seiner rechten Hand verzweifelt den Schnee ab, in dem irgendwo seine Beretta liegen mußte.

Der Hund biß noch fester zu, so daß ein Armknochen zersplitterte.

Gabriel schrie auf vor Schmerzen. Sie waren weit schlimmer als alles, was Gesslers Schläger ihm angetan hatten. Seine Rechte machte eine letzte bogenförmige

Suchbewegung. Diesmal bekam er den Griff der Beretta zu fassen.

Mit einem brutalen Ruck seines kräftigen Nackens schleuderte der Hund Gabriels zerbissenen Arm beiseite und wollte sich auf seine Kehle stürzen. Gabriel drückte die Pistolenmündung an die Rippen des Angreifers und schoß ihm dreimal ins Herz.

Dann schob er den Hundekadaver von sich weg und rappelte sich mühsam auf. Vom Chalet her waren laute Rufe zu hören, und Gesslers Hunde kläfften wild durcheinander. Er begann einen Fuß vor den anderen zu setzen. Sein linker Jackenärmel hing in Fetzen herab, und Blut lief ihm in breitem Strom über die Hand. Sekunden später sah er Eli Lavon, der den Weg herauf auf ihn zugerannt kam, torkelte ihm entgegen und fiel ihm in die Arme.

»Wir müssen weiter, Gabriel. Kannst du gehen?«

»Kann ich.«

»Oded, du stützt ihn von drüben. Mein Gott, was haben sie dir getan, Gabriel? Was haben sie dir angetan?«

»Ich kann allein gehen, Eli. Laß mich gehen.«

Teil IV

Drei Monate später

48

Port Navas, Cornwall

Das alte Lotsenhäuschen stand über einem schmalen Tidefluß: niedrig und fest und massiv gebaut wie ein Schiff, mit einer schönen zweiflügeligen Tür und Fenstern mit weißen Läden. Gabriel kehrte an einem Montag zurück. Das Gemälde, ein niederländisches Altarbild aus dem vierzehnten Jahrhundert, Absender Isherwood Fine Arts, St. James's, London, traf am Mittwoch ein. Es steckte in einer sehr stabilen schützenden Holzkiste und wurde von zwei stämmigen Kerlen, die nach dem Bier rochen, das sie zum Mittagessen getrunken hatten, über die enge Treppe in Gabriels Atelier hinaufgeschleppt. Gabriel vertrieb den Bierdunst, indem er die Fenster aufriß und ein Fläschchen mit einem stark riechenden Lösungsmittel aufschraubte.

Gabriel ließ sich beim Auspacken des Gemäldes Zeit. Wegen seines Alters und seiner Beschädigungen war es nicht in nur einer Kiste, sondern in zweien versandt worden – die innere Kiste sicherte das Gemälde strukturell, während die äußere es vor schädlichen Einflüssen während des Transports bewahrte. Zuletzt entfernte er die Schaumstoffpolster, streifte die schützenden Seidenpapierschichten ab und stellte das Werk auf seine Staffelei.

Vor ihm stand das Mittelstück eines Triptychons, ungefähr neunzig mal sechzig Zentimeter groß, Öl auf drei aneinandergeleimten Eichenbrettern mit senkrechter Maserung – höchstwahrscheinlich baltische Eiche, das bevorzugte Holz der flämischen Meister. Auf einem kleinen Notizblock machte er sich diagnostische Notizen: starke konvexe Wölbung, ein Riß zwischen dem zweiten und dritten Brett, tiefe Kratzer und großflächige Absprengungen.

Und wenn statt des Gemäldes sein Körper auf der Staffelei gestanden hätte? Kieferbruch, Bruch des rechten Wangenknochens, Bruch des linken Jochbeins, Absplitterungen an den Rückenwirbeln, Bruch der Speiche des linken Arms durch einen Hundebiß, der außerdem eine Tollwutprophylaxe erforderlich gemacht hatte. Hundert Stiche, um über zwanzig Schnitt- und Platzwunden auf seinem Gesicht zu schließen; dadurch Schwellungen, die nur sehr langsam abklangen und sein Gesicht noch immer entstellten.

Er wünschte sich nur, er könnte für sein Gesicht tun, was er für dieses Gemälde zu tun im Begriff stand. Die behandelnden Ärzte in Tel Aviv hatten ihm erklärt, nur die Zeit könne ihm sein früheres Aussehen zurückgeben. Seither war ein Vierteljahr vergangen, und er mußte noch immer allen Mut zusammennehmen, um sein Spiegelbild zu betrachten. Außerdem wußte er, daß die Zeit nicht der treueste Freund eines fünfzigjährigen Gesichts war.

In den folgenden eineinhalb Wochen tat Gabriel nichts anderes als lesen. In seiner Fachbibliothek standen mehrere große Standardwerke über Rogier, und Julian hatte zwei prachtvolle Bücher aus seiner eigenen Sammlung mitgeschickt – beide zufällig auf deutsch geschrieben. Er breitete sie auf seinem Arbeitstisch aus, kauerte auf einem hohen Holzhocker davor, machte einen runden Buckel wie ein Radrennfahrer und stützte sein Kinn in beide Hände. Zwischendurch sah er immer wieder auf und betrachtete nachdenklich das Gemälde auf seiner Staffelei – oder hob den Kopf, um das in kleinen Bächen übers Oberlicht laufende Regenwasser zu beobachten. Danach senkte er wieder den Blick und las weiter.

Er las Martin Davies und Lorne Campbell. Er las Panofsky und Winkler, Hulin und Dijkstra. Und er las natürlich auch den zweiten Band von Friedländers Monumentalwerk über frühe niederländische Malerei. Wie hätte er ein Gemälde restaurieren können, das vielleicht ein Rogier war, ohne erst den gelehrten Friedländer zu konsultieren?

Während er arbeitete, ratterten Zeitungsausschnitte aus seinem Faxgerät – jeden Tag mindestens einer, manchmal auch zwei oder drei. Anfangs war der Fall als »die Affäre Rolfe« bekannt, woraus dann in den USA unweigerlich »Rolfegate« wurde. Den ersten Artikel brachte die *Neue Zürcher Zeitung,* dann griffen weitere Blätter in Bern, Luzern und Genf den Fall auf, der binnen kurzem auch die französischen und deutschen Medien erreichte. Der erste Artikel in englischer Sprache erschien in London, und zwei Tage später berichtete eine prominente US-Wochenzeitschrift über den Fall. Die Tatsachen waren dünn, die Storys spekulativ – spannende Lektüre, aber nicht unbedingt guter Journalismus. Angedeutet wurde, Rolfe habe eine geheime Kunstsammlung besessen, angedeutet wurde auch, er sei ihretwegen ermordet worden. Es gab Vermutungen, der publicityscheue Schweizer Finanzier Otto Gessler sei in den Fall verwikkelt, aber sein Sprecher dementierte solche Berichte als bösartige Lügen und Unterstellungen. Mit derartigen Storys war schnell Schluß, als Gesslers Anwälte ziemlich unverblümt mit Unterlassungs- und Schadenersatzklagen drohten.

Die Schweizer Linke forderte einen parlamentarischen

Untersuchungsausschuß und brachte den Bundesrat damit in Zugzwang. Eine Zeitlang sah es wirklich so aus, als würde Bern tiefer als nur in der Humusschicht schürfen müssen. Namen würden genannt werden! Reputationen würden ruiniert werden! Aber der Skandal flaute rasch wieder ab. *Schönfärberei!* protestierte die Schweizer Linke. *Die Schweiz sollte sich schämen!* riefen die jüdischen Organisationen. Ein weiterer Skandal, der in die Gullys der Bahnhofstraße gekehrt wurde und in ihnen verschwand. Die Alpen hatten die schlimmste Wucht des Sturms abgehalten. Bern und Zürich blieben unbeschädigt.

Kurze Zeit später gab es eine merkwürdige Nachschrift zu dieser Geschichte. Gerhardt Peterson, ein hoher Beamter des internen Schweizer Sicherheitsdienstes, wurde im Berner Oberland in einer Gletscherspalte tot aufgefunden – offensichtlich beim Bergwandern verunglückt. Nur Gabriel, der diese Meldung allein in seinem Atelier in Cornwall las, wußte, daß Petersons Tod kein Bergunfall war. Gerhardt Peterson war nur ein weiteres Depot im Bankhaus Gessler.

Anna Rolfe gelang es, sich aus den Skandalen herauszuhalten, die ihren ermordeten Vater umrankten. Nach ihrem triumphalen Erfolg in Venedig begab sie sich auf eine ausgedehnte Tournee durch ganz Europa, bei der sie Soloabende gab oder mit den berühmtesten Orchestern des Kontinents auftrat. Obwohl manche Journalisten darüber klagten, daß sie sich weigerte, Interviews zu geben, war die Kritik sich darüber einig, sie habe sich ihr Feuer und ihre Brillanz trotz aller persönlichen Schicksalsschläge bewahrt. In bezug auf die neuen Fragen im Zusammenhang mit dem Tod ihres Vaters gab sie eine Presseerklärung heraus, die alle Frager an einen Züricher

Anwalt verwies. Dieser Anwalt weigerte sich hartnäckig, das Thema Rolfe auch nur zu diskutieren, indem er auf den Schutz von Anna Rolfes Privatsphäre und noch laufende Ermittlungen verwies. Und dabei blieb es, bis das Interesse der Öffentlichkeit an diesem Fall abflaute.

Gabriel hob den Kopf und sah durchs Oberlicht. Ohne daß er es bisher bemerkt hatte, hatte der Regen aufgehört. Während er sein Atelier aufräumte, hörte er den Wetterbericht von Radio Cornwall: bis zum Abend kein Regen, zwischendurch etwas Sonnenschein und Februartemperaturen, die für die Küste von Cornwall angemessen waren. Auch wenn sein Arm erst vor kurzem verheilt war, wußte Gabriel, daß ein paar Stunden auf dem Wasser ihm guttun würden.

Er zog seine gelbe Öljacke an, füllte in der Küche eine Thermosflasche mit Kaffee und machte sich Sandwiches. Wenige Minuten später machte er die Leinen seiner Ketsch los, legte von der Pier ab und steuerte das Boot mit Hilfsmotor auf dem Port Navas Creek zum Helford River hinunter. Der Wind blies stetig aus Nordwest, helles Sonnenlicht glitzerte auf den kleinen Wellen und leuchtete auf den grünen Hügeln beiderseits der Helford-Passage. Gabriel arretierte das Ruder und setzte Großsegel und Fock; dann stellte er den Motor ab und ließ den Wind das Boot vorwärtstreiben.

Und es dauerte nicht lange, bis er Ruhe fand. Gabriel wußte, daß dies nur ein vorübergehender Zustand war – diese Ruhe würde nur anhalten, bis er die Augen schloß oder seinem Geist gestattete, allzu lange untätig zu bleiben –, aber im Augenblick konnte er sich auf das Heben und Senken des Boots unter ihm konzentrieren, statt an die Mißhandlungen, die er erlitten, oder die Dinge, die er gesehen hatte, denken zu müssen. Lag er nachts manchmal in seinem schrecklich einsamen Bett wach, fragte er sich, wie er mit diesem Wissen würde weiterleben können – dem Wissen, das Otto Gessler ihm so grausam anvertraut hatte. In Augenblicken der Schwäche dachte er daran, selbst vor die Medien der Welt zu treten, seine Geschichte zu erzählen oder ein Buch darüber zu schreiben. Aber er wußte, daß Gessler sich einfach hinter dem Schweizer Bankgeheimnis verschanzen und er selbst dann wie irgendein weiterer Flüchtling aus der Welt der Geheimdienste wirken würde, der mit einer unausgegorenen Verschwörungstheorie hausieren ging.

Kurz vor August Rock sah er nach Westen und entdeckte in einer hoch aufgetürmt heranziehenden Wolkenformation etwas, das ihm nicht gefiel. Er ging rasch in die Kajüte hinunter und schaltete seinen Seefunkempfänger ein. Tatsächlich zog ein Sturm heran: starker Regen, Seegang sechs bis acht. Gabriel trat wieder ans Ruder, wendete das Boot und setzte nun auch das Besanstagsegel. Darauf nahm die Ketsch sofort Fahrt auf.

Bis er die Mündung des Helford Rivers erreichte, goß es in Strömen. Gabriel schlug die Kapuze seiner Öljacke hoch und machte sich daran, die Segel zu bergen – erst das Besanstagsegel, dann Fock und Großsegel. Er ließ den Hilfsmotor an und steuerte das Boot flußaufwärts. Dabei begleitete ihn ein ganzer Schwarm Möwen, die um Futter bettelten. Gabriel teilte sein zweites Sandwich in kleine Stücke, die er ins Wasser warf.

Er passierte die alte Austernbank, umrundete die Landzunge und lief ins ruhige Wasser des Tideflusses ein. Die Bäume wichen zurück, und das Dach seines Häuschens kam in Sicht. Als er näher kam, konnte er auf der Pier eine Gestalt stehen sehen, die ihre Hände in den Manteltaschen vergraben und den Kragen als Regenschutz hochgeschlagen hatte. Gabriel hastete den Niedergang hinunter und griff sich das Zeiss-Glas, das am Haken neben der Kombüse hing. Er hob das Glas, stellte es auf den Mann scharf und setzte es sofort wieder ab. Das Gesicht des Mannes war so markant, daß ein Blick genügte, um seine Identität zu verifizieren.

Ari Schamron saß an dem kleinen Küchentisch, während Gabriel ihnen Kaffee kochte.

»Sie fangen allmählich an, wieder wie früher auszusehen«, behauptete der Alte.

»Sie haben schon besser gelogen.«

»Die Schwellungen gehen irgendwann von selbst zurück. Erinnern Sie sich an Baruch? Den die Hisbollah mißhandelt hatte, bevor wir ihn rausholen konnten? Nach ein paar Monaten hat er fast wie früher ausgesehen.«

»Baruch war von Anfang an häßlich.«

»Richtig. Sie haben früher gut ausgesehen. Was mich betrifft, ich könnte eine kräftige Abreibung brauchen. Vielleicht sähe ich danach besser aus.«

Gabriel setzte sich Schamron gegenüber und goß ihnen Kaffee ein.

»Haben wir's geschafft, alles geheimzuhalten?«

»Am King Saul Boulevard hat's eine Menge Gerüchte gegeben – Gerüchte über ungeklärte Personalverschiebungen und merkwürdige Spesenabrechnungen aus Zürich und Venedig. Irgendwie sind diese Gerüchte bis zum Premierminister vorgedrungen.«

»Weiß er Bescheid?«

»Er vermutet einiges und ist sehr zufrieden. Sollte das stimmen, sagt er, will er's lieber nicht wissen.«

»Und die Gemälde?«

»Wir haben sehr diskret mit mehreren Vereinigungen zur Rückführung geraubter Kunstwerke und dem US-Justizministerium zusammengearbeitet. Von den sechzehn Gemälden, die Sie in Rolfes Bankschließfach entdeckt haben, sind neun den Erben ihrer rechtmäßigen Eigentümer zurückgegeben worden, darunter auch der Renoir, der Julians Vater gehört hat.«

»Und der Rest?«

»Der wird im israelischen Museum ausgestellt, bis man die rechtmäßigen Besitzer gefunden hat. Können sie nicht ermittelt werden, erhalten sie dort einen festen Platz.«

»Wie geht's Anna?«

»Wir lassen sie weiter von einem Team bewachen. Rami ist dicht davor, durchzudrehen. Er sagt, er würde *alles* tun, um abgelöst zu werden. Er wäre bereit, sich zum Patrouillendienst im Gazastreifen zu melden.«

»Irgendwelche Drohungen?«

»Bisher nicht.«

»Wie lange sollten wir sie beschützen lassen?«

»Solange Sie wollen. Das war Ihr Unternehmen. Diese Entscheidung überlasse ich Ihnen.«

»Mindestens ein Jahr.«

»Einverstanden.«

Schamron goß sich Kaffee nach und zündete sich eine seiner üblen türkischen Zigaretten an. »Sie kommt nächste Woche nach England, wissen Sie. Sie spielt in der Londoner Albert Hall. Das ist die letzte Station ihrer Europatournee.«

»Ich weiß, Ari. Ich kann auch Zeitung lesen.«

»Sie hat mich gebeten, Ihnen das hier zu geben.« Er schob einen kleinen Umschlag über den Tisch. »Eine Karte für dieses Konzert. Sie möchte, daß Sie nach dem Konzert zu ihr in die Garderobe kommen, um hallo zu sagen.«

»Ich stecke gerade mitten in einer Restaurierung.«

»Wen restaurieren Sie – sich selbst oder ein Gemälde?«

»Ein Gemälde.«

»Eine Pause täte Ihnen bestimmt gut.«

»Ich habe wirklich keine Zeit, nach London zu fahren.«

»Der Prinz von Wales nimmt sich die Zeit, Anna Rolfe zu hören, aber *Sie* sind zu beschäftigt.«

»Genau.«

»Ich werde nie begreifen, warum Sie immer wieder zulassen, daß schöne, talentierte Frauen Ihnen durch die Finger schlüpfen.«

»Wer sagt, daß ich sie durch meine Finger schlüpfen lassen will?«

»Glauben Sie, daß sie ewig auf Sie wartet?«

»Nein, nur bis die Schwellungen abgeklungen sind.«

Schamron winkte mit seiner breiten Pranke ab. »Sie benützen Ihr Gesicht nur als gute Ausrede, um sich von ihr fernhalten zu können. Aber ich kenne den wahren Grund. Das Leben ist für die Lebenden, Gabriel, und dieses hübsche kleine Gefängnis, das Sie sich selbst eingerichtet haben, ist kein Leben. Es wird Zeit, daß Sie aufhören, sich die Schuld an den Ereignissen in Wien zu geben. Brauchen Sie einen Sündenbock, machen Sie meinetwegen mich dafür verantwortlich.«

»So wie ich jetzt aussehe, fahre ich nicht nach London.«

»Wenn Sie nicht nach London wollen, darf ich Ihnen dann einen anderen Vorschlag machen?«

Gabriel stieß einen langen, verärgerten Atemzug aus. Aber er hatte nicht mehr die Kraft, dem Alten noch länger Widerstand zu leisten.

»Gut, ich höre«, sagte er.

49

Korsika

Am selben Tag lud der Engländer Antonio Orsati zum Mittagessen in seine Villa ein. Es war kalt und windig, daher aßen sie am Küchentisch und besprachen ein paar mäßig dringende Fragen, die mit der Firma zusammenhingen. Der Engländer hatte sich vor kurzem einen Vertrag zur Belieferung einer Lokalkette, die zwischen Côte d'Azur und Normandie zwei Dutzend Bistros betrieb, mit Olivenöl gesichert. Jetzt wollte eine amerikanische Import-Export-Firma das Öl in ausgewählten Feinkostgeschäften in den Vereinigten Staaten vertreiben. Die Nachfrage überstieg allmählich die Produktion. Orsati würde mehr Land und mehr Olivenbäume brauchen. Aber würde die gesamte Ernte seinen hohen Anforderungen entsprechen? Würde die Qualität unter der Ausweitung der Produktion leiden? Das waren die Fragen, über die sie beim Mittagessen diskutierten.

Nach dem Essen saßen sie im Wohnzimmer am Kamin und tranken Rotwein, der aus einem Tonkrug eingeschenkt wurde. Dann kam der Augenblick, in dem der Engländer eingestand, er habe sich im Fall Rolfe unehrenhaft betragen.

Orsati schenkte sich etwas Wein nach und lächelte. »Als die *signadora* mir erzählt hat, daß du aus Venedig ohne deinen Talisman zurückgekommen bist, habe ich gewußt, daß sich etwas Außergewöhnliches ereignet haben mußte. Was ist übrigens mit ihm passiert?«

»Ich habe ihn Anna Rolfe geschenkt.«

»Wie?«

Der Engländer erzählte es ihm.

Orsati war beeindruckt. »Die Begegnung hast du nach Punkten gewonnen, finde ich. Wie bist du an den Blazer gekommen?«

»Den habe ich mir von einem Mann vom Wachpersonal in der *scuola* geliehen.«

»Was ist mit ihm passiert?«

Der Engländer sah ins Feuer.

»Armer Teufel«, murmelte Orsati.

»Ich hab ihn einmal höflich darum gebeten.«

»Die Frage ist nur: Warum? Warum hast du mich hintergangen, Christopher? Habe ich dich nicht immer gut behandelt?«

Der Engländer spielte ihm das Tonband vor, das er aus Emil Jacobis Wohnung in Lyon mitgenommen hatte. Dann gab er Orsati ein Dossier, das er auf der Grundlage eigener Ermittlungen zusammengestellt hatte. Orsati setzte seine Lesebrille auf. Der Engländer ging in die Küche, spülte ihr Geschirr ab und räumte es ein. Der Korse war als langsamer Leser berüchtigt.

Als er zurückkam, war Orsati eben mit dem Dossier fertig. Er klappte den Ordner zu und starrte den Engländer mit seinen dunklen Augen an. »Professor Jacobi war ein guter, anständiger Mann, aber wir werden dafür bezahlt, daß wir Leute beseitigen. Würden wir ständig nur über Recht und Unrecht, über die moralische Seite unseres Tuns nachdenken, kämen wir nie dazu, unsere Aufträge auszuführen.«

»Hat dein Vater etwa nach diesem Prinzip gehandelt? Und sein Vater? Und seiner?«

Orsati deutete mit seinem dicken Zeigefinger wie mit einer Waffe auf das Gesicht des Engländers. »Meine Familie geht dich nichts an, Christopher. Du arbeitest für *mich.* Vergiß das nie!«

Dies war das erste Mal, daß Antonio Orsati im Zorn mit ihm gesprochen hatte.

»Ich wollte nicht respektlos sein, Don Orsati.«

Der Korse ließ den Zeigefinger sinken. »Schon vergessen.«

»Kennst du die Geschichte der *signadora,* weißt du, was ihrem Mann zugestoßen ist?«

»Du kennst dich mit unserer Lokalgeschichte aus, aber du weißt längst nicht alles. Wie schafft es die *signadora,* ein Dach über dem Kopf zu haben? Glaubst du, daß sie von dem bißchen Geld leben kann, das sie damit verdient, daß sie mit Zauberöl und Wasser böse Geister vertreibt?«

»Du unterstützt sie?«

Orsati nickte langsam.

»Sie hat mir erzählt, daß ein *taddunaghiu* manchmal nicht nur Rache üben, sondern auch der Gerechtigkeit zum Sieg verhelfen kann.«

»Das ist wahr. Don Tomasi hatte den Tod jedenfalls verdient.«

»Ich kenne einen Mann, der ebenfalls den Tod verdient hat.«

»Der Mann in deinem Dossier?«

»Ja.«

»Er scheint aber sehr gut beschützt zu werden.«

»Ich bin besser als seine Leute.«

Orsati hielt sein Glas vor dem Feuer hoch und beobachtete die Lichtreflexe in dem rubinroten Wein. »Du bist sehr gut, das stimmt, aber diesen Mann zu liquidieren, wird nicht einfach sein. Du wirst mich brauchen, damit ich dir helfe.«

»Dich?«

Orsati trank den Rest seines Weins aus. »Wer ist deiner

Meinung nach damals in Don Tomasis Bergfestung eingedrungen und hat dem Schwein die Kehle durchgeschnitten?«

50

Costa de Prata, Portugal

Der Gärtner Carlos war der erste, der ihn ankommen sah. Als der Wagen auf der kiesbestreuten Auffahrt hielt, blickte er von seiner Arbeit im Weinberg auf und beobachtete, wie Rami, der das Sicherheitsteam leitete, den Restaurator namens Gabriel begrüßte. Die beiden wechselten ein paar Worte; Rami berührte die Narben im Gesicht des Restaurators. Das alles konnte Carlos von seinem Beobachtungsposten im Weinberg aus sehen. Er war nie beim Militär gewesen, aber er erkannte eine Wachablösung, wenn er eine sah. Rami würde aufatmen, wenn er dieses Haus endlich verlassen durfte. Er hatte die Mätzchen Unserer Lieben Frau so gründlich satt, wie Carlos es vorausgesehen hatte. Unsere Liebe Frau brauchte einen unendlich geduldigen Mann, der über sie wachte. Unsere Liebe Frau brauchte den Restaurator.

Er beobachtete, wie Gabriel über die Einfahrt ging und in der Villa verschwand. Unsere Liebe Frau spielte oben in ihrem Übungsraum. Der Restaurator hatte bestimmt vor, sie dabei zu unterbrechen. Carlos überlegte einen Augenblick lang, ob er zur Terrasse hinauflaufen sollte, um ihn daran zu hindern, aber dann ließ er es doch lieber. Der Restaurator mußte seine Lektion lernen, und manche Lektionen prägten sich am besten durch schlechte Erfahrungen ein.

Deshalb legte er die Rebenschere weg und zog einen Flachmann mit *bagaço* aus der Hüfttasche. Dann kauerte er zwischen den Reben nieder, zündete sich eine Zigarette an, beobachtete, wie die Sonne sich dem Meeresspiegel näherte, und wartete darauf, daß die Show beginnen würde.

Geigenklänge erfüllten die Villa, als Gabriel die Treppe zu ihrem Übungsraum hinaufstieg. Er trat ein, ohne anzuklopfen. Sie spielte noch ein paar Takte, dann hörte sie abrupt auf und keifte los, ohne sich umzudrehen: »Mist, was fällt Ihnen ein, Rami? Verdammt noch mal, wie oft habe ich Ihnen schon gesagt, daß ...«

Und dann sah sie, daß der Störenfried nicht Rami, sondern Gabriel war. Sie brachte den Mund nicht mehr zu und ließ einen Augenblick lang sogar ihre Guarneri los. Gabriel war mit einem Satz bei ihr und fing die Violine aus der Luft, bevor sie auf den Boden schlagen konnte. Anna schlang ihm die Arme um den Hals.

»Ich dachte, ich würde dich nie wiedersehen, Gabriel. Was machst du hier?«

»Ich bin deiner Leibwache zugeteilt worden.«

»Gott sei Dank! Rami und ich hätten uns irgendwann gegenseitig umgebracht.«

»Ja, das habe ich gehört.«

»Wie viele Leute gehören zu dem neuen Team?«

»Diese Entscheidung wollte ich dir überlassen.«

»Ich denke, ein Mann wäre genug, wenn's dir recht ist.«

»Das wäre gut«, sagte er. »Das wäre perfekt.«

51

Nidwalden, Schweiz

Otto Gessler trieb seinen Körper mit gleichmäßigen Schwimmzügen durchs laue Wasser, glitt in ewiger Dunkelheit dahin. An diesem Tag war er gut geschwommen, zwei Bahnen mehr als gewöhnlich – insgesamt hundertfünfzig Meter, eine stolze Leistung für einen Mann seines Alters. Wegen seiner Blindheit mußte er jeden Schwimmzug sorgfältig mitzählen, damit er am Bahnende nicht mit dem Kopf voraus an den Beckenrand knallte. Noch vor nicht allzu langer Zeit hatte er eine Bahnlänge mit fünfundzwanzig kraftvollen Zügen schwimmen können. Jetzt brauchte er vierzig dafür.

Er näherte sich dem Ende seiner letzten Bahn: *siebenunddreißig … achtunddreißig … neununddreißig …* Er streckte eine Hand aus, griff nach dem Beckenrand und erwartete, die glasharte Glätte italienischen Marmors zu fühlen. Statt dessen packte ihn jemand am Arm und riß ihn aus dem Wasser. Er hing einen Augenblick hilflos da, zappelte wie ein Fisch am Haken – sein Leib verwundbar, seine Rippen gespreizt.

Und dann stieß das Messer in sein Herz. Brennende Schmerzen durchzuckten ihn. Danach konnte er für Bruchteile einer Sekunde ein aufblitzendes grellweißes Licht sehen, irgendwo in weiter Ferne. Die Hand ließ ihn los, und er fiel in sein laues Wasser zurück. Ins ewige Dunkel.

Nachwort

Im Zweiten Weltkrieg beschlagnahmte die deutsche Besatzungsmacht in Frankreich Hunderttausende von Gemälden, Skulpturen, Gobelins und anderen Kunstwerken. Zehntausende dieser geraubten Werke sind bis heute verschollen. Im Jahr 1996 setzte der Schweizer Nationalrat eine sogenannte Unabhängige Expertenkommission ein und erteilte ihr den Auftrag, die Rolle der Schweiz im Zweiten Weltkrieg zu untersuchen. In ihrem Abschlußbericht, der im August 2001 veröffentlicht wurde, räumte die Kommission ein, die Schweiz sei ein »Umschlagplatz« für Raubkunst gewesen und während des Kriegs seien geraubte Gemälde in beträchtlicher Zahl in die Schweiz gelangt. Wie viele dieser Werke noch heute in den Tresoren von Schweizer Banken lagern oder in Schweizer Privathäusern hängen, weiß niemand.

Dank

Dies ist der zweite Roman, in dem Gabriel Allon als eine der Hauptfiguren auftritt, und wie sein Vorgänger hätte er ohne David Bulls Hilfe und Unterstützung nicht geschrieben werden können. Im Gegensatz zu dem fiktiven Gabriel ist David Bull tatsächlich einer der größten Restauratoren der Welt, und ich bin stolz darauf, ihn zum Freund zu haben. Seine Kenntnisse von Kunstrestaurierung, der Geschichte des Kunstraubs der Nazis und der Freuden Venedigs waren wertvoll und inspirierend zugleich.

Dank schulde ich Sadie DeWall, der stellvertretenden ersten Geigerin im Charleston Symphony Orchestra, die mich mit Tartinis wundersamer Sonate bekannt machte und mir half, das Seelenleben einer wahrhaft begabten Musikerin besser zu verstehen. Sie beantwortete alle meine Fragen, auch die albernsten, und schenkte mir großzügig ihre Zeit.

Dr. med. Benjamin Shaffer, einer der besten Orthopäden Washingtons, beschrieb mir das komplizierte Problem der Behandlung von Quetschverletzungen der Hand. Mein besonderer Dank den Schweizer Beamten, die mir halfen, die Polizei- und Sicherheitsdienste ihres Lande zu entmystifizieren, und die aus auf der Hand liegenden Gründen ungenannt bleiben müssen. Dank auch jenen CIA-Mitarbeitern, die mir Ratschläge erteilten. Dabei versteht es sich von selbst, daß die Fachkenntnisse ihnen, die Irrtümer und dichterischen Freiheiten jedoch mir zuzurechnen sind.

Von den Dutzenden von Sachbüchern, die ich bei der Arbeit an diesem Buch zu Rate gezogen habe, erwiesen sich mehrere als unschätzbar, darunter das Standardwerk *The Rape of Europe* von Lynn Nicholas, *The Lost Museum* von Hector Feliciano und *The Lost Masters* von Peter Harclerode und Brendan Pittaway. *Safety in Numbers,* die aufschlußreiche Geschichte des Schweizer Bankenwesens von Nicholas Faith, war eine wertvolle Quelle. Jean Zieglers mutiges Buch *Die Schweizer, das Gold und der Tod* war eine Inspiration für mich.

Das Personal des Grandhotels Dolder in Zürich und des Luna-Hotels Baglioni in Venedig gab uns das Gefühl, unsere zu Recherchen unternommenen Reisen seien mehr Vergnügungs- als Arbeitsreisen. Mein lieber Freund Louis Toscano las mein Manuskript zweimal, und es wurde durch seine sichere Hand besser. Greg Craig schenkte mir buchstäblich das Hemd, das er auf dem Leib trug. Die Freundschaft und Unterstützung meiner Agentin Esther Newberg von International Creative Management war mir nie wertvoller als in der Zeit, als dieses Buch entstand.

Jeder Schriftsteller sollte das Glück haben, Lektoren wie Neil Nyren und Stacy Cremer zu haben. Sie waren mit brillanten Anmerkungen und einer starken Schulter zum Anlehnen für mich da. Manchmal hatte es tatsächlich den Anschein, sie verstünden die Personen der Handlung und die Story besser als ich.

Zuletzt möchte ich Phyllis Grann meinen tiefempfundenen Dank aussprechen. Sie ist einfach die Allerbeste.

PIPER

John Colapinto
Ein unbeschriebenes Blatt

Roman. Aus dem Amerikanischen von Sonja Hauser.
287 Seiten. Gebunden

Wie er sich fühlte, als die Polizei ihm mitteilte, daß Stewart Church tot war? Schwer zu sagen. Überrascht, erleichtert. Aber durfte er erleichtert sein? Ein netter Langweiler ist Stewart für ihn gewesen, mehr nicht. Nächtelang hatte Cal nichts anderes von seinem Mitbewohner gehört als nur die Schreibmaschine. Klack, klack, klack. Cal war sicher gewesen, daß Stewart an irgendwelchen juristischen Texten arbeitete. Dabei hatte er das fertiggebracht, was Cal seit über zehn Jahren vergebens versuchte, er hatte sich hingesetzt und einen phantastischen Roman geschrieben. Jetzt aber gab es Stewart nicht mehr.
Sein Manuskript an sich zu nehmen, war einfach. Sich in die schlanke, dunkelhaarige Janet, Stewarts Freundin, zu verlieben, war bloßer Zufall. Nun möchte Cal Cunningham beides nicht mehr missen, doch niemand stiehlt ungestraft das Leben eines anderen: Auf dem Höhepunkt von Cals Erfolg erscheint eine alte Bekannte, die genau zu wissen scheint, von wem das brillante Manuskript wirklich stammt.

01/1021/01/L